ullstein

Das Buch

Auf den ersten Blick haben die Opfer nichts gemeinsam: eine Prostituierte, die vor ihrem gewaltsamen Tod monatelang gefangen gehalten wurde, eine bestialisch zugerichtete Grundschullehrerin und eine Mutter, die ihre Kinder misshandelte. Dennoch wurden alle drei Frauen Opfer ein und desselben Serienmörders, der die Getöteten nicht nur in mysteriösen Tableaus präsentierte, sondern zudem mit dem Markenzeichen eines vor Jahren verurteilten Serienvergewaltigers versah. Perverse Reminiszenz? Ablenkungsmanöver?

Oder zieht gar Jörg Nevers, der Täter von damals, aus dem Hintergrund die Strippen? Der hochbegabte Psychopath sitzt zwar in der geschlossenen Psychiatrie, scheint aber einiges über die Morde zu wissen und verstrickt Kommissarin Edna Beck, die bei ihrer Jagd auf den Killer von der erfahrenen Profilerin Molly Erler unterstützt wird, in ein perfides Katz-und-Maus-Spiel. Während Edna und ihre Leute noch fieberhaft versuchen, die rätselhafte Bildersprache des Mörders zu entschlüsseln, geraten Molly Erler und ihr kleiner Sohn mehr und mehr ins Visier des Täters, der für den bevorstehenden Martinstag einen neuen Mord ankündigt. Im Schein von Fackeln und Laternen kommt es schließlich zu einer dramatischen Konfrontation …

Die Autorin

Silke Barden wuchs im Rheinland auf. Sie studierte Germanistik und Musik, absolvierte neben dem Studium eine Sekretärinnenausbildung und schrieb für verschiedene Zeitungen. Heute arbeitet sie als Lektorin und freie Autorin.

In unserem Hause sind von Silke Barden bereits erschienen:
Blutsschwestern
Der Elfenmörder

Silke Barden

MARTINSTAG

Edna Beck ermittelt

Ullstein

Besuchen Sie uns im Internet:
www.ullstein-taschenbuch.de

Umwelthinweis:
Dieses Buch wurde auf chlor- und säurefreiem Papier gedruckt.

Originalausgabe im Ullstein Taschenbuch
1. Auflage November 2007

Umschlaggestaltung: HildenDesign, München – www.hildendesign.de
Titelabbildung: Gänse: www.photocase.com / © allzweckjack
Gesetzt aus der Minion bei Pinkuin Satz- und Datentechnik, Berlin
Druck und Bindearbeiten: Ebner & Spiegel, Ulm
Printed in Germany
ISBN 978-3-548-26679-4

Prolog

Es wird ein Tag sein: freundlicher Sonnenschein
Wird sein wie heute …
(Adalbert Stifter, Im Felde)

Ersticken. Ertrinken. Untergehen. Platzen.

Von ferne, wie aus einer anderen Welt, dringt das Schnattern von Enten an ihr Ohr. Und Gluckern von Wasser. Grün. Trüb. Undurchsichtig.

Kein Zweifel, sie ist wieder am See. Am Ufer die Bank, auf der die Mutter sitzt und die Junisonne genießt. Johannistag. Sie selbst auf dem Steg, das hellblaue T-Shirt nachlässig in die dünnen Sommerjeans gestopft, angenehm träge von der Wärme und der Luft im Restaurant. Ihr Vater hat sie aufgezogen, weil sie ein Schnitzel mit Pommes frites gegessen hat, nicht Fisch, obwohl die Mühle für ihre fangfrischen Forellen berühmt ist. Sie kommen direkt aus dem Bassin auf den Teller. Theoretisch kann man sie füttern, bevor man sie isst. Hinter dem Restaurant gibt es einen Garten mit Bachläufen und Brücken, altem Baumbestand und Entengrütze. Doch die Forellenteiche interessieren sie nicht. Lange Betonbecken, übervoll mit hellem, klarem Wasser, das keine Geheimnisse kennt. Darin schwimmen riesige Fischwolken. Wabernde Schwärme, die geistlos von einer Mauer zur anderen ziehen, um gleich darauf wieder umzukehren, dieselbe Strecke zurück. Wieder und wieder. Auf und ab. O nein, die Forellen interessieren sie nicht. Forellen sind langweilig. Berechenbar. Öde.

Aber auf der anderen Seite der Straße, da liegt der See. Der

See, der ihr Angst macht und sie zugleich fasziniert, seit sie ihn zum ersten Mal gesehen hat. Wie ein Schlund liegt er da, umgeben von dichtbewaldeten Steilhängen, nur zur Mühle hin offen. Der Mühlbach fließt unter der Straße hindurch und speist den See, aber eigentlich sieht es eher aus, als würde er darin versickern. Ob es einen Abfluss gibt, weiß sie nicht. Wahrscheinlich gibt es einen, irgendwo auf der anderen Seite. Damit der See nicht überläuft. Er wird nicht befischt, ist sich selbst überlassen. Ein enger Pfad, dessen Existenz sich niemand so recht erklären kann, führt links am Ufer entlang, eingeklemmt zwischen Wasser und Steilhang. Nach noch nicht einmal hundert Metern ist er einfach zu Ende, mitten im Nichts. Dahinter nur Schilf und Schlick und zähes Ufergebüsch.

Einzig an der Mühlenseite des Sees gelangt man bis ans Wasser. Wenn man Glück hat, kann man dort einen Karpfen sehen. Karpfen findet sie unheimlich, auch wenn sie in Wahrheit noch nie einem begegnet ist. Aber sie kann sie sich vorstellen, die Karpfen. Riesengroß sind sie und schuppig und hässlich. Sie werden vierzig Jahre alt, hat der Vater erzählt. Vierzig Jahre, so alt wie Tante Sophie, manche sogar noch älter. Erfahren seien sie und vorsichtig, weshalb sie sich tagsüber nur selten in Ufernähe blicken ließen. Hier allerdings gibt es einen, der kommt manchmal in die Nähe des Steges. Aus reiner Neugier. Vielleicht auch, um sich ein Opfer zu holen. Davon ist sie überzeugt. Dass der Karpfen sich Opfer holt. Er oder der See. Einmal im Jahr fordern die Gewässer unschuldiges Blut. Das hat sie irgendwann mal jemanden sagen hören.

Sie hüpft auf den Steg. Die Sonnenstrahlen machen das Wasser durchsichtig. Schatten von Fischen zucken unter der glitzernden Oberfläche vorbei. Drei. Vier. Dutzende. Flossenelfen, denkt sie, auch wenn der Vater sie Plötzen nennt. Sie tritt ein Stück näher, den wirbelnden Tieren entgegen. Das Wasser ist wie ein transparenter Spiegel, in dem sie sich selbst und zugleich auch das Tieferliegende erkennt. Sogar das Darüber ist sichtbar. Die hohen Tannen ringsum scheinen von allen Seiten in die glitzernden Fluten zu stürzen. Gezackte Schatten, tiefschwarz und erhaben. Ihr schwindelt. Im selben Moment sieht sie den Karpfen. Er ist es, er muss es sein! Ein braungrüner Schatten, viel größer als alle anderen, die hektischen, die Flossenelfen. Er gleitet aus der moosigen Tiefe herauf, majestätisch ruhig und beängstigend zugleich, steigt ihr entgegen und nimmt dabei Gestalt an. Ein gestreckter, seitlich etwas abgeflachter Körper. Zwei lange Bartfäden am zahnlosen Maul. Und Augen, deren Linse ein Stück aus der Pupille herausragt, ein kreisrunder, erstarrter Glaskörper, beweglich allein durch die Muskeln, die ihn ausrichten. Sie will nach ihrem Vater rufen, doch eine plötzliche Wolke verfinstert den Spiegel und raubt ihr den Karpfen, die Bilder, die Durchsicht. Der See erblindet vor ihren Augen. Er verwandelt sich in eine stahlgraue Platte, in Beton, unter dem alles Leben ersticken muss. Die flinken Flossenelfen. Die Tannen. Und selbst der Karpfen, der ihr auf einmal entsetzlich leidtut. Ersticken muss schlimm sein, denkt sie. Luftlos. Verloren.

Sie beugt sich vor und hört ihren Namen …

Lydia!

Dann schlagen die moosgrünen Wellen über ihr zusammen. Es geht so schnell, dass ihr keine Zeit bleibt, sich zu bewegen. Sie fühlt die Kühle des Wassers auf ihrer Haut und eine neue, tiefere Stille. Das Blätterrauschen, die Vögel, die Enten reißen ab, als hielte jemand der Welt den Mund zu. Während sie sinkt, bricht hoch über ihr wieder die Sonne hervor. Luftbläschen lösen sich von ihren Kleidern, aus ihrem Mund, von ihrem Körper und steigen hinauf ins Licht, das langsam von ihr wegdriftet.

Versunkenes Astwerk ragt ihr entgegen. Mulchige Schatten. Wasserpest. Plankton. Und noch immer kein Ende unter ihr. Schlammgrüne Bodenlosigkeit. Winzigste Pflanzenreste flirren um sie herum wie Staubteilchen, steigen hinauf in das

Loch, das sie hinterlassen hat. An ihr vorbei, ins Licht. In die andere Richtung, während sie sich im freien Fall befindet. Zugleich hält die Zeit an. Alles erscheint wie in Zeitlupe. Ihr Haar, das wie braunes Seegras hinter ihr herweht. Ihre Luft. Ihr Leben. Sie kann nur noch die Augen bewegen. Sie suchen den Karpfen, der nirgends zu entdecken ist. Trotzdem ist sie sicher, dass er sich noch in ihrer Nähe befindet. Vielleicht wartet er darauf, dass ihre Kräfte nachlassen. Vielleicht sieht er sie an. Die Dunkelheit vertieft sich. Sie fühlt keinen Schmerz, nicht einmal Unbehagen. Nur Sinken. Bodenlos, ewig.

Doch plötzlich zerreißt es, endet, gurgelt. Das ferne Licht zerspringt in tausend Stücke, die auseinanderspritzen wie Funken von einem Holzscheit. Ihr Körper wird herumgewirbelt, rollt, fängt sich, rollt abermals, und plötzlich fühlt sie, wie nach ihr gegriffen wird. Der Karpfen, denkt sie und schlägt um sich, verwundert, dass sie sich auf einmal nun doch wieder bewegen kann. Sie strampelt und schreit sich mit letzter Kraft auch noch die allerletzten Luftbläschen aus den Lungen. Der See dringt ihr in jede Körperöffnung, gewaltsam, als wollte er sie von innen ertränken. Er schmeckt nach Moos und Moder und Tod. Erschreckt will sie spucken. Doch das wild in sie einströmende Wasser erlaubt nicht, dass etwas von ihr nach außen gelangt. Es sperrt sie zurück in sich selbst. Ersticken, denkt sie noch. Ertrinken, untergehen, platzen. Dann wird sie hochgerissen. Schneeweiß und fremd fliegt ihre Hand an ihr vorbei, dem fernen Licht entgegen, das wie eine silberne Kuppel hoch über ihrem Kopf schwebt. Zugleich taucht aus der Tiefe der braungrüne Schatten auf. Ein Auge, dessen erstarrte Linse ein Stück weit aus der Pupille herausragt. Und schwarzgraue Bartfäden am klaffenden Maul. Am Abgrund.

Er nähert sich.

Er hat sie.

Er weiß, sie verliert.

Dann ist da nichts mehr. Nur Dunkelheit.

Sehr ernst ist hier die Welt und stumm in sich versunken,
Als wär' ihr letzter Laut im finstern See ertrunken …
(Nikolaus Lenau, Der schwarze See)

1

Erster Tag

Unartig …

Es war dieses eine, dieses merkwürdige Wort, das sich in ihrem Gedächtnis festgekrallt hatte, ohne dass sie hätte sagen können, wo sie es herhatte. Geschweige denn, was es bedeutete. Es war einfach da. Es war da, und es war das Erste, was sie dachte.

Sie konnte die Augen nicht öffnen, aber sie spürte, wie allmählich etwas wie Bewusstsein in sie zurücksickerte. Da war ein Gefühl von Kälte mitten in der Leere, die alles verdrängt hatte. Ein Gefühl von Schmerz. Ja, dachte sie, ich fühle Schmerzen. Zugleich registrierte sie, dass sie sich nicht bewegen konnte. Nicht im Großen, und im Kleinen auch nicht. Das war vielleicht das, was sie am meisten irritierte. Nicht die Tatsache, dass sie die Beine nicht anziehen und die Arme nicht heben konnte, sondern die Unbeweglichkeit ihres Gesichts.

Sie brauchte eine Weile, um sich darüber klarzuwerden, dass die Starre nicht an ihr, an ihrem Zustand, am mangelnden Bewusstsein lag. Dann war sie sich plötzlich sicher: Sie war nicht gelähmt, sie war gefesselt! Ein Klebeband nagelte ihre Lider auf den Augäpfeln fest und verschloss ihr den Mund. Also gab es eine äußere Ursache für das, was ihr zugestoßen war.

Vor dem Hintergrund dieser Erkenntnis blitzte ein Bild vor ihr auf. Die Silhouette eines Mannes. Eine erhobene Hand. Dann ein Schlag. Dumpf. Roh. Sie stöhnte. Er muss mich verschleppt haben, dachte sie, wer immer er ist. Verschleppt und gefesselt, nachdem er … Was denn eigentlich? Sie horchte in sich hinein und versuchte zu ergründen, was er ihrem Körper angetan hatte. Da schien eine Wunde zu sein, oberhalb der rechten Augenbraue. Von dort kam der Schmerz, stoßweise im Takt ihres Pulses. Und sonst? Nichts weiter? Nichts Schlimmeres? Sie konnte es nicht sagen. Große Teile ihres Körpers schienen abgestorben zu sein. Fern. Unerreichbar.

Panik loderte in ihr auf. Sie schmeckte die Gummierung des Klebebandes über ihren Lippen, während ihre Nasenwände mit jeder Sekunde enger zu werden schienen. Als versuchte sie, durch einen Strohhalm zu atmen. Sie merkte, wie ihr übel wurde. Nicht kotzen, dachte sie verzweifelt. Wenn du kotzt, erstickst du.

Um sie herum war eine tiefe, erdrückende Stille, und sie hatte das dringende Gefühl, allein zu sein. Irgendwo mitten im Nichts, weit entfernt von jedem anderen menschlichen Wesen. Zu ihrem eigenen Erstaunen erschreckte sie dieser Gedanke mehr, als dass er sie beruhigt oder gar getröstet hätte, obwohl er zugleich bedeutete, dass auch der Mann, der sie hergebracht hatte, nicht in ihrer Nähe war. Und dennoch … Das Gefühl, allein gelassen worden zu sein, versetzte sie in Panik. Was, wenn der Mann, der sie verschleppt hatte, nicht mehr zurückkehrte? Wenn er sie vergessen hatte? Wenn ihr Sterben in diesem elenden Loch ein Teil seines Plans war?

Nein, dachte sie. Er hat etwas vor. Er muss etwas vorhaben. Daran muss ich glauben. Wenn ich aufhöre, daran zu glauben, sterbe ich.

Der Druck in ihrem Kopf wurde immer unerträglicher. In ihren Lippen unter dem Klebeband pulsierte das Blut. Sie schienen geschwollen zu sein. Er war nicht zimperlich gewesen. Aber was wollte er? War sie entführt worden? Wollte er Geld?

Ihre Eltern besaßen ein Reihenhaus. Seit anderthalb Jahren waren sie schuldenfrei. Ein behinderter Sohn, zwei Wochen Bad Herrenalb im Herbst, eine Woche Tirol an Ostern. Und vor der Tür ein fünf Jahre alter Golf. Wer konnte auf die Idee kommen, dass bei Burgstallers etwas zu holen wäre?

Nein, dachte sie. Es geht nicht um Geld. Es geht um etwas anderes. Aber was? Was, verdammt noch mal? Wozu war sie hier? Sie runzelte die Stirn, bis das Klebeband über ihren Augen knisterte. Irgendwo in ihrem Kopf mussten Erinnerungen sein. Erinnerungen und eine Erklärung.

Unartig …

War das seine Stimme? Verzweifelt suchte sie nach Bildern, die zu den drei Silben passten. Nach einem Zusammenhang. Aber da war nichts. Nur dieses eine Wort, von dem sie nichts wusste, als dass es nicht ihr gehörte.

Das Wort war alles, was sie hatte.

Der einzige Hinweis.

*

Tante Edna?

T-a-n-t-e Edna?!

Tante???!!!!

Kriminalhauptkommissarin Edna Beck starrte das kleine blonde Mädchen an, als erwartete sie, dass sich die rosig runden Gesichtszüge jeden Augenblick auflösen und den Blick auf etwas Darunterliegendes freigeben könnten, etwas wie einen Alien mit riesigen, ausdruckslosen Insektenaugen und blitzenden, rasiermesserscharfen Zähnen. Doch die Verwandlung fand nicht statt. Vor ihr stand Maike Straßer, vier Jahre, und blickte aus unschuldigen hellbraunen Kinderaugen zu ihr herauf. Lina, zukünftige Exfrau von Ednas geschiedenem Mann und so gesehen gleich in zweifacher Hinsicht Ednas Nachfolgerin, war vor wenigen Minuten mit Maikes kleinem Bruder Björn im Wickelraum des Kaufhauses verschwunden und hatte Edna mit ihrer Tochter und einem vollbeladenen Buggy neben einem Wühltisch voller Strampelanzüge zurückgelassen. Und da standen sie nun also: Maike in ihrem rosafarbenen Mäntelchen, das sich aufs Unangenehmste mit Ednas kupferrotem Cordrock biss, und Edna, die einige Minuten darüber philosophiert hatte, warum sie sich auf Linas Überraschungsangriff in der Lebensmittelabteilung hin nicht einfach auf dem Absatz umgedreht und das Kaufhaus verlassen hatte, bis Maikes piepsiges Kinderstimmchen sie unvermittelt aus ihren Überlegungen gerissen hatte. *Du-hu, Tante Edna …*

Edna runzelte die Stirn. »Was hast du da eben gesagt?«

Das Kind antwortete nicht, sondern zog seinerseits die milchzarte Stirn in Falten, offenbar in der böswilligen Absicht, sein Gegenüber zu imitieren.

»Lass das und beantworte meine Frage!«, sagte Edna, die das unangenehme Gefühl hatte, in einen Zerrspiegel zu blicken. »Wie hast du mich da eben genannt?«

»Lass das, lass das«, echote die Kleine, anstatt zu antworten, wobei sie mit jeder Wiederholung der beiden Worte ein bisschen mehr in eine Art Singsang verfiel, der Edna entfernt an das Kinderlied vom Kuckuck, der aus dem Wald ruft, erinnerte. Dabei fiel ihr ein, wie stolz Lina darauf war, ausschließlich musisch begabte Kinder zur Welt zu bringen, weshalb sie ihren derzeit zum vierten Mal schwangeren Bauch denn auch in jeder freien Minute mit Mozart (für die emotionale Entwicklung des Kindes) und Bach (für räumlich-logisches Denkvermögen) beschallte und bereits im Vorfeld jede erdenkliche Anstrengung unternommen hatte, um sicherzustellen, dass das Baby, das sie in wenigen Wochen zur Welt bringen würde, schon im Kreißsaal mit dem letzten Satz der Jupitersinfonie begrüßt werden würde, weil dieser angeblich ein tonsatztechnisches Wunderwerk war und als solches das Neugeborene dazu inspirieren sollte, eines fernen Tages eine Melodie mit vier-, fünf- oder gar hundertfach beibehaltenem Kontrapunkt zu schreiben, was immer das war.

Jupitersinfonie ja, Vater nein, resümierte Edna, die noch

immer nicht herausgefunden hatte, was zwischen ihrem Exmann und seiner zweiten Frau vorgefallen war, weshalb zwei Menschen, die miteinander dreieinhalb Kinder in die Welt gesetzt hatten, urplötzlich von Scheidung sprachen und nicht einmal mehr bis zur Geburt des vierten Kindes unter einem Dach leben konnten. Sie selbst kannte Peter nur als pflichtbewussten, rationalen Menschen, der häusliche Konflikte mit der gleichen emotionalen Distanziertheit austrug, mit der er seine Klienten vor Gericht vertrat. Eine ausweglos verfahrene Familiensituation und ein überstürzter Auszug aus den eigenen vier Wänden passte ganz und gar nicht in das Bild, das sie sich in vier stürmischen Ehejahren von ihrem Exmann gemacht hatte. Nur deshalb stehe ich hier mit einem rosafarbenen Mädchen, das ich bisher nur von den Fotos kannte, die seine Mutter mir zuschickt, seit sie mir meinen Mann ausgespannt hat, dachte sie. Um herauszufinden, was Peter und Lina derart entzweit hat.

Sie ging in die Knie und sah der Vierjährigen direkt in die Augen. »Hör zu«, begann sie, während die musische Maike ihren um Strenge bemühten Blick mit größter Gelassenheit erwiderte. »Es gibt auf der ganzen Welt nur einen einzigen Menschen, dem ich erlaube, mich Tante Edna zu nennen. Und dieser Mensch bist nicht du.« Sie unterstrich diese Feststellung, indem sie mit dem Zeigefinger der rechten Hand ein paarmal sacht, aber eindringlich gegen Maikes winziges Brustbein tippte. »Du kannst mich Edna nennen, wenn es unbedingt sein muss, wenngleich mir eine weniger intime Anrede ehrlich gesagt lieber wäre, aber ...« Sie stutzte. Dieser klare Kinderblick machte sie irgendwie nervös. »Na, wie auch immer: Tanten jedenfalls sind alt und weißhaarig und tragen eine Brille, die sie nur abnehmen, wenn sie sich am Abend nach der Pilcher-Verfilmung in ihr pastellgelbes Bettjäckchen kuscheln und ihren Angorakater streicheln, während sie ihm eine von diesen schnapsgefüllten Pralinen ins Mäulchen schieben.« Konnte es sein, dass sie hin und wieder in Klischees dachte? Sie atmete tief durch. »Oder sie sind alt und weißhaarig und riechen gut und backen einen Haufen Kuchen und Plätzchen und all son Zeug und hören dir zu, wenn du zu Hause Ärger hast oder wenn jemand deiner Lieblingspuppe ein Bein ausgerissen hat oder ...« Der entsetzte Blick des Mädchens brachte sie abrupt zum Schweigen. Offenbar verfügten die beiden musischen Brüder der Kleinen nicht über die gleiche Zerstörungskraft, die Ednas Schwester Justine im Umgang mit verschiedenen Spielzeugen an den Tag gelegt hatte. »Na ja, zumindest kümmern sie sich um dich, wenn du dir beim Fahrradfahren die Knie aufschlägst und ...« Stopp! Augenblick! Konnten Vierjährige überhaupt schon Fahrrad fahren? Edna erinnerte sich dunkel an ein Foto, das eine rosafarbene Maike auf einem quietschroten Bobbycar zeigte. »Und sie singen lauter lustige Lieder mit dir«, fügte sie vorsichtshalber hinzu. Lieder singen zumindest würde die musische Kleine ja wohl nachvollziehen können! »Sie singen mit dir und tanzen mit dir, und zur Erstkommunion schenken sie dir ein hübsches rosafarbenes Sparbuch. Haben wir uns verstanden?«

Maike schüttelte freundlich den Kopf.

Edna seufzte. »Okay.« Sie zeigte auf ihre Nase. »Trage ich eine Brille?«

Kopfschütteln.

»Habe ich weiße Haare?«

Wieder Kopfschütteln.

»Dann nenn mich gefälligst nicht Tante, okay?«

Maike schob die Unterlippe vor, wobei sich mitten auf ihrem Kinn ein kleines Grübchen bildete, das Edna gegen ihren Willen an ihre Nichte Maja erinnerte. Einen kurzen Moment fürchtete sie, Linas Tochter werde ob ihres zugegebenermaßen etwas harschen Tonfalls zu weinen beginnen, doch stattdessen öffnete das Kind die Rosenlippen und fing an zu singen: »Auf, auf Tein ... auf, auf Tein ... Häuschen muss bald fertig sein.« Sie hielt kurz inne, um nach Luft zu schnappen, denn sie hatte nach einem eher verhaltenen Beginn ein gerüttelt Maß an Inbrunst in die Worte HÄUSCHEN und BALD gelegt, die ihr denn auch am lautesten geraten waren. Dann fuhr sie mit erfrischter Kraft fort: »Auf, auf Tein …«

»Stein auf Stein«, verbesserte Edna irritiert. »Am Anfang heißt es: Stein auf Stein.«

Doch das Kind nahm keinerlei Notiz von ihrem berechtigten Einwand, sondern fuhr unbeirrt mit einem neuerlichen »Auf, auf Tein« fort, wobei es selbstvergessen im Takt der Melodie hin und her schwankte und dabei immer lauter wurde. »Hääääuuuschen muss baaaald fertig sein.«

Edna sah sich unbehaglich um und bemerkte die wohlwollenden Blicke zweier älterer Damen, die ganz in der Nähe standen, woraufhin sie rasch einen Schritt beiseitetrat, um eine größere räumliche Distanz zwischen sich und die kleine Sängerin zu legen. Doch die Damen nickten ihr trotzdem anerkennend zu.

»Das ist nicht mein Kind!«, rief sie über den Wühltisch hinweg. »Es gehört meinem Exmann!«

Verblüffte Gesichter.

»Vier Kinder in sechs Jahren«, fügte sie erklärend hinzu. »Aber jetzt hat er die Faxen dicke und lässt sich scheiden!« Sie zwinkerte den beiden Damen vielsagend zu, dann fasste sie die noch immer singende Maike kurzerhand bei der zartrunden Schulter und drehte sie zu sich herum. »Also schön, Caruso. Wie alt bist du?«

Die Kleine hörte auf zu singen und reckte umständlich vier Finger in die Luft. »Soooo alt.«

»Okay«, sagte Edna. »Sag: Stein.«

»Tein.«

»Schtein«

»Tein.«

»Schschschtein.«

»Schschschtein.«

»Bingo. Und es sind zwei Steine in deinem Lied und nur ein Auf. Nicht zwei Aufs und ein Stein, alles klar?«

Verhaltenes Nicken.

»Bist du sicher?«

Nicken.

»Na, dann ist ja alles bestens«, befand Edna zufrieden und wollte sich eben wieder tiefenpsychologischen Überlegungen zu den möglichen Ursachen von Linas Ehekrise hingeben, als diese mit einem frischbewindelten Björn auf dem Arm und einem weiteren Stapel Kinderkleider in der freien Hand aus dem Wickelraum zurückkehrte. Offenbar war sie wild entschlossen, es zumindest in Bezug auf die Garderobe ihres Nachwuchses vor der Scheidung noch einmal so richtig krachen zu lassen.

»So, da wären wir schon wieder«, verkündete sie, indem sie ihren wild strampelnden Sohn mit geübten Handgriffen in seinen Buggy verfrachtete.

Schon ist gut!, dachte Edna und blickte demonstrativ auf ihre Armbanduhr.

»Ich müsste nur noch rasch bezahlen«, sagte Lina, die ihrem Blick gefolgt war, während sie ihre Beutestücke, die durch die ungestümen Tritte ihres Sohnes in alle Himmelsrichtungen verstreut lagen, zusammenraffte und ordentlich über den Griff des Buggys breitete. »Und du«, sie streichelte Maike flüchtig über das dünne Blondhaar und nestelte ihr Portemonnaie aus dem Netz unter dem Buggygriff, »du bleibst schön hier bei Tante Edna, bis Mami bezahlt hat, ja?«

Maike nickte eifrig und warf Edna einen triumphierenden Blick zu, während ihre Mutter den Buggy mitsamt ihrem Bruder in Richtung Kasse schob.

»Glaub mir, Herzchen, Mütter wissen noch lange nicht alles«, beeilte sich Edna klarzustellen, als Lina außer Hörweite war.

*

Sie bestand nur noch aus Nase und Ohren. Ihrer anderen Sinne beraubt, versuchte sie, sich ganz auf die beiden verbliebenen zu konzentrieren. Die Luft, die sie atmete, war kühl und roch nach altem Stein und Staub. Dazu war es unangenehm feucht. Unwillkürlich musste sie an die düsteren Kellerverliese denken, in denen Hollywoods Psychopathen ihre wehrlosen Opfer gefangen hielten, um was auch immer mit ihnen anzustellen. Aber das hier war kein Film, sondern die Realität. Eine beschauliche Gegend in Deutschland, kein amerikanischer Gruselschocker.

Sie versuchte, den Oberkörper ein wenig hin und her zu rollen, um den Untergrund, auf dem sie lag, näher zu erkunden. Da war etwas Hartes, über das er eine kratzige Decke gebreitet hatte. Ein Steinboden vielleicht. Oder festgetretene Erde. Auf alle Fälle unbequem. Zugleich hatte sie das unbestimmte Gefühl, dass sie sich irgendwo unter der Erde befinden musste. Was war das? Ein Keller? Ein Bunker? Eine Kiste im Waldboden? Der Gedanke machte sie wahnsinnig. Aber die Luft um sie herum war gleichbleibend kühl. Ein wenig muffig zwar, doch ohne Anzeichen von Verbrauchtheit. Nein, dachte sie, ich bin nicht in einer Kiste. Ich bin in einem größeren Raum.

Wie lange hatte sie nichts gegessen, nichts getrunken? Auf jeden Fall lange genug, um keinen Hunger mehr zu haben. Oder Durst.

Immerhin floss jetzt nach und nach etwas von dem verlorengegangenen Gefühl in ihre Fingerspitzen zurück. Blut prickelte darin mit tausend Nadelstichen, die sie gerne ertrug, weil sie bedeuteten, dass nichts abgestorben war. Noch nicht. Aber sie wusste, es war nur eine Frage der Zeit.

*

»Sie mag dich.« Lina schenkte ihrer Vorgängerin ein anerkennendes Kopfnicken und nahm einen Schluck von ihrem Rooibostee, dessen impertinentes Ingweraroma in regelmäßigen Intervallen an Ednas Nase schwappte.

»Tatsächlich?« Sie bedachte Maikes rosafarbenen Rücken, der sich fürsorglich über eine geradezu unanständig hässliche Puppe rundete, mit einem misstrauischen Blick. »Woran machst du das fest?«

»Das sehe ich«, entgegnete Lina. »Sie ist ganz verrückt nach dir.«

»Aha.« Edna griff nach ihrer Tasse, die ihre Gastgeberin vor ein paar Minuten mit etwas gefüllt hatte, das sie als «Kaffee» bezeichnete, und verzog sogleich angeekelt das Gesicht. Die Frage *Möchtest du vielleicht noch auf eine Tasse Kaffee hereinkommen?* war ihr heute zum ersten Mal in ihrem Leben von einer Frau gestellt worden, und angesichts der Qualität des Getränkes – im Stillen tippte sie auf fair gehandelten Nachkriegskaffeeersatz aus dem Bioladen – war sie sich sicher, dass ihr «erstes Mal» auf diesem Gebiet zugleich ihr letztes Mal sein würde. Es war schon unglaublich, wozu einen die Neugier treiben konnte! Nicht nur, dass sie sich bereit erklärt hatte, ihre Vorgänger-Nachfolgerin samt Buggy und Kindern nach Hause zu fahren, weil diese einen von drei Bussen pro Stunde verpasst hatten, nein, sie hatte sich obendrein in ein Haus bitten lassen, das ihr Exmann gemietet hatte, um seinem Traum von einer waldörflichen Bilderbuchfamilie Raum zu geben. Und der gute Peter hatte sich den Spaß tatsächlich einiges kosten lassen! Edna blickte sich unauffällig um. Die Möbel waren schick und gemütlich zugleich, und bei der Terrassentür schien ein wuchtiger Konzertflügel nur darauf zu warten, dass die musischen Kinder den Windeln entwuchsen.

»Spielt Maike ein Instrument?«, erkundigte sie sich, um endlich so etwas wie ein Gespräch in Gang zu setzen, das sich irgendwann behutsam und unauffällig auf Ehekrisen und Scheidungsgründe lenken ließ.

Lina nickte.

Edna tat es ihr gleich. Wie kommunizierte man mit einer Frau, mit der man bis auf einen Exgatten nichts gemeinsam hatte? »Blockflöte?«

»Kindervioline.«

Was zum Teufel sollte denn das sein?! »Aha.«

»Und Björn macht Musikgarten.«

»Tatsächlich?« Edna blickte zu dem großzügigen Massivholzlaufstall hinüber, aus dem heraus Linas jüngster Sohn schon seit geraumer Zeit seine Röntgenaugen auf sie gerichtet hatte.

»Letzte Woche hat er gelernt, wie man lustige Viertel schlägt«, merkte Lina mit offenkundigem Mutterstolz an.

»Ist ja toll«, entgegnete Edna mechanisch. Sie hatte ganz und gar nicht das Gefühl, dass ihr musikalische Inhalte besonders lagen. Also Themenwechsel! »Wo ist eigentlich …« Sie stutzte. Wie hieß Linas Stammhalter noch gleich? »… Linus?«

»Linus?«

Verdammt, das war ja wohl daneben! Es musste irgendetwas Nordisches sein, so viel stand fest. Lina war ein Astrid-Lindgren-Fan. Denk nach!, dachte Edna. Thorben? Lasse? »Lars?«

Lina strahlte. »Lars hat heute Oma-Tag.«

»Verstehe.« Edna seufzte. Wie brachte sie es nur fertig, die Unterhaltung auf die wirklich interessanten Themen zu lenken?

»Maike-Schatz, warum singst du Tante Edna nicht mal das Lied vor, das ihr im Kindergarten gelernt habt?«, schlug Lina unterdessen vor.

Nicht doch! Edna hob abwehrend die Hände. Hier ging es um Ehekrisen, Scheidungsgründe, Verletzungen – die ganze Palette. Eine weitere Gesangsdarbietung von Maike Caruso war da wirklich das Letzte, was sie hören wollte. Und sie hatte

Glück: Die Kleine schien nicht vorzuhaben, dem Wunsch ihrer Mutter zu entsprechen, sondern setzte unverdrossen die Pflege ihres filzhaarigen Puppenmonsters fort.

»Na los, Schatz«, rief Lina aufmunternd. »Sing uns das Lied vor.«

»Vielleicht ist sie indisponiert«, merkte Edna voller Verständnis an.

»Unsinn.« Lina schüttelte den Kopf und fing ihrerseits zu singen an. »Ich gehe mit meiner Laterne …« Sie hatte eine recht hübsche Stimme, wie Edna neidlos anerkennen musste. »… und meine …«

»… Laterne mit mir«, fiel Maike nun doch ein wie ein konditionierter Hund, wobei der Begriff «krähen» den Sachverhalt am treffendsten umschrieb. »Da oben, da läuten die Terne …«

Ganz klar!, dachte Edna, Terne und Teine. Mangelnde Konsequenz war dem Kind jedenfalls nicht vorzuwerfen.

»Hier unten lä-häu-ten wir«, krähte dieses mit einem breiten Strahlen auf den Rosenlippen. »Das Licht deht aus, wir dehn nach Haus, rabimmel, rabammel, rabumm.«

»Bumm, bumm«, schloss Lina und klatschte begeistert in die Hände, während sich ihr jüngster Sohn geringschätzig die Ohren zuhielt und Edna über die Frage nachdachte, ob es – passend zu einem Laternenumzug – nicht eigentlich *leuchten* statt *läuten* hätte heißen müssen.

»Hast du eigentlich schon überlegt, wie du es nennen willst?«, fragte sie in die unbequeme Stille, die Maikes musikalischem Ausbruch gefolgt war.

Lina nippte an ihrem Tee. »Was?«

»Das Baby.« Edna verdrehte die Augen. »Wie soll es heißen?«

»Na ja, ich dachte …« Lina biss sich auf die Unterlippe. »Ich hatte an Bente gedacht.«

»Bente?« Edna starrte sie an, als habe sie den Verstand verloren. Das war doch kein Name! Bente war irgendein Möbelstück von IKEA. Eine Kommode vielleicht oder irgendwas fürs Badezimmer.

Lina sah sie an. »Der Name gefällt dir nicht, oder?«

»Mir muss er ja auch nicht gefallen«, entgegnete Edna mit einem charmanten Lächeln, während sie überlegte, ob man ein Baby, das Bente hieß, am Ende auch selber zusammenbauen musste. »Die Hauptsache ist doch, dass er dir gefällt, nicht wahr?«

»Na ja …« Jetzt schien sie doch verunsichert zu sein. »Bei Sören für einen Jungen bin ich mir relativ sicher, aber wenn es ein Mädchen wird …«

Edna blickte auf. »Was soll das heißen: *Wenn* es ein Mädchen wird? Ich meine, sollte das nicht eigentlich schon feststehen?« Unwillkürlich suchte ihr Blick Linas Bauch, der aussah, als wollte er jeden Augenblick platzen.

»Ich will nie vorher wissen, ob es ein Junge oder ein Mädchen wird«, erklärte diese mit hintergründigem Lächeln.

»Und warum nicht?«

»Ich möchte mich nicht voreinnehmen.«

Edna schob ihre Kriegskaffeetasse ein Stück von sich weg. »Du meinst, wenn du vorher wüsstest, dass dein Baby ein Junge wird, würdest du dir in der Spielzeugabteilung nur noch Modelleisenbahnen ansehen?«, versuchte sie, die Beweggründe für eine ihrer Meinung nach vollkommen absurde Einstellung zu ergründen, während sie sich gleichzeitig fragte, was wohl passieren würde, wenn die musische Maike eines Tages auf die Idee kam, ihr rosa Röckchen gegen ein hellblaues Wämslein tauschen zu wollen? Revolution? Waldorf-Aufstand? Ein kleines Krieglein?

»So etwas erzeugt nur falsche Erwartungshaltungen«, sagte Lina todernst. »Und ich möchte …«

»Und du möchtest dich nun mal nicht voreinnehmen«, fiel Edna ihr ungeduldig ins Wort. Dieses Thema brachte sie – von einer nicht uninteressanten neuen Wortschöpfung einmal abgesehen – ja nun absolut nicht weiter!

»Bumm«, machte Björn in seinem Laufstall.

»Die Kinder stehen heutzutage schon genug unter Druck«, bemerkte seine Mutter mit tiefgründiger Miene.

»Sicher doch.« Edna nickte. Das reichte jetzt! Schluss, aus! Wenn eine Sache nicht auf die behutsame Art zu lösen war, musste es irgendwie anders gehen. Sie beugte sich vor und sah Lina direkt in die Augen. »Und warum hat mein Exmann dich verlassen?«

*

Sie hatte die Stille, die sie umgab, analysiert. Sie hatte nach etwas gesucht, das sie sich einprägen konnte, nach Verkehrslärm, der auf eine entfernte Straße hindeutete, nach Geräuschen, startenden Flugzeugen, vorbeirasenden Zügen, irgendetwas, das der Dunkelheit, in die sie geraten war, einen Ort zuordnete. Aber da war nichts. Nur ihre eigenen mühevollen Atemzüge.

Inzwischen war ihr klargeworden, dass es eine Weile dauern konnte, bis man sie vermisste. Wenn man sie überhaupt vermisste. Erst gestern hatte sie noch mit ihrer Mutter telefoniert. Gestern? Am Tag vor der großen Leere. Irgendwann vor einer halben Ewigkeit. Trotzdem, es konnte kaum länger als zwei oder drei Tage her sein. Sonst wäre sie längst verdurstet, oder nicht? Sie schüttelte leise den Kopf. Fest stand, dass ihre Eltern am Wochenende mit Lothar nach Bad Herrenalb fahren würden. Zwei Wochen in einer behindertengerechten Einrichtung. Wie jedes Jahr. Sie hatte ihrer Mutter eine gute Reise gewünscht, was bedeutete, dass ihre Eltern sich erst wieder bei ihr melden würden, wenn sie zurück waren. Bis auf die obligatorische Ansichtskarte mit dem immer gleichen Motiv natürlich. Sie seufzte. Zumindest klang das, was durch das

Klebeband drang, wie ein Seufzer. Bis zum Abitur war auch sie nach Bad Herrenalb gefahren, und sie hatte es gehasst. Bad Herrenalb war ungefähr so cool wie selbstgehäkelte Sportsocken. Aber am Meer schien es keine behindertengerechten Hotelzimmer zu geben. Jedenfalls keine, die ihre Eltern sich hätten leisten können.

Ob sie tatsächlich schon fort waren?

Ich sterbe hier, dachte sie, und eine Woge der Verzweiflung schwappte über ihren Körper. Wo immer dieses Nichts, in das ich geraten, in das ich verschleppt worden bin, auch sein mag. Ich sterbe hier, und niemand wird mich finden. Nicht einmal meine Knochen. Ich werde kein Grab haben, keinen Platz, der an mich erinnert. Ich bin einfach verschwunden, und irgendwann werden alle vergessen haben, dass es mich je gegeben hat.

Sie hatte Friedhöfe immer spießig gefunden, aber jetzt trieb ihr die Vorstellung, kein Grab zu haben, die Tränen in die Augen. Sie sammelten sich hinter dem Klebeband, und sie überlegte, ob ein Kopf von ungeweinten Tränen platzen konnte.

Ihr Herzschlag füllte die Stille mit einem dumpfen Pochen. Laut gewordene Unruhe. Aber auch Leben. Ihr Leben.

Sie lauschte ihm nach, bis sie einschlief.

Am schlimmsten:
Nicht im Sommer sterben,
wenn alles hell ist
und die Erde für Spaten leicht.
(Gottfried Benn)

2
Zweiter Tag

Edna schloss die Augen und massierte sich die Schläfen. Alle paar Wochen erwachte sie mit einem dumpfen Ziehen hinter dem rechten Auge, das sie sich nicht erklären konnte. Sie war kein Mensch, der zu Kopfschmerzen neigte, und hatte nicht einmal eine genaue Vorstellung davon, wann es begonnen hatte, nur, dass die Abstände zwischen den Attacken immer kürzer wurden. In einer Schublade ihres Schreibtisches lag eine Packung Schmerztabletten, aber der überstürzte Aufbruch in den Stadtwald, wo ein Pilzsammler an diesem Morgen über eine tote Frau gestolpert war, hatte ihr keine Zeit gelassen, sie einzustecken. Leichen kamen grundsätzlich zur Unzeit!

Vor ein paar Minuten hatten sie die Hunsrückhöhenstraße verlassen. Seither wurde der Wald immer dichter. Die Forststraße war voller Schlaglöcher und wand sich in abenteuerlichen Kurven den Hang hinauf. Zäher grauer Oktobernebel hatte die Landschaft fest im Griff. Das blasse Morgenlicht reichte kaum aus, ihren Weg zu erhellen.

»Wer sucht so früh schon Pilze?«, fragte Edna mit einem verständnislosen Kopfschütteln. »Noch dazu bei einem solchen Wetter?«

Ihr Kollege, Max Boettcher, zuckte mit den Schultern, ohne den Blick von der Fahrbahn zu nehmen, die immer enger zu werden schien. Der starke Regen der vergangenen Stunden hatte große Pfützen auf dem brüchigen Asphalt hinterlassen, die im Licht ihrer Scheinwerfer glitzerten. Es war ein Bilderbuchoktober gewesen, mild und sonnig. Bis gestern. In den frühen Abendstunden hatte es einen heftigen Wolkenbruch gegeben, infolge dessen die Temperatur um beinahe zehn Grad gefallen war.

Edna bedachte den leichten Tweedblazer auf ihrem Schoß mit einem zweifelnden Blick. Sie würde frieren, so viel stand fest. Sie seufzte und sah wieder ihren Kollegen an. »Hast du gewusst, dass sie im Waldorfkindergarten Feuersalamander häkeln?«

Max grinste und betätigte die Scheibenwischer, um die Frontscheibe von einem Schleier nebliger Feuchtigkeit zu befreien. »Ist nicht dein Ernst.«

»Doch«, nickte Edna. »Sie machen sie aus Filz oder Wolle oder als Laubsägearbeit und nennen sie Wesenheiten.«

Ihr Kollege warf ihr einen prüfenden Seitenblick zu. »Du hast dich doch nicht etwa mit Lina getroffen?«

Edna verzichtete darauf, die Frage zu beantworten. »Sie und Peter lassen sich tatsächlich scheiden«, sagte sie stattdessen.

»Unglücklicher Zeitpunkt«, befand Max sachlich, indem er den Wagen an einem riesigen Schlagloch vorbeizirkelte. Streckenweise kamen sie nur noch im Schritttempo voran. Unter den Reifen knirschte Schotter. »Wann genau ist ihr Termin?«

»Ende November, glaube ich.«

Max schüttelte missbilligend den Kopf.

»Sie engt ihn ein«, bemerkte Edna nach einer Weile dezidiert. »Angeblich erstickt sie ihn mit ihrer Häuslichkeit.«

»Aha.«

»Und weißt du, was er mir damals gesagt hat? Er hat gesagt, er will keine Gelegenheitsehe mehr führen und vermisse so etwas wie Nestwärme.« Ihre Finger trommelten triumphierend gegen die Scheibe des Seitenfensters. »Ich sage dir, dieser Mann hat überhaupt keine Linie!«

Max entschloss sich, diese letzte Aussage nicht zu kommentieren.

»Stell dir vor, jetzt will er sie sogar zwingen, aus ihrem Haus auszuziehen.«

»Das ist nur gemietet, oder?«

Edna nickte. »Er verlangt doch tatsächlich, dass sie sich sofort nach der Geburt um eine Wohnung für sich und die Kinder bemüht.«

»Hat *sie* dir das erzählt?«, fragte Max ungläubig, denn er wusste, dass Edna den Kontaktbemühungen ihrer Nachfolgerin normalerweise mit konstanter Verweigerung begegnete, weshalb Lina gelegentlich Ednas Anrufbeantworter als eine Art anonymen Kummerkasten missbrauchte.

»Ja«, entgegnete Edna knapp.

»Und?«

»Was und?«

Max schwieg und zog bedeutungsvoll die Augenbrauen hoch.

»Ja doch«, stöhnte Edna. »Ich habe ihr versprochen, noch mal mit ihm zu reden.«

»Das wird dir nichts als Ärger einbringen«, prophezeite ihr Kollege mit einem durchaus nachsichtigen Lächeln.

»Anzunehmen.«

In einiger Entfernung vor ihnen zweigte ein Waldweg ab. Ein Polizist in Uniform dirigierte die Einsatzwagen. Vor einer Wand aus Nadeln entdeckte Edna Wilhelm Villingers alten VW-Bus. Villinger war der Leiter der Spurensicherung.

Max parkte hinter einem der Streifenwagen. Die Luft war dick wie Wasser und schmeckte nach Humus und Rauch. Zum ersten Mal in diesem Herbst konnte Edna ihren Atem sehen. Sie schlüpfte in ihren Blazer und folgte ihrem Kollegen einen steinigen Pfad entlang, der steil hangabwärts führte.

Der Wald ringsum wirkte krank und vernachlässigt. Zwischen den hohen Buchenstämmen wucherte das Unterholz so dicht, dass man den Eindruck hatte, sich überhaupt nur mit Hilfe einer Machete einen Weg durch das Dickicht bahnen zu können. Gestrüpp und daumendicke Dornenranken breiteten sich über den Boden und erstickten alles Leben im Keim. Rechter Hand befand sich eine kleine Tannenschonung. Oberhalb davon war – offenbar durch die heftigen Regenfälle – ein Stück des durch einen früheren Kahlschlag instabil gewordenen Hangs weggebrochen und hatte Teile der Maschendrahtumfriedung mit sich gerissen, die die jungen Bäume schützen sollte. Von dort kam ihnen Wilhelm Villinger entgegen. Er trug eine knielange Regenjacke über seinem weißen Overall.

Edna hob grüßend die Hand. »Dürfen wir schon ran?«

Der Leiter der Spurensicherung machte eine Geste, die ebenso gut Zustimmung wie Resignation hätte ausdrücken können. »Nicht viel zu holen hier«, brummte er, indem er einen Schritt beiseite trat, um einen seiner Mitarbeiter an sich vorbeizulassen. »Sie liegt schon seit ein paar Tagen dort, und nach dem Wolkenbruch gestern Abend …« Er schüttelte den Kopf. »Reine Zeitverschwendung.«

Edna tauchte unter dem rot-weißen Absperrband hindurch. Sofort sanken ihre Füße bis über die Knöchel in den vollkommen durchweichten Waldboden ein. Die Schuhe kann ich wegschmeißen, dachte sie, verärgert darüber, dass sie es nicht schaffte, ein altes Paar im Wagen zu deponieren. Schuhe und Schmerztabletten. Für Fälle wie diesen. Irgendwo in einem der Bäume schrie ein Vogel. Edna sah nach oben, aber sie konnte nicht das winzigste Stück Himmel entdecken. Das welke Laub der umstehenden Bäume bildete eine undurchdringliche Kuppel. Was an Licht bis zum Boden durchdrang, reichte nicht bis in alle Winkel, deshalb waren rund um den Fundort der Leiche Scheinwerfer aufgestellt worden. Ihr Licht verwandelte die wuchernden Äste ringsum in bizarre Schatten. Die Tote lag seitwärts auf einer schwarzen Plastikplane. Sie sah leer aus. Die Hülle eines Menschen, grau und eingefallen. Gott sei Dank, dachte Edna, wer immer in diesem Körper gelebt hat, ist lange fort.

Dr. Walther Leisekeit, der zuständige Pathologe, hatte seine erste Untersuchung der Leiche bereits beendet, was Edna nicht weiter wunderte. Leisekeit war dafür bekannt, schon im Morgengrauen in seinem Institut aufzukreuzen, um es erst wieder zu verlassen, wenn ihn die Putzkolonne spätabends aus seinem Büro vertrieb. Edna hatte es noch nie erlebt, dass er nicht auf Anhieb zu erreichen gewesen wäre.

»Die Frau ist seit vier bis fünf Tagen tot«, kam er ohne Umschweife zur Sache, indem er zunächst Edna und dann Max die inzwischen wieder handschuhlose Hand entgegenstreckte. »Allerhöchstens sechs. Die Leiche war mit einer Schicht aus Humus und Blättern bedeckt. Keinerlei Anzeichen von Tierfraß.«

Edna ging neben der Toten in die Knie. Zum schwarzen Minirock trug sie ein Top, das einmal rot gewesen sein musste, und darüber einen zerschlissenen dunklen Lederblouson. Ihre Haut hatte eine eigenartige Farbe und wirkte trocken und brüchig wie Pergament. Darunter zeichneten sich die Knochen ab. »Irgendwelche Hinweise auf die Identität?«

Leisekeit schüttelte den Kopf. »Keine. Aufgrund ihres Zahnstandes würde ich allerdings schätzen, dass sie aus Osteuropa stammt.«

»Eine vom Gewerbe?«

»Sieht ganz danach aus.« Seine Hand klopfte ein paar Tannennadeln vom Ärmel seines Jacketts. »Sie ist erstochen worden. Drei Stiche, zwei in die Brust, einer in den Hals. Als sie hier abgelegt wurde, war sie bereits tot.« Er blickte den Hang hinauf. Ein Stück weiter oben wuchsen Ebereschen. Die roten Beeren leuchteten sogar noch im Nebel. »Der Ort ist ganz und gar nicht schlecht gewählt. Spaziergänger und Jogger benutzen andere Wege, ein Stück weiter oben. Hierher kommen höchstens mal ein paar Waldarbeiter. Und in der Schonung lag sie ziemlich sicher.« Er rieb sich die klammen Finger, bis sie sich röteten. »Bestimmt hat er darauf spekuliert, dass sie nicht so bald gefunden wird.«

»Aber sie wurde gefunden«, stellte Edna grimmig fest.

Leisekeit zuckte mit den Achseln. »Glück.«

Ja, dachte Edna und betrachtete den zerstörten Körper zu ihren Füßen, was man so Glück nennt ... »Wurde sie vergewaltigt?«

»Das kann ich noch nicht sagen«, winkte er ab. »Aber unabhängig davon haben Sie es ganz ohne Zweifel mit einer sexuell motivierten Tat zu tun. Ihre Brustwarzen sind zerschnitten.«

Unwillkürlich suchten Ednas Augen den Oberkörper der Toten. »Post mortem?«

»Ich fürchte, nein.«

»Scheiße.« Edna erhob sich und ging ein paar Schritte um die Tote herum. Sie war ans Licht gekommen, obwohl ihr Mörder sich die größte Mühe gegeben hatte, sie vor der Welt zu verbergen. Sie kamen alle ans Licht. Egal wie lange sie tot waren, irgendwann tauchten sie wieder auf. In einem Wald wie diesem, im Schlick eines trockengefallenen Sees, in einem stillgelegten Steinbruch. Unter dem Fundament eines alten Hauses, das einem Freizeitpark weichen soll. In einem verwunschenen Garten, am Ufer eines Flusses, auf einer Müllhalde. Ihr Blick suchte die Blutflecke auf dem Top der Toten. Sie tauchen wieder auf, als ob sie von uns erwarten, dass wir ihr Schicksal klären, dachte sie. Sie haben keine Namen, keine Gesichter, manchmal kaum mehr als ein paar Faserreste ihrer Kleidung auf den ausgeblichenen Knochen. Aber sie haben eine Vergangenheit. Und sie sprechen zu uns. Ja, dachte sie, auf die eine oder andere Art und Weise sprechen sie über das, was ihnen zugestoßen ist.

Sie ging wieder in die Knie und beugte sich über den Kopf

der Frau. Ihr Haar sah eigenartig aus. Es war dunkelbraun, struppig und etwa kinnlang. Nur am Hinterkopf gab es einige Strähnen, die deutlich länger waren und verrieten, dass die Tote bis vor kurzem auffallend langes Haar gehabt haben musste. Doch dann hatte irgendjemand es wenig sorgfältig auf halber Höhe zwischen Ohr und Schulter abgeschnitten. Der Anblick der zipfligen Strähnen löste in Edna ein diffuses Unbehagen aus. Was sollte das sein? Eine Geste der Demütigung? Eine Botschaft? *Ihre Brustwarzen sind zerschnitten.* Ratlos ließ Edna ihre Blicke abwärts, über die erschreckend dünnen Oberschenkel der Frau wandern. Die Füße waren nackt und vollkommen verdreckt. An mehreren Stellen klebte geronnenes Blut. »Was ist mit ihren Beinen passiert?«

»Sie meinen die Schürfwunden?«

Sie nickte. Als sie sich aufrichtete, merkte sie, dass ihre Knie zitterten. »Sieht aus, als wäre sie vor irgendetwas davongelaufen.«

»Oder vor irgendjemandem«, bemerkte Max. Er lehnte an einem morschen Baumstamm, dessen Astlöcher Edna an aufgerissene Mäuler erinnerten.

»Du meinst, er hat sie gejagt?« Sie betrachtete die Fingernägel der Toten, die ebenfalls einmal lang gewesen zu sein schienen. Jetzt waren die meisten allerdings weggebrochen. Was noch übrig war, sah trostlos aus.

»Wäre doch möglich.«

Sie wischte sich eine kurze braune Haarsträhne aus der Stirn, die sich in der nebligen Feuchtigkeit lockte. »Klingt ganz und gar nicht nach organisiertem Verbrechen.«

Max schüttelte den Kopf. »Kaum.«

»Interessant ist in diesem Zusammenhang, dass der Körper Verletzungen unterschiedlichen Alters aufweist«, bemerkte Leisekeit mit unbeteiligter Miene. »Einige davon sind notdürftig versorgt worden.«

Edna schob die Hände in die Hosentaschen, während die

klamme Kühle des Waldes unaufhaltsam ihre Beine hinaufkroch. »Was hat das zu bedeuten?«

Der Pathologe rückte seine Brille zurecht. »Ich an Ihrer Stelle würde davon ausgehen, dass sie bereits vor ihrem Tod längere Zeit irgendwo festgehalten wurde.«

*

Sie wusste, die Erinnerung würde sich nicht herbeizwingen lassen. Sie musste im Gegenteil vorgehen wie ein Archäologe: Behutsam Schicht um Schicht abtragen, um irgendwann mit ein wenig Glück auf etwas zu stoßen, das ihr neue Erkenntnisse über das Warum ihres Hierseins lieferte. Eine Erinnerungsscherbe. Bruchstücke, die sich zu einem Bild zusammensetzen ließen.

Sie war in der Bibliothek gewesen, daran erinnerte sie sich genau. Recherchen. Noch mehr Bücher. Noch mehr Material. *Der Schmerz als Einzelschicksal*, das Thema ihrer Hausarbeit über Adalbert Stifter, den traurigsten Dichter des Biedermeier. Sie studierte Germanistik im elften Semester. Wenn sie den Stifter-Schein bekam, konnte sie im Sommer ihr Examen machen. Endlich. Natürlich hätte sie das Studium ohne Probleme auch innerhalb der Regelstudienzeit beenden können, aber sie hatte nicht eingesehen, warum sie sich beeilen sollte. Lothar beeilte sich schließlich auch nicht. Lothar konnte sich noch nicht einmal alleine die Schuhe zubinden.

Sie verdrängte den Gedanken an ihren Bruder und konzentrierte sich auf die Bücherregale, die vor ihrem inneren Auge erschienen. Lange Reihen, prallgefüllt mit Wissen, Ideen, Gedanken. Sie sah sich an einem der zahlreichen Kopierer stehen und später das Schloss ihrer Fahrradkette aufschließen. Also hatte sie die Bibliothek verlassen. Und dann? Was war dann geschehen? Sie hatte an einem Supermarkt gehalten und ein paar Lebensmittel gekauft. Sie nickte. Sie hatte sich gebückt und unter dem Laufband für die Waren nach einer Plastiktüte für fünfzehn Cent gegriffen, weil sie wieder einmal nicht daran gedacht hatte, eine einzustecken, und weil ihr Rucksack randvoll mit Stifter war. Dann hatte sie bezahlt und ihr Portemonnaie in aller Eile zu den Einkäufen in die Plastiktüte geschoben, weil die junge Mutter mit dem zaghaften Mädchen hinter ihr so entsetzlich gedrängelt hatte. Anschließend war sie zu ihrem Fahrrad gegangen und nach Hause gefahren.

Momentan war sie ganz alleine in der geräumigen Vierzimmerwohnung, die sie sich mit zwei anderen Studentinnen teilte. Ihre Mitbewohnerinnen kamen erst zu Semesterbeginn. Bis dahin waren es noch zwölf Tage. Sie schluckte. Zwölf Tage! Und ihre Eltern waren auf dem Weg nach Bad Herrenalb. Wenn er sich nicht längst mit ihnen in Verbindung gesetzt hatte. Wenn …

Die Wohnung lag im Erdgeschoss einer größeren Wohnanlage. Neun Parteien pro Eingang. Im Hof gab es einen Schuppen, in dem sie ihre Fahrräder abstellten und … Sie stutzte. Ja, da war etwas! Da war eine Erinnerung. Der Fetzen eines Bildes. Sonnenschein. Ein hoher kristallklarer Oktoberhimmel, viel zu blau, um dem Frieden zu trauen. Und ein Wagen, weiter hinten im Hof. Weiß mit roter Schrift. Sie verkrampfte sich unter dem stärker werdenden Schmerz in ihrem Kopf, während irgendein entfernter Teil ihres Gehirns sich darum bemühte, das Bild schärfer zu stellen. Ein Transporter. Miesbach oder Mieslach oder so ähnlich. Sanitär. Eine zweigeteilte Hecktür und daneben … Die Erinnerung begann zu flackern, die Ränder schlugen Wellen und verschwammen. Dafür tauchte ein anderes Bild vor ihr auf. Die struppigen Grasbüschel zwischen den Platten im Hof. Und eine Hand, *ihre* Hand am Bügel des rostigen Vorhängeschlosses. Im Innern des Schuppens ist es stickig. Gartenmöbel stehen dort, bedeckt mit staubigen Plastikhüllen. Sie schiebt ihr Rad daran vorbei und lehnt es gegen die Rückwand, ganz wie immer. Sie nimmt die Tüte mit ihren Lebensmitteln aus dem Fahrradkorb und stellt sie neben dem klapprigen Gästebett, von dem niemand weiß, wem es gehört, auf den Boden. Dann schließt sie ihr Fahrrad ab. Sicher ist sicher. Sie hängt sich den Rucksack voller Stifter-Kopien über die Schulter und will eben wieder nach der Einkaufstüte greifen, als sie ein Geräusch hört. Holz knackt. Irgendwo hinter ihr. Bei der Tür. Sie dreht sich um, und im selben Augenblick geht das Licht aus. Zurück bleibt eine schwarze, undurchdringliche Finsternis. Oder? Sie schluckte. Ein weiterer Bildfetzen zuckte durch ihr Gedächtnis. Wieder die Silhouette. Eine erhobene Hand. Ein Gesicht. *Sein* Gesicht im Schatten, aber … Das Bild verglomm so schnell, wie es gekommen war. Zurück blieb die altbekannte Leere. Und die Erinnerung an eine Erinnerung.

Erschöpft rollte sie den Kopf auf die Seite. Auf die unverletzte. Der Transporter gehörte zu ihm. Sie wusste nicht, wieso sie sich in diesem Punkt so sicher war. Aber sie war es. Er musste mich irgendwie fortschaffen, versuchte sie die Sache logisch anzugehen. Er hat mich niedergeschlagen, und dann hat er den Transporter vorgefahren, mich hineingeworfen und ist losgefahren. Eine Sache von Minuten und doch erstaunlich tollkühn. Wenn jemand zur richtigen Zeit aus dem Fenster gesehen hätte, dachte sie. Wenn …

Da ist eine alte Frau mit weißen Haaren, deren Namen sie nicht kennt. Sie wohnt gegenüber, auf der anderen Straßenseite. Dass es sie gibt, hat ihr zuerst die Gardine verraten, die hinter der staubigen Scheibe hängt. Vergilbte Ranken, die von Zeit zu Zeit ganz sachte hin und her schwingen, obwohl kein Lüftchen weht. Im Zimmer hinter den Ranken läuft wahrscheinlich eine Gerichtsshow. Nein, bestimmt sogar. Eine von Dutzenden an diesem Tag. Doch der Blick der Frau geht hinaus in die Welt, zwei Etagen tief auf das ausgetretene Pflaster.

Sie atmete tief durch und dachte wieder an ihre Eltern. An Lothar und Bad Herrenalb. An die Postkarte, die in den nächsten Tagen in ihrem Briefkasten landen würde. An die Lehrveranstaltungen, die erst in knapp zwei Wochen begannen. An die leeren Zimmer ihrer Mitbewohnerinnen. Und zum ersten Mal kam ihr in den Sinn, dass die sonderbare Alte von gegenüber möglicherweise die einzige Chance war, die sie hatte.

*

»Letztes Jahr hatten sie einen Nuttenmord drüben in Neuwied.« Tillmann Cox stellte eine Thermoskanne in die Mitte des Tisches und setzte sich auf einen Stuhl neben der Tür.

Edna hasste es, wenn er so daherredete. *Nuttenmord.* »Das hier ist was anderes.« Sie goss sich eine Tasse Kaffee ein und reichte die Thermoskanne an Max weiter. Sie saßen im Büro von Gerald Rogler, ihrem Vorgesetzten. Durch das gekippte Fenster wehte milde Herbstluft herein. Der Nebel hatte sich bereits vor Stunden aufgelöst und einer kräftigen Oktobersonne Platz gemacht, die Edna irgendwie unwirklich vorkam. Ihre Schuhe waren inzwischen getrocknet, aber ihr selbst war noch immer nicht richtig warm geworden. »Leisekeit meint, dass sie über einen längeren Zeitraum hinweg gefangen gehalten und misshandelt wurde.«

Rogler hob den Kopf. »Ein Perverser?«

»Anzunehmen.« Sie starrte in die pechschwarze Brühe in ihrer Tasse. »Ihre Brustwarzen waren zerschnitten.«

»Was denken Sie? Ein außer Kontrolle geratenes Sexspielchen?«

»Nein«, sagte Edna. »Das war kein Spiel. Es war eine Jagd.«

Ihr Vorgesetzter betrachtete sie mit einem Ausdruck, den sie nicht deuten konnte. »Schon irgendwelche Hinweise auf die Identität?«

Max schüttelte den Kopf. »Wir haben ihr Bild rumgezeigt, aber von den hiesigen Kollegen kennt sie keiner«, sagte er. »Schweichert jagt sie gerade durch den Computer.«

»Sie könnte von überall her sein«, brummte Rogler. »Höchstwahrscheinlich ist sie nicht einmal in Deutschland gemeldet.«

»Und ihr Mörder hat ihr alles abgenommen, was eine schnelle Identifizierung zuließe. Wir haben nichts gefunden. Keinen Schmuck, keine Papiere, keine persönlichen Gegenstände. Nicht einmal ein Tattoo.«

»Was ist mit ihrer Kleidung?«

»Dutzendware von der Stange. Einzig die Herkunft des Lederblousons, den sie anhatte, gibt den Kollegen von der KTU Rätsel auf. Federberger meint, er könnte aus der Türkei stammen, will sich aber vor einer eingehenden Untersuchung nicht festlegen.«

Rogler machte eine wegwerfende Handbewegung. »Ist das alles?«

»Sie hatte ein paar ältere Wunden, die notdürftig verarztet wurden«, antwortete Max. »Verbandmaterial und Pflaster sind noch im Labor. Ebenso Proben der Erde von ihren Füßen.«

Edna schwenkte den Rest Kaffee in ihrer Tasse. »Sicher ist, dass der Täter über Räumlichkeiten verfügen muss, die es ihm erlauben, eine Frau längere Zeit gefangen zu halten.«

»Außerdem muss er mobil sein«, setzte Max hinzu. »Die Frau wurde erst nach ihrem Tod in die Schonung gebracht, wobei ein Auto relativ dicht an den Ablageort heranfahren kann. Nichtsdestotrotz muss er sie ein Stück getragen haben.«

»Und er wollte nicht, dass sie so bald gefunden wird.« Edna goss sich Kaffee nach. Vor ein paar Stunden hatte sie Schmerztabletten genommen, die nicht wirkten. »Pech für ihn, dass ein ordentlicher Platzregen und ein übereifriger Pilzsucher ihm einen Strich durch die Rechnung gemacht haben. Aber wenn er an anderer Stelle mehr Glück hatte, könnte er durchaus schon ähnliche Verbrechen begangen haben, ohne dass wir überhaupt bemerkt haben würden, dass es ihn gibt.«

»Vor allem wenn seine Opfer Frauen sind, die niemand vermisst«, bemerkte Max. »Oder die zumindest niemand als vermisst meldet«, fügte er einschränkend hinzu.

»Sie denken an einen Serientäter?«

Edna wollte gerade antworten, als das Telefon auf Roglers Schreibtisch zu läuten begann. Unwillig nahm er ab. Nachdem er eine Weile schweigend gelauscht hatte, verfinsterte sich seine Miene noch mehr. »Alles klar«, sagte er und kritzelte etwas auf einen Notizzettel. Dann knallte er den Hörer auf. »Wir haben noch eine Tote. Eine Lehrerin. Und diesmal ist die Leiche sozusagen noch warm.« Sein Blick bohrte sich in Ednas Augen. »Sie übernehmen die Sache. Hier ist die Adresse.« Er reichte ihr den Zettel über den Schreibtisch. »Fahren Sie sofort hin.«

»Warum wir?«, stöhnte Edna. »Ich meine, können das nicht Hiller und Lüdtke übernehmen? Immerhin haben wir diese Nuttensache am Hals und …«

»Das entscheide ja wohl immer noch ich«, bellte Rogler. »Und ich sage, dass Sie die Lehrerin übernehmen. Um Ihre tote Prostituierte kümmern sich einstweilen Cox und Schweichert. Und außerdem …« Er fixierte sie mit durchdringendem Blick. »Außerdem hat Leisekeit ausdrücklich *Sie* angefordert.«

Edna horchte auf. »Warum?«

»Das kann er Ihnen selbst sagen«, fauchte Rogler.

*

Und wenn er sie doch vergessen hatte? Wenn etwas schiefgelaufen war, etwas ihn davon abhielt, zu ihr zurückzukehren? Vielleicht hatte er einen Unfall gehabt und lag im Krankenhaus. Oder schlimmer noch: in der Leichenhalle. Vielleicht hatte er sie und das Wissen um ihre Existenz mit ins Grab genommen.

Sie stöhnte und drehte den Kopf wieder auf die andere Seite. Ihre Schulterblätter fühlten sich feucht an, so als träte dort Flüssigkeit aus dem Gewebe aus. Kein Zweifel, sie war im

Begriff, sich wund zu liegen. Irgendwo hatte sie mal gehört, dass das sehr schnell ging. Viel schneller, als man gemeinhin dachte. Das Schlimme war, dass sie keine Ahnung hatte, wie sie dem Wundliegen entgegenwirken sollte. Ihre Bewegungsmöglichkeiten beschränkten sich auf ein paar lächerliche Zentimeter, die sie von Minute zu Minute mehr Mühe kosteten. Unwillkürlich musste sie wieder an ihren Bruder denken. An die Creme, mit dem ihre Mutter ihn morgens und abends einrieb, damit die Haut über den Knochen, die er nicht bewegen konnte, heil blieb. Halbwegs heil zumindest.

Warum mussten sie auch unbedingt noch ein zweites Kind bekommen?, denkt sie manchmal. Wenn sie es doch bloß bei mir belassen hätten. Wenn sie doch bloß nicht unbedingt eine verdammte Bilderbuchfamilie hätten sein wollen. Vater, Mutter, Fink und Star. Brüderchen und Schwesterchen. Wenn …

An den Nachmittag, an dem sie von Lothar erfahren hat, erinnert sie sich minutiös. Wieder ist es ein herrlicher Tag, Herbst dieses Mal. Der Garten hinter dem Haus, den sie so liebt, ist in traumschönes Sonnenlicht gehüllt. Bunte Blätter rieseln von den Bäumen herab, während sie auf ihrem Schaukelbrett sitzt und den höchsten Ästen entgegenfliegt. Über den Dingen schweben. Bodenlos.

Was würdest du davon halten, wenn du noch eine Schwester bekommen würdest oder einen kleinen Bruder?

Sie hat die Frage der Mutter natürlich gehört, aber sie konzentriert sich lieber auf das Gras unter sich. Sieht es kommen und sich gleich darauf wieder entfernen. Das Auf und Ab fasziniert sie. Gras kommt näher. Entfernt sich. Kommt näher. Sie sieht das Gras und denkt an den Karpfen, dessen Linse unbeweglich ist wie bei allen Fischen. Die Scharfstellung erfolgt, indem der Karpfen die Lage der Linse verändert. Nicht die Form. So wie es ihr eigenes Auge gerade tut. Gras kommt näher. Entfernt sich. Kommt wieder näher, gewinnt an Kontur, zerfasert in einzelne Halme und verschwimmt mit jedem neuen Aufschwung wieder zu fernem, indifferentem Grün.

Lydia?

Sie weiß genau, sie will keine Schwester. Zugleich ist ihr klar, dass sie keine Wahl hat. Schwestern bekommt man ungefragt. Schwestern sind ein Schicksal, das einen ereilt oder eben nicht. Wenn man Glück hat. Und sie hat Glück. Zumindest, was die Schwester anbelangt. Bei Oma und Opa hat sie gerade Pfannkuchen bekommen, als das Telefon klingelt und der Vater von Lothar erzählt. An der Miene, mit der die Oma die Nachricht entgegennimmt, erkennt sie, dass etwas schiefgelaufen sein muss, lange bevor sie ihren Bruder zum ersten Mal zu Gesicht bekommt. Geschockt ist sie trotzdem. Das Bündel dort im Bettchen soll ein Mensch sein, ein Bruder? Ein wirrer Haufen verdrehter Gliedmaßen. Und die Haut rot wie Flusskrebs. Dass sie geschrien hat, weiß sie nur noch vom Hörensagen. Das nächste Bild, das ihre Erinnerung ihr anbietet, zeigt Lothar zu Hause am Esstisch. Er sabbert, immerzu. Sogar wenn er schläft. Irgendwo tief in ihm muss eine Quelle sein. Die Spucke rinnt aus seinem Mund und tropft von seinem Kinn auf sein Kissen, seinen Strampelanzug, sein Hemd. Seit er sitzen kann, trägt er Hemden, die lassen sich leichter an- und ausziehen. Die meisten sind kariert. Dunkelgrün, braun, beige. Jungenfarben eben. Ob ihm die Hemden gefallen, weiß sie nicht. Nur, dass er ohnehin keine Wahl hat. So wenig, wie sie eine Wahl hatte, was ihn betraf. Seine Augen sind blau. So intensiv blau, als hätte irgendwer die Farbe eigens für ihn erfunden. Manchmal, wenn er sie ansieht, fühlt sie sich durchschaut. Ertappt. Verraten. Sie hat sich gewünscht, dass er tot ist, lange bevor er überhaupt geboren wurde. Und fast hat sich ihr Wunsch erfüllt. Aber eben nur fast. Ihr Bruder rächt sich auf seine Weise. Indem er braucht. Zeit. Aufmerksamkeit. Liebe. Und verbraucht. Das Geld für den Urlaub am Meer. Den Ausflug. Das Barbiehaus. Eine Rampe für den Rollstuhl. Ein Gestell für die Wanne. Die

Schläuche mit Spezialnahrung zum Glück nur bis zum fünften Lebensjahr. Danach Normalkost aus dem Mixer.

Lydia!

Sie zuckte zusammen. Gleichzeitig hatte sie auf einmal das unangenehme Gefühl, dass in ihrem Haar etwas krabbelte. Eine Spinne vielleicht oder ein Käfer. Oder gab es gar keine Käfer, die in völliger Dunkelheit leben konnten? Sie lauschte wieder in die Finsternis. Bildete sie sich das alles nur ein? Den Käfer, die Alte von gegenüber, das Klebeband?

Sie wusste es nicht.

Allmählich wusste sie gar nichts mehr.

*

Edna nahm ihre Sonnenbrille ab und kniff die Augen zusammen. Die tief stehende Sonne reizte ihren vom Kopfschmerz gepeinigten Sehnerv zu Tränen. »Okay, was haben wir?«

»Annette Berner, Grundschullehrerin. Einundvierzig Jahre alt«, informierte sie der junge Streifenpolizist an der Tür des eleganten Einfamilienhauses, der sie offenkundig bereits erwartet hatte. »Sie liegt oben im Schlafzimmer. Ihr Mann hat sie gefunden, als er gegen 15:00 Uhr von einem Kongress zurückkam. Sieht ziemlich übel aus.« Er stutzte, vielleicht weil er Angst hatte, dass die beiden Kommissare ihm diesen letzten Kommentar als mangelnde Professionalität auslegen könnten. Doch er fing sich schnell. »Ich bringe Sie nach oben.«

Edna spähte eine breite, freischwingende Holztreppe hinauf, während sie sich eilig ein Paar Plastiküberzieher über die verdreckten Schuhe streifte. Sie war noch immer nicht glücklich über diesen neuen Fall, aber sie war auch neugierig. *Leisekeit hat ausdrücklich Sie angefordert.* Gut und schön. Aber seit wann ließ Rogler sich in seine Entscheidungen hineinreden?

»Sind die Kollegen von der Spurensicherung da oben schon durch?«

Der junge Beamte zuckte mit den Achseln. »Glaube ich kaum. Wie ich schon sagte, sieht es ziemlich übel aus.«

Übel, dachte Edna, was immer das heißt! »Irgendwelche Hinweise auf einen Einbruch?«

»Die Terrassentür stand offen.«

Edna sah ihn an. »Das ist alles?«

»Ja, wie's aussieht, ist das alles.«

Wie's aussieht, echote sie im Stillen. Aber leider liegen die Dinge nur äußerst selten so, wie sie aussehen, mein Junge. »Haben Sie alles überprüft? Kellerfenster, Dachboden?«

Er nickte. »Alles vollkommen unversehrt.«

Sie sah sich um. Ein penibel gepflegter Parkettboden, ein wertvoller alter Garderobenschrank mit Intarsien und gleich hinter dem Eingangstor ein Carport mit Raum für drei Autos – zumindest finanziell gesehen schienen die Berners auf der Sonnenseite des Lebens zu stehen. »Keine Alarmanlage?«

»Doch. Aber die war offenbar nicht eingeschaltet.«

Edna runzelte die Stirn. »Was ist mit der Haustür? War die abgeschlossen?«

»Der Mann sagt nein.«

»Kinder?«

»Keine.«

Sie nickte. Keine Kinder. Zum Glück nicht. »Wo ist der Ehemann jetzt?«

Das kantige Kinn des jungen Beamten wies über ihre Schulter, wo eine Flügeltür ins Wohnzimmer führte. »Meine Kollegin kümmert sich um ihn.« Er senkte die Stimme. »Er hält sich ganz gut, aber man kann ja nie wissen.«

»Was macht er beruflich?«

»Er ist Arzt.« Er sah sie an. »Möchten Sie vielleicht doch erst mit ihm sprechen?«

»Nein.« Edna schüttelte den Kopf. »Zuerst will ich das Opfer sehen.« Das Opfer, die Ehefrau, die Leiche.

Schon auf der Treppe konnte sie das Blut riechen. Ein unangenehm metallischer Geruch, an den sie sich niemals gewöhnen würde, ein Geruch, der in ihr einen monumentalen Fluchtreflex auslöste. Eine ganz und gar archaische Reaktion, der mit Vernunft allein nicht beizukommen war. Sie presste die Lippen aufeinander und hielt die Luft an. Dicht hinter sich hörte sie Max' Schritte auf den hölzernen Stufen.

»Das ist ja direkt ein Festtag heute, was?!«, rief Villinger ihnen entgegen, als sie den oberen Treppenabsatz erreichten. Er kniete vor dem Schlafzimmer auf dem Boden und war gerade dabei, einen Teil des Türrahmens mit einem durchsichtigen Klebestreifen abzukleben. Maren Tidorf, seine Assistentin, stand bei ihm. Sie hielt eine Sprühflasche mit Luminol in der Hand und verfolgte die Bemühungen ihres Vorgesetzten mit konzentrierter Miene. Edna zwinkerte ihr zu und betrat das Schlafzimmer des Ehepaares, wo es aussah wie in einem Schlachthaus.

Annette Berner lag in halbsitzender Stellung auf dem Bett, den Rücken gegen das gusseiserne Gestell gelehnt. Ihre Arme hingen rechts und links neben ihrem Körper auf die blutverschmierte Bettdecke herab, was Ednas Eindruck verstärkte, eine überdimensional große Puppe vor sich zu haben. Eine Puppe in einem See von Blut. Der Kopf war ein wenig nach rechts geneigt, dem Fenster zu, durch dessen halbgeschlossene Vorhänge die goldene Oktobersonne hereinfiel. Schulterlanges braunes Haar umrahmte das blutverkrustete Gesicht. Die Nase schien gebrochen zu sein, unter dem linken Auge und an der linken Schläfe zeugten massive Platzwunden von den brutalen Schlägen, mit denen der Täter das Gesicht seines Opfers traktiert hatte. Der Rock der Frau war bis zur Hüfte hochgeschoben und gab den Blick auf ihren blutdurchtränkten Slip frei. Ihre cognacfarbene Seidenbluse war zerrissen, die Fetzen waren steif von geronnenem Blut. Schon auf die Entfernung erkannte Edna mehrere tiefe Stichverletzungen unter dem zarten Stoff.

Leisekeit stand beim Fenster und war gerade dabei, das kleine Diktiergerät, in das er seine Kommentare zu sprechen pflegte, wieder in seinem abgewetzten braunen Lederkoffer zu verstauen, ohne den Edna ihn noch nie gesehen hatte.

Sie angelte ein Paar Latexhandschuhe aus der Pappschachtel, die einer von Villingers Leuten ihr entgegenstreckte. Dann trat sie einen Schritt näher an das Bett heran und zwang sich, Annette Berner genauer anzusehen. Die Beine waren auf Höhe der Knie mit einer Art Kordel gefesselt, die Füße steckten in eleganten schwarzen Stiefeletten, deren Spitzen einander berührten und auf denen zumindest mit bloßem Auge kein einziger Blutspritzer zu erkennen war. Edna riskierte einen Blick unter den Rock der Frau, während sie über die Frage nachdachte, ob der Mörder seinem Opfer die befremdlich unversehrten Stiefeletten tatsächlich erst nach der Tat angezogen hatte und warum. Sie war sich absolut sicher, dass das, was sie vor sich sah, arrangiert war. Die Pose der Frau, die Schuhe, die Blickrichtung. Hier ist nichts dem Zufall überlassen, dachte sie, wir sehen genau das, was wir sehen sollen.

»Hat der Ehemann irgendwas angefasst oder verändert?«, wandte sie sich an den jungen Streifenbeamten, der sich in die entgegengesetzte Ecke des Zimmers zurückgezogen hatte und unverwandt in Annette Berners zerstörtes Gesicht blickte.

»Er sagt nein.«

Edna zog zweifelnd die Augenbrauen hoch. »Abwarten.«

»Haben Sie ihre Hand bemerkt?«, fragte Leisekeit, der unbemerkt hinter sie getreten war, indem der das Handgelenk der Toten ein wenig anhob, damit Edna es sehen konnte. Das Erste, was sie registrierte, war, dass es keinerlei Abwehrverletzungen gab und dass die Fingernägel der Lehrerin zwar in einem dezenten hellrosa Ton lackiert, aber dennoch bis auf die Haut abgekaut waren. Erst auf den zweiten Blick sah sie, was der Pathologe ihr zeigen wollte. »Was halten Sie hiervon?«

Sie beugte sich ein Stück über das Bett, wobei sie sorgfältig darauf achtete, die Laken nicht zu berühren. »Er hat ihr einen Finger abgeschnitten?«

Leisekeit nickte. »Den Daumen der linken Hand. Ist sauber direkt unterhalb des Phalanx proximalis abgetrennt. Die Verletzung ist vital. Zum Tatwerkzeug kann ich noch nichts sagen«, kam er ihrer Frage zuvor. »Vielleicht eine Art Tranchiermesser oder eine Geflügelschere.«

Edna musste unwillkürlich an die Tote aus dem Wald denken. An ihr seltsam verschnittenes Haar. »Eine Trophäe?«

»Möglich.«

Edna starrte auf den blutigen Knochenstumpf. Zugleich hatte sie das Gefühl, dass sich der zähe Blutgeruch allmählich auf ihre Haut legte und die Poren verstopfte. Zwei brutale Morde an einem Tag. Was zur Hölle war auf einmal los in dieser Stadt?

»Aber da ist noch etwas.« Leisekeit schob die Bluse der Toten ein Stück zur Seite. »Sehen Sie hier.«

Annette Berner trug kein Hemd. Der BH war zerschnitten und hing schlaff neben ihren wohlgeformten Brüsten herunter. Der gesamte Oberkörper war mit Stich- und Schnittwunden übersät. Manche von ihnen waren eher oberflächlich, darunter eine, die vom Brustbein der Toten bis zum Bauchnabel reichte. Die Ablaufstraßen des Blutes verliefen horizontal, was Edna nicht überraschte. Sie hatte bereits vermutet, dass Annette Berner während ihres Martyriums auf dem Rücken gelegen hatte und erst nach ihrem Tod in jene halbsitzende Stellung gebracht worden war, in der ihr Mann sie gefunden hatte. Ein Arrangement, dachte sie wieder. Er präsentiert uns sein Opfer auf dem Silbertablett. Aber die Leiche der Prostituierten war mit Laub und Erde bedeckt.

Leisekeits Zeigefinger wies auf zwei gekreuzte, etwa sechs Zentimeter lange Schnitte unterhalb des Bauchnabels, die eine Art »x« bildeten. Edna erkannte sofort, was der Pathologe meinte. Die Form war viel zu akkurat, als dass sie durch einen Zufall zustande gekommen sein konnte. Sie runzelte die Stirn. »Was ist das?«

Der Gerichtsmediziner antwortete mit einer Gegenfrage. »Sagt Ihnen der Name Jörg Nevers etwas?«

Edna dachte einen Moment nach. »Nicht wirklich.«

Leisekeit musterte sie mit einem Blick, der ihr das dringende Gefühl vermittelte, einer Prüfung unterzogen zu werden. »Natürlich nicht«, sagte er dann mit einem beinahe entschuldigenden Lächeln. »Sie waren ja damals gar nicht hier.«

»Wann?«

»Vor ziemlich genau sieben Jahren.«

Edna schüttelte den Kopf. »Das fällt in meine Frankfurter Zeit. Warum?«

»Nevers vergewaltigte Anfang der Neunziger sechs Frauen auf brutalste Art und Weise«, erklärte der Pathologe. »Eines der Opfer starb. Eine junge Kellnerin. Ihr Name war Ursula Biermann.« Er richtete seinen hageren Rücken auf und reckte den Kopf vor. Die Herbstsonne ließ seine randlose Brille funkeln. Dahinter schienen seine Augen eine Spur dunkler geworden zu sein. Edna wunderte sich darüber. Es kam selten vor, dass der Pathologe etwas wie Gefühle zeigte. So selten, dass böse Zungen behaupteten, er habe gar keine. »Wie auch immer: Nevers pflegte seinen Opfern ein x in die Bauchdecke zu ritzen«, sagte er jetzt. »Er nannte es ein Andenken.«

Edna betrachtete die im Vergleich zu den restlichen Verletzungen eher unscheinbare Wunde am Bauchnabel der Toten. Sie war nicht tief, aber tief genug, dass eine Narbe zurückgeblieben wäre, falls Annette Berner überlebt hätte. »Was ist mit dem Kerl?«, fragte sie. »Sitzt er?«

Leisekeit nickte. »Er wurde nach dem Mord an Ursula Biermann gefasst. Der erste Prozess platzte, soweit ich mich erinnere, wegen irgendeines unbedeutenden Verfahrensfehlers.

Im zweiten wurde ihm von einem Gutachter verminderte Schuldfähigkeit attestiert, und er landete irgendwo in einer forensischen Klinik.«

»Ein Nachahmungstäter?«

Seine Antwort bestand aus einem Achselzucken.

Edna sah wieder die Stiefel der Toten an. Die Frau aus dem Wald war barfuß gewesen und hatte keine x-förmige Wunde gehabt. Kein Andenken.

»Was können Sie uns über den Zeitrahmen sagen?«, fragte sie, indem sie sich wieder zu Leisekeit umdrehte.

Der Pathologe griff nach seinem Koffer. Bei der Tür warteten bereits zwei seiner Mitarbeiter mit einem Zinksarg. »Sie ist zwischen dreiundzwanzig Uhr und ein Uhr früh gestorben.«

»Laut Aussage des Ehemanns war sie gestern Abend im Theater«, mischte sich der junge Streifenpolizist ein, der ihre Unterhaltung mit sorgsam im Zaum gehaltenem Interesse verfolgt hatte. »Sie hatte ein Abonnement. Zehn Vorstellungen pro Spielzeit. Immer donnerstags.«

Edna tauschte einen Blick mit Leisekeit. »Ihrer Kleidung nach zu urteilen, scheint sie tatsächlich dort gewesen zu sein«, stellte sie fest. »Bliebe abzuklären, wie lange die Vorstellung gedauert hat und ob sie anschließend sofort nach Hause gefahren ist. Vielleicht hat sie ihren Mörder ja sogar selbst mit nach Hause gebracht.«

»Die Terrassentür stand offen«, bemerkte der junge Beamte erneut.

Edna lächelte ihm zu. »Das erwähnten Sie bereits.«

Er lief rot an, sagte jedoch nichts mehr.

Leisekeit nahm seinen Mantel vom Fensterbrett. »Ich lasse Ihnen meinen Bericht so schnell wie möglich zukommen.«

Edna nickte und sah sich im Schlafzimmer der Berners um. Der Raum wirkte überaus aufgeräumt. Spiegel, eine weiße Schminkkommode mit ein paar Cremetiegeln und verschiedenen Parfümflakons, begehbare Schränke. Edna machte einen Schritt darauf zu und öffnete die Türen. Auf der linken Seite befanden sich ausschließlich Herrensachen in gedeckten Farben. Anzüge, stapelweise Hemden, T-Shirts, stabile Pappboxen mit zusammengerollten Socken, Krawatten, Unterwäsche. Annette Berners Schrankseite dagegen wurde von kräftigeren Tönen dominiert. Röcke, Pullover, Hosenanzüge in Rot, Apricot, Terrakotta und Blassblau, dazu ein paar klassische Basics in Braun und Schwarz. Edna ging in die Knie und inspizierte die zahlreichen Schuhkartons, die unter den Kleiderstangen aufgereiht waren. Stiefeletten, Slipper, Mokassins, daneben acht Paar Pumps, eines davon in exakt demselben Rehbraun wie der Rock, den das Opfer trug. Edna stopfte die rehbraunen Pumps in einen Plastikbeutel und drückte diesen einem von Villingers Mitarbeitern in die Hand.

»Der Ehemann soll sich die Schränke genau ansehen, sobald die Spurensicherung das Zimmer freigegeben hat.«

Der junge Beamte nickte.

Auf einer Konsole an der Wand prangte die Fotogalerie der Familie. Interessiert betrachtete Edna die säuberlich gerahmten Aufnahmen. Annette Berner im Tennisdress und inmitten einer Schar von Kindern vor einem Tigerkäfig, offenkundig bei einem Schulausflug in den Zoo. Das Ehepaar Berner Arm in Arm an einem tropischen Strand. Schwarzweißfotos der Eltern. Verwandte. Vorfahren. Sie stutzte. »Was ist das hier?«

Villinger, der noch immer bei der Tür kniete, blickte flüchtig auf. »Was?«

Edna hielt ihm die Fotografie eines fast vollkommen weißen Jack-Russell-Terriers entgegen. »Wo ist dieser Hund?«

Er zuckte mit den Achseln. »Keine Ahnung. Hier war kein Hund.«

Sie drehte sich abermals zu dem jungen Polizisten um, der sie eingelassen hatte. »Haben Sie bei Ihrer Ankunft einen Hund gesehen?«

Er schüttelte den Kopf.

»Haben Sie genau nachgesehen? Vielleicht hat der Täter ihn irgendwo eingesperrt, damit er ihm nicht in die Quere kommt.«

»Nein«, versicherte der Beamte erneut. »Wir haben uns sämtliche Räume vorgenommen. Auch den Keller. Da war kein Hund.«

Edna nahm das Foto und ging ins Erdgeschoss hinunter. Die freischwingenden Stufen vibrierten unter ihrem Gewicht, was ihr ein ausgesprochen unangenehmes Gefühl von Instabilität gab. Im Wohnzimmer war Klaus Berner gerade im Begriff, sich eine Zigarette anzuzünden. Im Aschenbecher auf dem Couchtisch lagen bereits mehrere Kippen. Als er die Kommissarin bemerkte, ließ er das Feuerzeug sinken.

»Beck, Mordkommission«, stellte Edna sich vor, indem sie ihm die Hand gab. Seine Finger waren kalt und fühlten sich sonderbar leblos an. »Mein Kollege und ich untersuchen den Fall.«

Berner nickte nur.

»Glauben Sie, dass Sie mir ein paar Fragen beantworten könnten?«

Sein Blick fiel auf die Fotografie in ihrer Hand. »Das ist Lulu«, erklärte er mit einem leisen Lächeln, das ganz und gar nicht zu dem gehetzten Ausdruck seiner Augen passen wollte. »Ich habe nach ihr gerufen, aber sie ist verschwunden.«

»Sie hatten sie nicht bei sich?«

»Was meinen Sie?«

»Auf Ihrer Reise.«

»Nein.«

Edna betrachtete die Terrassentür, die noch immer sperrangelweit offen stand. Welcher Hund lief davon, wenn ein Fremder in sein Revier eindrang und sein Frauchen bedrohte? »Sie haben meinem Kollegen erzählt, dass Ihre Frau gestern Abend ins Theater wollte«, wandte sie sich wieder an den Arzt.

»Wäre es da vielleicht möglich, dass sie den Hund bei Verwandten gelassen hat? Oder bei Freunden?«

Berner schüttelte den Kopf. »Annette würde sich niemals auch nur eine Nacht von Lulu trennen. Sie hängt ...« Er hielt inne. Seine Stimme zeigte haarfeine Risse. Natürlich, dachte Edna, er ist Arzt. Und er hat ihre Wunden gesehen. Er weiß, was sie durchgemacht hat, bevor sie endlich sterben durfte. »Annette hing wirklich sehr an ihr«, sagte er jetzt. »Und Lulu bleibt ohne Probleme ein paar Stunden alleine.«

Edna kramte in ihrer Handtasche nach einem Notizblock, fand jedoch nur einen alten Taschenkalender. »Stimmt es, dass Ihre Frau ein Abonnement fürs Theater hatte?«

Seine Antwort beschränkte sich erneut auf ein kurzes Nicken.

»Haben Sie auch eins?«

»Nein«, entgegnete er, während er nun doch nach seinem Feuerzeug griff. Vor dem Fenster in seinem Rücken blühten die letzten Rosen. »Meine Dienstzeiten sind zu unregelmäßig, als dass ich alle paar Wochen einen festen Termin einhalten könnte.« Er zündete sich eine Zigarette an und inhalierte den Rauch. »Wenn meiner Frau ein Stück besonders gut gefällt, kommt es allerdings vor, dass wir es uns noch einmal gemeinsam ansehen.«

»Gibt es jemanden, der uns definitiv sagen kann, ob Ihre Frau die Vorstellung gestern Abend tatsächlich besucht hat?«

»Vera«, nickte er. »Vera Straub. Eine Kollegin aus der Schule. Die beiden gehen schon seit Jahren zusammen ins Theater.«

Edna sah sich nach Max um, der sich bereits eine entsprechende Notiz gemacht hatte und mit seinem Handy in der Diele verschwand. »Wie lange waren Sie eigentlich verreist?«

»Seit Mittwoch.«

»Haben Sie in dieser Zeit mit Ihrer Frau telefoniert?«

»Ja.«

»Auch gestern?«

»Ja.« Er schnippte ein wenig Asche von seiner Zigarette. »Ich habe sie morgens angerufen und sie gebeten, mir ein paar Unterlagen zu faxen, die ich zu Hause vergessen hatte. Nichts Wichtiges.«

»Ist Ihnen während dieses Telefonats irgendetwas Bemerkenswertes aufgefallen?«

Seine Antwort kam umgehend und ließ keinen Raum für Zweifel. »Nein.«

»Hat Ihre Frau irgendwann einmal erwähnt, dass sie sich vor jemandem fürchtet? Fühlte sie sich vielleicht beobachtet?«

»Nein.«

»Gut«, sagte Edna, die im Grunde nichts anderes erwartet hatte. »Ich denke, das wäre zunächst alles. Allerdings können wir es Ihnen nicht ersparen, sich später noch einmal genau umzusehen. Vor allem im Schlafzimmer. Wir müssen wissen, ob der Täter etwas verändert oder mitgenommen hat.« Sie sah ihn an. Er hatte seine Emotionen gut im Griff, aber in der Tiefe seiner Augen lauerte bereits der Zusammenbruch. Im Stillen fragte sie sich, ob er sich darüber im Klaren war, was ihm bevorstand. »Sie sollten ein paar Tage zu Freunden ziehen.«

Er drückte seine Zigarette aus. »Es ist mein Haus«, sagte er mit Nachdruck.

Edna verstand, was er meinte. »Tun Sie's trotzdem«, sagte sie und dachte an den Blutgeruch auf der Treppe. Berner würde sein Haus verteidigen. Er würde sich weigern, fortzuziehen, wochen-, monate-, vielleicht sogar jahrelang. Aber irgendwann würde er dieses Haus, sein Haus, nicht mehr ertragen. Es würde auf immer und ewig das Haus bleiben, in dem seine Frau eines unvorstellbar grausamen Todes gestorben war. Ein entweihter Ort. Sie steckte ihren Kugelschreiber ein und sah ihn an. »Unsere Experten werden noch eine ganze Weile hier zu tun haben«, sagte sie. »Glauben Sie mir, Sie wären nur im Weg.« Seine Blicke bohrten sich in ihren Rücken, als sie langsam zur Tür ging. »Würde Lulu gebellt haben, wenn ein

Fremder ins Haus eingedrungen wäre?«, fragte sie, indem sie sich noch einmal umdrehte.

»Unbedingt«, entgegnete er. »Sie ist sehr wachsam und obendrein entsetzlich eifersüchtig.«

Sie nickte und zog die Flügeltür hinter sich zu. Bei der Treppe wartete Max. Der junge Streifenbeamte stand bei ihm.

»Ich möchte bloß wissen, wo dieser Hund abgeblieben ist«, murmelte sie und entledigte sich nun auch endlich ihrer Überschuhe. »Wenn er nicht im Haus war, muss er weggelaufen sein. Oder aber …«, sie unterbrach sich, weil ihr das, was sie sagen wollte, irgendwie widersinnig vorkam. »Oder aber der Täter hat ihn mitgenommen.«

Max machte ein zweifelndes Gesicht. »Warum sollte er das getan haben?«

»Was weiß ich«, brummte Edna. »Auf jeden Fall will ich, dass das Tier gefunden wird.« Sie blickte sich unschlüssig um und legte die Überschuhe schließlich auf einer Kommode neben der Treppe ab. »Hast du diese Kollegin erreicht?«

Er nickte. »Annette Berner ist tatsächlich im Theater gewesen. Die Vorstellung war gegen 21:45 Uhr zu Ende. Ein paar Minuten später haben sich die beiden Frauen auf dem Theatervorplatz getrennt, und Annette Berner ist zu ihrem Wagen gegangen, den sie grundsätzlich auf dem Parkplatz am Schloss abgestellt hat.« Er warf einen flüchtigen Blick in seine Notizen. »Anscheinend hatte sie dort letzten Winter eine ziemlich unangenehme Begegnung mit einem Exhibitionisten. Deshalb ist sie auch seither immer gleich nach dem Theater nach Hause gefahren, solange auf dem Parkplatz noch Betrieb herrschte.«

»Sie war also vorsichtig«, resümierte Edna nachdenklich.

»Offensichtlich«, nickte Max und steckte sein Notizbuch ein. »Sie ist alleine fortgegangen, und Frau Straub war sich auch sicher, dass sie keine Verabredung erwähnt hat. Aber etwas anderes ist merkwürdig …«

»Was?«

»Ich hatte mich schon gefragt, warum Annette Berner überhaupt nicht vermisst wurde, wo sie doch heute Morgen nicht in der Schule war.«

»Stimmt«, sagte Edna. Ihr Kollege hatte recht! Die Tote war Lehrerin gewesen. Da blieb man nicht einfach mal einen Tag unentschuldigt zu Hause. »Und?«

»Frau Straub sagt, soweit sie wisse, habe Berner im Sekretariat der Schule angerufen und seine Frau krankgemeldet.«

»Was?« Edna starrte ihn an. »Warte einen Augenblick!« Sie ging ins Wohnzimmer, wo Klaus Berner noch immer am Couchtisch saß und rauchte. Gleich darauf kehrte sie kopfschüttelnd zurück. »Berner weiß von nichts.«

Max runzelte die Stirn. »Glaubst du, der Mörder hat angerufen?«

»Wer sonst?«

»Warum sollte er das getan haben?«

»Vielleicht wollte er sicherstellen, dass es Berner selbst ist, der seine Frau findet«, mutmaßte Edna. »Vielleicht erhöht die Vorstellung, den Ehemann zu schockieren, den Reiz dieses perfiden Spiels.« Des Spiels. Des Arrangements. *Eine Puppe in einem See aus Blut.* Sie sah aus dem Fenster am Ende des Korridors. »Jemand soll Namen und Adressen von allen Leuten notieren, die da draußen auf der Straße herumstehen«, wies sie den jungen Kollegen von der Streife an. »Manchmal mischen sich solche Täter bewusst unter die Schaulustigen, um die Wirkung ihrer Tat zu beobachten, das Entsetzen, das sie auslösen. Ach ja, und noch etwas ...« Sie drehte sich um. »Wie weit sind eigentlich die Nachbargrundstücke entfernt?«

»Etwas mehr als fünfzig Meter«, antwortete der junge Beamte beflissen.

»Dann stellen Sie doch bitte fest, ob einer der Nachbarn den Hund bellen gehört hat.«

Er nickte und machte einen Schritt auf die Haustür zu.

»Und finden Sie das Tier! Sehen Sie im Garten nach. Fragen Sie die Leute in der Straße. Suchen Sie notfalls die ganze verdammte Gegend ab.«

*

Ihre Vorstellung von Zeit und Raum hatte alle Konturen verloren. Phasen, in denen sie wach war, wechselten mit immer länger werdenden Phasen, in denen sie schlief. Sie träumte nicht, nicht ein einziges Mal, obwohl sie unter Alpträumen gelitten hatte, seit sie denken konnte. Da waren Schatten gewesen, die sie verfolgten, und gesichtslose Frauen in Weiß. Später auch Züge, die ohne sie davonrasten, obwohl alles davon abhing, dass sie sie erreichte. Und natürlich der See. Immer wieder der See …

Ihre Eltern hatten ihr ein Aquarium gekauft, nachdem die Träume auch ein Jahr nach dem See nicht hatten enden wollen. Ein Aquarium, in dem niemals auch nur ein einziger Fisch gelebt hatte. Das hätte sie nicht ertragen, Fische. Nur Kies und Pflanzen und Wasser. Das Aquarium hatte in ihrem alten Kinderzimmer gestanden, und als sie ihr Studium begonnen hatte, hatte sie es mitgenommen, in ihr enges WG-Zimmer. Es steht gleich neben dem Bett, damit sie es ansehen kann, wenn sie nachts schweißgebadet erwacht. Damit sie gleich sieht, dass das Wasser noch immer an seinem Platz ist. In Schach gehalten. Fern von ihr. Trotz des Traums vom Tod, den sie einmal mehr hinter sich gebracht hat.

Seltsamerweise schlief sie jetzt, da die Realität zum Alptraum geworden war, ruhig und traumlos. So ruhig, dass sie sich zwingen musste, sich nicht noch öfter der Müdigkeit zu ergeben. Sie wusste, zu viel schlafen war gleichbedeutend mit aufgeben. Und sie wollte nicht aufgeben. Noch nicht.

Aber worauf wartete sie? Was hatte er vor? Warum tötete er sie nicht? Der Gedanke, dies nicht selbst tun zu können, wenn die Zeit des Aufgebens gekommen war, beunruhigte sie zutiefst. Sie konnte sich nicht töten. Nicht wehren. Und was immer mit ihr geschehen würde, sie konnte ihm nicht entkommen.

*

Lulu, Annette Berners Jack-Russell-Hündin, wurde in einem Gebüsch hinter dem Haus gefunden. Der Kadaver wies mehrere Stichverletzungen auf.

Edna und Max erhielten die Nachricht über Funk, als sie den Parkplatz des Präsidiums erreichten. Sie hatten mit der Schulsekretärin gesprochen, die sich an einen männlichen Anrufer erinnerte. Sie habe angenommen, es sei Klaus Berner gewesen, allerdings konnte sie die Frage, ob der Anrufer diesen Namen tatsächlich genannt oder lediglich von »seiner Frau« gesprochen habe, nicht mit letzter Sicherheit beantworten.

»Was hältst du von dieser Hundegeschichte?«, fragte Edna, als sie im Aufzug standen.

»Vielleicht hat Annette Berner ihre Hündin in den Garten gelassen, um nicht mehr mit ihr rauszumüssen«, mutmaßte Max. »Wenn man bedenkt, dass sie auch sonst sehr vorsichtig gewesen ist, schien es ihr vielleicht keine gute Idee, so spät am Abend noch Gassi zu gehen. Zumal die Straße, in der die Berners wohnen, um diese Uhrzeit nicht allzu belebt sein dürfte.«

»Glaubst du, der Täter hat im Garten auf sie gelauert, weil er wusste, dass sie die Terrassentür öffnen wird, sobald sie nach Hause kommt?«

»Wäre doch möglich«, entgegnete Max. »Vielleicht hat sie das immer so gehandhabt, wenn sie spätabends allein war. Zum Beispiel wenn ihr Mann Nachtdienst hatte.«

»Das sollten wir unbedingt klären.« Edna starrte auf ihre Schuhspitzen hinunter, an denen der zähe Matsch des Waldes inzwischen getrocknet war. Annette Berners Mörder hatte der Lehrerin ein Paar schwarze Stiefeletten angezogen, nachdem er sie gefoltert und erstochen hatte. Sie bewegte ihre Zehen unter dem schmutzigen Wildleder. Schwarze Stiefeletten, ein rehbrauner Rock und eine cognacfarbene Seidenbluse. »Könntest du auch die Kollegin von der Berner noch mal anrufen?«

»Klar doch.« Max öffnete die Tür zu ihrem gemeinsamen Büro und ließ Edna galant den Vortritt. »Wozu?«

»Weil ich wissen möchte, was für Schuhe die Berner im Theater getragen hat.«

Er sah überrascht aus, sagte jedoch nichts. Stattdessen fingerte er seinen Notizblock aus der Jacketttasche und wollte eben zum Telefonhörer greifen, als Thomas Schweichert den Kopf zur Tür hereinsteckte. »Rogler will euch sprechen. Offenbar haben ein paar findige Reporter bereits Wind von eurer toten Lehrerin bekommen, und nun will er wissen, was er dem Pressesprecher sagen soll.« Er hob in einer entschuldigenden Geste die Hände. »Ach ja, und deine Mutter hat angerufen.«

Edna blickte überrascht auf. »Hat sie gesagt, was sie will?«

Schweichert schüttelte den Kopf und zog die Tür hinter sich zu.

Edna seufzte und hängte ihren Blazer über die Lehne ihres Stuhls. Sie hatte kein besonders enges Verhältnis zu ihrer Mutter, was in erster Linie daran lag, dass sie ihre Mutter nicht verstand und auch nicht das Gefühl hatte, dass ihre Mutter sie je verstanden hatte. Darüber hinaus verkörperte Margarethe Beck in nahezu jeder Beziehung das Gegenteil dessen, was Edna an einem Menschen schätzte: Sie wollte geliebt werden. Sie wollte beschützt werden. Und was das Schlimmste war, sie wollte getäuscht werden. Sie wollte hören, dass alles in Ordnung war oder doch zumindest in absehbarer Zeit wieder in Ordnung kommen würde. Für diese Beschwichtigung kämpfte sie. Zur Not auch mit unlauteren Mitteln.

Bis auf zwei lächerliche Jahre als Verkäuferin in einem Feinkostgeschäft, während deren ihr größter Stress darin bestanden hatte, überlagerte Fische mit einem Tuch abreiben und als frisch verkaufen zu müssen, war Margarethe Beck nie in ihrem Leben einer Arbeit nachgegangen. Sie hatte ihr Haus geputzt, ihre Töchter in den Kindergarten und später in die Schule gebracht und Nachbarschaftskaffeekränzchen veranstaltet. Sie hatte ihre Fähigkeiten im Garnieren von kalten Platten perfektioniert, Avocados gefüllt und Schwedenkräuter gegen Verdauungsbeschwerden angesetzt. Nebenbei war sie zum Arzt gegangen, hatte Gardinen genäht und einen mehr oder minder erfolglosen Versuch unternommen, schwimmen zu lernen. Sie konnte nicht Auto fahren, keine Formulare ausfüllen und keine Straßenkarten lesen. Alles, was sie Ednas Meinung nach konnte, war entzückend und hilflos aussehen und darauf warten, dass jemand erschien, um ihr die unangenehmen Dinge des Lebens abzunehmen.

Max warf seiner Kollegin einen besorgten Blick zu. Wenn Ednas Mutter im Präsidium anrief, ging es fast immer um Ednas Nichte, die unter Bulimie litt und seit einem körperlichen und seelischen Zusammenbruch in einer Borkumer Klinik für essgestörte Jugendliche lebte. »Alles in Ordnung mit Maja?«

»Maja geht's blendend«, lächelte Edna. »Ich habe erst vorgestern mit ihr telefoniert. Sie ist voller Tatendrang und arbeitet in jeder freien Minute an der Mappe, mit der sie sich für ein Kunststudium bewerben will.« Sie schüttelte den Kopf. »Nein, nein, bestimmt geht es schon wieder um diese vermaledeite Feier.«

Am vierundzwanzigsten November würden es fünfzig Jahre sein, die ihre Eltern verheiratet waren, und ihre Mutter plante für diesen Tag ein gigantisches Fest, dessen Gästeliste seit den ersten vorsichtigen Dispositionen im Sommer kontinuierlich länger geworden war und mittlerweile geradezu beängstigende Ausmaße angenommen hatte. Nicht zuletzt aus diesem Grund hatte Margarethe Beck ihre Pläne in den letzten Wochen bereits mehrfach geändert, sowohl was die Räumlichkeiten als auch was die Auswahl des Menüs anging, und weil ihr die Sache allmählich über den Kopf zu wachsen drohte, war sie beständig auf der Suche nach Unterstützung. Edna hatte sich entgegen ihrer sonstigen Gewohnheit an verschiedenen organisatorischen Aufgaben beteiligt. Sie hatte Menüvorschläge diskutiert, Angebote von Druckereien eingeholt und Kostenvoranschläge von Getränkelieferanten verglichen – und das alles nur, weil sie sich scheute, ihrer Mutter zu beichten, dass sie der eigentlichen Feier fernbleiben würde.

»Bist du immer noch entschlossen, nicht hinzugehen?«, erkundigte sich Max in diesem Augenblick folgerichtig.

Edna nickte.

»Wegen deines Vaters?«

»Hauptsächlich«, antwortete sie knapp. »Aber wahrscheinlich wäre ich sowieso nicht hingegangen. Du weiß ja, Veranstaltungen dieser Größenordnung sind einfach nicht mein Ding.«

Max stand auf und steckte seinen Notizblock ein. »Denkst du nicht, dass Maja furchtbar enttäuscht sein wird, wenn du nicht dabei bist?«, bemerkte er beiläufig. »Immerhin kommt sie anlässlich dieser Feier zum ersten Mal seit vier Monaten wieder nach Hause.«

Edna zuckte resigniert mit den Achseln. »Aber sie hat auch bestimmt nichts davon, wenn ihr Großvater und ihre Tante sich vor ihren Augen an die Gurgel gehen.«

Und diese Gefahr bestand durchaus, denn Oswald Beck war nicht der Typ, der ungeklärte Konflikte so einfach hinnahm. Insgeheim war Edna sich sicher, dass ihr Vater nur auf eine Gelegenheit wartete, um den »Vorfall«, der sie entzweit hatte, zur Sprache zu bringen, weshalb sie ihm in den vergangenen elf Monaten konsequent aus dem Weg gegangen war. Dabei war sie zweiundvierzig Jahre lang unzweifelhaft das gewesen, was man ein »Vaterkind« nannte. Ihr Vater war zwar durchaus kein einfacher Mensch und hatte seinen Töchtern von klein auf Pflichtbewusstsein und Disziplin abverlangt, aber im Gegensatz zu ihrer Mutter hatte er immer Verständnis für sie gehabt. Wenn sie Ärger mit ein paar Jungen aus ihrer Klasse gehabt hatte, hatte er gefragt, ob sie Hilfe brauche. Wenn sie nein gesagt hatte, hatte er sie in Ruhe gelassen. Als sie die Kaminuhr aus dem Wohnzimmer auseinandergenommen hatte, um herauszufinden, warum sich die goldenen Kugeln unter der Glaskuppel mal in die eine und dann wieder in die andere Richtung drehten, hatte er nicht geschimpft, sondern ein Buch über die Funktionsweise ähnlicher Uhren gekauft und ihr nach der Lektüre den Sinn und Zweck jedes einzelnen Teils erklärt. Wenn sie spazieren gegangen waren, hatte er ihr erlaubt, stehen zu bleiben und die tote Amsel am Wegrand zu betrachten, weil er erkannt hatte, dass sie ein Mensch war, für den der Blick hinter die Fassade ein Grundbedürfnis war. Und dann war es ausgerechnet eine Lüge gewesen, an der festzuhalten ihm so wichtig gewesen war, dass er seine jüngere Tochter zum ersten und einzigen Mal in ihrem Leben geohrfeigt hatte. Edna kramte ihr Handy aus der Handtasche, die über ihrem Stuhl hing. Vielleicht war es das, was sie nicht akzeptieren konnte. Dass ihr Vater ihr gutes Verhältnis einer Selbsttäuschung geopfert hatte. Einer Lüge.

»Ich komme in einer Minute nach«, rief sie Max hinterher, der schon halb aus der Tür war. Dann wählte sie die Nummer ihrer Eltern.

Sie hatte recht behalten. Die Lüge, um derentwillen sie die erste Ohrfeige ihres Lebens bekommen hatte, hatte ihren Vater eingeholt. Während sie darauf wartete, dass ihre Mutter endlich abnahm, kam sie zu dem Schluss, dass sie es hasste, recht zu behalten. Ein Mensch, der immer mit dem Schlimmsten rechnete, behielt nicht gerne recht. Auch deshalb empfand sie nur noch Ablehnung, wenn sie an ihren Vater dachte. Mit seiner Ohrfeige war etwas kaputtgegangen, und es würde sich nicht mehr kitten lassen. Warum etwas anderes vorgeben? Fürs Theaterspielen ist meine Schwester zuständig gewesen, dachte sie. Und meine Schwester ist tot. Die Zeit der Verstellungen ist ein für alle Mal vorbei!

*

Vor ihren Augen klebte nach wie vor die tiefe, undurchdringliche Schwärze, aber sie konnte das Licht spüren, als sie erwachte. Es hatte sich auf ihre geschundene Haut gelegt wie ein Schleier, und obwohl es nicht warm war, fühlte es sich angenehm an. Zuerst wähnte sie sich wieder am See. Sonne. Juni. Johannistag. Erst nach und nach realisierte sie, was das Licht bedeutete. Es bedeutete, dass sie nicht länger allein war.

Im selben Moment hörte sie ihn atmen. Er war es. Er musste es sein. Er stand irgendwo neben ihr, ganz in ihrer Nähe, und hatte den Strahl seiner Taschenlampe auf sie gerichtet. ER SAH SIE AN. Sie merkte, wie sich eine dicke Gänsehaut über ihren Körper breitete. Zugleich begann ihr Puls zu rasen und brachte das Gefühl der Luftnot zurück. Das Strohhalmgefühl. Sie begann zu zittern.

Seine Gelenke knackten, als er neben ihr in die Knie ging. Er trug Handschuhe. Latex. Sie roch es, noch ehe sie eine seiner Hände in ihrem Nacken spürte. Die Hand stützte ihren Kopf, während er ihr mit der anderen das Klebeband von den Lippen riss. Es tat weh. Höllisch weh. Sie schmeckte Blut auf ihrer Zunge. Der Geschmack löste einen Brechreiz aus, der so stark war, dass es ihr nur mit äußerster Mühe gelang, sich nicht zu übergeben. Dann fühlte sie auf einmal etwas wie Plastik an ihrem Mund. Den Rand eines Bechers. Er gab ihr zu trinken!

Sie stöhnte leise auf, als erste Tropfen einer geschmacklosen Flüssigkeit ihre ausgedörrte Zunge benetzten. Hinter dem

Klebeband über ihren Augen tauchte der Karpfen auf. Moosgrünes Seewasser. Schlick. Sie hustete.

Er nahm den Becher fort und wartete, bis sie sich beruhigt hatte. Dann fühlte sie erneut die Wärme seiner Hand, die durch die dünne Latexschicht drang. Sie trank gierig, und für einen Augenblick vergaß sie sogar, dass er sie dabei beobachtete. Als der Becher fast leer war, hörte sie auf zu trinken und ließ den Kopf zurück auf den harten Boden sinken.

Sah er sie an? Noch immer? Sie hörte ihn nicht mehr, aber sie fühlte, dass er da war. Etwas verriet ihr seine Anwesenheit. Etwas, das sie nicht genauer definieren konnte.

»Was wollen Sie von mir?« Ihre Stimme klang fremd und dünn. Sie schluckte. Wie schnell verlernte man das Sprechen? Wie lange lag sie schon hier?

Anstelle einer Antwort fühlte sie eine Bewegung an ihrer Schläfe. Dann riss die Dunkelheit entzwei. Nicht dass sie jetzt etwas gesehen hätte. Es war nur die Empfindung, dass es auf einmal hell statt dunkel war. Das Klebeband war fort. Aber sie fühlte keinen Schmerz. Alles war wie abgestorben. Erstarrt. Taub. Jetzt hat er mir alle Wimpern ausgerissen, war das Einzige, was sie denken konnte, und fast hätte sie laut aufgelacht. Konnte es tatsächlich sein, dass ein Mensch im Angesicht des Todes, im Augenblick höchster Not an etwas so Banales wie Wimpern dachte?

Sie versuchte zu blinzeln und hob den Kopf, so weit es ging. Im selben Augenblick traf der Strahl seiner Taschenlampe ihr Gesicht. Ein wilder Schmerz zuckte durch ihren Kopf. Die Helligkeit bohrte sich wie ein glühender Nagel in ihre Augen, nein, *durch* ihre Augen und bis zur Rückwand ihres Schädels. Sie wurde förmlich aufgespießt von dem Licht, das ihn begleitete. Schnell schloss sie die Augen wieder. Sie wollte etwas sagen, aber sie hatte nicht das Gefühl, dass ihre Stimme ihr gehorchen würde. Stattdessen versuchte sie trotz der gleißenden Helligkeit erneut, in seine Richtung zu blicken, um wenigstens ein kleines Stück von ihm zu Gesicht zu bekommen. Doch sie konnte nicht einmal die Hand erkennen, die die Lampe hielt. Das Licht fraß alle Bilder auf.

Er sagte nichts. Sie begann schon daran zu zweifeln, dass er überhaupt noch da war, als sich die Lampe plötzlich bewegte. Das Licht ließ von ihr ab, senkte sich und blieb irgendwo auf dem Boden liegen, von dem sie nichts wusste, als dass er hart und unbequem war. Sie hörte, wie er einen Reißverschluss aufzog. Seine Hose, dachte sie und krümmte sich unwillkürlich zusammen. Gleichzeitig merkte sie, dass ihre Augen sich allmählich wieder an das Sehen gewöhnten. Der Mix aus Hell und Dunkel um sie herum gewann Konturen. Dort, wohin seine Lampe leuchtete, blitzte Rauputz auf. Fugen und bröckliges Mauerwerk. Also war sie tatsächlich in einem Keller. In einem Verlies!

Sie kam nicht dazu, sich genauer umzusehen. Er war aufgestanden und hob die Lampe auf. Dann hörte sie seine Schritte auf sich zukommen. Sie sah ein Blitzen und fühlte, wie sie an den Beinen gepackt wurde. Gleich darauf nahm sie ein Geräusch wahr. Ein Knirschen. Und Reißen. Als sie endlich verstanden hatte, dass er das Klebeband von ihren Knien und Fußknöcheln schnitt, krachten ihre leblosen Beine bereits wieder zu Boden. Ein dumpfer Schmerz durchflutete ihre Knochen. Schmerz, mit dem sie nicht gerechnet hatte. Sie konnte nicht länger an sich halten. Blechern hallte ihr Schrei von den kahlen Wänden wider.

Du kannst ruhig schreien.

Sie zuckte zusammen. Dieselbe Stimme. Seine Stimme. Sie erkannte sie sofort. Er sprach leise, ohne sanft oder zaghaft zu klingen. Im Gegenteil: Es lag eine gespenstische Souveränität in dieser Art zu sprechen.

Erst jetzt fiel ihr auf, dass er sie umgezogen haben musste. Ihre Jeans war verschwunden, ebenso Schuhe und Strümpfe. Stattdessen trug sie etwas unten offenes, ein Nachthemd oder irgendeine Art Kaftan. Ihre nackten Beine leuchteten weiß im Schein seiner Taschenlampe. Sie sahen verdreht aus, aber sie spürte, dass sie noch da waren. Wieder da. Fühlbar. Irgendwann vielleicht sogar bewegbar. An ihrem Knie klebte getrocknetes Blut. Ihr Blick glitt höher. Unter dem Kaftan schien alles intakt zu sein. Schien. Aber sie war nicht sicher.

Er hatte sich zurückgezogen. Ins Dunkel. Hinter das Licht. Sie hörte, wie etwas über den Boden geschleift wurde. Ein Rascheln und eine Art Plätschern. Dann kam er zurück. Die muffige Kühle füllte sich mit einem neuen Geruch. Er war verstörend intensiv und entströmte der Plastikschale, die aus der Dunkelheit auftauchte, um sofort wieder im Licht der Taschenlampe zu verschwinden. Sein Schatten packte sie bei den Schultern und richtete sie ein Stück auf. Dann hielt er ihr die Schale unter die Nase. Und endlich identifizierte ihr Gehirn nun auch den Geruch. Was er ihr hinhielt, war Hühnerbrühe. Sie wollte nicht essen, aber irgendwie hatte sie das Gefühl, dass es ihn provozieren würde, wenn sie sich weigerte. Und das durfte sie auf keinen Fall. Ihn provozieren. War es nicht eigentlich ein gutes Zeichen, dass er sie mit Wasser und Nahrung versorgte? Bedeutete das nicht, dass er noch etwas mit ihr vorhatte? Dass er sie am Leben lassen würde? Er hätte mich längst töten können, dachte sie, und die Erkenntnis erfüllte sie mit leiser Zuversicht. Sie kniff die Augen zusammen und hoffte inständig, dass er ihr den Ekel nicht ansah. Dann ließ sie zu, dass er die Brühe, die nicht sehr heiß war, in ihren Rachen schüttete. Die salzige Flüssigkeit brannte in ihrem völlig entleerten Magen, und sie wunderte sich, dass sie überhaupt bei sich behielt, was er ihr gab.

Irgendwann setzte er die Schale ab. *Gutes Kind.*

»Haben Sie Kontakt zu meinen Eltern?«

Schweigen.

»Warum bin ich hier? Was wollen Sie von mir?«

Er antwortete nicht, sondern schob ihr etwas in den Mund.

Eine Art Kapsel. Und jetzt wehrte sie sich doch. Jetzt musste sie sich wehren. Sie konnte unmöglich zulassen, dass er ... Was gab er ihr da? Drogen? Gift? Ihr Herz hämmerte, während sie versuchte, den Kopf gegen den Widerstand seiner Hand zur Seite zu drehen. Sie bäumte sich auf und spuckte wie wild, aber seine Latexfinger zwangen ihre blutenden Lippen auseinander.

Friss das.

Nein! Mit aller Kraft presste sie die Zähne aufeinander. Erst als er seinen Daumen in die Wunde über ihrem Auge grub, gab sie nach und schluckte die Kapsel hinunter.

Er schnalzte missbilligend mit der Zunge.

Sie registrierte es trotz des rasenden Schmerzes, der in ihrem Kopf tobte. Im selben Moment traf sein Tritt sie gegen die Brust. Tränen platzten aus ihren Augen, bevor sie überhaupt Gelegenheit hatte, einen Laut von sich zu geben.

Es kam ihr vor, als lache er, auch wenn sie nichts hörte. Und plötzlich sah sie ein Messer vor sich. Seine Hand griff nach ihren Armen und durchschnitt das Klebeband, das sie zusammenhielt. Die Reste riss er in einem Rutsch herunter, dann fühlte sie etwas Metallisches an ihrem rechten Handgelenk. Über ihr, etwa einen Meter über dem Fußboden, befand sich ein Eisenring in der Wand. Dorthin führte er ihre Hand, die jetzt an einer kurzen Stahlkette hing. Bevor er die Kette an dem Ring in der Wand befestigte, hielt er einen kurzen Moment inne. Sie konnte sein Gesicht nicht sehen, trotzdem hatte sie das seltsame Gefühl, dass sein Blick auf ihre Fingernägel gerichtet war. Es dauerte nur wenige Sekunden, dann verschwand er in der Dunkelheit hinter dem Licht. Gleich darauf hörte sie wieder den Reißverschluss. Unwillkürlich suchten ihre Augen die Plastikschale, die er zuvor auf dem Boden abgestellt hatte. Sie war verschwunden. Stattdessen stand ein breitrandiges Holzgefäß auf dem rohen Beton. Sie überlegte noch, was das bedeuten konnte, als sie registrierte, dass sich das Licht, das ihn begleitet hatte, auf dem Rückzug befand.

»Warten Sie!« Sie versuchte, auf die Knie zu kommen, aber ihre Beine wollten ihr nicht gehorchen. »Bitte gehen Sie nicht weg! Bitte!«

Aus der sich rapide ausbreitenden Dunkelheit heraus flog etwas auf sie zu. Es schien nicht besonders schwer zu sein und fiel etwa eine Armlänge neben ihr zu Boden. Dann noch etwas. Und noch etwas. Im immer schwächer werdenden Licht der Taschenlampe erkannte sie dunklen Stoff. Ein Kleidungsstück vielleicht. Oder eine Decke. Gleich darauf hörte sie, wie er eine Tür öffnete, die sie nicht sehen konnte.

»Lassen Sie mir das Licht da!«, schrie sie ihm hinterher. »Bitte! Wenigstens das Licht …«

Er antwortete nicht.

Sie hörte seine Schritte in einem entfernteren Teil des Raumes. Dann fiel die Tür zu ihrem Verlies hinter ihm ins Schloss.

Sie bewegte sich nicht. Sie versuchte nicht zu schreien. Sie lag wie erstarrt und wartete darauf, dass das Mittel, das er ihr verabreicht hatte, zu wirken begann. Auf einen Schwindel, der sich ihrer bemächtigte. Auf Krämpfe. Auf irgendetwas. Doch das, vor dem sie zitterte, geschah nicht.

Minute um Minute verstrich.

Nach und nach beruhigte sich ihr Atem, und selbst der Schmerz in ihrem Kopf ließ ein wenig nach. Aus den Minuten wurden Stunden. Zumindest hatte sie das Gefühl, dass es Stunden sein müssten. Und irgendwann, viel später an diesem Abend, schlief sie ein, ohne dass ihr etwas zugestoßen war.

Jedes Jubiläum ist
eine Vorfeier des Begräbnisses.
(HEINRICH LEO)

3
Dritter Tag

Am nächsten Tag war Edna schon im Morgengrauen auf dem Weg in ihr Büro. In der Nacht hatte es wieder zu regnen begonnen. Innerhalb kürzester Zeit waren die Scheiben ihres Autos so beschlagen, dass sie kaum etwas sehen konnte, obwohl das Gebläse auf Hochtouren lief. An einer roten Ampel kurbelte sie das Seitenfenster herunter und sah zu, wie die Tropfen, die der milde Nordwestwind hereinwehte, im Ärmel ihrer Steppjacke versickerten.

Die Stadt wirkte um diese Uhrzeit wie ausgestorben. Einige Geschäfte hatten ihre Auslagen bereits vorweihnachtlich dekoriert. Edna betrachtete eine flimmernde Lichterkette und schüttelte angeekelt den Kopf. Wie konnte man schon im Oktober an Weihnachten denken? Kam denn das Verhängnis nicht noch früh genug? Sie wandte den Blick ab und starrte stattdessen die rote Ampel an. Im Grunde hasste sie Weihnachten und alles, was damit zusammenhing. Den letzten Heiligen Abend hatte sie im Auto verbracht. Sie war bis zum frühen Nachmittag im Präsidium gewesen und dann in ihren Wagen gestiegen und Richtung Süden gefahren, weil sie gehofft hatte, dort in einen Stau zu geraten, in dem sie sich verstecken konnte. Aber alles, was sie gefunden hatte, waren lächerliche fünfzehn Kilometer stockender Verkehr auf der A 8, kurz vor München. Danach war alles wie am Schnürchen gelaufen. Um 23:00 Uhr war sie in Bozen gewesen, hatte getankt und war wieder zurückgefahren. Der Mann an der Mautstation hatte ihr »fröhliche Weihnachten« gewünscht, und ihr war klargeworden, dass man seinem Schicksal nicht entgehen konnte. Sie seufzte. Dieses Jahr würde sie zu Hause bleiben. Schlimmer konnte es nicht werden. Oder? Unwillkürlich musste sie wieder an die Goldene Hochzeit ihrer Eltern denken. Wann und wie sollte sie ihrer Mutter eröffnen, dass sie nicht teilnehmen würde, an dem Fest, das sie vorbereitete? Wie lange wollte, wie lange konnte sie das Unvermeidliche noch vor sich herschieben? Und warum war ihre Mutter gestern Nachmittag nicht zu erreichen gewesen, nachdem sie extra auf dem Präsidium angerufen hatte, um ihre Tochter zu sprechen?

Als die Ampel auf Grün sprang, fuhr Edna so zügig an, dass die Räder quietschten. Der vierundzwanzigste November stand vor ihr wie eine Wand. Wenn sie daran dachte, fühlte sie sich in eines dieser engen Schweizer Alpentäler zurückversetzt, durch die sie als Kind gefahren war, auf dem Weg nach Italien. Berge von vorne, Berge von hinten. Dazwischen Schatten, kühl und muffig, sogar mitten im Hochsommer. Genau so fühlte sie sich jetzt. Eingekeilt zwischen Goldener Hochzeit und Weihnachten. Sie fluchte und kam dicht hinter einem Wagen von der Stadtreinigung zum Stehen. Sie hatte lange überlegt, was sie ihren Eltern schenken sollte. Ob sie ihnen überhaupt etwas schenken sollte. Schließlich war es vor allem eine gewisse Rücksicht auf ihre Mutter gewesen, die ihre Entscheidung motiviert hatte, sich an dem Reisegutschein zu beteiligen, für den ihr Schwager, ihre ältere Nichte und ein paar entfernte Cousinen ihrer Eltern zusammengelegt hatten. Dabei war sie eigentlich nicht der Ansicht, dass ihre Mutter so etwas wie Rücksichtnahme überhaupt verdiente, immerhin sorgte sie mit ihrer ignoranten Weinerlichkeit schon selbst dafür, dass die Menschen in ihrer Umgebung alle unangenehmen Wahrheiten von ihr fernhielten.

Ihre Finger trommelten ungeduldig auf das Lenkrad ein,

während die Männer in Orange riesige Müllcontainer aus einer düsteren Toreinfahrt zerrten. Manchmal fragte sie sich, ob sie ihre Mutter beneidete, wenngleich sie tief in ihrem Innern davon überzeugt war, dass es völlige Unwissenheit nicht gab, dass die Brüche, die Abgründe, die toten Vögel am Wegrand irgendwann jeden einholten. Selbst einen Menschen wie ihre Mutter. Darauf wartete sie. Dass ihre Mutter das Ausmaß des Grauens erkannte. Und insgeheim wusste sie, dass sie dieser Erkenntnis am liebsten nachhelfen würde. Sie warf einen entnervten Blick in den Rückspiegel und lenkte den Wagen schließlich über den gegenüberliegenden Bordstein an dem Müllauto vorbei. Sie wusste, da war etwas Erbarmungsloses in ihr. Etwas, das die Menschen in ihrer Umgebung dazu zwingen wollte, in den Abgrund zu blicken, sich dem Hässlichen, dem Grauenvollen zu stellen, und das, obwohl sie aus eigener Erfahrung wusste, was der Blick in den Abgrund mit einem machen konnte.

*

Diesmal erwachte sie von ihrem eigenen Wimmern. Das Zweite, was sie wahrnahm, war, dass sie pinkeln musste. Sie versuchte, sich ein wenig aufzurichten, was ihr zu ihrem eigenen Erstaunen tatsächlich gelang. Zwar fühlten sich ihre Beine an, als wären sie mit Sand gefüllt, aber immerhin fühlten sie sich überhaupt irgendwie an. Vielleicht war es doch nicht so schlimm.

Vielleicht …

Sie stützte sich mit der freien Hand auf dem Boden ab und zog die Beine nach. Neben ihr klirrte die Kette, mit der sie an den Eisenring in der Wand gefesselt war. Sie betastete ihr Handgelenk unter dem Metall, das eine tiefe Rille in die zarte Haut gegraben hatte. Ihre Finger waren kalt, so kalt, dass sie ihr kaum gehorchen wollten. Zugleich registrierte sie, dass ihre

Zähne vor Kälte aufeinanderschlugen. Er musste vollkommen wahnsinnig sein, sie halbnackt in dieser Eishöhle zurückzulassen. Ohne Hose. Ohne Schuhe. Sie zog die Ärmel des Kaftans bis zu den Handgelenken hinunter, als ihr plötzlich die Sachen einfielen, die er nach ihr geworfen hatte. Kleidungsstücke oder Decken. Sie lagen irgendwo dort in der Dunkelheit. Falls es sie überhaupt gab …

Sollte sie danach suchen? Jetzt? Später? Konnte sie es wagen, ihre Hand in die undurchdringliche Finsternis zu tauchen, wo Gott weiß was auf sie lauern konnte? Vielleicht war er wieder da und saß irgendwo dort in der pechschwarzen Düsternis, ein Nachtsichtgerät vor den Augen. Vielleicht gab es hier irgendwo ein Loch in der Wand, durch das er sie beobachtete. Sie ansah. Alles registrierte, was sie tat. Jede Bewegung, jeden Wimpernschlag. Der Gedanke ließ sie noch mehr zittern.

Bleib ruhig, schalt sie sich. Du würdest ihn fühlen. Du würdest wissen, wenn er da wäre. Vertrau auf dein Gefühl, allein zu sein. Er hat dir ein Gefäß mit Wasser und ein paar wärmere Kleider dagelassen, weil er wusste, dass er dich eine Weile allein lassen muss. Er hat zu tun. Er muss Kontakt zu deinen Eltern aufnehmen, Forderungen stellen. Er hat keine Zeit, dich zu überwachen.

Erst jetzt fiel ihr auf, dass er ihr ihre Armbanduhr abgenommen hatte und auch die zierliche Silberkette mit dem Amethystherz, die ihre Eltern ihr zu ihrem achtzehnten Geburtstag geschenkt hatten, vor lauter Erleichterung darüber, dass sie tatsächlich erwachsen geworden war. Aber wozu brauchte er die? Um sie ihren Eltern zu präsentieren? Als Beweis dafür, dass sie sich in seiner Gewalt befand? Und was war mit der Uhr? Brauchte er die auch? Oder wollte er sie einfach die Zeit vergessen machen, sie desorientieren, weichkochen, quälen?

Ächzend kam sie auf die Knie und befühlte die Kette, anschließend den Ring, zuletzt die Wand. Bröcklige Fugen und rauer Stein. In der Dunkelheit, die sie umgab, schwebte noch immer ein leiser Geruch nach der Suppe, die er ihr gegeben hatte, und auf einmal fühlte sie etwas wie Hunger. Ein schönes, ein gewohntes Gefühl. Ein Hauch von Normalität. Sie bekam den Eisenring mit beiden Händen zu fassen und zog sich daran hoch. Ihre Beine waren gefühllose Stümpfe, aber es gelang ihr tatsächlich, sich noch ein Stück weiter aufzurichten. Ihre Fußgelenke fühlten sich instabil an. Sie schob sich an der Mauer hoch, bis sie fast aufrecht stand, und dachte dabei an verwundete Tiere, die selbst noch mit gebrochenen oder gar abgetrennten Gliedern ihr Heil in der Flucht suchten. Wenn es ihr gelingen würde, zu stehen. Wenn ihre Beine sie trugen. Wenn …

Den Rücken gegen den kühlen Stein gepresst, begann sie vorsichtig, ihr Gewicht ein wenig nach vorne zu verlagern. In den leeren, dunklen Raum vor sich. Ins Ungewisse. Ihre Blase schmerzte, aber das ignorierte sie einfach. Sie konzentrierte sich auf ihre Zehen, zwischen denen sie jetzt die kratzige Wolle der Decke spüren konnte. Sie wartete, bis sich das Gefühl auf die gesamte Fußsohle ausgedehnt hatte. Dann stieß sie sich von der Mauer ab und machte einen Schritt vorwärts.

*

Im Büro schaltete Edna als Erstes die Kaffeemaschine ein. Dann setzte sie sich an ihren Schreibtisch und nahm sich den vorläufigen Obduktionsbericht vor, den Leisekeit noch am späten Abend ins Präsidium gefaxt hatte. *Fraktur des Nasenbeins. Doppelter Jochbeinbruch. Zahlreiche vitale Schnittwunden unterschiedlicher Länge, einige davon nur wenige Millimeter tief. Insgesamt sechzehn Stiche im Bereich des Abdomens, zwei weitere direkt in den Brustkorb.* Sie warf den Aktendeckel vor sich auf den Tisch und sah nach dem Fenster, das sie trotz der verbrauchten Luft, die der gestrige Arbeitstag hinterlassen hatte, noch nicht geöffnet hatte. Annette Berner hatte vor ihrem Tod entsetzliche Qualen gelitten, bevor sie an einem doppelseitigen Pneumothorax infolge der beiden letztgenannten Stichverletzungen gestorben war. Bezeichnenderweise war sie jedoch nicht vergewaltigt worden. Zumindest nicht im herkömmlichen Sinne des Wortes. *Kein Geschlechtsverkehr.* Edna starrte auf die Buchstaben, bis sie vor ihren Augen verschwammen. *Weder einvernehmlich noch erzwungen …*

Sie stand auf und nahm sich eine Tasse heißen, starken Kaffee, von der sie wusste, dass sie ihr auf nüchternen Magen nicht besonders gut bekommen würde. Bevor sie gestern Abend nach Hause gefahren war, hatte sie noch einmal mit Villinger telefoniert, doch im Augenblick sah es so aus, als wenn der Täter keine verwertbaren Spuren im Haus der Berners hinterlassen hatte. Die Kordel, mit der Annette Berners Knie fixiert gewesen waren, befand sich noch im Labor, aber wenn sie ehrlich war, setzte sie nur wenig Hoffnung in das Ergebnis. Das Paketklebeband, mit dem die Lehrerin während ihres Martyriums gefesselt und geknebelt gewesen war, hatte der Täter mitgenommen. Ebenso die Tatwaffe. Und Vera Straub war sich so gut wie sicher, dass ihre Kollegin im Theater keine schwarzen Stiefel getragen hatte. Edna nahm einen Schluck Kaffee und verzog angewidert das Gesicht. Klaus Berner hatte unter Aufsicht eines Beamten die persönlichen Sachen seiner Frau durchgesehen und angegeben, dass nichts fehle. Nichts, bis auf ihren rechten Daumen, korrigierte Edna ihn im Stillen und vertiefte sich wieder in den Obduktionsbericht.

*

Da war ein Loch im Boden, aus dem es bestialisch stank. Erschreckt zog sie den Fuß zurück. Wie tief mochte es sein? Wie breit? Breit genug, um hineinzustürzen? Bodenlos? Die Kette an ihrem Handgelenk war jetzt straff gespannt, was bedeutete, dass sich das Loch etwa einen Meter neben ihrer Decke befinden musste. Aber warum hatte sie diesen entsetzlichen Gestank nicht schon vorher wahrgenommen? Warum hatte sie nur die Suppe gerochen, den alten Mörtel, Kellermief? Sie ging in die Knie und beugte sich ein Stück vor. Was war das, was sie da roch? Exkremente? Aas? Oder … Sie schauderte. Oder hatte er sie neben ein Loch gekettet, das eine Leiche barg?

Unsinn, schalt sie sich, Leichen riechen anders. Süßlicher. Schwerer.

Du hast dein Lebtag noch keine Leiche gerochen!, erinnerte sie ihr Verstand. *Woher willst du wissen, wie ein verwesender Körper riecht?*

Sie schluckte und schob das linke Bein vor. Ihre Zehen streiften den Rand über dem Abgrund. Zentimeter um Zentimeter schob sie den Fuß weiter, wobei sie erleichtert feststellte, dass das Loch nicht groß genug war, um einen menschlichen Körper zu bergen. Der Durchmesser betrug nur etwa vierzig Zentimeter. Ein Plumpsklo, fuhr es ihr durch den Sinn, und endlich verstand sie auch, warum er ihr Jeans und Slip ausgezogen hatte. Sie sollte in der Lage sein, ohne fremde Hilfe über das Loch zu gehen. Vielleicht plante er, längere Zeit nicht zurückzukehren. Der Gedanke machte ihr Angst. Aber er barg auch eine Chance. Sie würde Zeit haben, ihre Umgebung zu erkunden. Zeit, vielleicht einen Ausweg zu finden.

Sie musste es versuchen.

*

Später an diesem Vormittag kamen sie zu einer Besprechung in Roglers Büro zusammen. Leisekeit war persönlich erschienen, um seine Obduktionsergebnisse zu präsentieren. Er sah blass und übernächtigt aus.

Zunächst beschrieb er eingehend die Verletzungen, die der Mörder der unbekannten Toten aus dem Wald beigebracht hatte. »Die Frau war in einem überaus schlechten Allgemeinzustand«, schloss er. »Untergewicht. Verzögerte Wundheilung, bedingt durch chronische Enzymmangelzustände. Eine ältere Fraktur des linken Handgelenks ist reponiert und höchstwahrscheinlich auch einige Zeit notdürftig fixiert worden, allerdings ist sie nur äußerst unvollkommen verheilt.« Seine Hand fischte ein weiches hellgelbes Tuch aus der Tasche seines Jacketts. »Die toxikologische Untersuchung hat keinerlei Hinweise auf Drogen- oder Medikamentenmissbrauch ergeben.« Er legte das Tuch vor sich auf den Tisch und strich es mit der Handkante glatt. »Sie ist nicht vergewaltigt worden. Weder vaginal noch anal.«

»Was können Sie uns über Alter und Herkunft der Frau sagen?«, fragte Rogler, ohne von seiner Kopie des Berichts aufzublicken.

Leisekeit räusperte sich. »Wie Sie wissen, bin ich kein Experte auf dem Gebiet der forensischen Anthropologie, und ich ...«

»Über zwanzig?«, unterbrach Rogler ihn ungeduldig.

»Deutlich darüber, würde ich sagen. Eher Anfang bis Mitte dreißig.« Er nahm das Tuch vom Tisch und begann, seine Brille zu putzen. »Einige Knochen weisen Deformierungen auf, die darauf hindeuten, dass sie in ihrer Kindheit an einer chronischen Rachitis gelitten haben könnte. Darüber hinaus sind zwei Halswirbel degenerativ verändert. Und sie hatte mindestens eine Abtreibung.«

Rogler betrachtete die Fotos der toten Frau, die nach ihrer Einlieferung in die Pathologie aufgenommen worden waren und ein ausgemergeltes, gelbgraues Gesicht zeigten. »Hat der Abgleich mit der Vermisstendatei schon irgendwas Brauchbares ergeben?«

Cox schüttelte den Kopf. »Bisher nicht.«

»Was nicht anders zu erwarten war«, murmelte Rogler düster.

»Wenn Sie mich fragen, sollten Sie nicht nur nach ihrer

Identität, sondern auch nach vergleichbaren Fällen suchen«, bemerkte Leisekeit beiläufig. »Die zerschnittenen Brustwarzen deuten auf sexuelle Phantasien hin, die sich über einen längeren Zeitraum hinweg entwickelt haben. Das Gleiche gilt für die Verletzungen von Annette Berner.« Er zögerte einen Augenblick, bevor er hinzufügte: »Die Wundränder der Stichverletzungen beider Frauen sind sich übrigens ausgesprochen ähnlich.«

Rogler hob den Kopf und starrte den Gerichtsmediziner mit zusammengekniffenen Augenbrauen an. »Wollen Sie jetzt etwa behaupten, dass Annette Berner mit derselben Waffe getötet wurde wie die Frau aus dem Wald?«

Leisekeit setzte seine Brille wieder auf. »Das kann ich nicht mit Bestimmtheit sagen«, gab er zu. »Aber ich denke, Sie sollten die Möglichkeit in Betracht ziehen, dass beide Frauen ein und demselben Täter zum Opfer gefallen sind.«

»Dafür würde auch sprechen, dass beide nicht im herkömmlichen Sinne vergewaltigt worden sind, obwohl alle äußeren Umstände auf eine sexuell motivierte Tat hindeuten«, bemerkte Edna wie zu sich selbst. Sie war sich nicht sicher, was sie glauben sollte. Sie kannte Leisekeit lange genug, um zu wissen, dass er stichhaltige Gründe brauchte, um sich zu einer derartigen Mutmaßung zu versteigen. Auf der anderen Seite sah sie sehr wohl die signifikanten Unterschiede, die es zwischen den beiden Fällen gab. Annette Berner war in ihrem eigenen Haus getötet worden. Sie hatte einer vollkommen anderen gesellschaftlichen Schicht angehört. Und ihr Mörder hatte sie geradezu zur Schau gestellt, während die Leiche der Prostituierten versteckt worden war.

»Aber die Vorgehensweise ist doch in beiden Fällen eine vollkommen andere«, wandte Rogler ein. Seine Gedanken gingen offensichtlich in dieselbe Richtung. »Außerdem hat sich Annette Berners Mörder eine Trophäe mitgenommen.«

Das hat der Kerl aus dem Wald vielleicht auch getan, dachte

Edna. Sie überlegte, ob sie Rogler auf die verschnittenen Haare der ermordeten Prostituierten hinweisen sollte, unterließ es jedoch.

»Was fällt Ihnen zu dieser Daumensache ein?«, fragte er.

»Der Täter durchlebt die Tat in Gedanken immer wieder neu.« Tillmann Cox griff nach seiner Tasse, die leer war. Als er es bemerkte, stellte er sie auf den Tisch zurück. Unter dem Stoff seines dünnen weißen T-Shirts spielten ziemlich imposante Muskeln, mit viel Liebe und Ausdauer antrainiert. »Und ein Körperteil seines Opfers hilft ihm, seine Phantasien lebendiger werden zu lassen.«

»Sicher«, brummte Rogler. »Aber hat jemand eine Idee, warum er ausgerechnet ihren Daumen mitgenommen hat?«

»Ich habe mich mal ein bisschen kundig gemacht«, schaltete sich Max ein, der beim Fenster saß und sich bislang zurückgehalten hatte. »Im Volksglauben gilt der Daumen von alters her als ein mit besonderen Kräften ausgestattetes Körperteil, woraus sich zum Beispiel auch der Brauch des Daumendrückens ableitet, um jemandem Glück zu wünschen. Aber nicht nur das: Die Menschen in Schlesien glauben, dass man keine Alpträume bekommt, wenn man mit gedrücktem Daumen einschläft, und in Thüringen heißt es, man kann einem Menschen Geheimnisse entlocken, wenn man ihn nachts am Daumen festhält.«

Rogler runzelte die Stirn. »Ich kenne Ihre Vorliebe für Spuk- und Schauergeschichten, aber denken Sie wirklich, dass wir es hier mit einem Fall von Aberglauben zu tun haben?«

»Vom kannibalistischen Standpunkt aus betrachtet, ist ein Daumen jedenfalls ausgesprochen unergiebig«, bemerkte Leisekeit, ohne eine Miene zu verziehen.

Rogler warf ihm einen vernichtenden Blick zu, konnte dann jedoch nicht umhin, in das allgemeine Gelächter einzustimmen.

»Die ganze Sache hat mich an eine Geschichte erinnert, die

wir früher in der Schule gelesen haben«, bemerkte Max, nachdem sich alle wieder beruhigt hatten. »Eine Novelle von Theodor Storm. Sie heißt *Im Brauerhause.*« Er blickte erwartungsvoll in die Runde, doch in keinem der Gesichter spiegelte sich etwas wie Erkennen. »In dieser Geschichte greift Storm einen alten Aberglauben auf, der besagt, dass der Daumen eines Gehenkten seinem Besitzer zu außerordentlichen Erfolgen in geschäftlichen Angelegenheiten verhelfen kann, wenn er unter die Türschwelle oder – falls der Besitzer ein Gastwirt ist – in ein Bier- oder Weinfass gelegt wird.«

Cox, der gerade dabei war, sich Kaffee nachzuschenken, hielt entsetzt inne. »Pfui Teufel, was für eine Sauerei!«

Max lächelte. »Unappetitlich, zugegeben. Aber angeblich kann sich ein Wirt, der einen solchen Daumen sein Eigen nennt, vor Gästen nicht retten.«

Rogler blickte zum Fenster hinaus, wo der neblige Morgen inzwischen einem goldenen Herbsttag gewichen war. Auf seiner Oberlippe stand ein feiner Schweißfilm. »Warum nicht«, sagte er. »Vielleicht haben Sie recht, und der Täter hat tatsächlich vor, Annette Berners Daumen für irgendein obskures Ritual zu verwenden. Wir können es uns nicht leisten, eine Möglichkeit von vorneherein auszuschließen.« Er wandte den Blick vom Fenster ab und blätterte wieder in dem Bericht, der vor ihm auf dem Tisch lag. »Denken Sie, der Täter wusste, dass Berner in der bewussten Nacht auf diesem Kongress sein würde?«

Edna nickte. »Davon gehe ich aus.«

»Woher? Von den Berners selbst?«

»Nicht unbedingt.« Ihre Finger spielten mit dem Clip ihres Kugelschreibers. »Im Internet ist eine Liste der Teilnehmer veröffentlicht. Berners Name steht drauf. Er hat sogar selbst einen Vortrag gehalten.«

Rogler schob die Unterlippe vor, was er tat, wenn er intensiv nachdachte. »Der Täter muss aber auch gewusst haben, dass

Annette Berner die Terrassentür öffnen und den Hund in den Garten lassen wird, sobald sie nach Hause kommt.« Er sah Edna an. »Glauben Sie, er hat sie schon früher beobachtet?«

»Den Nachbarn ist nichts aufgefallen.«

Rogler nickte und setzte eben zu einer neuen Frage an, als ihm ein Klopfen an der Tür das Wort abschnitt. Gleich darauf trat Wilhelm Villinger herein. »Morgen allerseits«, rief er laut und fröhlich, indem er sich mit einem wohligen Stöhnen auf den letzten freien Stuhl neben Edna fallen ließ. »Habe ich was verpasst?«

Keiner der Anwesenden erwog ernsthaft, diese Frage zu beantworten. Nur Rogler sah aus, als würde er jeden Augenblick explodieren.

Villinger kümmerte sich jedoch nicht weiter darum, sondern nestelte in aller Gemütsruhe einen reichlich zerknitterten Zettel aus der Brusttasche seines grauen Parkas. Die Langsamkeit, die all seine Bewegungen kennzeichnete, beruhte allerdings keineswegs auf einem Phlegma, sondern war vielmehr Ausdruck jener akribischen Genauigkeit, für die Villinger auf dem Revier ebenso berühmt war wie für seinen derben, frauenfeindlichen Humor. »Ganz ohne Zweifel ist der Hund der interessanteste Aspekt an diesem Fall«, bemerkte er, indem er sich ein Foto der toten Annette Berner vom Tisch angelte.

Edna schob ihm die Zuckerdose und einen frischen Kaffeebecher hin. »Wieso?«

»Weil er nicht im Garten getötet wurde, sondern im Haus.« Villinger lehnte sich zurück und genoss den Blick in die verblüfften Gesichter seiner Kollegen. »Es war zu wenig Blut da«, resümierte er mit gleichgültiger Miene. »Das hat mich stutzig gemacht. Daraufhin haben wir uns den Rest des Hauses noch einmal etwas genauer angesehen.« Er machte eine bedeutungsvolle Pause. »Kurz und gut: Unsere arme kleine Lulu ist im Wohnzimmer gestorben, gleich neben dem Sofa. Der Täter hat das Blut entfernt, wobei er sehr gründlich gewesen ist. Allerdings …« Er hielt inne, und ein zufriedenes Lächeln breitete sich über seine schmalen Lippen. »Allerdings nicht gründlich genug. In den Ritzen des Parketts haben wir Spuren von Tierblut entdeckt. Es ist frisch und stammt laut DNA-Abgleich eindeutig von Annette Berners Hündin.«

»Das würde bedeuten, dass der Täter den Kadaver absichtlich in den Garten gebracht und hinter einem der Büsche versteckt hat«, schlussfolgerte Max.

Tillmann Cox schüttelte verständnislos den Kopf. »Warum sollte er das getan haben?«

»Damit wir genau das annehmen, was wir auch tatsächlich angenommen haben«, rief Edna aufgeregt. »Dass der Hund im Garten starb und der Täter durch die Terrassentür ins Haus gelangte.« Sie tauschte einen Blick mit ihrem Kollegen. »Aber wenn er nicht durch die Terrassentür ins Haus gelangt ist …«

»Ist er durch die Haustür gekommen«, ergänzte Max.

Edna nickte. »Sie hat ihn selbst hereingelassen.«

*

Sie hatte den kleinen Kreis, den die Kette am Handgelenk ihr zugestand, sorgfältig erkundet. Zuerst hatte sie den Boden Zentimeter für Zentimeter abgetastet, der tatsächlich aus Beton zu bestehen schien, nachlässig gegossen und voller Unebenheiten, ein relativ neuer Betonboden in einem alten Keller. Sie hatte das breitrandige Holzgefäß wiedergefunden, das er auf dem Boden abgestellt hatte, und entdeckt, dass es offenbar Wasser enthielt. Durstig, wie sie war, hatte sie davon getrunken, ohne lange nachzudenken, und hinterher hatte sie sich beruhigt, indem sie sich vorrechnete, dass er sie ja schon mit der Suppe hätte vergiften können, wenn dies tatsächlich in seiner Absicht gelegen hätte. Neben dem Holzgefäß hatte sie eine Packung mit Zwieback gefunden, dazu eine Tüte mit Trockenobst und Nüssen. Sie hatte ein paar Walnüsse und eine

Scheibe Zwieback gegessen und anschließend noch mehr von dem Wasser getrunken, wobei sie sich gefragt hatte, warum er es in ein hölzernes Gefäß gefüllt haben mochte, anstatt ihr einfach eine Plastikflasche hinzustellen. Danach hatte sie sich die Wand in ihrem Rücken vorgenommen. Sie hatte sich gestreckt, bis die Handschelle so tief in ihr Fleisch geschnitten hatte, dass der Schmerz nicht mehr zu ertragen gewesen war. Sie hatte die raue Mauer befühlt, ihre klammen Finger in Fugen und Ritzen gesteckt und sich schließlich dem Eisenring zugewandt, an dem ihre Fessel befestigt war. Sie hatte daran gezerrt, die Füße, die sich nun schon beinahe wieder normal anfühlten, gegen die Wand gestemmt und mit aller Kraft gezogen, aber natürlich hatte der Ring keinen Millimeter nachgegeben. Jetzt saß sie auf ihrer Decke, den schmerzenden Rücken gegen den kalten Stein gelehnt, und untersuchte die Gegenstände, die ihr Peiniger ihr dagelassen hatte. Eine weitere Decke, die sie sich eilig um die Schultern gelegt hatte, dazu eine Jacke ohne Knöpfe oder Reißverschluss und etwas Gestricktes, mit dem sie zunächst wenig anzufangen wusste. Erst nachdem sie die Sachen eine Weile hin und her gewendet hatte, wurde ihr klar, dass es sich bei den schlauchförmigen Gebilden um Stulpen handeln musste, wie sie Balletttänzer über ihrer Trainingskleidung trugen. Sie hob sie dicht unter ihre Nase und atmete ihren Geruch ein. Wolle, ganz klar. Wolle und ein entfernter Geruch nach irgendeiner Chemikalie, Formaldehyd vielleicht, oder wie auch immer dieses Zeug hieß, mit dem die Hersteller dafür sorgten, dass die Kleidung bis zum ersten Waschen in Form blieb. Also waren diese Kleidungsstücke wahrscheinlich neu. Sie nickte leise vor sich hin und zog die Stulpen über ihre nackten Beine. Dort, wo die Haut verletzt war, kratzten sie, aber sie wusste, sie hatte keine Wahl, wenn sie keine Lungenentzündung riskieren wollte. Schon jetzt fühlten sich ihre Schleimhäute wund und heiß an. Eine Erkältung wahrscheinlich, dachte sie, kein Wunder!

Sie nahm sich noch einen Zwieback, ohne zu wissen, wie lange ihre Vorräte reichen mussten, und dachte über die Frage nach, warum es über dem Loch, das ihr als behelfsmäßige Toilette dienen sollte, nach Exkrementen stank. Bedeutete das nicht, dass vor ihr bereits andere Personen das Loch benutzt hatten? Der Gedanke ließ sie zusammenzucken. Und wenn ja: Wann? Vor langer Zeit? Oder erst vor kurzem? War das hier am Ende gar so etwas wie ein Gefängnis? Gab es Menschen, die ihr Schicksal teilten? Mühsam würgte sie den Bissen herunter, den sie sich vor wenigen Sekunden von ihrem Zwieback abgebrochen hatte. Er schien sich in Staub verwandelt zu haben, und sie musste sich zusammenreißen, um nicht zu husten. Wieso, verdammt noch mal, roch es in diesem Keller nach Exkrementen?

»Hallo?!« Sie leckte sich über die trockenen Lippen, auf denen noch immer verkrustetes Blut klebte. »Ist da jemand?«

Wie armselig sie klang! Die alten Wände schienen ihre Stimme einfach aufzufressen.

Sie rief noch einmal.

Zurück kam nichts.

Nicht ein einziger Laut.

*

Die neuen Schuhe drückten. Sie *mussten* drücken, denn wie alle Schuhe, die Corinne Heinrich seit ihrem siebzehnten Lebensjahr gekauft hatte, waren sie gut eine Nummer zu klein. Aber sie brachte es einfach nicht fertig, ein Paar Schuhe Größe 42 ½ zu kaufen. Eher würde sie barfuß durchs Leben gehen.

Auf großem Fuß leben. Optimale Bodenhaftung. Quadratlatschen … Gott, wie sie diese Sprüche hasste! Sie biss sich von innen auf die Wange und versuchte vergeblich, die Füße beim Auftreten weniger abzurollen. Rechts vorne spürte sie Blut im Schuh. Falls es stimmte, dass alle Frauen ein Faible für Schuhe hatten, war sie wieder einmal die absolute Ausnahme. Sie hasste Schuhe. Sie hasste Schuhgeschäfte. Und sie hasste ihre Füße. Sie biss die Zähne zusammen und ging einen Schritt schneller, um vor einer Mutter mit zwei quengeligen Kleinkindern auf der Rolltreppe zu sein. Seit sie denken konnte, wünschte sie sich, klein zu sein, dabei war sie mit einer Größe von einem Meter sechsundsiebzig eigentlich nicht wirklich groß, sondern verkörperte eher das, was gemeinhin als Idealmaß angesehen wurde. Aber wenn sie im Supermarkt von einer älteren Dame gebeten wurde, eine Packung Zwieback aus einem der oberen Regale zu angeln, mit der Begründung, sie sei ja »so schön groß«, war ihr Tag gelaufen. Groß war nicht schön. Groß war auffällig, und sie wollte nicht auffallen. Im Grunde wäre es ihr am liebsten gewesen, wenn niemand sie beachtet hätte.

Sie verließ die Rolltreppe und bemühte sich, ihre eigene Silhouette zu ignorieren, die sich in den blankpolierten Schaufenstern spiegelte. Sie wusste, dass sie mit ihren knapp fünfzig Kilo eigentlich nicht dick wirken konnte, aber ein kurzer Seitenblick auf ihre ausladenden Hüften unter der kurzen Tweedjacke hatte bereits wieder genügt, um sie eines Besseren zu belehren. Sie war nicht dick, sie war *fett*!

Als sie das Restaurant betrat, hatte sie das unangenehme Gefühl, angestarrt zu werden. Wie schon öfter in der letzten Zeit. Automatisch zog sie die Schultern zusammen und versuchte, durch gleichmäßiges Runden ihres Rückens die vier Zentimeter Absatz auszugleichen, über die die unförmigen Klötze an ihren Füßen verfügten. Seltsamerweise schien es wirklich flache Schuhe nur in kleinen Größen zu geben, was sie als außerordentlich widersinnig empfand, schließlich waren Frauen, die Schuhgröße 38 tragen konnten, in der Regel sowieso ein Stück kleiner als sie und konnten sich somit hohe Absätze leisten.

Sie griff sich ein Plastiktablett von dem Stapel neben dem

Büffet und blickte missmutig zu ihren Füßen hinunter. Kein Zweifel, wenn die Klimaverschiebung endlich griff und die große Flut kam, konnte sie in den Dingern bis in die rettenden Alpen paddeln!

*

Sie waren noch einmal in Annette Berners Haus gewesen und hatten nach Hinweisen auf einen bislang unbekannten Kontakt gesucht. Briefe, Notizen, Kalendereinträge – nichts hatte ihnen auch nur den geringsten Anhaltspunkt dafür geliefert, dass die Ermordete ein heimliches Doppelleben geführt oder eine Affäre gehabt hatte. Sie hatten mit Nachbarn und Kollegen gesprochen, das Laptop der Lehrerin ins Labor gebracht, um mögliche Internetkontakte rekonstruieren zu lassen, und zwei Kartons voller Fotos und Homevideos mitgenommen. Edna fühlte eine tiefe Resignation, wenn sie daran dachte, wie viel Zeit es kosten würde, all dieses Material zu sichten, und im Grunde glaubte sie nicht eine Sekunde daran, dass sie tatsächlich etwas finden würden, das sie weiterbrachte. Annette Berner schien genau der Mensch gewesen zu sein, als den ihre Freunde und Nachbarn sie geschildert hatten: eine freundliche, im Umgang mit Fremden ausgesprochen vorsichtige und ihrem Mann treu ergebene Frau.

»Die Tote aus dem Wald ist identifiziert«, verkündete Schweichert, als sie in ihr Büro zurückkehrten. »Natalija Zaslavska. Dreiunddreißig Jahre alt. Weißrussin mit abgelaufenem Visum. Sie hat am Bonner Straßenstrich angeschafft. Eine Kollegin von ihr hat sich am 29. April bei der Polizei gemeldet und angegeben, sie seit zwei Wochen nicht gesehen und auch nichts von ihr gehört zu haben.«

»April?« Max schüttelte den Kopf. »Mein Gott!«

»Was ist das nur für ein verdammtes Schwein?!«, echauffierte sich Edna, während sie eilig auszurechnen versuchte, wie lange der Mörder sein Opfer somit gefangen gehalten haben musste.

»Die Kollegen in Bonn sind davon ausgegangen, dass sie längst wieder zu Hause in Minsk ist, auch wenn die Freundin Stein und Bein geschworen hat, dass sie sich niemals ohne Abschied aus dem Staub gemacht hätte«, fügte Schweichert hinzu, indem er den Ausdruck eines Fotos vor Edna auf den Tisch legte. Es zeigte eine attraktive junge Frau mit großen grünen Augen und einem breiten, unbeschwerten Lachen auf den schön geschwungenen Lippen. Eine Frau, die mit dem eingefallenen Bündel Mensch aus dem Wald nicht das Geringste zu tun zu haben schien. »Sie hat lange Jahre für einen Zuhälter namens Maxim gearbeitet«, fuhr Schweichert fort. »Keiner von den Bossen, eher eine lokale Größe. Ihm gehören zwei Saunaclubs in der näheren Umgebung von Bonn, und nachdem Natalija dort nicht mehr den gewünschten Umsatz brachte, schickte er sie auf die Straße zum Anschaffen. Er hat sie regelmäßig abkassiert, aber wenn sie tatsächlich abgehauen wäre, hätte er sich wohl kaum ein Bein ausgerissen, um sie zu finden.« Er faltete den Zettel zusammen, auf dem er sich während seines Telefonats mit den Bonner Kollegen Notizen gemacht hatte. »Natalija Zaslavska galt als intelligent und sprach anscheinend auch recht gut Deutsch.«

Ednas Blick war noch immer auf das Foto der Toten gerichtet. Langes dunkelbraunes Haar fiel ihr in weichen Wellen über die Schultern. Es wirkte gesund und gepflegt, ganz anders als das Haar der Frau aus dem Wald. »Was ist mit der Freundin, die sie als vermisst gemeldet hat?«, fragte sie. »Kann man die irgendwie ausfindig machen?«

»Die Kollegen in Bonn wollen es versuchen«, entgegnete Schweichert wenig hoffnungsfroh.

»Aber das ist noch nicht alles.« Er tauschte einen Blick mit Tillmann Cox. »Wir sind auch die ungeklärten Mordfälle an Frauen durchgegangen, die vom Modus Operandi her Ähnlichkeiten mit unseren beiden Fällen aufweisen. Und dabei sind wir auf das hier gestoßen.« Er reichte Edna einen Aktendeckel über den Tisch. Darin befanden sich Kopien von Polizeiberichten und zuoberst die Fotografie einer dunkelhaarigen Frau. »Birgit Christensen«, erklärte Schweichert, während Edna das Foto an Max weiterreichte. »Sie wurde vor drei Jahren erstochen im Keller des Hochhauses aufgefunden, in dem sie mit ihrem Lebensgefährten und ihren beiden jüngeren Kindern wohnte.«

Max blickte über die Schulter seiner Kollegin in das breitflächige, nicht sonderlich attraktive Gesicht der Ermordeten. »Wo?«

»In Köln«, antwortete Schweichert. »Allerdings hatte sie bis kurz vor ihrem Tod hier in der Gegend gelebt«, fügte er mit bedeutungsvoller Miene hinzu. »Sie war erst ein halbes Jahr vorher umgezogen.«

»Die Leiche wies mehrere Stichverletzungen auf«, ergänzte Cox. »Alle im Bereich des Oberkörpers. Außerdem fehlte ihr anscheinend ein Stück Fleisch aus der Wade.«

Edna hob den Kopf. »Was?«

Schweichert nickte und griff in einen braunen Umschlag, der weitere Fotos enthielt, die augenscheinlich in der Gerichtsmedizin aufgenommen worden waren. Zwei davon zeigten die rechte Wade des Opfers. Ein Stück über dem Knöchel befand sich eine tiefe, rund zehn Zentimeter lange Fleischwunde, deren Ränder eigenartig gezackt waren. »Im Bericht steht, dass der Täter versucht haben muss, einen Teil des Fleisches mit einem gabelähnlichen Instrument herauszutrennen. Dreizinkig. Allerdings müsste das schon eine sehr scharfe Gabel gewesen sein.«

Edna starrte die blutverkrusteten Wundränder an. »Selbst präpariert?«

Er zuckte mit den Achseln. »In diese Richtung gingen zumindest die Vermutungen des zuständigen Pathologen.«

»Man hat die Waffe demnach nicht gefunden«, schloss Edna.

Schweichert schüttelte den Kopf. »Keine Waffe, keine Fingerabdrücke, keine DNA.«

»Und das Opfer war derselbe Typ wie Annette Berner«, bemerkte Cox. »Wenn auch nicht so attraktiv.«

»Hier steht aber nichts davon, dass Birgit Christensen vor ihrem Tod gequält worden wäre«, stellte Max fest, ohne den Blick von dem Polizeibericht auf seinen Knien zu heben. »Und auch der soziale Background passt nicht.« Er blätterte ein paar Seiten zurück. »Die Frau hat von Sozialhilfe gelebt. Vier Kinder, von denen zwei bei Pflegeeltern untergebracht waren.« Seine Miene verfinsterte sich. »Mehrere Anzeigen beim Jugendamt wegen Vernachlässigung und Verletzung der Aufsichtspflicht und …«

»Es ist trotzdem unser Mann«, fiel Edna ihm ins Wort, indem sie eines der Fotos in die Mitte des Tisches warf. Es zeigte Bauch und Genitalbereich des Opfers in Großaufnahme. »Er hat Birgit Christensen ein Andenken hinterlassen.«

*

Sie ahnte nichts.

Sie hatte einen Platz in der Nähe der Toiletten gewählt, weil sie festgestellt hatte, dass man dort am wenigsten Gefahr lief, ungebetene Gesellschaft zu bekommen.

An den umliegenden Tischen saßen Dutzende anderer Frauen. Viele von ihnen waren allein, ganz wie sie. Sie starrten leer in die Gegend, tippten mit langen, künstlichen Fingernägeln in atemberaubendem Tempo Kurznachrichten in ihre Handys oder schlangen unmotiviert ihre mehr oder weniger spärlichen Mittagsmahlzeiten hinunter.

Ohne es zu ahnen, waren sie Teil einer Herde.

Sie waren gesehen, taxiert und verworfen worden.

Alle, bis auf eine.

Mit dem sicheren Gespür des Löwen, der aus dem unsteten Gewimmel Hunderter Antilopen mit tödlicher Sicherheit das eine, das richtige, das verletzlichste Tier auswählt, hatte er ihre Witterung aufgenommen. Sie war ihm ins Auge gefallen, und er hatte ihren Tod beschlossen, während sie noch überlegte, ob sie es sich leisten konnte, den gesamten Inhalt des Portionsbeutels mit kalorienarmem Dressing über ihren Salat zu gießen …

✳

Die Stille war zerrissen.

Er kehrte zurück. Und dieses Mal hörte sie ihn kommen.

Sie hatte noch nicht so bald wieder mit ihm gerechnet. Erschreckt richtete sie sich auf ihrer Decke auf und wappnete sich gegen das Licht, das über sie hereinbrechen würde, sobald er die Tür aufschloss. Sie hörte den Schlüssel im Schloss und anschließend das Scharnier der Tür, als er sie aufstieß. Die Geräusche schienen wie durch ein unsichtbares Mikrophon verstärkt, was vielleicht daran lag, dass es um sie herum so lange so still gewesen war. Sie sah seine Silhouette vor einem hellen Rechteck, was wohl bedeutete, dass es einen Raum hinter dieser Tür gab. Einen Raum, in dem Licht brannte. Ja, dachte sie. Das, was ich sehe, ist künstliches Licht. Sie zuckte geblendet zurück, als er einen Schritt auf sie zukam und wieder die Taschenlampe auf sie richtete. Er verharrte einige Sekunden regungslos, dann ließ er den Strahl über den Fußboden gleiten, zu der Stelle, wo er das Gefäß mit dem Wasser zurückgelassen hatte.

Sie hob den Kopf und blinzelte in den Schatten hinter der Helligkeit, der langsam an Kontur gewann. Er hatte sich halb abgewandt, den Blick immer noch auf den Boden gerichtet. Sie konnte nicht viel erkennen, aber sie sah, dass er dunkel gekleidet war und eine Maske trug. Als er sich wieder zu ihr umdrehte, senkte sie den Blick. Maske, Handschuhe. Er war eindeutig vorsichtig. Vielleicht bedeutete das, dass er sie tatsächlich gehen lassen wollte. Irgendwann. Vielleicht ging es ihm doch um etwas ganz anderes als um ihren Tod. Immerhin lebte sie noch. Und auch jetzt machte er keine Anstalten, sie anzugreifen. Sie konnte ihn nicht mehr sehen, weil die Lampe sie zu sehr blendete, aber er schien sie anzustarren. Einfach nur anzustarren. Sie zog die Beine an, während der Lichtstrahl prüfend über die Wand in ihrem Rücken glitt.

Er ist gründlich, schoss es ihr durch den Kopf. Aber er hat auch Angst. Die Erkenntnis traf sie wie ein Faustschlag. Er hatte Angst, dass sie sich befreite. Deshalb hatte er ihr alles abgenommen, was ihr als Werkzeug dienen könnte. Armbanduhr. Schmuck. Und die Jacke, die er ihr zugestanden hatte, hatte weder Reißverschluss noch Knöpfe. Sie starrte an sich hinunter und entdeckte rechts ein paar Knopflöcher in der grauen Wolle. Er hat die Knöpfe abgeschnitten, dachte sie. Dieser elende Scheißkerl hat Angst!

Sie bemühte sich, ihn ihre Gedanken nicht spüren zu lassen, trotzdem meinte sie einen Hauch von Argwohn wahrzunehmen, in seinem Blick, den sie nicht sehen konnte. Sag was, dachte sie verzweifelt. Lenk ihn ab!

»Haben Sie mit meinen Eltern gesprochen?« Sie lauschte.

Er reagierte nicht, Widersprach nicht. Aber er brachte sie auch nicht zum Schweigen.

»Eigentlich sollte ich jetzt in der Bibliothek sitzen«, fuhr sie in munterem Plauderton fort. Irgendwo hatte sie mal gehört, dass es nützlich sein konnte, seinem Entführer etwas über sich zu erzählen. Das erhöhte die Hemmschwelle. Was man kannte, tötete man nicht so leicht. »Ich schreibe eine Arbeit über Adalbert Stifter.«

Verstand er überhaupt, was sie sagte? Er sprach Deutsch, ganz eindeutig. Akzentfreies Deutsch sogar, auch das war ihr nicht entgangen. Aber war er auch gebildet? Wusste er, wer

Stifter war? Oder erregte sie mit ihrem Gerede von der Uni am Ende nur seinen Zorn?

Sie beschloss, es nicht darauf ankommen zu lassen, und wechselte das Thema. »Worauf warte ich eigentlich?«

Keine Reaktion.

»Wie heißen Sie?« Verdammt blöde Frage!, schalt sie sich. Wenn er dir das verrät, muss er dich töten! »Ich meine, wie soll ich Sie nennen?« Sie lachte. Ein entsetzlich dümmliches Lachen, wie sie fand. »Irgendwie sollte ich Sie doch ansprechen können, nicht wahr?«

Er schien ihr Gerede nicht weiter wichtig zu nehmen, sondern ging in die Knie und öffnete den Reißverschluss seiner Tasche, die wie beim letzten Mal zu seinen Füßen stand und die sie bis zu diesem Augenblick nicht bemerkt hatte. Er nahm eine Plastikflasche mit Wasser heraus und füllte das Holzgefäß auf, bis es beinahe überlief. Dann überprüfte er, wie viel sie gegessen hatte, und schüttelte missbilligend den Kopf.

Du musst mehr essen.

Sie zuckte zusammen.

Oder willst du verhungern?

Sie schüttelte den Kopf, und die Erleichterung über seine Worte ließ ihren Körper leise erzittern. Er war besorgt um sie. Um ihre Gesundheit. Er brauchte sie lebend. Er würde sie gehen lassen, irgendwann, wenn er erreicht hatte, was er sich vorgenommen hatte. Nein, sie wollte nicht verhungern. Sie wollte einfach nur nach Hause.

Dann friss endlich, du dreckige kleine Schlampe.

Sie nickte. Folgsam wie ein Kind kroch sie auf die Lebensmittel neben ihrer Decke zu und begann, sich Nüsse und Trockenfrüchte in den Mund zu stopfen. Sie fühlte, dass er sie dabei beobachtete. Fühlte seine Blicke auf ihrem Rücken. Ihr Magen rebellierte gegen die unerwartete Belastung, aber sie kümmerte sich nicht weiter darum, sondern schluckte Nüsse und Trockenobst, bis die Tüte leer war.

Er lobte sie nicht, so wie er es beim letzten Mal getan hatte, sondern tauschte kommentarlos die leere Tüte gegen eine volle. Dann stellte er ein weiteres Päckchen mit Zwieback und eine Schachtel Cracker auf den Boden neben das Wasser und machte wieder einen Schritt auf sie zu. Sie unterdrückte den monumentalen, aber in ihrer Situation so gänzlich sinnlosen Fluchtreflex, der sich ihrer bemächtigte, und ließ stattdessen widerstandslos zu, dass er sie am Handgelenk packte. Er hielt ihr eine Kapsel unter die Nase. Soweit sie erkennen konnte, die gleiche wie beim letzten Mal. Es hat nicht gewirkt, versuchte sie sich selbst zu beruhigen. Beim letzten Mal hat das Zeug keinerlei Wirkung gehabt! Sie schluckte die Kapsel hinunter und überlegte dabei, warum er sie zwang, wirkungslose Tabletten zu schlucken. Der Kerl war ein Psychopath. Vielleicht gab er ihr irgendein Placebo, um sich an ihrer Angst zu weiden. Waren Scheinhinrichtungen nicht eine Form der Folter?

Durch die Schlitze in seiner Skimaske konnte sie seine Augen sehen. Sie hatten keine Farbe, nur die Pupillen darin sahen wie schwarze Seen aus. Er kontrollierte die Handschelle, den Eisenring und jedes einzelne Glied der Kette, dann ließ er ihre Hand fallen und zog sich zurück.

Sie versuchte nicht, ihn aufzuhalten. Sie stellte keine Fragen und machte auch keine dummen Bemerkungen mehr. Sie saß einfach da und blickte dem Kegel seiner Taschenlampe nach, bis er aus der Tür verschwunden war. Der Tür, hinter der es einen weiteren Raum gab. So viel immerhin hatte sie heute herausgefunden. Es gab eine Welt hinter der Tür, in die er verschwand und wo vielleicht jemand auf ihn wartete, der keine Ahnung hatte, dass der Mensch, den er liebte, ein Monster war.

*

Im Wohnzimmer von Ednas Dreizimmerwohnung flimmerte die tote Annette Berner über den Bildschirm. Draußen war der Tag bereits vor Stunden in einen kühlen, klaren Abend übergegangen. Nur über den Dächern auf der anderen Seite des Hofes lag der allgegenwärtige Lichtschein der Großstadt.

Edna saß auf der Couch, die Reste einer längst erkalteten Tiefkühlpizza rechts und Stapel von Fotos links neben sich, und empfand eine Art kindlichen Unglauben angesichts der Tatsache, dass es sich bei der lebenssprühenden jungen Frau, die ihr aus dem Fernseher entgegenlachte, und dem blutverkrusteten, zerstörten Wesen, das sie auf dem Bett im ersten Obergeschoss des eleganten Einfamilienhauses vorgefunden hatte, tatsächlich um ein und dieselbe Person handelte. Keine Leichen zu Hause im Wohnzimmer, lautete einer ihrer Grundsätze, und sie wusste nur zu gut, dass sie jedes Abweichen von dieser Regel üblicherweise mit entsetzlichen Alpträumen bezahlte. Trotzdem blickte sie nun schon seit beinahe einer Stunde in die Vergangenheit einer Toten, hatte dieser beim Tennis und bei der Gartenarbeit zugesehen, war ihr zu den Tempelanlagen von Abu S'imbel und anschließend an den Strand eines Vier-Sterne-Hotels in Scharm El Scheich gefolgt und hatte gemeinsam mit ihr an der Hochzeit eines befreundeten Paares teilgenommen, dessen Gesichter ihr genauso wenig sagten wie die aller anderen Menschen, die zufällig oder absichtlich von Klaus Berners Camcorder erfasst worden waren. Sie seufzte und drückte auf die Vorlauftaste. Sie hatte keine Ahnung, was es ihr gebracht hatte, einer Toten beim Leben zugesehen zu haben, ob es ihr überhaupt etwas gebracht hatte. Immerhin, sie hatte jetzt das vage Gefühl, die Lehrerin zu kennen, sich in ihren Alltag hineinversetzen zu können, in ihre Persönlichkeit. Vielleicht war das wichtig. Annette Berner hatte ihrem Mörder die Tür geöffnet, obwohl sie ein ängstlicher und überaus vorsichtiger Mensch gewesen war. Das legte die Vermutung nahe, dass sie den Mann, der ihren Körper auf so grausame Art und Weise geschändet hatte, gekannt hatte. Und wenn sie ihn gekannt hatte … Edna drückte auf die Pausentaste und Annette Berners Lachen erstarrte vor ihr auf dem Bildschirm. Wenn sie ihn gekannt hatte, hatte er auch sie gekannt. Er war nicht planlos in der Gegend herumgefahren, um in irgendein Haus einzudringen, sondern er hatte Annette Berner ganz bewusst als Opfer ausgewählt. Irgendwann zu einem Zeitpunkt, den wahrscheinlich nur er selbst kannte, hatte er sie angesehen und ihren Tod beschlossen. Edna drückte erneut auf die Wiedergabetaste. Annette Berners Lachen entspannte sich, und sie hob scherzend ihren Hund in die Kamera. Irgendetwas hatte ihren Mörder auf sie aufmerksam gemacht. Aber was? Edna schüttelte ratlos den Kopf. Dieses Lachen? Eine Geste? Ein Kleid, das sie getragen hatte?

Die nächste Einstellung zeigte das Ehepaar Berner beim Grillen mit Freunden. Klaus Berner wendet mit konzentrierter Miene Steaks für mindestens zehn Personen, während sich seine Frau im Hintergrund mit einer dümmlich lächelnden Blondine unterhält. Edna tastete zu ihren Füßen nach der Dose Bier, die sie sich zum Essen gegönnt hatte, und nahm einen Schluck, während die Kamera auf einer anderen Frau verweilte, die ganze Berge von Nudelsalat auf einen Pappteller schaufelte. Hinter ihr schien Annette Berner von ihrer blonden Gesprächspartnerin allmählich genug zu haben. Ihr Blick ging irgendwo ins Leere, sie rutschte auf ihrem Stuhl hin und her und kaute gelangweilt auf ihren Fingernägeln herum. Warum hast du dir auch solche Leute eingeladen?, dachte Edna schadenfroh, indem sie sich daran erinnerte, dass Annette Berners Nägel auch zum Zeitpunkt ihres Todes bis auf die Haut abgekaut gewesen waren. Dieser Umstand hatte in ihr den leisen Verdacht genährt, dass die Ehe der Berners vielleicht doch nicht so glücklich gewesen war, wie alle, mit denen sie gesprochen hatten, behaupteten. Aber sie hatte in keinem der Videos etwas gefunden, das ihre Theorie bestätigt hätte. Im Gegenteil: Alles an der Art, wie die Eheleute miteinander redeten, einander zuhörten und ansahen, sprach für eine harmonische und fürsorgliche Beziehung. Edna schmunzelte, als Annette Berner vor ihren Augen einen Pfannkuchen auf die blitzsauberen Küchenfliesen fallen ließ, während sie sich einmal mehr darüber wunderte, wie viele Menschen offenbar der Meinung waren, auch noch banalste Alltagssituationen auf Video festhalten zu müssen. Sie wartete nicht, bis die Lehrerin, die sich vor Lachen über ihr eigenes Missgeschick beinahe ausschüttete, die Reste des Crepes in den Mülleimer geworfen hatte, sondern drückte wieder auf Vorlauf. Im selben Moment begann ihr Telefon zu klingeln.

Sie hielt das Band an und rannte in die Diele hinüber. Angesichts der Uhrzeit und der Tatsache, dass sie ihre private Telefonnummer wie ein Staatsgeheimnis hütete, konnte es sich bei dem Anrufer eigentlich nur um Max, ihre Mutter oder ihre Nichte handeln, es sei denn, es gab schon wieder eine Leiche. Der Gedanke erfüllte sie mit einem mulmigen Gefühl, aber zumindest, was das betraf, bestätigten ihre Befürchtungen sich nicht.

»Tante Edna?«

»Maja?«

»Wer außer mir würde dich Tante Edna nennen?«, fragte ihre Nichte mit einem Hauch von Argwohn in der Stimme.

Edna hütete sich, diese Frage zu beantworten. »Wie geht es dir?«, erkundigte sie sich stattdessen nicht ohne Sorge. Wenn ihre Nichte sie öfter als einmal in der Woche anrief, war irgendetwas nicht in Ordnung, so viel stand fest. Seit sie an der Nordsee war, lebte Maja ein streng reglementiertes Leben zwischen Gruppengesprächen, Ernährungsseminaren, Einzelsitzungen, Kunsttherapie, Gymnastik, Wiegen, Essen und Joggen, und die kurzen Telefonate, die sie abwechselnd mit ihrer Tante und ihrer Großmutter führte, fanden in der Regel in den winzigen Zeitfenstern zwischen zwei Terminen statt, an denen Maja unbedingt teilnehmen wollte oder musste.

»Mir geht es gut«, sagte sie, doch etwas an der Art, wie sie es sagte, ließ Edna aufhorchen.

»Bist du sicher?«

»Natürlich bin ich sicher«, versetzte Maja, und in ihre Stimme mischte sich ein Anflug von Ärger. »Glaubst du ernsthaft, ich kann nach fast vier Monaten Therapie noch immer nicht beurteilen, wie es mir geht?«

»So habe ich das doch nicht gemeint«, versuchte Edna ihre Nichte zu beschwichtigen. Sie wusste, sie hatte einen wunden Punkt berührt. Die Ärzte in der Klinik hatten Maja darauf hingewiesen, dass ihr Problem darin bestand, nicht zu bemerken, wann sie Probleme hatte. Seither reagierte sie überempfindlich auf alles, das ihr Selbstgefühl in Frage stellte. »Es ist nur so, dass du mich in den letzten Monaten mit Anrufen nicht gerade überschüttet hast.« Sie bemühte sich, nicht den geringsten Vorwurf in ihrem Tonfall anklingen zu lassen. »Und da mache ich mir eben Sorgen, wenn du mich in einer Woche gleich zweimal anrufst.«

»Mir geht es wirklich gut«, wiederholte ihre Nichte eine Spur versöhnlicher. »Aber es gibt da eine Sache, die ich mit dir besprechen muss. Es geht um die Goldene Hochzeit …«

Schon wieder! Edna warf einen missmutigen Blick auf die verdreckten Schuhe aus dem Wald, die noch immer neben ihrer Wohnungstür standen. »Was ist damit?«

»Ich glaube, ich möchte da nicht hingehen.«

Da bist du nicht die Einzige!, dachte Edna grimmig. »Warum nicht?«, fragte sie laut, während sich unvermittelt ein Gefühl von Enttäuschung einstellte. Sie hatte gehofft, dass die goldene Hochzeit ihrer Großeltern ihre Nichte dazu bringen würde, wieder nach Hause zu kommen, ein Schritt, zu dem sie sich offenbar aus eigenem Antrieb nicht entschließen konnte. *Ich bin noch nicht so weit*, war ihre Standardantwort, wann immer

Edna sie nach dem Ende ihres Klinikaufenthaltes fragte, und insgeheim hegte Edna die Befürchtung, dass es ihrer Nichte eines Tages überhaupt nicht mehr möglich sein würde, den sicheren Hafen eines vollkommen durchorganisierten Alltags zu verlassen und sich zu einer Rückkehr in ein normales Leben zu entschließen.

»Ich glaube, ich kann das nicht«, sagte Maja, und ihre Stimme klang mit einem Mal so verletzlich, dass Edna angst und bange wurde. »All diese vielen Menschen, die mich anstarren werden wie einen zerlumpten alten Zirkusgaul …«

»Niemand wird dich anstarren«, unterbrach Edna sie, wobei sie sich bemühte, ihr Schmunzeln über die Metaphorik ihrer Nichte nicht bis in ihre Stimme dringen zu lassen. »Die meisten Leute, die Oma und Opa eingeladen haben, kennen dich doch gar nicht und …«

»Aber sie haben von mir gehört«, fiel ihre Nichte ihr nun ihrerseits ins Wort. Sie seufzte. »Du weißt doch, wie Oma ist. Sie erzählt alles überall herum und erklärt und begründet, warum ihre eine Tochter Krebs bekommen hat und die andere Polizistin geworden ist und wieso es ganz natürlich ist, dass ihre Enkelin an Fresssucht leidet, damit nur ja keiner auf die Idee kommt, sie hätte irgendwas falsch gemacht in ihrer hochheiligen Familie.« Sie schnappte nach Luft. »Glaub mir, alle, die an diesem Abend dort sind, werden wissen, dass ich Bulimie habe, und ich will keinen Rückfall riskieren, nur weil mir eine Meute von freiwilligen Feuerwehrleuten andauernd auf den Teller guckt.«

»So, hat sie jetzt auch noch die freiwillige Feuerwehr eingeladen?!«, echauffierte sich Edna. »Seit Wochen versuche ich ihr das auszureden, aber sie muss ja immer …«

»Tante Edna!«, unterbrach ihre Nichte sie erneut. »Es geht hier nicht um irgendeine beschissene Gästeliste, sondern um mich!«

Alle Achtung, dachte Edna, wer sagt denn, dass solche Therapien keinen Nutzen hätten?! »Du hast recht«, entgegnete sie. »Entschuldige.«

»Keine Ursache.«

»Hast du es Oma schon gesagt?«

»Das ist ja das Problem«, entgegnete Maja und klang auf einmal wieder wie ein Kind. »Ich weiß nicht, wie ich ihr klarmachen soll, dass ich nicht kommen *kann*. Ich meine, sie wird bestimmt denken, dass mir nichts daran liegt, aber das ist nicht wahr und …«

»Soll ich mit ihr sprechen?«

»Würdest du das tun?« In ihrer Stimme schwang so viel Erleichterung mit, dass Edna unwillkürlich lächeln musste, obwohl sie bezweifelte, dass es überhaupt gut war, wenn sie ihrer Nichte diese unangenehme Verpflichtung abnahm. Maja würde lernen müssen, ihre Interessen ohne Hilfe von Dritten zu vertreten. »Bestimmt kannst du sie viel besser davon überzeugen, dass es für mich noch zu früh wäre«, sprudelte ihre Nichte indessen weiter. »Und bei all diesem Trubel hätten wir ja sowieso nichts voneinander, nicht wahr?«

Mach mich nicht zur Komplizin deiner Ausflüchte, dachte Edna, aber laut sagte sie: »Ich werde es ihr schonend beibringen.«

»Du bist ein Schatz!«

»Schlaf gut«, sagte Edna.

»Das werde ich bestimmt«, antwortete ihre Nichte und unterbrach die Verbindung.

Edna warf einen Blick auf die Uhr, dann wählte sie die Nummer ihrer Eltern. Dieses Mal nahm ihre Mutter bereits nach zweimaligem Läuten ab. Edna hatte sich schon oft gefragt, warum ihr Vater nie selbst ans Telefon ging, denn in den ganzen elf Monaten, die ihr Zerwürfnis nun schon andauerte, hatte sie ihn noch nie am Apparat gehabt, wenn sie zu Hause angerufen hatte. Im Stillen tippte sie darauf, dass ihre Mutter ihm kurzerhand verboten hatte, irgendwelche

Anrufe entgegenzunehmen, weil sie fürchtete, dass Edna auf ihre ohnehin äußerst seltenen Telefonate ganz verzichten würde, wenn sie damit rechnen musste, ihren Vater an der Strippe zu haben. »Beck?«

»Mama, ich bin's.«

»Edna?«

»Wie viele Menschen gibt es, die Mama zu dir sagen?«, konterte Edna, während sie das unangenehme Gefühl hatte, mitten in einem Déjà-vu zu stecken.

Ihre Mutter antwortete nicht, sondern zog sich auf ein beleidigtes Schweigen zurück.

»Ich habe gestern versucht, dich zurückzurufen«, erklärte Edna eilig. »Aber du warst nicht da.«

»Ich war beim Arzt«, entgegnete Margarethe Beck mit seltsamem Unterton.

»Alles in Ordnung mit dir?«, erkundigte sich Edna eher pflichtschuldig als besorgt. Seit sie denken konnte, ging ihre Mutter in unzähligen Arztpraxen ein und aus, ohne auch nur ein einziges Mal ernstlich krank gewesen zu sein. Sie schluckte einen Haufen Nahrungsergänzungen, Blütenpollen und Knoblauchdragees und war beständig auf der Suche nach jemandem, der ihr irgendetwas verschrieb, nach dessen Einnahme sie sich noch besser fühlen konnte, als sie sich ohnehin schon fühlte.

»Ich bin okay«, sagte sie jetzt.

»Prima«, entgegnete Edna fröhlich. »Ich habe übrigens eben mit Maja telefoniert.«

»Geht es ihr gut?«

»Alles in Ordnung. Es ist nur …« Sie zögerte. »Sie traut es sich nun doch nicht zu, zu eurer Feier zu kommen, und ich denke, wir sollten sie diesbezüglich auch nicht unnötig unter Druck setzen.« Sie unterbrach sich erneut und lauschte auf eine Reaktion ihrer Mutter. »Immerhin wäre es das erste Mal seit ihrem Zusammenbruch, dass sie die Klinik verlässt, und wie es scheint, fühlt sie sich einfach noch nicht stark genug, an einer Veranstaltung dieser Größenordnung teilzunehmen.«

Wenn ihre Mutter enttäuscht war, ließ sie es sich zumindest nicht anmerken. »Das verstehe ich«, sagte sie leise.

»Sie wird zurückkommen«, hörte Edna sich sagen, ohne etwas dagegen unternehmen zu können. »Sie darf sich nur nicht verpflichtet fühlen.«

»Gut.«

Edna starrte ein paar deprimierende Staubflocken in der Ecke hinter der Garderobe an, während sie darauf wartete, dass ihre Mutter ihr verriet, weswegen sie sie hatte sprechen wollen. Doch Margarethe Beck machte keine Anstalten, zu Menüfragen und Tischkarten überzugehen.

»Papa geht es nicht besonders«, sagte sie unvermittelt. »Du weißt schon, die Feier und die Vorbereitungen …« Sie schien nicht genau zu wissen, wie sie ausdrücken sollte, was sie sagen wollte. »Ich fürchte, das regt ihn alles viel zu sehr auf.«

Auf diese merkwürdige Eröffnung folgte eine lange Pause, die Edna wütend machte. Was erwartete ihre Mutter von ihr? Dass sie mit ihrem Vater sprach? Dass sie ihn dazu brachte, zu einem Arzt zu gehen? Nachdem sie elf Monate kein einziges Wort mit ihm gewechselt hatte?

»Und er leidet unter dieser ganzen Situation«, setzte Margarethe Beck in einem Anfall von Mut hinzu.

Edna hegte keinerlei Zweifel daran, wer mit »dieser ganzen Situation« gemeint war.

»Du weißt ja, wie er ist«, setzte ihre Mutter unterdessen ihren emotionalen Amoklauf fort. »Es fällt ihm nicht leicht, den ersten Schritt zu tun, aber er leidet.« Sie seufzte. »Er leidet mehr, als du glaubst.«

»Und was erwartest du jetzt von mir?«, erkundigte sich Edna in einem Tonfall, der ein Glas zum Zerspringen gebracht hätte. »Was zur Hölle bringt dich auf die Idee, zu glauben, dass ausgerechnet ich ein Mensch bin, der den ersten Schritt tut?«

Margarethe Beck sagte nichts.

»Er hat mich geohrfeigt, weil ich die Wahrheit gesagt habe, und bevor er sich nicht bei mir entschuldigt …«

»Die Krankheit deiner Schwester hat uns alle sehr mitgenommen«, fiel ihre Mutter ihr ins Wort. »Da tut man vielleicht manchmal Dinge, die man hinterher bereut und …«

»Ich habe meinem Vater nichts zu sagen«, entgegnete Edna und legte auf, bevor ihre Mutter etwas entgegnen konnte. Dann ging sie ins Wohnzimmer, spulte die Kassette mit Annette Berners Pfannkuchenmissgeschick zurück und verstaute sie wieder in der dazugehörigen Hülle, die Klaus Berner – genau wie alle anderen Aufnahmen – ordentlich mit Ort und Datum versehen hatte. Anschließend stopfte sie alle Fotos und Bänder wieder zurück in den Karton und trug diesen in die Diele hinüber, wo sie ihn nicht andauernd sehen musste. Dann schaltete sie den Fernseher ein und zappte eine Weile ziellos durch die Programme. Gesichter und Landschaften blitzten vor ihr auf und verschwanden wieder. Wortfetzen. Musik. Schließlich fand sie einen Sender, der einen alten Bette-Davis-Film brachte, über dem sie einschlief. Als sie mitten in der Nacht erwachte, diskutierten zwei korpulente Herren in grauen Anzügen über die Rückgabe von Beutekunst.

Edna stand auf und massierte sich den Nacken, dem der erschöpfte Schlaf in halbsitzender Stellung alles andere als gutgetan hatte. Dann schaltete sie den Fernseher aus und öffnete das Fenster. Ein Schwall kühler Herbstluft flutete ins Zimmer und ließ sie leise frösteln, zugleich genoss sie das Gefühl der Frische und Reinheit, das mit der Kühle einherging. Es war eine stille, klare Nacht, der Himmel voller Sterne. Hin und wieder schien es, als würde einer von ihnen plötzlich aufblitzen, und Edna erinnerte sich daran, als Kind geglaubt zu haben, dass man sich in solchen Augenblicken etwas wünschen dürfe. Irgendwann hatte Justine ihr dann erzählt, das Blitzen käme daher, dass die Sterne unter gigantischen Explosionen husteten, die zwar schon Abertausende von Jahren her seien, aber erst jetzt auf der Erde sichtbar würden, und Edna hatte schleunigst damit aufgehört, sich bei jedem Aufblitzen eines hustenden Sterns etwas zu wünschen. Sie war ohnehin schon misstrauisch gewesen, denn die Sterne blitzten viel zu oft, und das, was sie sich gewünscht hatte, war auch nur äußerst selten in Erfüllung gegangen.

Sie lehnte sich gegen den Fensterrahmen und blickte in den Hof hinunter. Von den Zweigen des ausladenden Nussbaums, der direkt vor ihrem Schlafzimmerfenster stand, regnete es Blätter, gelbrotbraune Zeugen der Vergänglichkeit. Ernesto, der Hausmeister, kam mit dem Fegen kaum nach. Bald würde der Winter den Herbst verdrängen, und ein neues Weihnachten würde über sie hereinbrechen. *Papa geht es nicht besonders …* Wann würde Maja endlich wieder nach Hause kommen? Wann würde sie die Pseudosicherheit der Klinik aufgeben? Wann würde sie endlich einsehen, dass dem Leben in seiner grenzenlosen Kompliziertheit nicht mit Essensregeln und Therapieplänen beizukommen war? *Ich bin noch nicht so weit.* Edna stellte sich auf die Zehenspitzen und beugte sich noch weiter aus dem Fenster, hinaus in die klare Nachtluft. Würde ihre Nichte je an einen Punkt kommen, an dem sie so weit war?

Der Hof unter ihr verschwamm zu einer riesigen grauen Fläche, auf der das lachende Gesicht Annette Berners erschien. Wodurch hatte sie ihren Mörder auf sich aufmerksam gemacht? Oder hatte sie das gar nicht? War alles ganz anders, als sie dachten?

Ein Andenken …

Sie riss den Blick von den grauen Platten los und sah wieder den Nussbaum an. Konnten Bäume nicht auch Wünsche erfüllen? Genau wie Sterne? »Ich wünsche mir, dass meine Nichte wieder nach Hause kommt«, flüsterte sie in die Nacht hinaus. Dann schloss sie das Fenster.

Über alles,
was du siehst, denke nach.
(AUS SOMALIA)

4
Vierter Tag

»Nevers?« Gerald Rogler machte ein zweifelndes Gesicht. »Ich erinnere mich an den Fall. Eine Serie von Vergewaltigungen übelster Sorte. Hat ziemliches Aufsehen erregt damals. Allerdings waren wir, soweit ich weiß, nur für zwei der späteren Fälle zuständig.« Er dachte einen Augenblick nach. »Muss so acht oder neun Jahre her sein.«

»Sieben«, nickte Edna.

»Nevers vergewaltigte in einem Zeitraum von noch nicht einmal zwei Jahren sechs Frauen, nachdem er bereits Jahre zuvor wegen Vergewaltigung zu einer Jugendstrafe von drei Jahren ohne Bewährung verurteilt worden war«, ergänzte Max. »Sein letztes Opfer verblutete, nachdem er die Frau mit einem Messer lebensgefährlich an Brust und Oberkörper verletzt hatte.«

Rogler sah ihn an. »Und was hat das mit unserer Sache zu tun?«

»Jörg Nevers hatte eine besondere Eigenart«, erklärte Edna, indem sie ihrem Vorgesetzten die Fotos von Birgit Christensens nacktem Oberkörper über den Tisch reichte. Die anderen Aufnahmen der vierfachen Mutter hatten Cox und Schweichert mit goldenen Reißzwecken an die Wand gepinnt, gleich neben die Fotos von Annette Berner und Natalija Zaslavska. Eine makabre Galerie des Todes. »Er ritzte seinen Opfern ein kleines x in die Bauchdecke, immer rechts unterhalb des Nabels.«

Rogler schien sich daran zu erinnern, denn er nickte langsam vor sich hin. »Stimmt«, brummte er. »So eine Art Brandzeichen, wenn Sie den Ausdruck entschuldigen.«

»Nevers selbst nannte es ein Andenken«, bemerkte Max mit angewiderter Miene.

»Wir haben uns die Fotos von Nevers' damaligen Opfern angesehen. Form und Größe des Zeichens entsprechen der Wunde, die unser Täter Annette Berner und Birgit Christensen zugefügt hat.« Edna sah ihren Vorgesetzten an. »Das kann unmöglich ein Zufall sein.«

Rogler starrte auf das Foto in seiner Hand. »Wo ist der Kerl heute?«

»Er ist seit Mai 1995 im Maßregelvollzug der forensischen Psychiatrie Riederbach untergebracht.«

»Ein Nachahmungstäter?«

»Durchaus denkbar«, nickte Edna. »Zumal unsere beiden Opfer in etwa Nevers' Beuteschema entsprechen.« Sie öffnete einen Umschlag und entnahm ihm sechs weitere Fotografien. »Nina Hollweg, Sabine Bott, Malgorzata Warczok, Julia Dernesch, Helen Welsch und Ursula Biermann«, erklärte sie, indem sie die Bilder der Frauen vor ihrem Chef ausbreitete. »Alle reichlich mittelgroß und attraktiv, mit mindestens schulterlangem braunem Haar.«

Rogler betrachtete die Gesichter der Frauen mit nachdenklicher Miene. »Wer ist von unserer Seite damals zuständig gewesen?«

Edna warf einen Blick in ihre Notizen. »Decker und Uhrmann.«

»Ralf Decker von der Sitte?«

Sie nickte. »Die zweite und die vorletzte Vergewaltigung fielen in ihre Zuständigkeit. Der Mord an Ursula Biermann geschah in Remagen, wo Nevers damals wohnte.«

Rogler lehnte sich in seinem Stuhl zurück. »Also schön«, sagte er. »Besorgen Sie sich alle Informationen über den Kerl, die Sie kriegen können. Prüfen Sie jeden möglichen Zusammenhang.« Er sah Edna und Max an. »Und klären Sie ab, ob Nevers dort, wo er jetzt ist, irgendwie rauskann.«

Edna wollte gerade aufstehen, als zweimal kurz und kräftig an die Tür geklopft wurde und Tillmann Cox hereinstürmte. »Ich habe euch schon überall gesucht«, rief er fröhlich, indem er einen Stapel Kopien auf den Tisch knallte. »Der Laborbericht zu unserer toten Nutte ist jetzt da. Es gibt ein paar interessante Neuigkeiten.«

Natalija Zaslavska, korrigierte Edna ihn im Stillen. Ihr Name war Natalija Zaslavska, aber für diesen Jungen wird sie für immer und ewig die tote Nutte aus dem Wald sein. Der Gedanke verursachte ihr Übelkeit. Zugleich beneidete sie den jungen Kollegen um den Abstand, der in der Art und Weise anklang, wie er über die toten Frauen sprach. Die Nutte, das Opfer, die Tote. Nichts weiter als eine Ansammlung von Blutwerten, Faserproben, DNA. Oder tat sie ihm unrecht?

Sie zuckte leise zusammen, als ihr bewusst wurde, dass er sie ansah. »In die Gummierung eines der Pflasterstreifen, mit denen eine tiefe Schürfwunde am linken Ellenbogen verklebt war, scheint etwas eingeprägt zu sein«, erklärte er. »Federberger meint, es könnte sich um etwas Geschriebenes handeln. Allerdings stammt der Abdruck offenbar nicht von einem Stift, sondern von einem anderen spitzen Gegenstand. Eine Aneinanderreihung von Punkten, die Buchstaben zu bilden scheinen.« Er ließ sich auf einen freien Stuhl fallen. »Sie wollen versuchen, es zu rekonstruieren. Außerdem scheint irgendetwas mit ihren Haaren nicht zu stimmen.«

Das habe ich auch schon bemerkt, dachte Edna grimmig und schnappte sich eine Kopie des Berichts vom Tisch.

»Die Schnittstellen sind zu unregelmäßig für eine Schere, und sie haben überall an den Spitzen genetisches Material des Opfers gefunden.«

Edna runzelte die Stirn. »Blut?«

Er schüttelte vielsagend den Kopf. »Speichel.«

»Was bedeutet das?«

»Dass die Haare nicht abgeschnitten, sondern abge*bissen* wurden, und zwar vom Opfer selbst«, entgegnete Cox. »So merkwürdig das klingt, aber aus irgendeinem Grund muss sie versucht haben, ihre Haare loszuwerden.«

Also sind die Haare keine Trophäe gewesen, schloss Edna. Aber was zur Hölle brachte eine Frau dazu, sich auf eine solche Weise von Haaren zu trennen, in deren Wachstum sie zuvor mehrere Jahre investiert hatte? Stress? Handelte es sich dabei um irgendeine archaische, selbstzerstörerische Verhaltensweise, die sich durch die nervliche Überbelastung monatelanger Gefangenschaft Bahn gebrochen hatte? So wie manche Menschen Nägel kauten? Aber wie viele Haare hatte ein Mensch überhaupt? Hundertfünfzigtausend? Zweihunderttausend? Oder noch mehr? Wie lange dauerte es, sich Strähne für Strähne vorzunehmen und ein Haar nach dem anderen abzubeißen? Sie schüttelte ratlos den Kopf. Die Nägel der Prostituierten waren *abgebrochen* gewesen, nicht abgekaut. Und wenn Natalija Zaslavska Stress gehabt hatte, warum hatte sie dann mit ihren Haaren angefangen? *Aus irgendeinem Grund muss sie versucht haben, ihre Haare loszuwerden …*

»Die Erde an ihren Füßen stammt nicht vom Fundort«, riss Max, der sich inzwischen einen der Ausdrucke vorgenommen hatte, sie aus ihren Gedanken. »Womit bewiesen wäre, dass er sie irgendwo anders gejagt hat.«

»Irgendwelche Anhaltspunkte in Bezug auf die Gegend?«, fragte Edna, indem sie urplötzlich wieder an Annette Berner denken musste. Nicht die Prostituierte, sondern die Lehrerin war diejenige gewesen, die Fingernägel gekaut hatte. Sie hatte Fingernägel gekaut, und ihr Mörder hatte ihr einen Finger abgeschnitten. Den Daumen. Edna schloss die Augen. Irgendwo tief in ihrem Kopf tauchte ein Bild auf, das ihr seltsam vertraut vorkam, auch wenn es zu unscharf war, als dass sie es hätte erkennen können.

»… Konkretes.«

»Was?«

»Bezüglich der Herkunft der Bodenprobe«, wiederholte Max. »Sie stammt aus einem Laubwald des rheinischen Schiefergebirges, genauer wollen sie sich nicht festlegen.«

Rogler schüttelte resigniert den Kopf. »Das wird uns nicht viel weiterbringen.«

*

Sie hatte sich übergeben, so oft und so quälend, dass ihr jeder Muskel ihres Oberkörpers wehtat und ihre Kehle sich anfühlte, als hätte sie Rohrreiniger getrunken. Der Gestank aus dem Loch unter ihr hatte ein Übriges getan, hatte ihren Brechreiz wieder und wieder stimuliert und sie daran erinnert, dass jemand hier gewesen war, vor ihr. Aber sie hatte nicht gewagt, einfach auf den Boden zu kotzen. Wer konnte schließlich wissen, wie er darauf reagierte, wenn sie hier eine Riesensauerei anrichtete?

Unartig …

Inzwischen hatten zwar die Krämpfe etwas nachgelassen, aber sie fühlte sich zutiefst beschmutzt und sehnte sich mit jeder Faser ihres Körpers nach einer heißen, ausgiebigen Dusche. Der Wunsch nach einer zumindest notdürftigen Säuberung hatte sie leichtsinnig werden lassen. Wieder und wieder hatte sie nach dem hölzernen Gefäß neben ihrer Decke gegriffen und sich den Mund ausgespült. Das kühle Wasser hatte ihre Kehle genetzt, sie hatte damit gegurgelt und es anschließend in die Grube gespuckt, weil sie davon überzeugt war, dass sie es ohnehin nicht bei sich behalten würde, wenn sie es schluckte. Jetzt war ihr Wasservorrat fast aufgebraucht, und sie wusste, dass sie eine sehr unangenehme Zeit vor sich hatte, wenn er nicht bald zurückkehrte.

Sie lehnte sich gegen die Mauer und dachte an seine Augen, an die Pupillen, die wie schwarze Seen ausgesehen hatten. Irgendetwas stimmte nicht mit ihm. Etwas an der Art, wie er mit ihr umging, beunruhigte sie zutiefst. Etwas, das in ihrer Vorstellung so gar nicht zu einer Entführung passen wollte. Gleichzeitig hatte sie die vage Empfindung, dass er irgendetwas von ihr erwartete. Etwas, das er ihr nicht verraten würde, so viel immerhin war ihr klar. Sie konnte nur an seinen Reaktionen ableiten, ob sie sich so verhielt, wie sie sollte, oder ob sie Fehler machte.

Gutes Kind.

Was er sagte, war seltsam. Altmodisch irgendwie, ein bisschen wie ein Schulmeister. Ja, dachte sie, das ist genau die richtige Umschreibung. Wie alt mochte er sein? Wenn sie sich doch nur an sein Gesicht erinnern könnte! Er hatte keine Maske getragen im Schuppen, oder doch? Sie schüttelte den Kopf. Alles, was ihr Gedächtnis ihr an Bildern anbot, war eine Silhouette und eine erhobene Hand.

Sie tastete nach der Decke und legte sie sich um die Schultern. Das Kotzen hatte sie viel Kraft gekostet, zudem fühlte sie sich plötzlich fiebrig. Wahrscheinlich war sie tatsächlich erkältet. Sie zog die Decke fester um ihren Körper. Waren die zwölf Tage bis Semesterbeginn denn noch immer nicht um? Sie dachte an Anna und Silvie, ihre beiden Mitbewohnerinnen. Sah sie die Tür zu ihrer gemeinsamen Wohnung aufschließen und sich über den verschimmelten Kaffeefilter in der Spüle ärgern. Sie sah Silvie an die Tür ihres Zimmers klopfen und dann, nach einer angemessenen Anstandsfrist, die Klinke herunterdrücken.

Lydia?

Würde Silvie sich wundern, wenn sie das Bett benutzt und das Zimmer leer vorfand? Wie lange würde sie brauchen, bis sie damit begann, sich Sorgen zu machen?

Tut mir leid, Frau Burgstaller, Lydia ist nicht da.

Wie viele Vorlesungen würde sie versäumt haben müssen, bis endlich nach ihr gesucht wurde?

Vielleicht übernachtet sie bei einer Freundin.

»Hast du je erlebt, dass ich bei einer Freundin übernachtet hätte, du dämliche Kuh?«, flüsterte sie in die Dunkelheit. Sie hatte Kommilitoninnen, Bekannte, Nachbarn, hin und wieder auch mal einen Kurzzeitliebhaber. Aber keine Freundin. Sie hatte genug mit sich selbst zu tun. Außerdem bedeuteten Freundinnen, dass man über sich selbst reden musste. Irgendwann kam in jeder Freundschaft der Punkt, an dem man zur Diskussion stand, mit all seinen Ansichten und Vorlieben, mit seiner Vergangenheit und der Art und Weise, wie man die Welt betrachtete. *Ist es nicht sehr schwierig, mit einem behinderten Bruder zu leben?* Gespräche dieser Art waren ihr schon immer zuwider gewesen. *Haben deine Eltern denn da überhaupt noch Zeit für dich gehabt?* Sie log nun einmal nicht gerne. *Hast du es nicht langsam satt, ewig nur Bad Herrenalb?* Und die Wahrheit kam nicht in Frage. Ich hasse Bad Herrenalb. Ich hasse meinen Bruder. Ich wünschte, er wäre tot.

Aber sie ist hier gewesen. Der Kühlschrank ist voll.

»Sieh dir die verdammten Joghurts an!«, schrie sie in die Finsternis hinaus. Die müssten doch längst abgelaufen sein! Oder war sie noch gar nicht so lange fort? Wie viele Tage waren es noch, bis das verdammte Semester endlich anfing? Und warum, verdammt noch mal, glaubte sie nicht daran, dass der Mann, der sie gefangen hielt, irgendjemandem davon erzählt hatte, dass sie sich in seiner Hand befand?!

*

»Danke, dass Sie so schnell kommen konnten«, sagte Gerald Rogler und wies auf die beiden leeren Stühle, die Cox vor Beginn der Besprechung für die beiden Beamten der Sitte bereitgestellt hatte.

Ralf Decker kam seiner Aufforderung jedoch nicht sofort nach, sondern blieb zunächst eine Weile vor der Pinnwand mit den Fotografien der Mordopfer stehen. Er war ein nicht allzu großer, gutaussehender Mann mit schmalen Schultern, dessen markantes Gesicht Spuren eines zeitweilig recht ausschweifenden Lebensstils aufwies. Edna kannte ihn vom Sehen, ohne jemals mehr als ein paar Worte mit ihm gewechselt zu haben. Sie schätzte sein Alter auf Anfang bis Mitte vierzig. Sein Kollege, Marc Uhrmann, war einige Jahre jünger als Decker und dunkelhaarig. Auch ihn kannten Edna und Max nur flüchtig.

»Verdammte Scheiße«, murmelte Decker, indem er eine Aufnahme von Annette Berners Leistengegend betrachtete. »Das sieht tatsächlich ganz nach Jörg Nevers aus.«

»Nur kann er leider nichts damit zu tun haben«, brummte Rogler missmutig. »In Riederbach sitzt er so sicher wie im Gefängnis.«

Decker zog zweifelnd die Augenbrauen hoch und riss den Blick von den Toten los. »Tja, dann wollen wir Sie mal ins Bild setzen«, sagte er, indem er sich zu seinem Kollegen an den Konferenztisch setzte und die Akte aufschlug, die er mitgebracht hatte. »Jörg Nevers wächst als jüngster von drei Brüdern auf, der klassische Nachzügler. Seine Mutter ist siebenunddreißig Jahre alt, als sie mit ihm schwanger wird. Damals stand ihre Ehe bereits auf der Kippe, und sie hat wohl versucht, ihren Mann durch ein weiteres gemeinsames Kind zu halten. Allerdings hat sie damit nur bedingt Erfolg. Der Vater verlässt die Familie endgültig, als Nevers sechs Jahre alt ist.«

Edna, die dem Kollegen von der Sitte aufmerksam lauschte, musste unwillkürlich an Lina denken. Und an den Augenblick, als Peter ihr eröffnet hatte, dass es da diese kleine blonde Kindergärtnerin gebe, die ein Baby von ihm erwarte. *Edna, sie braucht mich*, hatte er gebetsmühlenartig wiederholt, wann immer er es für nötig befunden hatte, seinen Entschluss zu begründen, auch wenn Edna eine solche Begründung nie von ihm verlangt hatte. *Sie braucht mich, und ich will mich der Verantwortung stellen.* Und was ist mit mir?, hatte sie gefragt, ein einziges Mal nur. Er hatte sie angesehen und resigniert mit den Schultern gezuckt. *Ich habe keine Ahnung, wen oder was du brauchst, aber ich habe eingesehen, dass* ich *es offenbar nicht bin.* Die Erinnerung an dieses vielleicht offenste Gespräch ihrer Ehe rang ihr ein sarkastisches Lächeln ab. Sie hatte Peter nicht gebraucht, und er hatte sie verlassen. Lina hingegen hatte ihn gebraucht, aber er hatte sie trotzdem verlassen … Der Mann hat überhaupt keine Linie, dachte sie wieder und stellte überrascht fest, dass diese Erkenntnis einen langgehegten Schuldkomplex von ihr nahm, dessen sie sich bis zu diesem Augenblick nicht einmal bewusst gewesen war. Es hatte nicht an ihr gelegen. Oder an etwas, an dem es ihr fehlte. Sie war nicht der Grund für das Scheitern ihrer Ehe gewesen.

»Zu diesem Zeitpunkt ist der älteste Bruder, Johannes, bereits zwanzig und führt sein eigenes Leben«, fuhr Decker indessen routiniert mit seinem Bericht über Jörg Nevers' Vorgeschichte fort. »Der mittlere Bruder, Christoph, ist sechzehn und entscheidet sich, beim Vater zu bleiben. Nevers selbst wird nicht gefragt. Er zieht mit seiner Mutter von Remagen nach Karlsruhe, wo die Großeltern leben. Dort lernt Frau Nevers schnell einen neuen Mann kennen und heiratet ein knappes Jahr nach der Scheidung zum zweiten Mal. Ihrem Sohn steht sie weitgehend gleichgültig gegenüber, schließlich hat sie genug damit zu tun, eine gute Ehefrau zu sein.« Er warf einen flüchtigen Blick in seine Notizen. »Zwei Jahre später bringt sie übrigens noch ein weiteres Kind zur Welt. Ein Mädchen …«

Bente, dachte Edna grimmig. Ein Selbstbaubaby fürs Badezimmer.

»Nevers kommt in der Schule nicht klar, obwohl er zweifelsohne überdurchschnittlich intelligent ist«, fuhr Decker fort. Offenbar verfügte er über ein ausgezeichnetes Gedächtnis, denn er hatte seine Notizen bislang kaum bemühen müssen. »Er zeigt Verhaltensauffälligkeiten, ist aggressiv, unkonzentriert und fällt verschiedentlich durch Gewalt gegen andere Kinder auf. Als er dreizehn ist, scheitert auch die zweite Ehe seiner Mutter, und die Familie steht erneut ohne Mann da. Zu diesem Zeitpunkt kommt Nevers zum ersten Mal mit dem Gesetz in Konflikt. Ladendiebstahl, Vandalismus ...« Er machte eine wegwerfende Handbewegung. »Nichts Spektakuläres. Wenig später wird er allerdings von der Schule verwiesen, nachdem er ein Klassenzimmer mit Sprühfarbe und einem Feuerlöscher verwüstet hat. Seine Mutter weiß sich keinen Rat mehr und ruft ihren Exmann an, der sich schließlich bereit erklärt, seinem jüngsten Sohn den Besuch eines teuren Internats in Schwaben zu finanzieren, wo man nicht viele Fragen stellt und ein strenges Auge auf den Halbwüchsigen hat.« Er blätterte eine andere Seite der Akte auf, ohne wirklich hineinzusehen. »Nevers scheint sich zu fangen, seine schulischen Leistungen bessern sich. Mit siebzehn verliebt er sich in eine jüngere Mitschülerin, die zunächst eine Weile mit ihm geht, sich dann jedoch mehr und mehr von ihm zurückzieht, weil ihr seine unkontrollierten Wutanfälle und sein übertriebenes Misstrauen nicht geheuer sind. Wenig später verlässt das Mädchen das Internat endgültig und zieht in eine andere Stadt. Nevers reist ihr nach und lauert ihr vor ihrer neuen Schule auf. Als er feststellt, dass sie bereits einen neuen Freund hat, setzt er sich wieder in den Zug und fährt zurück nach Stuttgart. Ein paar Tage später begeht er seine erste Vergewaltigung.« Wieder streifte sein Blick über die Fotos der toten Frauen an der Pinnwand. »Das Opfer ist ein vierzehnjähriges Mädchen, seiner Ex-Freundin nicht unähnlich. Dieselbe Haarfarbe, derselbe sportliche Typ. Er wird durch einen Zufall auf sie aufmerksam, als sie abends nach dem Schwimmtraining auf ihr Fahrrad steigt und nach Hause fahren will. Es ist Ende Februar und bereits dämmrig. Nevers hat ein Mofa und folgt ihr. Als sie auf einen Wirtschaftsweg abbiegt, der parallel zu einer Bundesstraße verläuft, ist ihr Schicksal besiegelt.«

»Hat seine spätere Vergewaltigungsserie nicht auch im Februar begonnen?«, hakte Tillmann Cox nach.

Decker warf ihm einen kurzen Blick zu. »Zufall«, entgegnete er achselzuckend. »Jedenfalls hat er das Mädchen auf diesem Wirtschaftsweg überwältigt und in ein Gebüsch gezerrt, wo er sie bis zur Bewusstlosigkeit würgte. Anschließend fesselte er sie mit ihrem eigenen Gürtel und stopfte ihr einen ihrer Strümpfe in den Mund, damit sie nicht schreit, falls sie aufwacht. Dann vergewaltigt er sie vaginal, zerreißt ihre Jacke und ihr Sweatshirt und traktiert ihre Brüste mit Bissen und einem Nagel, den er zufällig dabeihat. Nach einer halben Stunde lässt er von ihr ab, das Mädchen bleibt bewusstlos im Gebüsch liegen. Als sie wieder zu sich kommt, gelingt es ihr, sich zu befreien und die Böschung hinauf zur Straße zu laufen, wo ein vorbeifahrender Pkw auf sie aufmerksam wird.«

»Trotz ihres Schocks erinnerte sich das Mädchen an ein Detail am Mofa ihres Peinigers, aufgrund dessen Nevers ins Visier der Ermittler geriet«, ergänzte Uhrmann. »Er wurde verhaftet und zu einer Jugendstrafe von drei Jahren ohne Bewährung verurteilt. Während des Vollzuges machte er seine erste Therapie und per Fernunterricht auch sein Abitur.«

»Nach seiner Entlassung ist er einige Jahre zur See gefahren.« Decker blätterte eine Weile in seinen Unterlagen, bis er das passende Schriftstück gefunden hatte. »Mit vierundzwanzig beginnt er schließlich ein Studium in Tübingen. Germanistik und Philosophie. Er schreibt gute Arbeiten, trödelt ansonsten allerdings eher herum. Mit einunddreißig hat er noch immer keinen Abschluss. Dann stirbt sein Vater völlig überraschend an einem Herzinfarkt. Nevers beendet sein Studium und zieht zurück nach Remagen, wo er in seinem Elternhaus lebt. Sein ältester Bruder ist zwischenzeitlich bei einem Motorradunfall ums Leben gekommen, so dass er sein Erbe nur mehr mit dem

Zweitgeborenen, Christoph, teilen muss, der zeitweilig bei ihm lebt. Er arbeitet nacheinander in verschiedenen Jobs, alle intellektuell weit unter seinen Möglichkeiten. Er fängt bei einer Computerfirma an, fährt nebenbei Taxi und leitet schließlich ein kleines Call-Center mit sechs Mitarbeitern. Zu dieser Zeit beginnt seine Vergewaltigungsserie.«

»Die Vorgehensweise war immer die gleiche«, übernahm erneut Uhrmann den Bericht. »Er suchte sich Frauen, die nach Einbruch der Dunkelheit alleine unterwegs waren, fesselte und knebelte sie, meist mit ihren eigenen Nylons. In zwei Fällen drang er auch in das Haus eines Opfers ein.«

Rogler hob den Kopf und sah Edna an. In seinem Blick lag eine leise Beunruhigung. *Nevers ist in das Haus seines Opfers eingedrungen.*

»Er vergewaltigte die Frauen vaginal, manchmal auch oral, und traktierte sie mit Schlägen und Bissen in Gesicht und Oberkörper.« Uhrmann griff nach seiner Kaffeetasse, in der sich jedoch nur noch ein erkalteter Rest befand. Cox bemerkte es, stand auf und schenkte ihm nach. »Auffällig war, dass er dabei immer brutaler wurde«, fügte Uhrmann hinzu, indem er die Bemühungen des jungen Kollegen mit einem kurzen Kopfnicken quittierte. »Seinem vorletzten Opfer biss er einen Teil der Brustwarze heraus und verletzte die Frau obendrein mit einem Messer schwer an Bauch und Oberkörper.« Er klappte seinen Notizblock zu. »Allen Opfern setzte er einen x-förmigen Schnitt unterhalb des Bauchnabels, sein Markenzeichen.«

»Nur an seinen ersten beiden Opfern wurden Spermaspuren gefunden«, ergänzte Decker. »Später war er vorsichtiger. Kein Sperma, keine Hautzellen, keine DNA. Obwohl er nie maskiert war, reichten die Täterbeschreibungen die Körpergröße betreffend von eins fünfundsiebzig bis eins fünfundneunzig und, was das Alter angeht, von Anfang zwanzig bis Ende fünfzig.«

Max sah ihn an. »Kann unser jetziger Täter Nevers gekannt haben?«

»Sie meinen damals?«

»Ja.«

Er zuckte mit den Achseln. »Möglich.«

»In der Akte steht, dass er ziemlich isoliert gelebt hat«, wandte Max ein.

Uhrmann nickte. »Er war nicht sonderlich gesellig. Auf der Arbeit wusste niemand etwas Privates über ihn.«

»Stattdessen verschwand er immer gleich nach Feierabend, um den Rest des Abends zu Hause vor dem Computer zu hängen«, bemerkte Decker geringschätzig. »Allerdings war er Mitglied in sonem elitären Verein für Hochbegabte, der regelmäßig eine Art Stammtisch in der Kneipe veranstaltete, in der Ursula Biermann hin und wieder aushalf.«

»Was war denn das genau für ein Verein?«, erkundigte sich Edna interessiert.

Decker zuckte mit den Achseln. »Irgendeine Regionalgruppe von MENSA, glaub ich.«

»Ist das dieser Club, wo man nur reinkommt, wenn man einen IQ von mindestens 130 hat?«, erkundigte sich Cox, während Edna sich fragte, wieso der junge Kollege über solche Dinge Bescheid wusste. Der aktuelle Spielstand der Fußballbundesliga, Surfbrettgrößen, Muskelaufbaupräparate waren Gebiete, auf denen sie ihm Spezialkenntnisse unterstellt hätte. Aber Hochbegabung?

»Genau der«, nickte Decker.

»Dann dürfte dieser Stammtisch doch eigentlich eine recht überschaubare Anzahl an Mitgliedern gehabt haben«, bemerkte Rogler.

Decker grinste. »Zu diesen regionalen Treffen kamen immer so zwischen zehn und fünfzehn Leute«, erklärte er, indem er nun doch noch einmal die mitgebrachte Akte bemühte. »Bundesweit hat der Verein etwa viertausend Mitglieder.«

»Und Ursula Biermann war Kellnerin in der Kneipe, in der dieser Stammtisch veranstaltet wurde?«, kam Edna wieder auf den Fall zu sprechen, der sie besonders interessierte.

Uhrmann bejahte. »Sie arbeitete eigentlich in einem kleinen Café gegenüber, half aber auch ab und an mal in dieser Kneipe aus.«

»Am Abend ihres Todes war sie übrigens auch dort«, bemerkte Decker. »Ihre Leiche ist am nächsten Morgen neben einem Müllcontainer gefunden worden.«

Uhrmann starrte mit leerem Blick in seine Kaffeetasse. »Er hatte sie mit ihren eigenen Nylons gefesselt. Außerdem hatte er ihr ihren BH in den Mund gestopft.«

»Was genau war die Todesursache?«, hakte Edna nach.

»Zwei Stiche in die Brust«, antwortete Decker. »Die Tatwaffe, ein Schweizer Armeemesser, wurde ganz in der Nähe des Tatortes in einem Gebüsch gefunden. Keinerlei verwertbare Spuren.«

»Interessant ist, dass Nevers selbst den Mord an Ursula Biermann im Gegensatz zu den Vergewaltigungen immer vehement geleugnet hat«, bemerkte Max, der sich in den letzten Minuten erneut in Uhrmanns Kopie der Akte vertieft hatte, beiläufig.

Rogler sah ihn an. »Sie denken, dass es schon damals einen Trittbrettfahrer gegeben haben könnte?«

»Wäre doch möglich«, entgegnete Max und sah wieder Decker an.

»Kaum«, entgegnete dieser sichtlich genervt. »Die Sache mit dem X-Schnitt wurde erst während des Prozesses gegen Nevers öffentlich. Vorher ist aus ermittlungstaktischen Gründen nichts davon erwähnt worden.«

Edna hob den Kopf. Dadurch ändert sich die Lage der Dinge gravierend, dachte sie.

»Trotzdem könnte es rein theoretisch einen zweiten Täter gegeben haben«, beharrte Max und ignorierte Decker, der die Augen verdrehte. »Selbst wenn Nevers' Markenzeichen zu diesem Zeitpunkt noch nicht einer breiten Öffentlichkeit bekannt war, gab es doch mit Sicherheit eine ganze Reihe von Leuten, die davon wussten.« Er überlegte einen Augenblick. »Polizisten. Die Ärzte, die die Opfer behandelt haben. Angehörige. Dazu alle, die mit Nevers Kontakt hatten und denen er von seinen kleinen Eigenheiten erzählt haben könnte.«

Rogler zog die Stirn in Falten. »Haben Sie damals auch Nevers' Umfeld überprüft?«, wandte er sich an Decker.

»Wozu?«, echauffierte sich dieser. »Der Kerl war schuldig wie die Nacht. Wir hatten sein Sperma.«

»Nur für zwei der Fälle«, korrigierte ihn Max.

»Na und? Es war immer dieselbe Vorgehensweise.« Er schien sich ernstlich angegriffen zu fühlen. »Außerdem haben ihn die Opfer zweifelsfrei als Täter identifiziert.«

»Ursula Biermann nicht«, konterte Max.

Decker warf ihm einen hasserfüllten Blick zu. »Wollen Sie vielleicht andeuten, dass wir damals Scheiße gebaut haben?«

»Was ist mit den Leuten, die heute noch Kontakt zu Nevers haben?«, fragte Rogler, bevor Max auf die Idee kam, Deckers Frage zu beantworten.

»Es gibt nur zwei Menschen, die ihn hin und wieder besuchen«, fasste Edna die Ergebnisse des Telefonats zusammen, das sie vor wenigen Stunden mit dem Direktor der forensischen Psychiatrie Riederbach geführt hatte. »Sein Bruder und ein Bekannter namens Stephan Ehrenwirth.«

»Dann klären Sie ab, woher die beiden sich kennen und seit wann«, nickte Rogler. »Und überprüfen Sie auch den Bruder.«

Edna nickte.

»Falls Nevers Ursula Biermann tatsächlich nicht getötet hat …«, setzte Max an, doch Decker fiel ihm augenblicklich ins Wort.

»Natürlich hat er sie getötet«, rief er aufgebracht. »Jörg

Nevers war das perverseste Arschloch, das mir je untergekommen ist, und wenn Sie daran irgendwelche Zweifel hegen, sollten Sie sich vielleicht mal mit seinen Opfern unterhalten.« Er schnaubte verächtlich. »Oder mit Molly Erler.«

Rogler zog die Augenbrauen hoch. »Hat Frau Erler Sie damals bei Ihren Ermittlungen unterstützt?«

Decker schüttelte den Kopf. »Das nicht gerade, aber sie hat das Gutachten erstellt, aufgrund dessen Nevers verurteilt wurde.«

»Wer ist Molly Erler?«, fragte Cox.

Rogler lächelte. »Sie ist eine der besten forensischen Psychologinnen in diesem Land und war Spezialistin auf dem Gebiet der operativen Fallanalyse.«

Edna sah ihn an. »War?«

»Sie praktiziert seit einigen Jahren nur noch als Therapeutin und betreibt, soweit ich weiß, eine eigene Praxis«, antwortete Rogler.

*

Wenn bereits vor ihr jemand in diesem Raum gefangen gehalten worden war, wo war diese Person heute? War sie entkommen, freigelassen worden, geflüchtet?

Diese Frage beschäftigte sie mehr als alles andere.

Wo war der Mensch, dessen Exkremente ihren Brechreiz stimulierten und ihr dennoch das beruhigende Gefühl gaben, in ihrem Schicksal, so schrecklich es auch sein mochte, nicht allein zu sein? Was hatte er – oder sie, denn insgeheim war sie sich sicher, dass es sich um eine »Sie« handelte – gedacht, wie hatte sie sich gefühlt, was hatte sie unternommen, um nicht verrückt zu werden an einem Ort wie diesem, eingesperrt mit den eigenen Gedanken und Ängsten? Sie dachte wieder an die Vorsicht ihres Peinigers, an das Holzgefäß, in das er das Wasser füllte, an den Schmuck, den er ihr fortgenommen hatte. War er mit dieser anderen Person, dieser anderen Frau ebenso verfahren? Oder hatte erst die Erfahrung ihn gelehrt, darauf zu achten, dass sie nichts für sich behielt, das sich irgendwie als Werkzeug verwenden ließ? Kein Stück Plastik, dessen Kante man durch entsprechende Bearbeitung vielleicht eine gewisse Schärfe verleihen konnte, kein Besteckteil, keinen Draht. In diesem Fall war es ihrer Vorgängerin vielleicht tatsächlich gelungen, ihm zu entkommen. Und dieser Gedankte barg eine Chance!

Sie stand auf und machte einen Schritt auf das Loch zu. Genaugenommen war diese behelfsmäßige Toilette der einzige Platz innerhalb ihrer Reichweite, den sie noch nicht genauer erkundet hatte. Sie kniete sich hin und tastete sich auf allen vieren noch näher an die Grube heran. ER schien dieses Loch zu meiden, zumindest hatte er es nicht gesäubert oder geleert, nachdem es von jemand anderem benutzt worden war, und mit jedem Zentimeter, den sie sich dem Schacht, den sie nicht sehen konnte, entgegenbeugte, verstand sie auch, warum. Mit einiger Mühe unterdrückte sie einen erneut in ihr aufsteigenden Brechreiz, während sie den freien Arm über den Rand der Grube hinaus nach unten schob.

Die Wände des Loches bestanden aus Steinen, die von einer festen, lehmähnlichen Substanz zusammengehalten wurden. Die Oberflächen waren uneben, und hier und da gab es winzige Vorsprünge und Nischen. Ihre Finger tasteten sich tiefer. Sie hatte eigentlich erwartet, dass die Wände feuchter würden, vielleicht weil das Loch sie irgendwie an einen sehr engen Brunnenschacht erinnerte. Aber der Lehm zwischen den Steinen schien trocken zu sein. Der Gestank, der ihr aus der Tiefe entgegenschlug, wurde immer unerträglicher. Während sie eine weitere Vertiefung erkundete, dachte sie an Spinnen und die Angst, die sie früher vor diesen Tieren gehabt hatte, wenn sie ihnen im Keller ihres Elternhauses oder in einer Ecke ihres Zimmers begegnet war. Sie seufzte. Dieses elende Loch, in das sie verschleppt worden war, relativierte alles!

Die Kette an ihrem Handgelenk straffte sich. Nur noch wenige Zentimeter, dann würde der Erkundungsgang ihrer Finger zwangsläufig zu Ende sein. Sie schob den Daumen in die kleine Einbuchtung unterhalb eines Steines und zuckte erschreckt zurück, als er unvermittelt über etwas Weiches streifte. Was war das? Ein Insekt? Mit äußerster Selbstüberwindung zwang sie sich, die Stelle erneut zu berühren. Das Ding, das sie fühlte, schien nicht zu leben, zumindest bewegte es sich nicht. Sie schob den Oberkörper noch ein paar schmerzhafte Zentimeter weiter nach vorne und nahm die anderen Finger zu Hilfe. Da war eine Art Klebestreifen, so ein Material, mit dem man Verbände fixierte. Wie hieß dieses Zeug noch gleich? Sie runzelte die Stirn. Leukoplast oder so ähnlich. Vorsichtig versuchte sie, es von dem Stein, an dem es haftete, zu lösen, und ihr Herz schlug vor Aufregung schneller, als ihr klar wurde, dass der Klebestreifen, den sie entdeckt hatte, nicht von selbst in dieses Loch gekommen sein konnte. Jemand musste ihn dort angebracht haben. Aber wozu? Um etwas zu fixieren? Einen Schlüssel!, fuhr es ihr durch den Sinn, den Zweitschlüssel zu meiner Handschelle. Oder eine Waffe. Ein Messer. Draht. Irgendetwas, das mir helfen kann.

Ihre Fingerkuppen ertasteten weitere Klebestreifen. Noch mehr Leukoplast. Und sonst? Sonst nichts? War das, was die Streifen fixiert hatten, am Ende gar in die Tiefe gestürzt? Ins Bodenlose, Unerreichbare? Sie suchte die gesamte Einbuchtung ab, aber sie enthielt nichts außer einem Haufen Klebestreifen, die umeinander geschlungen zu sein schienen, so dass sie eine Art flaches Päckchen bildeten. Mit einiger Mühe bekam sie es zu fassen. Dann schob sie sich Zentimeter für Zentimeter rückwärts, ihre Entdeckung trotz ihrer offensichtlichen Nutzlosigkeit wie einen kostbaren Schatz in den Händen bergend.

*

Molly Erler stand in der Küche ihres Hauses und goss sich gerade eine Tasse Kaffee ein, als das Telefon läutete. Sie balancierte die volle Tasse zur Anrichte hinüber und angelte ihr Handy vom Brett neben der Tür. »Ja?«

»Beck, Kripo Koblenz«, meldete sich eine wohlklingende dunkle Stimme. »Frau Erler?«

»Woher haben Sie diese Nummer?«

Die Kommissarin am anderen Ende der Leitung machte sich nicht die Mühe, Mollys Frage zu beantworten, sondern kam ohne Umschweife zur Sache. »Wie es aussieht, haben wir hier in der Gegend ein Problem mit einem Serienmörder, und es gibt ein paar Aspekte an diesem Fall, zu denen wir gerne Ihre Meinung gehört hätten.«

Molly schüttelte den Kopf, obwohl ihr bewusst war, dass die Polizistin sie nicht sehen konnte. »Ich mache solche Dinge nicht mehr«, sagte sie unmissverständlich ablehnend. »Seit Jahren nicht.«

»Das habe ich schon gehört«, entgegnete die Kommissarin ungerührt.

»Und warum rufen Sie mich dann an?«

»Weil man mir gesagt hat, dass Sie die Beste sind.«

Molly blickte zum Küchenfenster hinaus. Draußen war der Garten in nasses, kühles Grün gehüllt. »Eine Fehlinformation.«

»Das glaube ich nicht.«

Aus irgendeinem Grund hatte Molly den Eindruck, dass die Frau am anderen Ende der Leitung lächelte. »Dennoch werden Sie sich jemand anderen suchen müssen«, erwiderte sie ungerührt.

»Es könnte sein, dass der Fall einen ehemaligen Patienten von Ihnen betrifft.« Die fremde Kommissarin zögerte kurz, ein durchaus wohlkalkuliertes Zögern. »Jörg Nevers.«

Molly spürte, wie ihr Herz schneller schlug. Sie überlegte, wie sie dieses Gespräch elegant beenden konnte, spielte sogar mit dem Gedanken, einfach aufzulegen, als Timmy, ihr sechsjähriger Sohn, verschlafen die Treppe heruntergestolpert kam. Ohne aufzublicken, durchquerte er die Küche und kletterte auf die Holzbank neben dem Kachelofen, wo er sofort wieder einschlief. »Hören Sie, ich will mit diesem kranken Zeug nichts mehr zu tun haben«, flüsterte sie, während sie ihren schlafenden Sohn betrachtete. »Ich kann das alles einfach nicht mehr hören.«

»Wir haben zwei Mordopfer mit demselben x-förmigen Schnitt unterhalb des Nabels, den Nevers seinen Opfern beigebracht hat«, erklärte die Kommissarin am anderen Ende der Leitung, ohne auch nur im Geringsten auf Mollys Einwände einzugehen. »Was bedeutet, dass irgendjemand Ihren Patienten von damals kopiert oder aber …« Wieder ließ sie sich einen Augenblick Zeit, bevor sie aussprach, wovor Molly sich am meisten fürchtete. »Oder aber Ihr Freund Nevers ist tatsächlich nie ein Mörder gewesen, ganz wie er immer behauptet hat.« Sie räusperte sich, und Molly konnte die Vorbehalte, die in diesem letzten Satz steckten, fast körperlich spüren. *Sie haben einen Fehler gemacht, damals. Ihr Gutachten beruht auf einem Irrtum.* Sie schluckte. *Ihr Freund Nevers.* »Ich würde also vorschlagen, Sie sehen sich die Akten der aktuellen Mordserie an und sagen uns, womit wir es hier zu tun haben.«

Molly fühlte Wut in sich aufsteigen. Ein elementares, rohes Gefühl, ausgelöst vor allem durch die Rücksichtslosigkeit, mit der diese Frau in ihr Privatleben eindrang. Trotzdem, sie durfte sich nicht provozieren lassen. »Nein«, sagte sie. »Das werde ich ganz sicher nicht tun.«

»Aber wir brauchen Ihre Hilfe.«

»Falsch«, entgegnete sie bestimmt. »Sie brauchen Hilfe. Es gibt Dutzende anderer Experten.«

»Sie kennen Nevers«, wandte die fremde Kommissarin ein.

»Ja, ich kannte ihn«, rief Molly lauter und ärgerlicher, als sie klingen wollte. Letztendlich tat diese Frau nur ihren Job. »Und glauben Sie mir, ich habe alles versucht, um ihn wieder zu vergessen.«

»Ist es Ihnen gelungen?«

»Verdammt noch mal!«, fuhr es aus ihr heraus. »Das ist nicht der Punkt.« Sie sah wieder zu Timmy hinüber. Sein Anblick tröstete und beunruhigte sie zugleich. Er war so verletzbar. Und sie mit ihm. Durch ihn. Mit seiner Geburt war die Angst in ihr Leben eingezogen, die Kehrseite des überwältigenden Glücksgefühls, das sie ihm täglich aufs Neue verdankte. »Ich habe meine Gründe«, sagte sie endgültig. »Ich kann Ihnen gerne eine Liste mit Namen von kompetenten Kollegen …«

»Bemühen Sie sich nicht«, fiel die Kommissarin ihr ins Wort. Sie klang nicht enttäuscht. Im Gegenteil: Sie klang entschlossen. Offenbar war sie ein Mensch, der gewöhnlich bekam, was er haben wollte. »Ich schicke Ihnen jemanden mit den Akten rüber.«

»Den Teufel werden Sie!«, brauste Molly auf. Was bildete sich diese Frau eigentlich ein?! »Ich habe Ihnen klipp und klar gesagt, dass ich für Expertisen dieser Art nicht mehr zur Verfügung stehe, und Sie wissen so gut wie ich, dass Sie mich nicht zu etwas zwingen können, das ich nicht …«

»Sie glauben gar nicht, wie lästig ich werden kann.«

O doch, dachte Molly, das kann ich mir lebhaft vorstellen. »Wollen Sie mir drohen?«

»Im Hinblick auf eine ungetrübte Zusammenarbeit würde ich es an Ihrer Stelle lieber als eindringliche Form der Bitte auffassen.«

»Sie haben keine Mittel, mich zu zwingen«, wiederholte Molly müde und kam sich entsetzlich hilflos dabei vor.

»Lassen Sie es darauf ankommen.«

»Hören Sie, ich …«, setzte sie an, doch die fremde Kommissarin hatte bereits aufgelegt. Seufzend warf sie das Telefon auf den Küchenschrank und machte sich daran, ihrem Sohn einen Pfannkuchen zu backen.

*

Sie tastete nach der zweiten Decke und legte sie sich um die Schultern. Das Kotzen und die Durchsuchung der Grube hatten sie viel Kraft gekostet. Jetzt fror sie wieder, nachdem sie sich beinahe schon an die Kälte ihres Gefängnisses gewöhnt hatte.

Sie hatte festgestellt, dass die Klebestreifen eine Art Päckchen bildeten. Darin schien etwas verborgen zu sein. Behutsam löste sie Schicht um Schicht ab, wobei sie sorgfältig darauf achtete, dass sie nichts zerstörte, das sich vielleicht noch irgendwie gebrauchen ließ. Irgendwann fühlte sie Papier unter der weichen Oberfläche. Ja, da war ein Zettel! Sie löste ihn von der Gummierung des letzten Klebestreifens, während sich unvermittelt wieder die alte Enttäuschung in ihr breitmachte. Was zum Teufel sollte sie hier drinnen mit Papier anfangen? Ohne Licht, ohne Stift ... Ihre Finger befühlten den Rand. Es handelte sich um kräftiges Papier, vielleicht zehn oder zwölf Zentimeter lang und etwa halb so breit. An der Seite wies es kleine Kerben auf, die sie sich zunächst nicht recht erklären konnte. Doch dann kam ihr plötzlich die Idee, dass es sich um einen Fahrschein handeln könnte. Eine Fahrkarte oder ein Ticket aus einem Parkscheinautomaten. Sie legte das Papier auf ihre angezogenen Knie und ließ ihre Finger über die Oberfläche gleiten. Da stand etwas! Etwas Geschriebenes! Sie fühlte es, und erst mit einiger Verzögerung wurde ihr klar, dass sie es tatsächlich *fühlte* und nicht *las*. Sie konnte ja gar nicht lesen, denn um sie herum war es nach wie vor stockfinster. Die Buchstaben waren erhaben. Mit einem spitzen Gegenstand, einer Nadel vielleicht, ins Papier gedrückt. Wie Brailleschrift für Blinde. Nur dass es sich hierbei eindeutig um Normalschrift handelte.

Vorsichtig, um nur ja nichts zu zerstören, ertastete sie Buchstabe für Buchstabe. N-A-T-A-L-I-J-A, las sie mühsam und schleppend. NATALIJA Z-A-S-L-A- … U? … Nein. Sie betastete die Stelle erneut. V! Das, was sie fühlte, war ein V. Also Z-A-S-L-A-V- …S und K und A. Z-A-L-A… Nein! Z-A-S-L-A … dann das V und … S-K-A. Das ergab … Verdammt! Sie runzelte die Stirn. Zaslav… Zaslavs … Konzentrier dich! Zaslavska? Zaslavska! War das ein Name? Ihr Name? Der Name der Frau, die vor ihr hier gewesen war? Sie ertastete die Buchstaben aufs Neue und dann gleich noch einmal. Natalija Zaslavska. Das klang ziemlich russisch, oder? Aber was bedeutete das? Hatte man sie am Ende gar fortgebracht aus Deutschland? Was war mit ihr geschehen, in der Lücke zwischen dem Fahrradschuppen und dem Augenblick, in dem sie in diesem eisigen Loch erwacht war, zusammengeschnürt wie ein Weihnachtspäckchen?

Friss endlich, du dreckige kleine Schlampe.

Sie schüttelte den Kopf. Nein! Ihr Peiniger sprach Deutsch. Akzentfreies Deutsch.

Ihre Fingerspitzen suchten wieder den Namen auf ihrem Papier. Was darauf folgte, waren Zahlen. Sie fühlte, dass sie – wie die Worte auch – aus aneinandergereihten Einstichen bestanden. Eine Nadel, dachte sie wieder, sie muss eine Nadel benutzt haben. Das bedeutete aller Wahrscheinlichkeit nach, dass auch Natalija Zaslavska im Dunkeln gesessen haben musste, als sie ihren Namen in eine alte Fahrkarte gestochen hatte. Ganz wie sie. Der Gedanke, eine Leidensgenossin zu haben, beruhigte und ängstigte sie zugleich. Wo mochte Natalija heute sein? War sie am Leben, gerettet, in Sicherheit? Hatte jemand für sie bezahlt, und war sie schließlich freigelassen worden?

1 und 9, fuhr sie zu lesen fort, wobei sie sich mit den Zahlen noch schwerer tat als mit den Buchstaben. Es dauerte eine halbe Ewigkeit, bis sie alle entziffert hatte. 1 und 9, und dann 121968. Was war das? Ein Code? Irgendeine Geheimzahl,

Kontonummer, Schließfachkennung? Ihre Finger strichen erneut über die Zahlenreihe. Acht Ziffern. Acht ... Sie überlegte fieberhaft, was das zu bedeuten haben konnte. Wo gab es Ziffernfolgen mit acht Zahlen? Natürlich!, schoss es ihr durch den Kopf. Ein Datum! Der Schluss, 1968, das war die Jahreszahl! Davor der Monat: Zwölf. Und schließlich die Angabe des Tages: Neunzehn. Neunzehnter Dezember 1968, fünf Tage vor Heiligabend! War das Natalijas Geburtstag? Dann muss sie älter gewesen sein als ich, dachte sie. Gut als acht Jahre älter ... Ihre Finger wanderten eine Zeile tiefer. S-T-O-L... B? Was zum Teufel sollte das schon wieder? Stolb-was? Sie seufzte und begann von vorne. War das eine Zwei nach dem B oder ... Nein, ein Z! Z und Y. Das ergab zusammen... S-T-O-L-B-Z-Y ... Sie schüttelte verständnislos den Kopf und überprüfte noch einmal jeden einzelnen Buchstaben. S-T-O-L-B-Z-Y. Eindeutig. Aber was bedeutete das, Stolbzy? War das Russisch? Anzunehmen, aber war es ein Begriff oder ein Ort? Sie schüttelte den Kopf. Ein Ort vielleicht, dachte sie. Natalijas Geburtsort. Sie ließ die Hand sinken, und es war ihr, als sei die Temperatur in ihrer Umgebung schlagartig um ein paar Grad gefallen. Sie wusste genau, was ihr Fund zu bedeuten hatte. Die Frau, die vor ihr hier gewesen war, hatte ihren Namen und ihre Daten auf einem Fahrschein notiert, weil sie befürchtet hatte, dass sie sterben würde. Das war die einzige Erklärung, die einen Sinn ergab. Natalija hat sich davor gefürchtet, kein Grab zu haben, dachte sie. Genau wie ich. Sie hat gedacht, dass man sie einfach vergessen wird, wenn sie nicht selbst dafür sorgt, dass etwas von ihr zurückbleibt, wenigstens ein Name. Natalija Zaslavska aus Stolbzy, geboren am neunzehnten Dezember 1968.

Aber da war noch etwas! Unter dem Ort gab es noch eine weitere Zeile mit Zeichen. Die Botschaft war noch nicht zu Ende! Sie schluckte. Und wenn es wieder Russisch war? Wenn sie nicht in der Lage sein würde, zu verstehen, was sie da las, die Worte, die vielleicht die letzten waren, die sie in ihrem Leben lesen würde? D-I-E ... Ihre Fingerspitzen zitterten. DIE ... Das war Deutsch! Natalija Zaslavska sprach Deutsch mit ihr! DIE T-U ... Was war das für ein Buchstabe? TU und dann? Was dann, verdammt? Das Zittern wurde stärker. Konzentrier dich! E, dachte sie. Es ist ein E, es muss ein E sein. Also, was haben wir? TUE und R, TUER, Tür! DIE TÜR S-T-E-H-T ... die Tür steht ...O-F-F-E-N ... Die Tür steht offen! Sie ließ den Fahrschein sinken und wandte langsam den Kopf. Zur gegenüberliegenden Wand. Dorthin, von wo sie das Knirschen des Schlüssels im Schloss hörte, kurz bevor ER den Raum betrat.

»Was meinst du, Natalija?«, flüsterte sie in die Dunkelheit. »Was soll das heißen, die Tür steht offen? Was willst du mir damit sagen?« Ihre Finger fuhren erneut über die Buchstaben. I-C-H G-E-H-E. Sie suchte nach weiteren Zeichen, aber da war nichts mehr. Schluss. Aus. Ende der Durchsage. ICH GEHE. Das waren ihre letzten Worte.

Sie ließ den Klebestreifen sinken und starrte in die Dunkelheit. Die Tür hatte offen gestanden, und Natalija war hinausgegangen in die andere Welt. In die Welt hinter der Finsternis. Doch bevor sie gegangen war, hatte sie die für sie so bemerkenswerte Tatsache, dass die Tür zu ihrem Gefängnis nicht länger verschlossen war, auf der Fahrkarte mit ihren persönlichen Daten notiert, in ihrem improvisierten Testament, auf ihrem improvisierten Grabstein.

Sie barg das Gesicht in den Händen und begann zu weinen. Ohne erklären zu können, warum, war sie sich plötzlich sicher, dass Natalija nicht mehr am Leben war.

Sie war durch die geöffnete Tür gegangen und gestorben, und allmählich dämmerte ihr, dass auch sie sterben würde.

*

Edna stand mit ihrem roten Privatkaffeebecher vor einer Wand voller toter Frauen. Vor dem Fenster leuchteten die Dächer der Stadt im letzten Tageslicht, und es wurde mit jeder Minute dunkler, aber sie konnte sich nicht dazu durchringen, das Licht einzuschalten. Vor ihren Augen tanzten Schnittwunden, bei vollem Bewusstsein in die zarte Haut einer Bauchdecke geritzt, Stichwunden, Kopfwunden. Verkrustetes Blut, wohin sie auch blickte. Dazwischen Aufnahmen der Tatorte, die wie Standbilder grotesker Filmszenen anmuteten. Annette Berners Leiche, die gegen das Bettgestell gelehnt ist. An ihren Füßen die schwarzen Stiefel, deren Spitzen einander berühren. Birgit Christensen auf den Fliesen der Waschküche im Keller des Hochhauses, in dem sie gelebt hatte. Natalija Zaslavska mit Humus und Herbstlaub in den abgebissenen Haaren, ein eingefallenes Bündel von Haut und Knochen, geschwächt durch monatelange Gefangenschaft und Folter.

Ihr Blick blieb an einer Großaufnahme von Annette Berners Oberkörper hängen. Sie konnte vieles nachvollziehen. Konnte sich hineinversetzen in misshandelte Ehefrauen, die ihren Männern ein Steakmesser zwischen die Rippen rammten, nachdem sie sich jahrzehntelang eingeredet hatten, dass sie sich nur mehr Mühe geben müssten, damit alles gut würde. In Erben, die ihre reichen Anverwandten ins Jenseits beförderten, um ihre Spielschulden zu bezahlen oder ihre Bordellbesuche zu finanzieren. In eifersüchtige Liebhaber, enttäuschte, gemobbte, zutiefst gekränkte Menschen, die zum Äußersten griffen, weil sie sich nicht mehr anders zu helfen wussten. Aber das hier war so krank, so weit jenseits dessen, an das sie sich in vielen Berufsjahren notgedrungen gewöhnt hatte, dass es ihre Vorstellungskraft zu übersteigen drohte. Sie rieb sich die Stirn. War das der Fall, mit dem sie nicht fertig werden würde? Der Fall, vor dem sie sich fürchtete, seit sie bei der Polizei war? Oder würde Molly Erler, die Frau, die sie vor ein paar Stunden so unsanft zur Mitarbeit in diesem Fall überredet hatte, ein wenig Licht in das Dunkel bringen können, das diese merkwürdigen Taten umgab? Sie seufzte. Im Grunde hielt sie nicht viel von psychologischen Täterprofilen. Manchmal trafen sie zu, manchmal führten sie in die Irre. Sie hatte schon Fälle erlebt, bei denen ein Profiler einen pädophilen Gewalttäter als eigenbrötlerischen, sozial destabilisierten Mittdreißiger klassifiziert hatte, der sich im Endeffekt als sechsundfünfzigjähriger Bankangestellter mit großem Freundeskreis und regem Vereinsleben erwiesen hatte.

Jeder Fall birgt die Möglichkeit, zu meinem Waterloo zu werden, dachte sie. Zu meiner ganz persönlichen Katastrophe. Sie nahm einen Schluck Kaffee und schlang beide Hände um den heißen Becher. Würde Molly Erler ein Muster erkennen können, wo sie selbst nur Blut und Gewalt sah? Oder gab es gar kein Muster? Hatten sie es hier mit drei vollkommen unterschiedlichen Taten zu tun, mit einem zufälligen Zusammentreffen dreier ähnlich gelagerter Fälle? Sie schüttelte den Kopf. Zumindest zwischen den Morden an Annette Berner und Birgit Christensen musste es einen Zusammenhang geben. Beiden Frauen hatte der Täter dieselbe x-förmige Wunde unterhalb des Nabels zugefügt, beide waren zu Hause getötet worden. Zudem hatte Birgit Christensen bis kurz vor ihrem Tod hier in der Gegend gelebt. Die gleiche Gegend, die gleichen Verletzungen, dachte Edna. Und die gleichen arrangierten Tatorte.

Sie kniff die Augen zusammen und starrte auf das Laken, mit dem der Mörder Birgit Christensens Körper bedeckt hatte. Ihren *Körper*, nicht ihren Kopf. Er wollte sie weder entpersonifizieren, noch wollte er ihr eine gewisse Würde lassen, indem er ihre Leiche bedeckt. Er wollte uns etwas sagen! Wie sie aus der Akte wusste, hatten die zuständigen Kollegen in Köln zunächst an eine Beziehungstat geglaubt. Trotz der merkwürdigen Wunde an der Wade des Opfers. Trotz der eindeutig rituellen Aspekte, die die Tat aufgewiesen hatte. Birgit

Christensens Lebensgefährte war einschlägig vorbestraft und hatte mehrere Jahre wegen schwerer Körperverletzung im Gefängnis gesessen. Aber der Verdacht gegen ihn hatte sich als unbegründet erwiesen. Dennoch hatte man dem Laken, das die Leiche bis zum Kinn bedeckte, keinerlei Bedeutung beigemessen. Plötzliche Reue, der verzweifelte Wunsch, die schweren Verletzungen des Opfers zu verstecken, etwas in dieser Art. Dabei hat der Täter Birgit Christensen auch im Gesicht verletzt, dachte Edna, während sie sich im immer spärlicher werdenden Licht noch dichter an die Aufnahme heranbeugte. Die Mutter von vier Kindern hatte Platzwunden über dem rechten Auge und im Bereich des Mundes gehabt. O nein, dachte sie, er wollte nichts verstecken!

Sie trat einen Schritt zurück und überlegte, ob der Mörder das Laken, mit dem er die Leiche zugedeckt hatte, mitgebracht haben konnte. Sie war sich durchaus darüber im Klaren, dass sich diese Frage so lange nach der Tat vermutlich nicht mehr klären ließ, trotzdem hatte sie das unbestimmte Gefühl, es versuchen zu müssen. Bestimmt sind die Kollegen davon ausgegangen, dass er das Laken vorgefunden hat, überlegte sie. Immerhin war der Tatort eine Waschküche, und um der unscheinbaren kleinen Wunde unterhalb von Birgit Christensens Nabel die angemessene Bedeutung beimessen zu können, hätten sie die Vorgeschichte kennen müssen.

Sie stutzte. Das war auch so ein Punkt, der sie beschäftigte. War all das, was sie über Jörg Nevers gehört hatten, eine Art Vorgeschichte zu diesen Frauenmorden? Hatte der seit Jahren inhaftierte Serienvergewaltiger tatsächlich in irgendeiner Weise mit den aktuellen Verbrechen zu tun? Er saß an einem sicheren Ort, gut und schön. Aber er war intelligent. Außergewöhnlich intelligent sogar. War es möglich, dass er die aktuellen Taten steuerte? War er der Kopf, der Schlüssel? Oder gar selbst ein Opfer? Seine Vergewaltigungen sind immer brutaler geworden, resümierte Edna. Von Tat zu Tat hat das Ausleben seiner Gewaltphantasien, hat die Lust am Verletzen mehr Raum eingenommen. Aber hatten sich diese Gewaltphantasien bis zu dem Punkt gesteigert, an dem es Nevers nicht mehr gereicht hatte, eine Frau zu vergewaltigen und zu verletzen? Musste er töten, um den ultimativen Kick zu erlangen? Doch gerade das hatte er immer vehement bestritten.

Sie zuckte zusammen, als das Deckenlicht aufflammte und den Raum unvermittelt in nackte, hässliche Helligkeit tauchte.

»Was machst du hier im Dunkeln?«

»Ich denke nach.«

Max warf ein weiteres Aktenbündel auf seinen Schreibtisch und nickte. Auch er schien nicht vorzuhaben, so bald nach Hause zu gehen. »Irgendwelche Resultate?«

Sie lächelte. »Ich weiß, dass wir nichts wissen.«

»Immerhin.« Er setzte sich auf die Schreibtischkante und blickte an ihrer Schulter vorbei auf die makabre Galerie der Opfer. »Wenn es wirklich derselbe Täter ist«, sagte er nachdenklich, »frage ich mich, warum er so unterschiedliche Frauen auswählt.«

»Sie sehen sich in gewisser Weise ähnlich«, merkte Edna mit Blick auf die drei nebeneinanderhängenden Porträtfotos der Opfer an. »Alle sind dunkelhaarig, etwas mehr als mittelgroß und zwischen dreißig und Anfang vierzig.«

»Aber sonst haben sie nicht viel gemeinsam«, stellte Max fest. »Annette Berner galt als freundlich, zuverlässig und warmherzig, Birgit Christensen dagegen scheint ein ziemliches Früchtchen gewesen zu sein. Jede Menge Schulden, vier Kinder von vier verschiedenen Vätern, dazu die Anzeigen beim Jugendamt.« Er schüttelte den Kopf. »Wenn wir voraussetzen, dass unser Täter seine Opfer kennt oder zumindest vor der Tat eine Zeitlang beobachtet, scheint es mir irgendwie widersinnig, dass er auf zwei so vollkommen verschiedene Typen von Frauen verfallen würde. Von der Prostituierten ganz zu schweigen.«

»Es sei denn, es gibt eine Gemeinsamkeit zwischen diesen Frauen, die wir noch nicht entdeckt haben«, sagte Edna. Sie wandte den Blick ab und starrte auf den staubigen grauen Fußboden, der im gnadenlosen Neonlicht derart trostlos wirkte, dass sie sich fragte, wie sie sich in ihrem Büro trotzdem so wohl fühlen konnte.

»Hast du deine Mutter inzwischen erreicht?«, riss ihr Kollege sie erneut aus ihren Gedanken.

Sie nickte.

»Und?«

»Was und?«

»Hast du ihr gesagt, dass du nicht zu ihrer Goldenen Hochzeit kommst?«

Edna schüttelte den Kopf. »Es hat sich nicht ergeben«, brummte sie unwillig. »Zunächst musste ich ihr schonend beibringen, dass ihre Enkelin sich noch immer außerstande sieht, einen Fuß aus dieser verdammten Klinik zu setzen.«

Max blickte aus dem Fenster in den Himmel über der Stadt, der bereits nachtschwarz wirkte. »Glaubst du, dass Maja wieder zur Schule gehen wird?«

»Sie sagt, dass sie spätestens Ende Januar zurückkommt«, entgegnete Edna. »Angeblich hat ihr Vater mit dem Direktor ausgehandelt, dass alle Noten und Prüfungsergebnisse vom letzten Jahr angerechnet werden, so dass sie eigentlich nur noch zur Vorbereitung auf ihre mündliche Prüfung in die Schule muss.« Sie lächelte ohne allzu großen Enthusiasmus. »Ich habe allerdings das Gefühl, dass ihr die Aussicht auf ein Kunststudium eine Menge Auftrieb gibt.«

»Sie ist aber auch wirklich sehr begabt«, stellte Max mit echter Überzeugung fest. »Markus ist hin und weg von den Aquarellen, die sie uns geschickt hat.«

Edna nickte geistesabwesend. *Aber sie malt nur, was sie sieht, nicht, was sie fühlt*, hatte jemand, der es wissen musste, über die Arbeiten ihrer Nichte geurteilt. Ein Urteil, das sie beunruhigte, weil sie es nachvollziehen konnte. Sie verstand zwar nichts von Kunst, aber es leuchtete ihr irgendwie ein, dass es nicht genügte, die Welt, in der man lebte, eins zu eins abzubilden. *Sagen Sie ihr, so wird das nichts.*

»Wir haben übrigens auch eine Einladung bekommen.« Max setzte ein beinahe schuldbewusstes Lächeln auf. »Keine Sorge, wir haben nicht vor, hinzugehen. Du solltest es einfach nur wissen, falls mal die Sprache darauf kommt.«

Edna brauchte eine Weile, bevor ihr klar wurde, dass ihr Kollege schon wieder von der Goldenen Hochzeit ihrer Eltern sprach. »Sie hat euch eingeladen?«, fragte sie ungläubig. Ihre Mutter hatte ihr in den vergangenen Wochen eine ganze Reihe von Gästelisten gezeigt, doch auf keiner davon hatte der Name ihres Kollegen gestanden. »Euch beide?«

Er schmunzelte. »*Herrn Max Boettcher und Lebenspartner* stand auf dem Umschlag.«

»Donnerwetter!«, rief Edna und schlug triumphierend gegen die Schreibtischkante. »Hat sie das jetzt also endlich geschluckt!«

»Was?«

»Dass wir kein Paar werden.«

Max schüttelte verständnislos den Kopf. »Was denn? Wir beide?«

»Vergiss es«, sagte Edna.

*

»Was ist los mit dir?«

Molly Erler hasste es, wenn ihre Mutter sie so ansah. Der Blick schien durch ihre Augen direkt in ihre Seele zu dringen. »Was meinst du?«, fragte sie so arglos wie möglich, obgleich sie wusste, dass Arglosigkeit vorzutäuschen wenig

Sinn machte, wenn ihre Mutter erst einmal Verdacht geschöpft hatte.

Gertrud Erler kniff prüfend die Augen zusammen. »Etwas belastet dich.«

»Unsinn.« Entschlossen räumte sie die Abendbrotsteller in die Spülmaschine und legte ein Reinigungstab ein.

»Ich bin deine Mutter«, stellte Gertrud Erler vielsagend fest. »Denkst du nicht, dass du mit mir darüber reden solltest, wenn es Probleme gibt?«

»Es gibt aber keine Probleme«, versetzte Molly genervt und schaltete die Maschine ein. »Anscheinend haben sie hier in der Gegend Ärger mit einem Serientäter, und sie haben mich um ein psychologisches Profil gebeten. Das ist alles.«

Gertrud Erler zog die Augenbrauen hoch. »Aha.«

»Was soll das heißen, ›aha‹?«

Ihre Mutter antwortete mit einer Frage: »Hast du ihnen nicht gesagt, dass du so etwas nicht mehr machst?«

»Doch, natürlich.«

»Aber die Berichte auf deinem Schreibtisch haben damit zu tun, stimmt's?«

Molly seufzte und setzte sich zu ihrer Mutter an den Küchentisch. »Ich konnte nicht ablehnen. Nicht in diesem Fall.«

»Warum nicht?«

»Weil das, was da läuft, möglicherweise einen ehemaligen Patienten von mir betrifft.« Sie konnte die Angst in den Augen ihrer Mutter sehen. Oder war es ihre eigene Angst, die sie sah? Sie wusste es nicht. Sie wusste nur, dass sie im Begriff war, etwas zu tun, was sie nicht tun wollte.

»Welchen Patienten?«

»Das ist doch vollkommen egal«, wehrte sie ab. »Ich sehe die Akte durch, sage ihnen, was mir dazu einfällt, und bin auch schon wieder raus aus der Sache.«

»Welchen deiner ehemaligen Patienten betrifft dieser Fall?«, insistierte Gertrud Erler.

Molly zögerte und überlegte, ob sie einen falschen Namen sagen sollte. Aber sie wollte ihre Mutter nicht belügen. Nicht auch noch das. Sie verlangte ihrer Familie auch so schon genug ab. »Er betrifft Jörg Nevers.«

Gertrud Erler senkte den Blick. Molly konnte spüren, dass sie enttäuscht war. Sie hatten nie ausdrücklich darüber gesprochen, aber es hatte eine Art stillschweigende Übereinkunft zwischen ihnen gegeben, die Vergangenheit und alles, was damit zusammenhing, hinter sich zu lassen. Sie hatten sich beide bemüht, Timmy ein Zuhause zu geben, in dem er gefahrlos und unbelastet heranwachsen konnte. Und jetzt waren plötzlich die Alpträume in ihr Leben zurückgekehrt.

»Hast du ihnen von den Briefen erzählt, die er dir geschrieben hat?«, fragte Gertrud Erler nach einer ganzen Weile.

Molly biss sich auf die Lippen. »Dort, wo er jetzt ist, kommt er nie wieder raus«, sagte sie anstelle einer Antwort.

Ihre Mutter sah sie an. »Bist du dir da sicher?«

Die Nacht scheint tiefer
tief hereinzudringen …
(Goethe, Faust II)

5

Fünfter Tag

Rein äußerlich entsprach Molly Erler ganz und gar nicht dem Bild, das Edna sich nach ihrem kurzen Telefonat von der Psychologin gemacht hatte. Sie war recht groß, aber zierlich. Ihre schulterlangen, kastanienbraunen Haare wurden im Nacken mit einer Hornspange zusammengehalten. Die großen Augen hinter der randlosen Brille waren von einem blassen Blaugrau und vermittelten bei aller zur Schau getragenen Professionalität einen Hauch von Weltferne. Zum schwarzen V-Pullover trug die Psychologin einen schlichten grauen Rock. Sie wuchtete den Stapel Akten, den Edna ihr zu Vorbereitungszwecken überlassen hatte, auf einen der Tische, kaum dass sie die Tür hinter sich geschlossen hatte, als wolle sie diesen so schnell wie möglich wieder loswerden. Dann kam sie zielstrebig auf den großen Konferenztisch zu, an dem bereits Gerald Rogler und die Beamten der Sonderkommission saßen.

Rogler stand auf und ging ihr entgegen. »Danke, dass Sie gekommen sind«, sagte er, indem er Molly Erler die Hand hinstreckte. »Wir wissen Ihre Bereitschaft, uns in dieser Sache zu unterstützen, sehr zu schätzen.«

Edna, die an der Stirnseite des Tisches saß, reckte das Kinn vor und wappnete sich im Stillen gegen eine Beschwerde oder doch zumindest gegen einen vernichtenden Blick in ihre Richtung, doch die Psychologin verzog keine Miene. »Also schön«, begann sie ohne Umschweife, nachdem sie hinter dem schmalen Schreibtisch Platz genommen hatte, der wie das Pult eines Lehrers quer vor der Längsseite des Konferenztisches stand. »Sie suchen einen durchorganisierten, soziopathischen Sexualmörder, einen Sadisten. Nicht das Verletzen an sich stimuliert ihn, sondern das physische und psychische Leiden seiner Opfer. Er hat einen genauen Plan, und ich an Ihrer Stelle würde davon ausgehen, dass er diesen Plan ein paarmal geprobt hat, bevor er ihn in die Tat umsetzt. Er hat seine Ausstattung, also alles, was er zur Ausübung der Tat benötigt, bei sich und überlässt nichts dem Zufall.« Sie blickte sich in den Gesichtern der Anwesenden um. Was sie sah, war Skepsis, hier und da durchaus Interesse, aber auch mehr als deutlich zur Schau getragene Langeweile. »Außerdem ist er verdammt wütend.«

»Das bin ich auch hin und wieder«, bemerkte Decker, ohne eine Miene zu verziehen. Rogler hatte ihn und Uhrmann zu dieser Besprechung hinzugebeten, obwohl sie offiziell nicht an den Ermittlungen beteiligt waren.

Molly Erler schenkte ihm ein müdes Lächeln. »Wir alle verspüren gelegentlich Wut, Hass, vielleicht auch abnorme sexuelle Bedürfnisse«, stimmte sie ihm zu. »Aber wir haben eine Art Käfig in uns, in dem wir das Monster, das wir sein könnten, wegsperren. Egal wie wütend wir werden, wir haben die Kontrolle über unsere Impulse. Oder anders ausgedrückt: Etwas hält uns davon ab, unsere Aggressionen an anderen auszulassen. Etwas hält uns davon ab, zu töten.« Sie setzte eine gleichgültige Miene auf, als sie Ednas skeptischen Blick bemerkte. Sie war noch immer ärgerlich über die Art und Weise, wie die Kommissarin ihre Mitarbeit in diesem Fall erzwungen hatte, gleichzeitig jedoch entschlossen, sich nichts dergleichen anmerken zu lassen. »Nennen Sie es Moral oder soziale Prägung, jedenfalls ist es eine Grenze, die die meisten von uns niemals überschreiten. Der Mann, den Sie suchen, hat diese Grenze allerdings schon vor geraumer Zeit hinter sich gelassen. Zudem ist er aufgrund seiner psychopathischen

Natur unfähig, echte Beziehungen zu anderen Menschen aufzubauen. Er fühlt kein Mitleid, keine Zuneigung und erst recht keine Liebe. Aber wahrscheinlich ist er recht gut in der Lage, all diese Empfindungen vorzutäuschen.« Sie nahm ihre Brille ab und steckte sie in den V-Ausschnitt ihres Pullovers. »Die meisten Serienmörder sind exzellente Schauspieler, die ihre Mitmenschen genau beobachten und deren Beziehungsverhalten erstaunlich gut zu imitieren verstehen. Glauben Sie mir, Sie würden den Unterschied nicht bemerken.«

Decker sah sie an. »Aber es geht ihm nicht vorrangig um Sex, oder?«

»Diesen Tätern geht es selten um Sex.«

»Sondern?«

Molly Erler schob ihre Aufzeichnungen ein Stück beiseite. »Kontrolle. Er will die Frauen dominieren. Und der Tod ist der Augenblick, in dem die Kontrolle am größten ist. Dieses Gefühl der absoluten Macht ist es, das ihn antreibt. Vielleicht macht er auch Tonbandaufnahmen von den Schreien seiner Opfer, um sich später erneut daran zu erfreuen. Vielleicht fotografiert er die Frauen.«

»Was ist mit dem Daumen und dem Fleisch aus der Wade?«, fragte Edna. »Sind das bloße Souvenirs, oder steckt da noch etwas anderes dahinter?«

Mollys Augen hefteten sich auf die Großaufnahme von Annette Berners Hand. »Dazu kann ich Ihnen im Augenblick nur wenig sagen«, räumte sie ein. »Fakt ist, dass viele Serienmörder Trophäen mitnehmen, die sie an ihre Opfer erinnern.«

»Kann er das Fleisch gegessen haben?«

Sie zuckte mit den Schultern. »Es ist durchaus möglich, dass Kannibalismus bei einem solchen Tötungsdelikt eine gewisse Rolle spielt«, entgegnete sie zögerlich. »Wenngleich ich in diesem Fall eigentlich nicht daran glaube.«

»Sondern?« Edna sah sie an. »Aus welchem Grund verstümmelt er seine Opfer?«

»Die weitaus interessantere Frage wäre doch wohl, warum er so unterschiedliche Körperteile wählt«, versetzte Molly Erler. »Daumen, Wade …«

»Sie wollen uns doch wohl hoffentlich nicht weismachen, dass der Kerl sich auf diese Weise eine komplette Frau zusammensammelt und sich anschließend in sein dunkles Kellerverlies zurückzieht, um die Einzelteile fein säuberlich zusammenzunähen«, fiel Edna ihr ins Wort.

Die Psychologin schmunzelte. »Ich würde eher annehmen, dass er gewisse Vorgaben erfüllt.«

»Was soll das heißen?«, mischte sich Decker ein. »Was für Vorgaben?«

»Nun ja …« Molly Erler betrachtete die Fotos an der Wand. »Vielleicht stellt er etwas nach.«

»Daran haben wir auch schon gedacht«, gab Edna zu.

»Es gibt Faktoren, die beiden Morden gemein sind«, resümierte die Psychologin. »Stiche in die Brust, abdominale Schnittwunden, massive Gewaltanwendung gegen den Kopf und insbesondere gegen das Gesicht des Opfers.«

»Was glauben Sie, warum er das tut?«, hakte Max nach. »Um die Frauen zu entpersonifizieren?«

Sie nickte. »Ich denke schon. Außerdem ist die Brutalität, mit der er dabei vorgeht, ein Indiz für das Ausmaß seiner Wut. Genau wie die Anzahl der Stichverletzungen. Dass er dabei vor allem Bauch, Brüste und Genitalien seiner Opfer verstümmelt, entlarvt ihn als pathologischen Frauenhasser. Wahrscheinlich hält er Frauen mehrheitlich für Huren und Schlampen, und mit großer Sicherheit zwingt er sie im Verlauf der Tat zu Handlungen oder Äußerungen, die seine Theorie bestätigen. Ich würde auch annehmen, dass es ihn verunsichert, wenn er auf Widerspruch stößt. Er will der Boss sein und reagiert mit großer Wahrscheinlichkeit überaus allergisch, wenn er das Gefühl hat, dass sein Opfer die Situation bestimmt.« Sie riss den Blick von Birgit Christensens Gesicht los. »Aber neben allen offensichtlichen Gemeinsamkeiten zwischen den beiden Morden gibt es eine Reihe von signifikanten Unterschieden, zum Beispiel das Laken, mit dem er Birgit Christensens Leiche zugedeckt hat, oder die Stiefel der Lehrerin. Das sind Details, die sich meiner Ansicht nach nur durch das Vorhandensein einer Art Drehbuch erklären lassen.«

Max hob interessiert den Kopf. »Sie glauben, er richtet sich nach etwas, das er irgendwann einmal irgendwo gesehen hat?«

Sie nickte. »Das Problem an der Sache ist, dass wir nicht wissen können, ob es das, was sich in seinen Phantasien abspielt, tatsächlich gegeben hat«, sagte sie. »Vielleicht existieren der Plan, nach dem er vorgeht, und die Bilder, die er vor unseren Augen erstehen lässt, nur in seinem Kopf. Vielleicht stammen sie aus einem Film, einem Buch oder aus seinem privaten Umfeld.«

»Wenn wir davon ausgehen, dass er Nevers' Andenken kopiert, wäre es doch wahrscheinlich, dass auch der Rest irgendwie nachgeahmt ist«, wandte Edna ein.

Die Psychologin nickte erneut. »Gut möglich«, entgegnete sie. »Nur würde Ihnen diese Erkenntnis, selbst wenn sie zutrifft, herzlich wenig nützen, solange Sie nicht wissen, *was* er imitiert.«

Edna sah aus dem Fenster in den grau verhangenen Himmel über der Stadt. Sie wusste, dass Molly Erler recht hatte. Solange sie das Muster, die Botschaft, nicht verstanden, konnten sie unmöglich voraussagen, was der Täter als Nächstes tat. Sie wandte den Blick vom Fenster ab und ließ ihn über den Tisch wandern, der übervoll war mit Tatortfotos, Akten, Berichten. Sie besaßen stapelweise Informationen über den Mann, den sie jagten, über seine Taten, seine Blutspur. Und doch kam es ihr vor, als wäre er nichts weiter als ein Schatten, verborgen in der Masse sogenannter normaler Menschen, von denen er sich einzig durch seine perversen Phantasien unterschied. Ungreifbar und unerklärlich.

»Was können Sie uns über die Kriterien erzählen, nach denen er die Frauen auswählt?«, wandte sie sich wieder an die Psychologin. Hatte Molly Erler eigentlich schon etwas gesagt, das sie weiterbrachte? Irgendetwas, das sie noch nicht wussten? Oder war der Mann, den sie suchten, für die erfahrene Profilerin am Ende genauso unerklärbar wie für sie? »Wir wissen, dass er auf Braunhaarige steht. Und dass seine Opfer zwischen Mitte zwanzig und Anfang vierzig sind. Aber es gibt hier in der Gegend Abertausende Frauen im passenden Alter, die nicht allzu klein sind und mindestens schulterlange braune Haare haben.« Sie suchte Molly Erlers Blick. »So wie Sie zum Beispiel …«

Wiederum verzog die Psychologin keine Miene. »Sie haben recht«, sagte sie. »Er wählt aus einem beachtlichen Angebot. Trotzdem müssen Sie davon ausgehen, dass seine Auswahl nicht zufällig ist. Nicht bei diesem Täter.« Sie nahm erneut eines der Fotos vom Tisch und betrachtete es eingehend. »Stellen Sie sich ein Raubtier vor, zum Beispiel einen Löwen. Dieser Löwe wählt aus einer riesigen, für den unbeteiligten Beobachter gänzlich unübersichtlichen Herde von Antilopen ein Tier aus. Aber selbst wenn dieses Tier für Sie und mich genau wie jedes andere aussieht, hat es mit großer Wahrscheinlichkeit etwas, das es vom Rest der Herde unterscheidet, etwas, das dem normalen Beobachter nicht auffällt. Diese Besonderheit ist es, die seinen Tod besiegelt. Und ähnlich wie der Löwe sich darin geübt hat, eine scheinbar unsichtbare Schwäche oder Verletzlichkeit zu erkennen, ist Ihr Täter erfahren darin, das für seine Zwecke geeignetste Opfer zu erkennen. Er macht es in einer unüberschaubaren Masse von Menschen ausfindig und verfolgt es mit der Zielstrebigkeit eines Jägers.«

Edna dachte an die Schürfwunden an Natalija Zaslavskas Beinen. *Er hat sie gejagt. Zuerst sperrt er sie monatelang ein, und dann beschließt er, sie zu töten. Sie rennt um ihr Leben, aber es nützt ihr nichts.* Der Gedanke deprimierte sie. Zugleich barg er einen schwachen Trost: Natalija Zaslavska hatte bis zu ihrem Tod geglaubt, dass sie eine Chance haben würde, ihrem Mörder zu entkommen. Die lange Gefangenschaft hatte sie körperlich und seelisch ausgelaugt, und dennoch hatte sie die Kraft aufgebracht, einen letzten, verzweifelten Fluchtversuch zu unternehmen. Die Hoffnung stirbt zuletzt, dachte Edna. Gott sei Dank.

»Gehört die Prostituierte in diese Reihe?«, fragte Max in diesem Augenblick, als habe er ihre Gedanken gelesen.

Molly Erler ließ sich lange Zeit, ehe sie antwortete. »Ich bin mir nicht sicher, aber ich denke, Sie sollten diese Möglichkeit in Betracht ziehen. Auch wenn es eigentlich unwahrscheinlich ist, dass sich gerade dieser Täter ein Opfer vom Strich holt.«

»Wieso?«

»Prostituierte sind ein besonderer Typ von Opfer«, erklärte Molly. »Sie haben nicht so viel Skrupel vor Sex mit einem Fremden wie gewöhnliche Frauen und verfügen meist über einen ausgeprägten Überlebensinstinkt, was es dem Täter unter Umständen erheblich erschwert, die Situation unter Kontrolle zu behalten. Außerdem wird sich eine Prostituierte während der Tat höchstwahrscheinlich anders verhalten als andere Frauen. Sie versucht vielleicht, die Situation zu entschärfen, indem sie dem Täter ihre Bereitschaft zum Mitmachen signalisiert, was den Mann, hinter dem Sie her sind, mit Sicherheit noch wütender macht.«

»Außerdem hatte Natalija Zaslavska weder eine x-förmige Wunde, noch wurde bei ihr irgendein Körperteil entfernt«, gab Rogler zu bedenken. Offenkundig sträubte er sich dagegen, die tote Russin mit den anderen Opfern des Serienmörders in Verbindung zu bringen. Ein einzelner Täter, der zwei, möglicherweise sogar drei Frauen auf dem Gewissen hatte, war schon schlimm genug. Aber vier … »Sie wurde längere Zeit gefangen gehalten, und ihr Mörder hat die Leiche in einem unzugänglichen Waldstück versteckt, wo sie aller

Voraussicht nach nicht so schnell gefunden worden wäre.« Er sah die Psychologin an. »Spricht nicht das allein schon gegen einen Zusammenhang?«

Wieder dachte Molly Erler eine ganze Weile nach, bevor sie den Kopf schüttelte. »Nicht unbedingt.«

»Warum nicht?«

Sie strich sich eine verirrte Haarsträhne aus dem Gesicht. »Sehen Sie«, setzte sie an, »dieser X-Schnitt ist so etwas wie das Markenzeichen Ihres Täters, seine Signatur. Es wäre durchaus denkbar, dass bei der Russin irgendetwas schiefgelaufen ist. Etwas, mit dem er nicht zufrieden war und das ihn davon abgehalten hat, sein Werk zu signieren. In diesem Fall wäre es auch nicht weiter verwunderlich, dass er verhindern wollte, dass die Leiche entdeckt wird.«

Edna schloss die Augen. Natalija Zaslavska hatte sich die Haare abgebissen. Sie war beinahe fünf Monate gefangen gehalten worden, und plötzlich, nur wenige Tage vor ihrem Tod, war etwas geschehen, das sie dazu veranlasst hatte, ihre Haare loswerden zu wollen. *Etwas, das ihn davon abgehalten hat, sein Werk zu signieren …*

Als sie wieder aufblickte, sah sie, dass Molly Erler ein Foto der toten Prostituierten in der Hand hielt und es eingehend betrachtete. Zwischen ihren Augenbrauen hatte sich eine tiefe Falte gebildet, die ihrem attraktiven Gesicht einen Hauch von Angestrengtheit verlieh. »Ich bin mir, was das betrifft, wirklich nicht sicher«, räumte sie ein. »Aber die Ähnlichkeit der Wunden und die zerschnittenen Brustwarzen …« Sie unterbrach sich und legte das Foto zur Seite. »Besser, Sie behalten die Möglichkeit im Hinterkopf, dass auch diese Frau Opfer ein und desselben Täters wurde.«

Edna nickte leise vor sich hin. Genauso hatte Leisekeit auch argumentiert. Es gab nicht viele Fälle, bei denen ein Täter sein Opfer auf eine solche Weise verletzte. Nicht in dieser Gegend.

»Aber müsste es in diesem Fall nicht einen guten Grund

geben, warum er die eine Frau sofort tötet und die andere erst eine Weile einsperrt?«, bemerkte Marc Uhrmann hinter ihr an die Profilerin gewandt. »Wenn er so organisiert ist, wie Sie sagen, kann man doch kaum annehmen, dass ein solches Verhalten auf reiner Willkür basiert, oder?«

»Auf keinen Fall«, stimmte Molly ihm zu. »Vielmehr würde diese Praxis ebenfalls in irgendeiner Weise zu seinem Drehbuch gehören. Oder anders ausgedrückt: Wenn die Prostituierte zu seinen Opfern zählt, hätte er mit ihrer Gefangenhaltung ganz sicher einen bestimmten Zweck verfolgt.«

Cox, der sich die ganze Zeit über eifrig Notizen gemacht hatte, hob die Hand wie in der Schule. »Können Sie sich vorstellen, was ein solcher Zweck sein könnte?«

Molly Erler zögerte erneut. »Möglicherweise ist die Erklärung für diese Abweichung von seiner üblichen Vorgehensweise in der Tatsache zu suchen, dass Natalija Zaslavska eine Prostituierte gewesen ist. Ich habe Ihnen ja bereits erläutert, dass es sich dabei um einen ganz besonderen Opfertypus handelt. Vielleicht war der Täter der Meinung, dass sie aufgrund ihrer Lebensweise eine besondere Strafe verdient hatte.« Ihre Hand tastete nach der Brille in ihrem Ausschnitt. »Oder er hatte das Gefühl, in dieser Frau einen stärkeren Gegner zu haben, an den er sich erst herangetraut hat, nachdem er ihn durch eine längere Gefangenschaft zermürbt hatte.« Sie seufzte. »Es gibt viele denkbare Erklärungen.«

»Was ist mit seinem Alter?«, fragte Edna, obwohl sie insgeheim sicher war, dass sie die Antwort auf diese Frage bereits kannte. *Zwischen dreißig und vierzig. Unauffällig. Lebt in geordneten Verhältnissen, allein oder bei seiner dominanten Mutter und hat als Kind Schmetterlingen die Flügel ausgerissen, seinem Großvater beim Schlachten zugesehen oder auch ganz gerne mal eine Gartenlaube in Brand gesteckt.* Sie schüttelte unwillig den Kopf. Zerrüttete Familienverhältnisse, Abgrenzungsschwierigkeiten, Essanfälle zur Kompensation einer angeblichen inneren Leere, diese Psychoheinis erzählten alle denselben Mist!

Doch Molly Erlers Antwort überraschte sie: »Um hierzu etwas sagen zu können, müssten wir den Beginn der Serie kennen. Das erste Opfer.«

»Dann denken Sie also nicht, dass Birgit Christensen die Erste gewesen ist?«, hakte Edna nach.

Die Psychologin zögerte einen Augenblick. »Erfahrungsgemäß ist der erste Mord eines solchen Täters weniger kalkuliert im Handeln. Er perfektioniert seine Vorgehensweise erst im Laufe der Zeit. Wenn Sie so wollen, können Sie ihn mit einem Künstler vergleichen, der zunächst eine grobe Skizze seiner Idee aufs Papier bringt, bevor er damit beginnt, diesen ersten Entwurf auszugestalten.« Sie sah sich in den Gesichtern der Anwesenden um, und für den Bruchteil einer Sekunde blieb ihr Blick an Gerald Rogler hängen, der eine gänzlich unbeteiligte Miene aufgesetzt hatte. Neben ihm spielte Ralf Decker gelangweilt an seinem Kugelschreiber herum. Schnell sah Molly Erler wieder Max an, als gäbe der gutaussehende Polizist ihr Halt. »Er lernt«, fuhr sie fort. »Die Erfahrung macht ihn raffinierter und grausamer. Wenn Sie Glück haben, auch überheblicher.«

»Was, wenn Ursula Biermann sein erstes Opfer gewesen ist?«, fragte Edna, indem sie die Reaktion der Psychologin genauestens beobachtete. Sie wusste, die Frage barg eine ungeheuerliche Unterstellung, die Molly Erler nicht so ohne weiteres würde hinnehmen können. *Sie könnten sich geirrt haben, damals. Möglicherweise ist Jörg Nevers gar kein Mörder. Ihr Gutachten beruhte vielleicht auf einer Fehleinschätzung.*

Doch sie wartete vergeblich darauf, dass die Psychologin ihre eiserne Selbstbeherrschung aufgab. »Jürgen Bartsch ist zwanzig gewesen, als er seinen ersten Mord beging«, entgegnete sie, ohne auch nur mit der Wimper zu zucken. »Jack Unterweger war vierundzwanzig. Ted Bundy siebenundzwanzig.«

»Sie haben meine Frage nicht beantwortet.«

»Doch, das habe ich.« Molly Erler stand auf und sah Edna direkt in die Augen. »Ursula Biermann wurde vor sieben Jahren getötet«, sagte sie. »Zum Eintrittsalter habe ich Ihnen eben ein paar Beispiele gegeben. Und rechnen können Sie ja wahrscheinlich selber.«

Edna fühlte die Blicke ihrer Kollegen, die auf eine Reaktion von ihr lauerten, und kam sich auf einmal entsetzlich albern vor. Was war das nur für ein kindischer Kleinkrieg, den sie hier gegen eine Frau führte, von der sie absolut nichts wusste? Warum löste Molly Erler in ihr den Drang aus, zu widersprechen, zu protestieren, auf den Tisch zu schlagen und stopp zu schreien? Vielleicht kann ich nicht akzeptieren, dass sie diesen Monstern zuhört, dachte sie. Dass sie sich die Mühe macht, nach Ursachen, nach etwas wie einer Erklärung für Gräueltaten wie diese zu suchen, nach einer Rechtfertigung. Für manche Dinge gab es nun einmal keine Rechtfertigung. Sie sah die Psychologin an, die inzwischen fast widerwillig wieder Platz genommen hatte. Standen sie auf derselben Seite? Jetzt? Schon immer? Wodurch war Molly Erler an den Punkt gekommen, an dem sie es nicht mehr ertragen hatte, Männern wie Nevers ihr Ohr zu leihen? Durch ihren Sohn? Wollte sie ihr Kind schützen?

»Könnte eine Art Verehrung für einen Vergewaltiger wie Jörg Nevers als Auslöser für die Taten unseres Mannes fungiert haben?«, fragte Max in die unbequeme Stille, die Ednas verbalem Schlagabtausch mit der Psychologin gefolgt war.

Molly Erlers Blick wandte sich erneut ihm zu, und sie schüttelte den Kopf. »Kaum anzunehmen«, sagte sie. »Erfahrungsgemäß werden solche Mordserien eher durch persönliche Krisen ausgelöst oder zumindest beschleunigt.« Sie schwieg einen Augenblick, bevor sie hinzufügte: »Natürlich ist es denkbar, dass der Täter diesen X-Schnitt als eine Art Reminiszenz versteht, wenngleich ich eigentlich einer anderen Erklärung den Vorzug geben würde.«

»Welcher?«

»Dass der Täter diese Art von Signatur ursprünglich verwendet hat, um seinen ersten Mord in der Serie eines anderen zu verstecken.«

Edna zog die Augenbrauen hoch. Gab eine Frau wie Molly Erler tatsächlich zu, einen Fehler gemacht zu haben? Einfach so, quasi nebenbei?

»Aber Nevers' kleine Eigenheit wurde erst während seines Prozesses einer breiteren Öffentlichkeit bekannt«, bemerkte sie, um zu sehen, wie die Psychologin auf diesen Einwand reagieren würde.

»Das ist mir bekannt«, entgegnete Molly Erler, indem sie nach ihrer Aktentasche griff. »Und ich denke, Sie sollten die Möglichkeit in Betracht ziehen, dass Ihr Täter unter den Personen zu suchen ist, die bereits während der damaligen Vergewaltigungsserie über die entsprechenden Informationen verfügten.« Sie stand auf. Rogler tat es ihr gleich. »Es tut mir leid, aber das ist alles, was ich Ihnen im Augenblick sagen kann«, sagte sie, indem sie ihm in unmissverständlicher Absicht die rechte Hand hinstreckte. »Ach ja, noch eine Sache ...« Sie ließ Roglers Hand los und drehte sich zu Edna um. »Sie sollten sich fragen, warum diese Frauen ihm die Tür öffnen, anstatt ihren Instinkten zu vertrauen.«

*

Sie hatte geschlafen wie so häufig in der letzten Zeit, die aufgehört hatte zu existieren. Sie hatte den Fahrschein mit Natalijas Daten und ihrer letzten beunruhigenden Notiz wieder in der Grube versteckt, ebenso die Klebestreifen, von denen sie nicht ganz sicher war, wie viele es überhaupt gewesen waren. Sie hatte den Rest Wasser aus dem Holzgefäß getrunken und widerwillig einen halben Zwieback gegessen. Zwei weitere Stücke Zwieback und den halben Inhalt der Trockenobsttüte hatte sie vorsichtshalber in die Grube geworfen, damit er nicht wütend wurde, wenn er zurückkehrte und entdeckte, dass sie nichts gegessen hatte. Dann hatte sie sich auf die Decke gelegt, um nachzudenken, und über das Nachdenken war sie eingeschlafen.

Als sie jetzt erwachte, fühlte sie etwas auf ihrem Arm. Ein Krabbeln, wie sie es schon einmal wahrgenommen hatte. Sie lag ganz still und versuchte herauszufinden, ob das Gefühl real war oder zu den Träumen gehörte, die sie seit kurzem wieder häufiger heimsuchten, ohne dass sie sich beim Erwachen an Details hätte erinnern können. Manchmal waren Libellen dabei, lange schillernde Körper mit mächtigen Facettenaugen, die hoheitsvoll wie die Wächter eines Tempels in der unbewegten Luft über dem See standen, manchmal auch Ameisen, die überdimensionale Grashalme emporliefen, während sie ihnen entgegenschaukelte. Doch jetzt war da etwas anderes! Etwas, das tatsächlich existierte! Es bewegte sich von ihrem Handgelenk aus ihren Arm hinauf, der nackt war, weil der Ärmel ihres Kaftans wieder ein Stück nach oben gerutscht war. Sie hob die freie Hand und legte sich einen Finger auf den Arm. Es krabbelte darauf zu und stutzte kurz ob des unerwarteten Hindernisses. Dann erklomm es ihren Zeigefinger. Vorsichtig, um es nicht zu verlieren, richtete sie sich auf ihrem Lager auf. Dann ließ sie es von ihrer Fingerspitze auf ihr angezogenes Knie krabbeln.

»Guten Tag«, sagte sie und streckte den Finger aus, um es zu berühren. Sie empfand keine Angst, auch keinen Ekel. Das Gefühl, nicht mehr vollkommen allein zu sein, verdrängte alle anderen Empfindungen. Es war ein Käfer, länglich und etwa fingernagelgroß, der unter ihrer Berührung regungslos verharrte. Sanft, um nur ja nichts zu zerstören, berührte sie den harten Chitinpanzer. Sie hatte noch nie einen Käfer angefasst, jedenfalls nicht freiwillig. Marienkäfer natürlich schon, aber die zählten irgendwie nicht. Marienkäfer wohnten im Himmel, kündigten Hochzeiten an, und wenn sie sich auf einem niederließen, bedeutete das Glück. Die Berührung anderer Käfer hatte sie jedoch stets vermieden, weil ihr der harte Körper und die kratzigen Beine irgendwie unheimlich waren. Jetzt allerdings tastete sie aufgeregt nach diesem anderen Wesen, das lebte wie sie. Der Käfer saß noch immer auf ihrem Knie und rührte sich nicht, aber das machte ihr nichts aus. Es genügte ihr schon, dass er überhaupt da war. Bei ihr. Ganz nah.

Unwillkürlich musste sie an Stifter und seine Leidenschaft für Kakteen denken. Irgendwo hatte sie gelesen, dass er über zweihundert verschiedene Arten besessen hatte. Die Kakteen hatten ihm den Umgang mit den Menschen ersetzt, von denen er so oft enttäuscht worden war. Mit beinahe kindlicher Begeisterung hatte er das Öffnen einer Kaktusblüte beobachtet. Er hatte sogar ein paar seiner Freunde mitten in der Nacht aus dem Bett geholt, damit sie gemeinsam mit ihm diesem Schauspiel beiwohnten. Dem Öffnen einer Kaktusblüte. Vielleicht hatten sie ihn damals für verrückt gehalten. Vielleicht war er verrückt gewesen. Vielleicht war sie selbst auch verrückt. Jedenfalls verrückt genug, um einen harten, kratzigen Käfer zu streicheln. Merkte man das eigentlich, wenn man verrückt wurde? Oder war? Oder schienen einem Wahnsinnigen die eigenen Handlungen und Gedanken, so seltsam sie auch waren, am Ende ebenso normal wie die Handlungen eines Gesunden?

Ihre Fingerspitze strich über einen der Flügel. Der Käfer stellte sich tot, keine Frage. Sie lächelte. Vielleicht war das gar keine so schlechte Idee. »Wo kommst du denn her?«

Der Käfer antwortete nicht.

War er durch die Tür gekommen, zusammen mit IHM? Die Vorstellung ließ sie eilig ihren Finger zurückziehen. Oder gab es einen Ausgang, einen winzigen Spalt, durch den er hinauskonnte? Er musste doch schließlich hinaus, oder nicht? Wovon sollte er hier drinnen denn leben? Von dir, fuhr es ihr durch den Kopf. Er wartet, bis du tot bist, und dann hat er ausgesorgt. Und bevor du kamst, hat er sich an Natalija gütlich getan. Vielleicht ist er nicht der Einzige seiner Art. Vielleicht wimmelt es in diesem grundlosen Loch, in das du dich übergeben hast, nur so von fingernagellangen schwarzen Käfern. Sie wimmeln und krabbeln und hausen in den Augenhöhlen der toten Frauen, die gar nicht erst aus der Tür gegangen sind, um zu sterben, sondern hier verreckt sind. Hier drinnen, im Keller eines Irren, der ihnen Placebos in den Mund geschoben und sich an ihrer Angst geweidet hat.

Der Käfer erwachte aus seiner Starre. Er bewegte sich. Krabbelte von ihrem Knie abwärts, ihren angewinkelten Oberschenkel hinunter. Und sie schlug zu. Schrie, schlug um sich und strampelte vor Entsetzen wie eine Wilde. Anschließend wälzte sie sich auf dem Boden hin und her, bis die Kette an ihrem Handgelenk ihr Einhalt gebot.

Lydia!

Sie rollte sich auf den Rücken. »Ja?«

Stille.

»Wer ist da?«

Keine Antwort.

Schwer atmend lag sie da und lauschte. Doch niemand kam, um nach ihr zu sehen. Sie war allein. Irgendwann registrierte sie, dass ihr Kopf sich noch heißer anfühlte als zuvor. Heiß und verschwitzt. Sie hatte Fieber, und an ihrem nackten Oberschenkel klebte ein zerquetschter Käfer.

*

»Augenblick!«

Molly Erler, die ihre Autoschlüssel bereits in der Hand hielt, drehte sich um. Über den Parkplatz wehte ein frischer Westwind, der nach verfaulendem Laub und Regen roch.

»Ich habe noch eine Frage«, sagte Edna, als sie die Psychologin eingeholt hatte. »Wenn Nevers auf freiem Fuß wäre oder …« Sie zögerte. »Oder wenn er es irgendwie fertigbrächte, diese Klinik zu verlassen …«

In den Augen der Psychologin erschien ein seltsamer Ausdruck. »Ich kenne Riederbach«, sagte sie. »Dort kann er unmöglich raus. Nicht bei den herrschenden Sicherheitsvorkehrungen.«

»Sind Sie sicher?«, fragte Edna, und für einen flüchtigen Augenblick hatte Molly das Gefühl, ihre Mutter sprechen zu hören.

Sie nickte und war sich der Halbherzigkeit dieser Antwort sehr wohl bewusst.

»Aber falls Nevers auf freiem Fuß wäre«, formulierte Edna ihre Frage um, weil sie im Grunde auf etwas ganz anderes hinauswollte. »Würden Sie ihm die aktuelle Mordserie zutrauen?«

»Nein.«

Das klang sehr sicher. »Warum nicht?«

»Er entspricht nicht dem psychologischen Profil Ihres Täters.«

»Vielleicht ist dieses Profil ja falsch«, versetzte Edna bewusst provokant.

»Wenn Sie mir nicht vertrauen, warum haben Sie mich dann kommen lassen?«, gab Molly Erler zurück. »Warum dringen Sie in mein Privatleben ein und zwingen mich dazu, mich mit Dingen auseinanderzusetzen, mit denen ich nichts mehr zu tun haben will?«

Gute Frage!, dachte Edna. »Glauben Sie mir, die Idee, Sie in diesem Fall hinzuzuziehen, ist nicht auf meinem Mist gewachsen«, entgegnete sie achselzuckend.

»Dann trifft es sich ja gut, dass unsere Zusammenarbeit hiermit beendet ist.« Molly Erler wandte sich ab und machte Anstalten, in ihren Wagen zu steigen.

»Warten Sie.« Edna hielt ihren Arm fest und spürte, wie sich die Muskeln unter dem Stoff verspannten. »Ich habe es nicht so gemeint. Wir können wirklich jede Hilfe brauchen, die wir kriegen können.«

»Jede Hilfe?« Die Psychologin schenkte ihr ein abschätziges Lächeln. »Wie schmeichelhaft.«

»Sie haben gesagt, dass Nevers nicht dem Profil unseres Täters entspricht«, resümierte Edna, ohne auf die Bemerkung einzugehen. »Und nach allem, was ich über ihn gehört und gelesen habe, gebe ich Ihnen recht. In seiner ganzen Anlage scheint er ein eher unorganisierter Täter gewesen zu sein. Er hat die einzelnen Vergewaltigungen selten im Voraus geplant, seine Opfer nicht beobachtet und sich bei der Ausübung seiner Tat mehr oder weniger der Gegenstände bedient, die er vorfand. Da sind die Gürtel der Frauen, ihre Nylons. Oder dieser Nagel, den er zufällig dabeihatte.« Sie brach ab und wartete auf eine Reaktion der Psychologin. Sie wusste, dass sie mit ihrer Einschätzung richtiglag, aber sie wollte sehen, wie Molly Erler die Tatsache aufnahm, dass auch sie ihre Hausaufgaben in Bezug auf die Psyche des Täters gemacht hatte.

»Jörg Nevers ist immer selbstsicher genug gewesen, um bestimmte Dinge dem Zufall zu überlassen und Spielchen zu spielen«, stimmte die Psychologin ihr mit unverbindlicher Miene zu. Sie war ganz offensichtlich nicht auf Streit aus, sondern schien einfach so schnell wie möglich wieder nach Hause zu wollen. Ein Wunsch, den Edna nur mit Mühe nachvollziehen konnte. »Außerdem hatte er es nie nötig, seinen Opfern das Gesicht zu Brei zu schlagen. Er konnte und wollte ihnen in die Augen sehen.« Molly Erler schob sich eine Haarsträhne hinter das Ohr, die ihr der frische Westwind ins Gesicht geblasen hatte. »Nevers ging es auch um Macht, aber niemals um die Macht über Leben und Tod.«

»Sind Sie sich da sicher?«

Die Psychologin warf den Kopf zurück. »Überlegen Sie doch mal! Welchen Sinn hätte es wohl, Ihren Opfern ein Andenken zu hinterlassen, wenn die Frauen zu tot sind, um sich an Sie zu erinnern?«

Edna nickte. Ein gutes Argument, zugegeben. Aber half es ihnen auch weiter? Nevers kam doch ohnehin nicht als Täter in Frage. Oder? Wie schon gestern kam ihr der Gedanke, dass von einem Mann wie Jörg Nevers möglicherweise auch aus einer geschlossenen Anstalt heraus Gefahr ausging. Und eine Klinik war nun einmal kein Gefängnis …

»Vertrauen Sie mir«, bat Molly Erler lahm. »Sie suchen einen Mann, der vollkommen anders tickt, der alles plant und alles unter Kontrolle haben will. Nevers dagegen war bei der Ausführung seiner Taten weder durch Unvorhergesehenes noch durch Widerspruch zu verunsichern. Und ebendieses Selbstvertrauen, gepaart mit seinem überdurchschnittlichen Intellekt und einem ausgeprägten Hang zur Manipulation, macht ihn so gefährlich.«

Edna horchte auf. »*Macht* ihn gefährlich?«

»Jörg Nevers wird immer eine Gefahr für die Gesellschaft darstellen.« Jetzt klang die Psychologin auf einmal doch gereizt. Endlich. »Solange er lebt.«

»Hört, hört«, spöttelte Edna mit einem sarkastischen Lächeln. »Dabei sind es doch Leute wie Sie, die behaupten, solche Kerle wären therapierbar.«

»Dieser nicht.«

»Und warum sitzt er dann nicht im Knast, sondern in einer gemütlichen Klinik und darf Schlagzeug spielen und töpfern und sich dabei genüsslich über seine perversen Phantasien und seine traurige Kindheit auslassen?«

»Der Fall Ursula Biermann stand von Anfang an auf tönernen Füßen«, sagte die Psychologin mit seltsamem Unterton. »Er basierte von vorne bis hinten auf Indizien. Es gab keine Zeugen und keine verwertbaren Spuren. Und wenn ich Nevers in meinem Gutachten volle Schuldfähigkeit attestiert hätte …«

Edna starrte sie an. Was sie da sagte, war ungeheuerlich. *Wenn ich Nevers in meinem Gutachten volle Schuldfähigkeit attestiert hätte, hätten sie ihn nur wegen Vergewaltigung drangekriegt. Und Sie wissen so gut wie ich, was das bedeutet ...* Fünf Jahre, dachte Edna. Höchstens zehn. Molly Erler hat sich nicht geirrt, schoss es ihr durch den Kopf. Sie wollte Nevers von der Straße haben. Damit er nie wieder Schaden anrichten kann. Und um dieses Ziel zu erreichen, hat sie ganz bewusst ein falsches Gutachten ausgestellt.

Die Profilerin erwiderte ihren Blick mit einer eigentümlichen Mischung aus Aggressivität und Reserviertheit. »Wir stehen auf derselben Seite, Sie und ich.«

»Das würde ich nicht unbedingt so sehen«, entgegnete Edna.

*

Sie hatte Durst. Brennenden, unstillbaren Durst.

Sie wusste, dass sie ruhig bleiben musste. Bis er zurückkam und ihr Wasser brachte.

Aus der Dunkelheit heraus schwammen Bilder auf sie zu. Schatten. Frauen. Karpfen. Ich werde verrückt, dachte sie. Wahnsinnig. Sie zwang sich, die Augen zu schließen, die Schatten auszusperren. Schotten dicht. Stifter hatte auch Angst gehabt, wahnsinnig zu werden. Er war krank gewesen. Müde. Hoffnungslos. Eines Nachts hatte er ein Messer genommen und sich die Kehle durchgeschnitten.

Lydia!

Erschreckt riss sie die Augen wieder auf und sah ihren Bruder. Er saß in der entgegengesetzten Ecke des Raumes und blickte unverwandt zu ihr herüber.

Sieh nicht hin!, rief sie sich zur Ordnung. Er ist nicht da. Und selbst wenn er da wäre, könnte er dir nicht helfen. Er kann sich ja noch nicht einmal alleine die Schuhe zubinden.

Das hier musst du ohne Unterstützung durchstehen. Wenn du ihm gestattest, dort zu sitzen, bist du verloren.

»Hau ab!«, rief sie ohne aufzublicken. »Verschwinde!«

Er reagierte nicht. Saß einfach da.

»Lass mich in Ruhe!«

Er sah anders aus als gewöhnlich. Natürlich war seine Haut rot wie immer, aber seine Arme wirkten wie die eines gesunden Menschen. Und auch die Hände waren nicht spastisch verkrampft, sondern lagen entspannt und ruhig auf seinen Oberschenkeln. Sie betrachtete sie aus den Augenwinkeln und dachte an ihre Mutter, die behauptete, ihr Bruder freue sich immer ganz unbändig auf ihre Besuche. *Wirklich, er ist immer ganz aufgeregt, wenn wir ihm erzählen, dass du am Wochenende nach Hause kommst.* Sie lächelte bitter. Wahrscheinlich spürt er, dass seine eigene Schwester ihm den Tod gewünscht hat, dachte sie. Daher die Aufregung. Ein ungeheuerlicher Gedanke, eine ungeheuerliche Erkenntnis. *Und er freut sich immer wie närrisch auf deine Cola.* Bevor sie nach Hause fuhr, besorgte sie immer eine Dose Afri-Cola in dem kleinen Supermarkt in der Nähe der Uni. Vielleicht, um ihr Gewissen zu beruhigen. *Obwohl er natürlich eigentlich gar keine Cola trinken dürfte.* Was die Cola anging, war ihr Bruder wählerisch, und Afri-Cola war nun einmal seine Lieblingsmarke. Angeblich schmeckte er sofort, wenn man ihm eine andere Marke vorsetzte, selbst wenn sie ihn die Dose nicht sehen ließen. Sie hörte ihre Mutter lachen, laut und ungläubig zugleich, dass jemand, der sich so sparsam mitteilte wie ihr Sohn, ausgerechnet wegen einer falschen Colamarke einen Riesenaufstand zelebrierte. Sie schüttelte den Kopf und überlegte, wann sich die Sache mit dem koffeinhaltigen Mitbringsel eingebürgert hatte. Zu Hause gab es anscheinend keinen Laden, der Afri-Cola führte. Oder aber ihre Eltern wollen es ihr überlassen, ihren Bruder ins Jenseits zu befördern. *Obwohl er natürlich eigentlich gar keine Cola trinken dürfte …*

Sie hob den Blick.

Ihr Bruder war verschwunden.

*

»Was ist das?«, fragte Edna und hielt den Zettel in die Luft, der zuoberst auf den Akten der toten Frauen gelegen hatte.

»Die Rekonstruktion des Geschriebenen auf Natalija Zaslavskas Pflaster«, antwortete Schweichert.

Edna schüttelte den Kopf. »Das ist ja weniger als gar nichts«, stellte sie unwillig fest.

»Das Labor sagt, mehr konnten sie nicht retten«, entgegnete Schweichert entschuldigend. »Der Wald war feucht, die Fasern sind elastisch, und der Druck, mit dem die Worte in die Gummierung eingeprägt wurden, ist nicht überall gleich groß gewesen.«

»Na, dann können wir ja schon dankbar sein, dass wir ein paar zusammenhanglose kleine Buchstaben haben«, bemerkte Edna sarkastisch. »Fingerabdrücke?«

»Nur die des Opfers«, entgegnete Schweichert. »Sie sind auf dem gesamten Verbandmaterial.«

»Lass mal sehen!« Max beugte sich über die Schulter seiner Kollegin. »Ist das eine Umschrift?«

Schweichert schüttelte den Kopf.

»Dann bliebe schon mal festzuhalten, dass es nicht Kyrillisch ist.«

»Stimmt«, sagte Edna mit erwachendem Interesse. »Glaubst du, der Täter könnte das geschrieben haben? Als eine Art weitere Signatur oder Botschaft?«

»Angeblich hat Natalija Zaslavska auch ganz gut Deutsch gesprochen«, murmelte Max anstelle einer Antwort, während er die Augen über die Reihe unzusammenhängender Buchstaben wandern ließ, die das kriminaltechnische Labor rekonstruiert hatte.

ST … P … A …… RE … KA

»Das kann alles Mögliche heißen«, schimpfte Edna vor sich hin. »Wir wissen ja nicht mal, welche Sprache es ist.«

»Sieh dir die Endung an«, sagte Max. »Würde dieses KA am Schluss nicht eher auf ein russisches Wort hindeuten?«

»*Wenn* das der Schluss ist«, wandte Edna ein. »Bei *den* Lücken könnte genauso gut noch etwas dahinter gestanden haben, das sie nicht rekonstruieren konnten.«

»Du hast recht«, nickte Max.

Edna seufzte. »Es könnte auch ein Ort sein. Oder ein Name. Oder …«

»Augenblick mal!«, sagte Cox, der ebenfalls über ihre Schulter gespäht hatte. »Wenn das ein Name wäre …« Er fuhr mit dem Finger über die Buchstabenreihe. »Der alte Kumpel von Nevers heißt Stephan Ehrenwirth. Ihr wisst schon, der, der ihn immer noch besucht.«

»Das würde passen«, gab Edna zu. »Zumindest, was den vorderen Teil der Notiz angeht.«

»Und wie das passt!«, rief Cox aufgeregt. »Sogar, dass der Vorname mit PH geschrieben wird, würde stimmen.«

Edna stand auf und ging zwischen Schreibtisch und Fenster auf und ab. Wenn sie komplizierte Sachverhalte überdenken wollte, konnte sie einfach nicht still sitzen. »Du meinst also, Stephan Ehrenwirth könnte etwas mit dem Mord zu tun haben, und Natalija Zaslavska wollte es uns auf diese Weise mitteilen?«

»Aber ist es denn wahrscheinlich, dass sie den Namen ihres Peinigers kannte?«, führte Max zweifelnd an. »Noch dazu in der richtigen Schreibweise?«

»Warum nicht?«, sagte Cox. »Immerhin hat er sie ziemlich lange gefangen gehalten. Da wäre es doch durchaus möglich, dass sie seinen Namen mal irgendwo geschrieben gesehen hat, oder?«

Max schüttelte den Kopf. »Es passt trotzdem nicht«, murmelte er. »Natalija Zaslavska ist von unseren drei toten Frauen die einzige, die keinen X-Schnitt und damit auch keinen Bezug zu Jörg Nevers hat.«

»Vergiss nicht, was Molly Erler gesagt hat«, wandte Edna ein. »Vielleicht hatte der Täter auch einfach einen guten Grund, ihre Leiche nicht zu signieren.«

Ihr Partner setzte zu einer Entgegnung an, überlegte es sich jedoch anders und verfiel in sinnendes Schweigen.

»Was genau könnte bei dem Mord an Natalija schiefgegangen sein?«, griff Cox Ednas Gedankengang auf.

Diese lehnte den Rücken gegen den Heizkörper, der eiskalt war, obwohl die Temperaturen auch tagsüber kaum mehr über zehn Grad plus kletterten. »Ich werde das Gefühl nicht los, dass es etwas mit ihren Haaren zu tun hat«, sagte sie wie zu sich selbst. »Und ich würde viel darum geben, wenn ich wüsste, ob Birgit Christensen Fingernägel gekaut hat.«

Cox warf ihr einen verständnislosen Blick zu. »Soll ich mich darum kümmern?«

»Das habe ich schon getan«, seufzte sie. »Weder in der Akte noch in den medizinischen Untersuchungsberichten gibt es Hinweise auf eine solche Angewohnheit, und mehr, als dort drinsteht, wird nach dreieinhalb Jahren auch kaum noch herauszufinden sein.« Sie schüttelte den Kopf. »Nein, kümmert euch lieber um diesen Ehrenwirth. Findet raus, mit wem er zusammenarbeitet, mit wem er schläft, mit wem er Squash spielt. Kurzum: Ich will die ganze Palette. Und wir beide«, sie sah ihren Partner an, der noch immer gedankenverloren auf seinem Stuhl saß und auf den staubigen Boden hinunterstarrte, »nehmen uns in der Zwischenzeit Nevers' Bruder vor. Irgendetwas muss dieser alte Fall ja mit unserer Sache zu tun haben.« Ihr Blick blieb an der Wanduhr aus friesischem Porzellan hängen, die sie ihrem Partner vor ein paar Wochen von einem ereignisreichen Kurztrip an die Nordsee mitgebracht hatte und deren bloße Existenz sie inzwischen maßlos störte.

Ganz abgesehen davon, dass sich die Zeiger gegen den Uhrzeigersinn bewegten, ein Umstand, den sie in einem Moment geistiger Umnachtung für originell gehalten hatte, der sie seither jedoch schier zur Verzweiflung trieb, wann immer sie herauszufinden versuchte, wie spät es war. Max dagegen las die verdammte Uhr ab wie jede andere, lachte über Ednas Schwierigkeiten damit und behauptete, sie müsse ein umerzogener Linkshänder oder etwas ähnlich Exotisches sein, wenn sie sich bei etwas so Banalem derart umständlich anstelle. »Aber das wird wohl oder übel bis morgen warten müssen.« Sie fühlte sich auf einmal entsetzlich müde. »Was hat eigentlich die Überprüfung der Schaulustigen ergeben?«, wandte sie sich noch einmal an Schweichert.

»Scheinen alle sauber zu sein«, antwortete dieser. »Nachbarn hauptsächlich. Dazu zwei Reporter und ein Spaziergänger mit einem bordeauxroten Dackelmix.«

»Habt ihr die Adressen?«

»Sind hinten in der Akte.«

Edna nickte und warf einen flüchtigen Blick auf den Pressespiegel, der ebenfalls auf ihrem Schreibtisch lag. Bereits am Samstag hatten mehrere überregionale Zeitungen über den Mord an Annette Berner berichtet. Natürlich, dachte sie, eine abgeschlachtete Lehrerin erregt Aufsehen. Schweichert hatte sämtliche Meldungen zusammengestellt und wichtige Stellen mit Leuchtstift markiert. Der Mord an Natalija Zaslavska war nur von den regionalen Zeitungen aufgegriffen worden. Einspaltig, fast eine Randnotiz. Allerdings hatte Rogler den Pressereferenten des Präsidiums auch explizit angewiesen, alles zurückzuhalten, was einen Hinweis auf die außergewöhnlichen Begleitumstände dieses Mordes enthielt. Keine zerschnittenen Brustwarzen. Kein Wort über die vorausgegangene Gefangenschaft, die Mangelzustände, die Haare. Und erst recht kein Hinweis auf einen möglichen Zusammenhang der beiden Fälle. Sie hatten schon Glück gehabt, dass der Pilzsammler, der über die Leiche gestolpert war, nicht allzu genau hingesehen hatte. Edna seufzte und sah wieder zu der nervtötenden Uhr hinüber. Wie bald würden sie die Presse auch über die anderen Opfer informieren müssen? Wie lange durften sie die Öffentlichkeit über die Existenz eines gefährlichen Serienkillers im Unklaren lassen? Hatten sie am Ende schon viel zu lange gewartet?

Sie stand auf und stellte ihren leeren Kaffeebecher in die kleine Spüle hinter der Tür. Da draußen gab es einen Mann, der Frauen jagte, sie quälte, gefangen hielt und tötete. Wenn man Ursula Biermann zu seinen Opfern zählte, mordete dieser Mann bereits seit sieben Jahren unerkannt und ungestraft, und die Abstände zwischen seinen Taten schienen immer kürzer zu werden. Zwischen den Morden an Ursula Biermann und Birgit Christensen lagen knapp vier Jahre, zwischen Birgit Christensens Tod und dem Verschwinden von Natalija Zaslavska lediglich zweieinhalb und zwischen Natalijas Verschwinden und dem Mord an Annette Berner sogar nur ganze sechs Monate. Edna ließ heißes Wasser in ihren Becher laufen und gab einen Schuss Spülmittel hinzu. Sie fühlte sich ganz und gar nicht wohl dabei, der Öffentlichkeit derart wichtige Informationen vorzuenthalten. Gleichzeitig wusste sie, was geschah, wenn man zu viel preisgab. Zudem hatte sie das Gefühl, dass sie sich beeilen mussten. Dass die Zeit drängte. Da konnten sie es sich weiß Gott nicht leisten, eine allgemeine Panik auszulösen, im Zuge derer sie in Hinweisen und falschen Spuren ersticken würden. Sie trocknete den Becher ab und kehrte an ihren Schreibtisch zurück, als ihr auffiel, dass sie Molly Erler nicht danach gefragt hatte, wie der Täter wohl auf ein Presseecho seiner Taten reagieren würde. Verfolgte er die Berichterstattung über seine Verbrechen? Hatte er vielleicht bereits den Prozess gegen Jörg Nevers aufmerksam beobachtet und sich innerlich halb totgelacht bei dem Gedanken, dass ein anderer für seinen Mord zur Rechenschaft gezogen wurde?

»Vielleicht spielt bei dieser ganzen Sache ja doch so etwas wie Verehrung eine Rolle«, mutmaßte Cox, der in der Zwischenzeit in seine Lederjacke geschlüpft war und die Taschen nach den Schlüsseln seines Kleinwagens abtastete. Er hat ein Recht auf seinen Feierabend, rief Edna sich zur Ordnung, aber sie konnte nicht umhin, sich über den offensichtlichen Aufbruch des jungen Kollegen zu ärgern. Wir haben drei tote Frauen, dachte sie, und dieser unbedarfte Idiot will ins Fitnessstudio. »Vielleicht versteht der Täter die Morde als eine Art Reminiszenz«, sagte er jetzt. »Oder aber irgendjemand will Nevers helfen.«

»Wie das?« Edna bemühte sich nicht länger, ihren Unmut zu verbergen. Sie war keine Schauspielerin. Basta.

»Na ja«, entgegnete Cox. »So eine Unterbringung im Maßregelvollzug ist doch zeitlich nicht befristet und kann nur dann beendet werden, wenn die Strafvollstreckungskammer einer solchen Beendigung ausdrücklich zustimmt«, sagte er. »Wenn jetzt aber Frauen auf dieselbe Art und Weise umgebracht würden wie Nevers' mutmaßliches Todesopfer und wenn dadurch Zweifel an seiner Schuld auftauchen sollten …« Er ließ den Satz offen und sah sie an.

»Dann würde die Strafvollstreckungskammer bei ihrer nächsten Anhörung möglicherweise anders entscheiden, als sie es bislang getan hat«, ergänzte Edna. »Stimmt, so gesehen würde die Sache Nevers durchaus nützen.«

»Vorausgesetzt, er oder die Leute von der Strafvollstreckungskammer hätten Kenntnis von der aktuellen Mordserie«, bemerkte Max. »Was aber nicht der Fall ist.«

»Noch nicht«, entgegnete Edna trocken. »Aber wenn du mich fragst, ist das nur eine Frage der Zeit.«

*

Corinne Heinrich zog die Wohnungstür hinter sich zu, knallte ihre Handtasche in die Ecke neben der Garderobe und schlüpfte aus ihren Schuhen. Das war das Erste, was sie abends tat: aus ihren Schuhen zu schlüpfen. Nackt wirkten ihre Füße nicht ganz so gewaltig, und ohne die verdammten Absätze fühlte sie sich gleich einen halben Kopf kleiner. In ihren eigenen vier Wänden half sie diesem Gefühl nach, indem sie ausnahmslos hohe Schränke kaufte und grundsätzlich alles, was aufzuhängen war, ein paar Zentimeter höher anbrachte, als es eigentlich gehörte. Bilder, Spiegel und Kalender hingen so, dass sich der untere Rand etwa auf Höhe ihrer Schultern befand, und sie konnte ihrem Ideal einer ballerinenhaften Zierlichkeit nachhängen, während sie auf Zehenspitzen stand und ihr Haar frisierte oder die Termine ihrer Schichten eintrug. Sie erinnerte sich gut an den ungläubigen Blick des Elektrikers, der den sündhaft teuren, rundum beleuchteten Badezimmerspiegel montiert hatte. *Aber wenn ich das Ding so weit oben anbringe, sehen Sie sich ja nur vom Hals aufwärts.* Sie hatte ihn angelächelt und behauptet, ihr Freund sei Profibasketballer und die Spiegelhöhe eine Art Kompromiss zwischen ihnen beiden, sonst hätte er sie höchstwahrscheinlich noch für verrückt erklärt, so wie ihre Eltern, die im Grunde die einzigen Menschen waren, die sie regelmäßig in ihre Wohnung ließ. *Wirklich, Kind, ich verstehe dich nicht,* pflegte ihre Mutter mit waidwundem Blick zu sagen, wenn sie nach dem allmonatlichen Kaffeebesuch an der Garderobe stand und vor dem Spiegel auf und ab hüpfte, um den Sitz ihres selbstgebatikten Halstuches zu kontrollieren. *In dieser Wohnung kommt man sich auf eine Art und Weise zusammengestaucht vor, die ich fast bizarr nennen möchte.* Natürlich verstehst du mich nicht, dachte Corinne in solchen Augenblicken, du bist einen Meter zweiundsechzig groß, genau wie meine drei jüngeren Schwestern, für die gentechnisch nur noch die Kleinwüchsigkeit übrig war, nachdem du dein ganzes verdammtes Größenpulver schon bei mir verschossen hattest.

Sie schüttelte entnervt den Kopf und ging barfuß in die Küche hinüber, wo sie das Licht einschaltete, die Balkontür öffnete, eine Dose mit Roggenknäcke aus dem Schrank nahm und sich dann mit großer Sorgfalt einen Apfel und eine halbe Paprikaschote zurechtschnitt. Roggenknäcke war für sie das ideale Nahrungsmittel. Zwei Scheiben davon und sie fühlte sich, als habe sie ein Fünf-Gänge-Menü genossen, obwohl sie gerade einmal achtundachtzig Kalorien zu sich genommen hatte. Achtundachtzig Kalorien, da blieb Spielraum für den Apfel, dessen Geschmack sie so liebte und dessen Verzehr sie infolge jahrelanger Übung über die gesamte Dauer des Abendprogramms auszudehnen verstand. Sie spülte das Messer unter fließendem Wasser, deckte den Apfelteller mit Frischhaltefolie ab und stellte ihn in den Kühlschrank. Dann setzte sie sich an den Küchentisch. Ihre Wohnung lag im Hochparterre einer kleinen Wohnanlage, in der man die Nachbarn zwar vom Sehen her kannte und sich grüßte, wenn man einander bei den Mülltonnen begegnete, aber ansonsten nicht viel miteinander zu schaffen hatte.

Durch die geöffnete Balkontür flutete würzige Herbstluft herein und erfüllte den Raum mit jener Frische, die sie jeden Abend aufs Neue genoss, ganz egal wie kalt es draußen war. Wenn man wie sie den ganzen Tag in einem vollklimatisierten Salon stand, umweht von Ammoniakdämpfen, dem Gestank nach Entwicklerflüssigkeit, nassem Haar und Nagellack, wusste man zu jeder Jahreszeit eine ordentliche Portion frischer Luft zu schätzen.

Natürlich fror sie ein wenig, aber das war schon in Ordnung so. Frieren verbrauchte Kalorien, und die Aussicht auf einen zusätzlichen Magermilchjoghurt hatte etwas durchaus Verlockendes. In der sogenannten dunklen Jahreszeit fiel ihr der Verzicht aufs Essen traditionell schwerer als im Sommer. Vor allem kurz vor Weihnachten, wenn es an jeder Ecke nach Lebkuchen und gebrannten Mandeln und heißen Würstchen duftete, hatte sie eine schwere Zeit. Sie hatte lange gebraucht, um sich vor bestimmten Nahrungsmitteln, an deren Duft noch der Zauber der Kindheit klebte, zu ekeln, und wenn sie ehrlich war, musste sie zugeben, dass es ihr selbst nach Jahrzehnten diesbezüglicher Abstinenz noch immer nicht ganz gelingen wollte, Christstollen und Marzipankartoffeln so richtig widerlich zu finden. Sie gab sich wirklich alle Mühe, aber manchmal, wenn sie in der Vorweihnachtszeit an der Bushaltestelle stand und von den grobgezimmerten Buden des Weihnachtsmarktes der Geruch nach frischgebackenen Plätzchen zu ihr herüberwehte, hatte sie trotzdem wieder die Bilder im Kopf, die sie zu verdrängen suchte: ein funkelnder Tannenbaum im warmen, behaglichen Wohnzimmer, ein riesiger Berg liebevoll eingepackter Geschenke, die strahlenden Gesichter der Großeltern, kurzum Bilder, die einem das Erwachsensein zur Qual werden ließen. In solchen Momenten sah sie sich selbst als rundliches, braungelocktes Kind, vertieft in die Erkundung eines neuen Spielzeuges und voller Vorfreude auf all die leckeren Sachen, die ihre Mutter noch heute an Heiligabend aufzutafeln pflegte. Wirklich, manchmal beneidete sie ihre Kolleginnen um all die grässlichen Weihnachtserinnerungen von betrunkenen Vätern und eskalierenden Familienkonflikten, die es ihnen so leicht machten, auch in der Adventszeit schlank zu bleiben. Vielleicht war das Leben tatsächlich leichter, wenn man eine schlechte Kindheit gehabt hatte.

Während sie langsam und gewissenhaft ihr Knäcke zerbröselte, stellte sich ein merkwürdiges Gefühl ein, das sie schon seit ein paar Tagen verfolgte. Das Gefühl, beobachtet zu werden. Sie konnte beim besten Willen nicht sagen, wann und wo es begonnen hatte, aber es war da und es beunruhigte sie. Unwillkürlich hielt sie inne und sah zur Balkontür hinüber. Sie hatte die Gardine vorgezogen, nachdem sie die Tür geöffnet hatte, noch ganz in der Tradition mückenreicher Sommertage. Hinter dem zarten Stoff, der von keinem Windhauch bewegt wurde, klebte die Schwärze des Herbstabends und verhüllte das Balkongeländer und den dahinterliegenden Garten, der eigentlich mehr ein begrünter Hinterhof war, ein schmaler Schlauch Natur, der das Grundstück von der Parallelstraße trennte. Begrenzt wurde er von einem Streifen dichter Büsche. Dahinter, auf der anderen Seite der Straße, erhob sich hinter einer versifften kleinen Grünanlage die graue, fast vollkommen fensterlose Rückfront des nächsten Wohnsilos. Sozialwohnungen hauptsächlich. Sie schob ihren Teller ein Stück von sich weg und stand auf. Theoretisch war es möglich, dass jemand, der dort im Schutz der Büsche stand, sie sah. Jetzt, in diesem Augenblick. Sie atmete tief durch und fixierte die unbewegte Gardine. Es war eigenartig, sich vorzustellen, dass man gesehen wurde, ohne selbst zu sehen. Es hatte etwas von Verrat. Von Falle. Angst überkam sie.

Sie löschte das Licht, trat auf den Balkon hinaus und blickte in den dunklen Herbstabend. Der Rasen wirkte bleich unter dem zunehmenden Mond, der gestochen scharf und klar über den Hügeln hinter den Betonklötzen stand. Irgendwo, in einem der Sträucher rechts von ihr, knackte ein Zweig. Sie stand ganz still und starrte in die Dunkelheit hinaus, die Hände fest um das kühle Geländer gekrallt. Den Kopf hielt sie starr geradeaus gerichtet, nur ihre Augen suchten die Büsche. Da war ein Schatten. Er bewegte sich nicht, aber sie war sich auf einmal ganz sicher: Jemand stand dort und blickte zu ihr herüber.

Siebter Tag

Innerhalb von vierundzwanzig Stunden hatten sie zwei komplette Ordner voller Informationen zusammengetragen, deren Wert oder Unwert Edna zu diesem frühen Zeitpunkt nicht einzuschätzen wagte. Sie hatte eine weitere ruhelose, traumreiche

Nacht hinter sich, und der Name, der ihr als Erstes ins Auge sprang, als sie wieder an ihrem Schreibtisch saß, war Stephan Ehrenwirth.

Cox und Schweichert hatten ihn überprüft und herausgefunden, dass er wie Jörg Nevers Mitglied bei MENSA war und regelmäßig denselben regionalen Mitgliederstammtisch besucht hatte wie der verurteilte Serienvergewaltiger. Zwar schien es zwischen den beiden Männern über diese Treffen hinaus keine weitergehenden Kontakte gegeben zu haben, zumindest nicht zum damaligen Zeitpunkt, aber das bedeutete nichts weiter, als dass den anderen Vereinsmitgliedern nichts Derartiges aufgefallen war. Wie Edna im Zuge ihrer Recherchen erfahren hatte, mussten sich alle Mitglieder von MENSA mit der Veröffentlichung ihrer Stammdaten in einer Mitgliederliste einverstanden erklären, so dass eine private Kontaktaufnahme zwischen Ehrenwirth und Nevers jederzeit und unbemerkt von Dritten stattgefunden haben konnte. Was sie vor dem Hintergrund dieser Informationen allerdings wunderte, war die Tatsache, dass ein notorischer Einzelgänger wie Jörg Nevers sich überhaupt dazu entschlossen hatte, Mitglied in einem Verein zu werden. Im Stillen schob sie diesen Umstand der Eitelkeit des Hochbegabten zu, dem es trotz seiner geistigen Fähigkeiten zeit seines Lebens nicht gelungen war, durch Leistung zu glänzen. Da war ein Club, dessen Pforten achtundneunzig Prozent der Bevölkerung verschlossen blieben, bestimmt genau das Richtige, um sein verletztes Ego aufzuwerten.

Sie griff sich den Bericht ihrer jungen Kollegen und überflog die Aufzeichnungen ein weiteres Mal. Im Gegensatz zu Nevers war Stephan Ehrenwirths Begabung früh auffällig geworden. Nach einer eher durchwachsenen Grundschulzeit hatten sich seine Leistungen auf dem Gymnasium sprunghaft gesteigert, so dass er von der fünften gleich in die siebente Klasse versetzt worden war. Abitur mit knapp achtzehn, Physik- und Mathematikstudium mit Bestnoten abgeschlossen, wissenschaftlicher Mitarbeiter am Lehrstuhl seines Doktorvaters, danach ein paar Jahre als Fachlektor in einem naturwissenschaftlichen Verlag, schließlich freischaffender Autor von Schul- und Sachbüchern. Ehrenwirth lebte allein in einer Vierzimmerwohnung, nachdem er seine demenzkranke Mutter bis zu ihrem Tod gepflegt hatte, galt als freundlich, ruhig und zurückhaltend und verbrachte seine Freizeit damit, auf Flohmärkten nach alten Zugfahrplänen zu stöbern und einen verurteilten Serienvergewaltiger in der geschlossenen Psychiatrie zu besuchen.

Edna warf den Bericht auf den Schreibtisch und griff wieder nach ihrem Kaffeebecher. Dieser Lebenslauf erinnerte so sehr an den eines Psychopathen, dass sie beinahe laut gelacht hätte. Aber war es tatsächlich so einfach? Konnte es so einfach sein? Sie rieb sich die Stirn. Lösungen, die auf einem silbernen Tablett daherkamen, machten sie grundsätzlich misstrauisch. Bis jetzt hatten sie nichts als ein paar vielversprechende Ansätze, die sie in Gesprächen und persönlichen Begegnungen würden abarbeiten müssen. Sie mussten herausfinden, wo die betreffenden Personen gewesen waren, als Annette Berner gestorben war. Sie mussten ihre Alibis überprüfen. Kurzum, sie hatten einen riesigen Berg Arbeit vor sich, und wenn ihr Täter sich an seine bisherigen, zwar kürzer werdenden, aber doch noch immer mehrere Monate währenden Abstände hielt, würden sie auch die nötige Zeit haben, um diese Arbeit zu erledigen. Trotzdem war sie unruhig. Irgendetwas trieb die Sache voran, etwas brachte den Mörder dazu, das Tempo zu forcieren. Aber was? Die Panne mit Natalija Zaslavska?

Sie wühlte unter einem Stapel Blätter nach den Ergebnissen der toxikologischen Analyse. Natalija Zaslavska war schon eine ganze Zeit vor ihrem Tod schlecht versorgt gewesen. Leisekeit hatte von chronischen Enzymmangelzuständen gesprochen. Edna zog die Untersuchungsergebnisse unter einem Aktenberg hervor und starrte die langen, übersichtlichen Zahlenkolonnen an, die ihr zu ihrem eigenen Bedauern nur wenig sagten. Allerdings war ihr ein Wert aufgefallen, den Leisekeit mit Leuchtstift markiert hatte. Sie griff zum Hörer und wählte die Handynummer des Pathologen, die sie wie alle Rufnummern wichtiger Kollegen im Kopf hatte.

Leisekeit meldete sich sofort.

»Beck hier«, sagte Edna. »Ich hätte da noch eine Frage zu Natalija Zaslavskas Blutanalyse.«

»Ja?«

»Sie haben einen der Werte markiert, und ich wüsste gerne, warum.«

Sie hörte, wie er mit etwas raschelte. »Ich weiß schon«, sagte er hastig, offenbar um dem Eindruck vorzubeugen, er müsse erst nachsehen. »Das Biotin.«

»Was ist damit?«

Leisekeit räusperte sich. »Die Konzentration ihres Biotinwertes lag in einem erstaunlich hohen Bereich, gemessen an dem, was ihr sonst alles gefehlt hat«, erklärte er. »Wenn wir voraussetzen, dass dem Tod der Frau eine monatelange Mangelernährung vorausgegangen ist, ließe sich ein solcher Wert allein dadurch erklären, dass ihr Biotin in höheren Dosen zugeführt wurde. Und zwar ausschließlich Biotin.«

»Sie meinen während ihrer Gefangenschaft?«

Der Pathologe gab ein zustimmendes Brummen von sich. Antworten, die eher auf einer Spekulation denn auf wissenschaftlichen Fakten beruhten, fielen bei ihm grundsätzlich äußerst sparsam aus.

»Biotin ist ein Vitamin, nicht wahr?«, hakte Edna nach.

»Vitamin H«, bestätigte der Gerichtsmediziner.

»Und wofür braucht man das?«

»Es baut Fettsäuren auf und ab, regelt den Eiweißstoffwechsel und ist am Aufbau der Aminosäure Leucin beteiligt«, erwiderte Leisekeit. »Darüber hinaus fördert es die Neubildung von Zuckerstoffen aus Eiweißen und Fetten.«

Edna kritzelte eine Girlande aus Rosen auf ein leeres Blatt für Telefonnotizen. »Wie und warum könnte ihr dieses Zeug zugeführt worden sein?«

»Na ja«, Leisekeit zögerte. »Manche Frauen nehmen Biotinkapseln für die Schönheit.«

Edna unterbrach ihre Kritzeleien und straffte die Schultern. »Tatsächlich? Und was bewirken die?«

An seiner Stimme hörte sie, dass er zufrieden war. Offenbar hatte sie die richtigen Fragen gestellt, Fragen, die es ihm ermöglichten, auf etwas hinzuweisen, auf das er niemals von alleine zu sprechen gekommen wäre, weil er es als zu vage, als zu wenig fundiert eingestuft hatte. »Angeblich verbessern solche Kapseln die Festigkeit der Fingernägel und fördern ein gesundes Haarwachstum.«

Haare!, dachte Edna, nachdem sie aufgelegt hatte. Haare und Nägel. War das der rote Faden, nach dem sie suchten? Das Bindeglied zwischen drei toten Frauen, die zumindest von ihrem Lebensumfeld her unterschiedlicher kaum sein könnten? Es war ihr nicht gelungen, Birgit Christensen mit Haaren oder Nägeln in Verbindung zu bringen. Sie hatte die Fotografien aus der Akte vergrößern und analysieren lassen, aber nur herausgefunden, dass Birgit Christensens Fingernägel kurz und rosa lackiert gewesen waren. Es gab keine Hinweise auf Anomalien, und auch mit den Haaren der vierfachen Mutter schien alles in Ordnung gewesen zu sein.

Ein Klopfen an der Tür riss sie aus ihren Gedanken.

Ralf Decker trug ein gutgeschnittenes dunkelblaues Jackett über seinem Polohemd und sah ein wenig erholter aus als bei ihrem letzten Zusammentreffen vor zwei Tagen. Offenbar schlief der Kollege von der Sitte weitaus besser als sie.

»Irgendwas Neues inzwischen?«, erkundigte er sich, während er ungefragt auf Max' Stuhl Platz nahm.

Edna zuckte mit den Achseln. »Jede Menge Kleinigkeiten«, entgegnete sie. »Außerdem scheint uns unsere tote Prostituierte eine Nachricht hinterlassen zu haben. Aber mit der können wir leider bislang nicht viel anfangen.«

Decker blickte überrascht auf. »Tatsächlich?«

»Sie hat etwas in die Gummierung eines ihrer Pflaster geritzt«, nickte Edna. »Könnte ein Name sein oder irgendwas Russisches.« Sie hob die Achseln. »Bedauerlicherweise konnte das Labor nur einen Bruchteil der Buchstaben rekonstruieren.«

»Kann ich mal sehen?«

Sie kramte in der Akte nach dem Laborbericht und reichte ihn dem Kollegen von der Sitte über den Tisch. Im selben Augenblick kehrte Max zurück und blieb neben seinem Stuhl stehen, doch Decker machte keinerlei Anstalten, sich zu erheben. »Nevers' Opfer sind damals übrigens alle von unterschiedlichen Ärzten behandelt worden«, erklärte er, während er stirnrunzelnd die zusammenhanglose Buchstabenfolge betrachtete. »Malgorzata Warczok, das zweite Opfer, hat vier Jahre nach der Tat Selbstmord begangen. Kerstin Welsch lebt seit Sommer 1995 in Kalifornien. Sonja Bott hat inzwischen geheiratet und wohnt auf einem Bauernhof in Niedersachsen.« Er legte den Laborbericht beiseite und sah Edna an. »Blieben also das erste und das letzte überlebende Opfer, Nina Hollweg und Juliane Dernesch. Letztere wohnt noch hier in der Stadt. Marc hat Ihnen eine Liste mit Adressen zusammengestellt.« Er zog einen zusammengefalteten Zettel aus der Tasche seines Jacketts und warf ihn auf Max' Schreibtisch.

Edna lächelte. »Danke, dass Sie uns die Arbeit abgenommen haben.«

»Keine Ursache«, sagte Decker, indem er aufstand und langsam zur Tür ging. »Wenn Sie Hilfe brauchen, sagen Sie's einfach, okay?«

Edna nickte.

»Wenn Sie Hilfe brauchen, sagen Sie's einfach«, ahmte Max den Beamten von der Sitte nach, als dieser die Tür hinter sich geschlossen hatte. Dann ging er in die Knie und wischte die Sitzfläche des Stuhls demonstrativ mit dem Ärmel seines Pullovers ab.

»Ihr beide werdet wohl keine Freunde mehr«, stellte Edna schmunzelnd fest.

»Dieser Kerl ist ein arrogantes Arschloch«, befand Max ungewohnt drastisch.

»Aber Uhrmann und er haben uns eine Menge Arbeit erspart«, stellte Edna sachlich fest.

»Sie hätten ihren Job schon vor sieben Jahren anständig machen sollen«, versetzte ihr Partner und schaltete die Kaffeemaschine ein. »Dann hätten wir jetzt nicht den Ärger damit.«

*

Sie sinkt wieder. Sinkt und sinkt.

Irgendwo muss ein Ende sein, denkt sie. Irgendwann ist da der Grund. Und dann? Wenn es so weit ist? Wenn es endet? Was dann? Ist es dann dunkel, einfach dunkel? So wie in ihrem Gefängnis, dessen sie sich selbst im Traum halb bewusst ist?

Oder träumte sie gar nicht? Starb sie gerade offenen Auges?

Sie sinkt weiter. Sanft streicht das Moos des Wassers über ihre Haut. Die Wellen von unten zu sehen, denkt sie, ist auch eine Erfahrung. Versunkenes Astwerk ragt ihr entgegen. Sie hat sich gewünscht, dass ihr Bruder tot ist. Wieder und wieder hatte sie den lieben Gott gebeten, dieses traurige Bündel ohne Anfang und Ende wieder zu sich zu nehmen, es einfach verschwinden zu lassen, sie von der Last zu befreien, die seine Geburt ihr auferlegt hatte. Kirmes statt Intensivstation. Zoo statt Herzspezialisten. Ein neues Fahrrad anstelle des Rollstuhls, den ihr Bruder noch nicht einmal selber bewegen kann. Sie hatte solche Wünsche als vollkommen natürlich empfunden. Und warum auch nicht? Warum sollte denn ausgerechnet sie auf all das verzichten, was für die anderen Kinder aus ihrer Klasse so selbstverständlich war? Den Ausflug ins Grüne, das Leichtathletikfest im Stadion, für das sie eine Handvoll Eintrittskarten gewonnen hatte, weil sie schneller gelaufen war als alle anderen Mädchen ihrer Altersstufe. Sie hatte ihre Wünsche nie als übertrieben empfunden. Erst als sie erkannt hatte, dass sie die Einzige in ihrer Familie war, die ihren Bruder als Last empfand, hatte sie damit begonnen, sich zu schämen.

Sie sinkt weiter. Und sieht das Licht über sich. Eine helle Pfütze am oberen Ende des Wassers, die langsam in sich zusammenfällt. Und dann?

Sie hat sich gewünscht, dass ihr Bruder tot ist, und jetzt muss sie an seiner statt sterben. So einfach ist das. Einfach und irgendwie auch gerecht. Findet sie.

Mulchige Schatten streifen ihr Gesicht. Winzige Pflanzenteilchen flirren um sie herum wie feiner Staub. Darüber lacht die ferne Junisonne. Lacht, während sie wegdriftet, in die andere, die entgegengesetzte Richtung. Zweieinhalb Minuten, haben ihre Eltern ihr erzählt. Zweieinhalb Minuten ohne Sauerstoff. Ohne Angst. Ohne Schmerzen. Noch nicht einmal Atemnot. Nicht eine Sekunde lang.

Warum, denkt sie, bin ich nicht gegangen, als das Sterben noch leicht war?

*

Das Telefon auf Ednas Schreibtisch klingelte, als sie eben in den schon etwas verschrumpelten Apfel beißen wollte, den sie sich am Morgen pflichtschuldig eingesteckt hatte. Inzwischen war es wenige Minuten vor vier, und sie hatte noch immer nichts gegessen. »Da ist ein Reporter am Telefon, der den Leiter der Ermittlungen im Fall Annette Berner sprechen will«, meldete Ferdinand Ansgar, ein unscheinbarer Mittvierziger, der ausschließlich im Innendienst arbeitete.

»Ja und?«, echauffierte sich Edna und legte den Apfel neben einem Stapel Kopien ab. »Dann sagen Sie ihm gefälligst, er soll sich an die Pressestelle wenden, wenn ihm die verdammte Pressekonferenz am Samstag noch nicht gereicht hat.«

»Ich glaube, Sie sollten vielleicht doch selbst mit ihm sprechen«, tönte Ansgars immer etwas lustlose Stimme aus dem Hörer. »Er will nämlich wissen, ob es stimmt, dass die Berner ein bestimmtes Zeichen in die Bauchdecke geritzt hatte.«

Edna widerstand der Versuchung, sein schlechtes Deutsch zu korrigieren. »Woher hat er das?«

»Keine Ahnung.«

»Das ist eine Insiderinformation.«

»Ich weiß«, stellte Ansgar sachlich fest. »Darum rufe ich Sie an.«

»Stellen Sie durch«, sagte Edna.

Sie kannte den Mann nicht, der sich ihr als Thorsten Resch vorstellte. Der Stimme nach schätzte Edna sein Alter auf Anfang bis Mitte dreißig. Er verschwendete keine Zeit mit Höflichkeitsfloskeln, sondern kam umgehend zur Sache. »Warum verschweigen Sie der Öffentlichkeit, dass Ihrer toten Lehrerin das Brandzeichen eines psychopathischen Serienvergewaltigers in die Haut geritzt wurde?«

Sie ist unser aller tote Lehrerin, dachte Edna. Auch deine, du Arsch. Laut sagte sie: »Wie kommen Sie an diese Information?«

»Also stimmt es?«

Sie wusste, dass Leugnen nicht mehr viel Zweck hatte. »Ja«, sagte sie, »es stimmt, dass bei dem Opfer eine Wunde gefunden wurde, die in Form und Größe in etwa …«

»Bei de*n* Opfer*n*«, fiel Resch ihr ins Wort.

Edna richtete sich ein Stück in ihrem Stuhl auf und tastete in ihrem Postkorb nach einem Notizzettel. Es gab eine undichte Stelle. Es *musste* eine undichte Stelle geben. Irgendeiner ihrer Kollegen plauderte mit der Presse. »Und verraten Sie mir auch, wie Sie auf die Idee kommen, dass es mehr als ein Opfer gegeben haben könnte?«

»Hören Sie«, sagte Resch anstelle einer Antwort, und seine Stimme verriet, dass er aufgeregt war. »Es gibt da etwas, das Sie sich ansehen sollten. Ich möchte das nicht am Telefon besprechen, aber ich kann in etwa zwanzig Minuten bei Ihnen sein.«

»Was genau soll ich mir ansehen?«, fragte Edna mit wachsender Beunruhigung.

Sie hörte eine Tür zuschlagen. Offenbar war Resch bereits unterwegs und telefonierte von einem Handy. Sein Atem ging schneller.

»Was, verdammt noch mal, soll ich mir ansehen?«, drängte sie.

»Fotos«, antwortete der Journalist. »Fotos von toten Frauen.«

*

Gerade war das Wasser wieder über ihr zusammengeschlagen, und sie begann sich auf den Moment zu freuen, in dem es in sie eindringen würde. Zu ertrinken erschien ihr inzwischen tausendmal erstrebenswerter, als zu verdursten.

Ihre Augen suchten das Licht über sich, das diesmal anders aussah als sonst. Röter und gar nicht friedlich. Nicht einmal ruhig. Sie breitete die Arme aus, um dem Wasser mehr Widerstand entgegenzusetzen und so ihre Sinkgeschwindigkeit zu verringern. Das rote Licht verschwand für einen kurzen Augenblick, dann kehrte es zurück. Intensiver als zuvor. Heller.

Lydia!

Es blitzte. Aus Rot wurde Weiß. Grelles, unerträgliches Weiß. Sie stöhnte und fühlte eine Hand auf ihrer Stirn. Schuppig, dachte sie voller Entsetzen, nein: gummiert.

Du hast ja Fieber, du Drecksau.

Sie öffnete die Augen. Der Kegel seiner Taschenlampe war

nicht länger auf ihr Gesicht, sondern auf ihren Unterkörper gerichtet, so dass sie seinen Schatten über sich erkennen konnte. Er stand nur eine Armlänge entfernt und blickte auf sie herunter. Sie sah seine behandschuhte Hand, die neben seiner Hüfte herunterbaumelte. Zwischen Daumen und Zeigefinger hielt er eine von den Kapseln, die er sie immer schlucken ließ, und er schien nachzudenken. Hinter ihm, in der Ecke, saß Lothar und lächelte ihr zu.

Ihre Augen suchten das Holzgefäß, und voller Erleichterung bemerkte sie, dass er es aufgefüllt hatte. Helles klares Wasser glitzerte dort im Licht der Taschenlampe, so verlockend, dass sie nicht widerstehen konnte. Sie kam auf die Knie und kroch darauf zu, während seine Augen hinter der Skimaske jede ihrer Bewegungen verfolgten. Irgendwie rechnete sie damit, dass er sie treten würde, hindern, zurückreißen, aber er blieb einfach stehen und ließ sie trinken.

*

»So eine elende Scheiße!« Gerald Rogler hatte seine imposanten Fäuste in die Hüften gestemmt und beugte sich über die in Klarsichthüllen verpackten Fotos auf seinem Schreibtisch. Drei davon zeigten Birgit Christensen, ausgestreckt auf dem hell gefliesten Boden einer Waschküche. Auf der ersten Aufnahme war ihr Körper kinnabwärts mit einem weißen Laken bedeckt, die zweite zeigte ihren Oberkörper, nackt und blutverschmiert. Unterhalb des Nabels konnte man deutlich die kreuzförmige Schnittwunde erkennen. Das dritte Foto war eine Totale des unbedeckten Körpers, auf der – wenn auch undeutlich – die eigenartige Fleischwunde an der Wade zu sehen war, die der Mörder der vierfachen Mutter beigebracht hatte. Zwei weitere Fotografien zeigten Annette Berner, einmal auf dem Bett in ihrem Schlafzimmer, in derselben Pose, in der Edna und ihre Kollegen sie vorgefunden hatten, und zum anderen eine Großaufnahme der Schnittwunde unterhalb ihres Nabels. Auf dem letzten Foto war die halbnackte Leiche Ursula Biermanns zu sehen. Rogler richtete sich auf. »Sind das Aufnahmen von uns?«, fragte er.

Edna schüttelte den Kopf. Die Anspannung grub tiefe Fältchen in ihre ansonsten makellos glatten Züge. »Villinger ist sämtliche Bilder aus Annette Berners Schlafzimmer mit uns durchgegangen. Außerdem benutzt die Spurensicherung anderes Fotopapier. Und auch die Tatortfotos aus der Akte Ursula Biermann stimmen mit der Aufnahme, die Resch erhalten hat, nicht hundertprozentig überein.«

»Also vom Täter?«

Sie zuckte mit den Schultern. »Woher sonst.« *Vielleicht macht er Tonbandaufnahmen von den Schreien seiner Opfer, um sich später erneut daran zu erfreuen. Vielleicht fotografiert er die Frauen.*

»Die Aufnahmen steckten in einem gewöhnlichen braunen DIN-A5-Briefumschlag, den Resch vorgefunden hat, als er von einem auswärtigen Termin nach Hause kam«, ergänzte Max. »Die Adresse war mit Filzstift geschrieben. Poststempel des hiesigen Briefzentrums, gestern Abend um 21:00 Uhr. Das Kuvert ist schon im Labor.«

Rogler starrte düster ins Leere. Auch er hatte zunächst an eine undichte Stelle im Präsidium geglaubt, als Edna ihm die Fotos präsentiert hatte. Jemand, der mit der Presse redete. Jemand, den er finden und suspendieren konnte. Aber es gab keine undichte Stelle. Stattdessen gab es irgendwo da draußen einen Psychopathen, der nach Aufmerksamkeit gierte.

»Bisher hat es ihm genügt, *uns* seine Arbeit zu präsentieren«, sagte Edna, indem sie sich den ersten Eindruck ins Gedächtnis rief, der sich ihrer in Annette Berners Schlafzimmer bemächtigt hatte. Den Eindruck eines sorgfältig gestalteten Arrangements. »Aber das scheint ihm jetzt nicht mehr zu reichen.«

»Interessant ist, dass durch die Fotos eine eindeutige Verbindung zu Ursula Biermanns Tod hergestellt ist«, bemerkte Max indessen eifrig.

Edna schüttelte zweifelnd den Kopf. »Vielleicht schmückt sich unser Mann ja auch mit fremden Federn«, gab sie zu bedenken.

»Aber das Foto von Ursula Biermanns Leiche wurde eindeutig am Tatort gemacht«, wandte Max ein. »Und da es kein offizielles Polizeifoto ist …«

»Ja, schon«, fiel Edna ihm ins Wort. »Das bedeutet aber noch lange nicht, dass unser Täter auch der Mörder von Ursula Biermann ist.«

»Sondern?«

»Er könnte dieses Foto ebenso gut von Nevers bekommen haben …« Sie betrachtete gedankenverloren die x-förmige Wunde in Ursula Biermanns Bauchdecke. *Wenn jetzt aber Frauen auf dieselbe Art und Weise umgebracht würden wie Nevers' einziges Todesopfer*, hörte sie Tillmann Cox' Stimme irgendwo in ihrem Kopf, *und wenn dadurch Zweifel an seiner Schuld auftauchen sollten …* Vielleicht ist die Idee gar nicht so dumm, dachte sie. Vielleicht gibt es da draußen einen Menschen, der Nevers helfen will. Vielleicht will Nevers sich selbst helfen.

»Schicken Sie die Aufnahmen sofort ins Labor«, sagte Rogler mit versteinerter Miene. »Die sollen zusehen, was sie daraus machen können. Und lassen Sie sich von diesem Resch schriftlich geben, dass er keines der Bilder veröffentlicht, falls er so klug war, sich Kopien zu machen, bevor er sie hergebracht hat.«

Ganz bestimmt war er das!, dachte Edna. Laut sagte sie: »Nichtsdestotrotz wird er natürlich über die Sache berichten.« Rogler sah aus, als wolle er etwas einwenden, doch Edna fuhr unbeirrt fort: »An den Fakten gibt es nichts zu deuteln. Und es ist das gute Recht eines Journalisten, über einen möglichen Zusammenhang von drei Frauenmorden zu …«

»Solange er dabei die Ermittlungen nicht gefährdet«, fiel ihr Vorgesetzter ihr nun doch ins Wort. Sein Gesicht war zornesrot. »Nur so lange.«

»Resch hat uns zugesichert, vorerst weder etwas über die X-Schnitte noch Details wie den abgetrennten Daumen oder die Sache mit der Fleischwunde bei Birgit Christensen zu veröffentlichen«, sagte Max ruhig.

»Na, hoffentlich«, fauchte Rogler. »Das wäre ja auch noch schöner.« Er stand eine Weile reglos da und überlegte. »Besser, wir geben selbst noch heute eine ausführliche Presseerklärung raus«, sagte er schließlich und sah auf seine Armbanduhr. »Bereiten Sie das vor!«

Edna nickte schicksalsergeben.

»Und finden Sie raus, warum der Kerl ausgerechnet diesen Resch ausgewählt hat.«

»Cox und Schweichert überprüfen ihn bereits«, entgegnete Max. »Was wir allerdings schon wissen, ist, dass er vor sieben Jahren als Gerichtsreporter gearbeitet und im Zuge dieser Tätigkeit auch über den Prozess gegen Jörg Nevers berichtet hat.« Er sah seinen Vorgesetzen an. »Das ist übrigens auch der Grund, warum er mit Ursula Biermanns Foto und den X-Schnitten sofort etwas anfangen konnte.«

»Glauben Sie, dass der Täter ihn deswegen ausgewählt hat?« Rogler griff nach einer zierlichen hellblauen Porzellantasse, die in ihrer femininen Anmut ganz und gar nicht zu ihm passte. Edna hatte sich schon oft gefragt, wo er sie wohl herhatte. »Weil er ihn von früher kennt?«

Max zuckte mit den Achseln. »Es wäre natürlich durchaus möglich, dass auch noch andere Journalisten entsprechende Post erhalten haben.«

»Das erfahren wir ja dann hoffentlich auf der Pressekonferenz«, brummte Rogler und stellte die Tasse beiseite, ohne auch nur einen winzigen Schluck daraus getrunken zu haben. »Wir werden die Meute auf jeden Fall gehörig einschüchtern, damit erst gar keiner auf die Idee kommt, etwas von diesem Dreck hier«, seine Hände fuchtelten über den Fotografien herum, »zu veröffentlichen.«

»Sollten wir Resch nicht einstweilen überwachen?«, schlug Edna vor. »Ich meine, es wäre doch möglich, dass unser Mann noch einmal Kontakt zu ihm aufnimmt.«

Rogler nickte. »Besorgen Sie sich eine Abhörgenehmigung für sein Telefon. Ich übernehme den Rest.«

»Ich hätte da noch einen anderen Vorschlag«, begann Edna zaghaft.

Ihr Vorgesetzter hob den Kopf.

Ednas Finger spielten mit der Ecke einer der Klarsichthüllen, in denen die Aufnahmen der toten Frauen steckten. »Resch wird seinen Artikel mit den Fotos der bisherigen Opfer illustrieren. Porträtfotos natürlich, nicht Fotos der Leichen«, stellte sie eilig klar, als sie das Misstrauen in den Augen ihres Vorgesetzten bemerkte. »Und da würde ich gerne auch Natalija Zaslavskas Foto zur Veröffentlichung freigeben.«

Rogler runzelte die Stirn. »Warum?«

»Weil der Mörder ihre Leiche versteckt hat.«

»Gute Idee«, stimmte Max ihr zu. »Wenn Molly Erler recht hat und er Natalija Zaslavska tatsächlich als eine Art Fehlgriff betrachtet, muss es ihn provozieren, sie in einer Reihe mit seinen anderen Opfern zu sehen. Vielleicht lässt er sich dadurch tatsächlich hinreißen, sich noch einmal bei Resch oder irgendwem anders zu melden.«

»Möglich«, räumte Rogler mit finsterer Miene ein, als die Gegensprechanlage auf seinem Schreibtisch zu summen begann. »Ja?«

»Hier ist ein Anwalt, der Sie sprechen möchte«, meldete Inge Wust, Roglers langjährige Sekretärin. Sie war Single, ebenso streng wie tüchtig und gab ihrem Chef erst gar nicht die Gelegenheit, sie mit dem Hinweis, er habe jetzt keine Zeit, abzuspeisen. »Er sagt, sein Mandant habe heute per Post ein paar Fotografien erhalten, die Sie interessieren dürften.«

Edna und Max, die sich bereits zum Gehen gewandt hatten, blieben wie angewurzelt stehen.

»Und wie heißt dieser Mandant?«, fragte Rogler, einer unbequemen Vorahnung folgend.

»Sein Name ist Nevers«, antwortete Inge Wust wie aus der Pistole geschossen. »Jörg Nevers.«

*

Er war eine Weile fort gewesen, aber er hatte seine Tasche zurückgelassen. Deshalb hatte sie gewusst, dass er noch einmal zurückkehren würde. Zunächst hatte sie still auf ihrem Deckenlager ausgeharrt, doch als seine Abwesenheit sich ausgedehnt hatte, war sie schließlich doch aufgestanden. Auf Händen und Knien war sie in die Richtung gekrochen, in der seine Tasche stand, aber sie hatte sie trotz aller Bemühungen nicht erreichen können. Jetzt lag sie wieder auf der Decke und hörte ihn kommen. Wie lange mochte er weg gewesen sein? Nicht länger als eine halbe Stunde, schätzte sie. Vielleicht sogar nur zehn Minuten.

Sie stellte sich schlafend, und er schien ihr zu glauben. Sie hörte, wie er stehen blieb, und spürte seine Fußspitze in ihren Rippen.

Hey, wach auf.

Sie schlug die Augen auf und sah das schwarze Leder seiner Schuhe.

Schluck das runter. Sonst verreckst du mir noch.

Ihre Lippen brannten unter dem Druck seiner Latexfinger. Einen winzigen Augenblick spielte sie mit dem Gedanken, zuzubeißen. Ihn zu verwunden. Aber sie ließ es bleiben. Lothar hinter ihm schüttelte geringschätzig den Kopf. *Memme!*

»Du willst doch nur, dass er mich tötet«, sagte sie leise, aber nicht leise genug. Er hatte sie gehört und hielt mitten in der Bewegung inne. Für den Bruchteil einer Sekunde hatte sie das Gefühl, dass er sich umdrehen wollte.

Mit wem sprichst du da, du Schlampe?

Sie schluckte, was er ihr in den Mund geschoben hatte, aber es blieb irgendwo auf halber Strecke in ihrer schon wieder vollkommen ausgedörrten Kehle hängen. Sie hustete. Ein blecherner, heiserer Ton. »Könnte ich noch etwas Wasser bekommen, bitte?«

Er stand auf und brachte das Holzgefäß, das er noch einmal aufgefüllt hatte. Dann warf er ihr einen Blisterstreifen mit Tabletten hin.

Davon nimmst du alle vier Stunden zwei, bis das Fieber runter ist. Hast du verstanden?

Der Tod hat eine schöne sonore Stimme, dachte sie. Aber warum wollte er eigentlich, dass sie am Leben blieb? Was zum Teufel hatte er mit ihr vor? *Davon nimmst du alle vier Stunden zwei, bis das Fieber runter ist. Sonst verreckst du mir noch.*

Sie sah ihn an. »Ich habe keine Stunden«, sagte sie und registrierte die Verachtung, die ihre Worte in ihm auslösten. »Uhr, meine ich«, stammelte sie. »Ich wollte sagen, dass ich nicht weiß, wann vier Stunden um sind. Und wenn ich zu viele zu schnell hintereinander nehme, verrecke ich vielleicht …«

Humor, was?, spottete Lothar.

»Aber wenn Sie mir eine Uhr dalassen würden …« Dann könnte ich darin nach einem Fluchtweg suchen, ergänzte sie in Gedanken. Wie sahen Uhren eigentlich von innen aus? Enthielten sie Draht oder Schlüssel oder so etwas? »Wenn Sie mir bitte eine Uhr hierlassen würden?«, sagte sie noch einmal, und in einem unerklärlichen Anfall von wahnwitzigem Mut fügte sie hinzu: »Und eine Lampe.«

Los doch, bestell dir auch noch 'ne Cola mit Extra-Eis!, grinste Lothar in seiner Ecke.

Der Blick des Mannes, der sie verschleppt hatte, brannte auf ihrer Stirn. Etwas ging vor in ihm, etwas, das nicht gut war. Sie konnte die Veränderung fast körperlich spüren, wie eine Ohrfeige. Sie hatte einen Fehler begangen. Er erwartete etwas von ihr, und sie fand einfach nicht heraus, was es war. Immer konnte sie erst hinterher an seiner Reaktion ablesen, ob sie ihre Sache richtig gemacht hatte. Und gerade eben, dessen war sie sich absolut sicher, gerade eben hatte sie einen gravierenden Fehler gemacht.

Sein Kopf ruckte vor, und er krümmte den Rücken, so dass er auf einmal viel kleiner wirkte.

Du bleibst jetzt eine Weile hier, mein kleiner Wüterich.

Seine Stimme hallte von den kahlen Wänden wider …

Hier im Dunkeln.

… und voller Verblüffung stellte sie fest, dass sich die Farbe dieser Stimme komplett verändert hatte. Da war keine Spur mehr von sonor. Nur noch …

Dann hast du ausreichend Gelegenheit …

… schrill.

… in aller Ruhe …

Sie schrie vor Entsetzen laut auf, als sie erkannte, dass da auf einmal eine Frau war, die zu ihr sprach. Eine böse alte Frau mit einer unangenehmen schrillen Stimme. Aber es waren eindeutig seine Lippen, die den Stoff der Skimaske bewegten.

… über deine Schuld nachzudenken!

Was?!!! Sie riss an der Kette, während sie nicht aufhören konnte zu schreien. »Welche Schuld?«

Er raffte seine Sachen zusammen, warf sich die Tasche über die Schulter und hetzte zur Tür, noch immer gebeugt.

»Ich habe meinen Bruder nicht getötet«, rief sie ihm nach. »Er ist nicht tot. Er ist noch am Leben.«

Es war, als durchführe ihn ein Blitz bei ihren Worten. Das unerwartete Bekenntnis schien ihn zu lähmen. Sekundenlang verharrte er in dem hellerleuchteten Viereck der Tür, in dem sie jetzt zum ersten Mal eine gegenüberliegende Wand erkennen konnte. Noch mehr Rauputz. Und … Sie kniff die Augen zusammen. Ja, da war eine Art Rohr an der Decke. Eine Wasserleitung vielleicht. Im selben Augenblick schlug die Tür hinter ihm ins Schloss, und sie wusste, dass sie in der Hölle war.

Der Unterschied zwischen einem
Verrückten und mir ist der,
dass ich nicht verrückt bin.
(Salvatore Dalí)

6

Achter Tag

Dr. Bertholy ging voran, einen langen, lindgrün gestrichenen Flur entlang, von dem eine Reihe von Türen abzweigte. Edna sah sich nach Überwachungskameras um, konnte jedoch keine entdecken. Und auch sonst hatten sich die Planer des Gebäudes alle Mühe gegeben, die Tatsache zu verschleiern, dass es sich um eine Hochsicherheitseinrichtung handelte. Viel Holz, viel Grün und freundliche Farben, wohin man blickte. Im Grunde sah es in Riederbach genauso aus wie in der Klinik, in der Maja seit ihrem Zusammenbruch lebte, ein Umstand, der Edna befremdete. Es gibt einen entscheidenden Unterschied zwischen Vergewaltigung und Bulimie, dachte sie. Dass man diesen Unterschied nicht auf den ersten Blick sah, machte sie wütend. Außerdem hatte sie schon wieder Kopfschmerzen.

Die eilig einberufene Pressekonferenz am Vorabend hatte ihnen keine neuen Erkenntnisse beschert. Keine Redaktion, kein anderer Journalist hatte Fotos von ermordeten Frauen erhalten. Nur Nevers und Resch. Interessanterweise hatte Nevers im Gegensatz zu Resch angeblich nur Fotos von Annette Berner und Birgit Christensen erhalten. Drei Fotos insgesamt, Birgit Christensen mit und ohne Laken und Annette Berner auf dem Bett. Ob diese Tatsache zugleich bedeutete, dass Nevers tatsächlich kein Foto der toten Ursula Biermann besaß, wagte Edna nicht zu beurteilen. Vielleicht hielt er es auch nur zurück. Oder aber er hatte das einzige Foto, das er von seinem letzten Opfer besaß, seinem Komplizen geschenkt, der es an Resch geschickt hatte. Andererseits hatte Nevers laut Ermittlungsakte niemals Fotos von seinen Opfern gemacht. Die Kollegen hatten das ganze Haus auf den Kopf gestellt und nichts gefunden. Keine Fotos, keine Tonbandaufnahmen, keine Videos. Nevers hat keine Andenken gebraucht, dachte Edna, er hat nur selbst welche hinterlassen.

Sie folgte dem Psychologen in einen geräumigen Aufzug und drehte sich mit dem Gesicht zur Tür. Sie hatten lange darüber diskutiert, was und wie viel sie zu diesem Zeitpunkt preisgeben sollten. Auf der Pressekonferenz hatte es Rückfragen nach möglichen weiteren Opfern gegeben, und Edna hatte entschieden, auch in diesem Zusammenhang noch einmal Natalija Zaslavskas Namen zu nennen. Sie hatte von der Ähnlichkeit der Verletzungen aller Opfer gesprochen und jede weitere Frage mit dem Verweis auf ermittlungstaktische Gründe zurückgewiesen.

Die Aufzugtüren glitten auseinander, und der Leiter der forensischen Psychiatrie Riederbach führte sie durch eine Glastür in einen anderen Trakt des Gebäudes.

»Haben Sie hier eigentlich keine Überwachungskameras?«, erkundigte sich Edna wenig freundlich, indem sie zu Bertholy aufschloss.

»Doch, natürlich.« Er nickte. »Nahezu überall im Außenbereich.«

»Und hier drinnen?«

»Nur in den Gemeinschaftsräumen und im Bereich der Ausgänge.«

»Warum nicht überall?« Diese Frage konnte sie sich einfach nicht verkneifen.

Dr. Bertholy sah sie an. »Die Grundrechte unserer Insassen werden zugunsten der allgemeinen Sicherheit erheblich eingeschränkt«, entgegnete er ausdruckslos, aber rund um seinen

Adamsapfel hatten sich ein paar hektische Flecken gebildet. Offenbar war es ihm keineswegs gleichgültig, dass einer seiner Insassen ohne sein Wissen derart abscheuliche Post erhalten hatte. »Aber das bedeutet nicht, dass wir diesen Leuten jedes Recht auf Privatsphäre streitig machen dürfen.«

»Privatsphäre?!« Edna schüttelte fassungslos den Kopf. »Der Kerl, über den wir hier reden, ist ein Serienvergewaltiger übelster Sorte …«

»In gewisser Weise ist er auch ein kranker Mensch«, fiel Dr. Bertholy ihr ins Wort, doch sie ließ sich nicht beirren.

»… und ich persönlich sehe keinen Grund, warum Leute wie er nicht auch beim Scheißen oder Wichsen gefilmt werden sollten«, schloss sie, ohne auf den Einwand des Psychologen einzugehen.

»Wie verfahren Sie üblicherweise mit der Post, die die Insassen erhalten?«, beeilte sich Max, die Unterhaltung wieder in sachlichere Bahnen zu lenken. »Lesen Sie die?«

Bertholy blieb stehen und drehte sich zu ihm um. »Nicht grundsätzlich«, sagte er. Seine Stimme klang eng und verspannt. »Bei privaten Briefsendungen kontrollieren wir lediglich, ob verbotene Substanzen enthalten sind.«

»Und die ausgehende Post?«

»Wird gelesen, sofern es sich nicht um Korrespondenz mit einem Anwalt handelt.«

»Was ist mit dem Internet?«, fragte Max. »Haben die Insassen Zugang zum Web?«

»Nicht alle und wenn, dann selbstverständlich nur unter Aufsicht«, antwortete der Psychologe und ging weiter. »Und Jörg Nevers fällt im Übrigen sowieso nicht in diese Kategorie«, fügte er vorsichtshalber hinzu.

»Könnte er hier irgendwie rausgekommen sein?«, fragte Edna geradeheraus.

»Natürlich nicht.«

Edna fixierte seinen Blick. »Und was soll ich den Frauen

sagen, denen er sein verdammtes Andenken ins Fleisch geritzt hat?«

»Dasselbe.« Er blieb vor einer Tür stehen, die die Aufschrift BESUCHER trug. »Sind Sie so weit?«

Max nickte.

Der Psychologe stieß die Tür auf und führte die beiden Kommissare in einen hohen, klinisch sauberen Raum. Durch die nackten Fenster sah man den Wald auf der anderen Seite des Tales, ein Ausblick in die Freiheit. Auf einem Stuhl neben der Tür saß ein Aufseher in weißer Anstaltskleidung.

Nevers war bereits da. Er kauerte auf einem schmucklosen Holzstuhl in einer Haltung, die unbequem wirkte, und hatte den Blick auf das blitzsaubere Linoleum gerichtet. Ein unscheinbarer Mann, mittelgroß und nicht übermäßig schlank. Sein kurzes dunkles Haar zeigte erste Spuren von Grau. Einer, den man leicht übersieht, dachte Edna, dem aber selbst nur wenig entgeht. Ein Getarnter. Sie legte ihre Handtasche auf den Tisch, der sie trennte, und suchte in der Tasche ihres Blazers nach einem Kugelschreiber, während Max auf dem Stuhl neben ihr Platz nahm.

Als sie saßen, hob Nevers den Blick. Ein kurzes, fast flüchtiges Taxieren, mehr nicht. Dann ließ er den Kopf wieder sinken. »Nett, dass Sie kommen konnten.«

»Sparen wir uns die Höflichkeiten«, entgegnete Edna. »Wir haben ein paar Fragen an Sie, wie Sie sich denken können. Und wenn Sie nichts dagegen haben, werden wir unser Gespräch auf Tonband aufzeichnen.« Als Nevers nicht reagierte, machte sie Max ein Zeichen, das Gerät einzuschalten, und lächelte. »Reine Routine.«

Jetzt hob er zum ersten Mal für längere Zeit den Blick. Seine Augen waren braun und eigentlich nicht unsympathisch. Edna versuchte, sich sein Gesicht vorzustellen, wie es sich über eine wehrlose Frau beugte, welchen Ausdruck es in solchen Augenblicken gehabt haben mochte. »Wie ich sehen konnte, ist unser unartiger kleiner Freund in den letzten sieben Jahren nicht ganz untätig gewesen«, war das erste, was sie ihn sagen hörte.

Sie lächelte noch immer, während sie überlegte, ob er ihr eine Falle stellte. *In den letzten sieben Jahren. Seit Ursula Biermanns Tod.* War dieser unscheinbare Mann auf der anderen Seite des Tisches »nur« ein Vergewaltiger, oder war er auch ein Mörder? War Nevers am Ende nur zu feige gewesen zuzugeben, dass er getötet hatte? Aber die Vergewaltigungen hat er nie geleugnet, dachte sie. Er hat nie geleugnet, ein Frauenschänder zu sein, und er ist nie maskiert gewesen. »Ich habe keine Ahnung, was Sie meinen.«

»Natürlich haben Sie das.« Er erwiderte ihr Lächeln mit einer sonderbaren Mischung aus Nachsicht und Strenge. »Sonst hätten Sie sich wohl kaum die Mühe gemacht, mich an diesem gottverlassenen Ort aufzusuchen.« Seine Augen wanderten von Ednas Gesicht zu ihrem Busen hinunter und von dort zu ihrer rechten Hand, wo sie hängen blieben. Vielleicht suchte er nur nach einem Ehering, vielleicht auch nach Nagellack, nach irgendetwas, das ihm nähere Informationen über sein Gegenüber lieferte. Trotzdem musste Edna unwillkürlich an den blutigen Knochenstumpf denken, dort, wo einmal Annette Berners Daumen gewesen war.

»Wie sind die Fotos, die Ihr Anwalt uns gestern Abend übergeben hat, in Ihren Besitz gekommen?«, fragte sie, indem sie seine Blicke mit versteinerter Miene über sich ergehen ließ. Sie hatten die Postlisten der Klinik eingesehen und festgestellt, dass Nevers offenbar recht ausgiebig korrespondierte. Am gestrigen Tag war ihm jedoch nur ein einziger Brief ausgehändigt worden, und zwar ungeöffnet. Als Absender hatte ein Angestellter der Klinik die Anwaltskanzlei eingetragen, die Nevers vertrat.

»Das wissen Sie doch bereits.«

»O ja, sicher«, versetzte Edna mit übertriebener Freundlichkeit. »Ich hätte es nur gerne von Ihnen selbst gehört.«

»Er hat die Sendung als Brief meines Anwalts getarnt, weil er wusste, dass sie dann nicht geöffnet werden wird.«

»War ein Brief dabei?«

Er schüttelte den Kopf. »Nur die Fotos.«

»Wie viele Fotos waren es?« Sie wusste, dass Bertholy gleich nach ihrem Anruf Nevers' Zimmer gefilzt hatte. Ohne Ergebnis. Aber was hieß das schon?

»Drei.«

»Sind Sie sicher?«

Jörg Nevers sagte nichts, aber er zog die Augenbrauen nach oben, und Edna hatte auf einmal das Gefühl, dass es keine gute Idee gewesen war, diese letzte Frage zu stellen. Sie hatte ihm etwas verraten, das er noch nicht gewusst hatte, und er würde die richtigen Schlüsse ziehen. Da machte sie sich nichts vor. »Wir haben festgestellt, dass Sie eine rege Korrespondenz führen«, bemerkte sie eilig, wobei sie inständig hoffte, er möge ihr den Ärger über sich selbst nicht anmerken.

»Der Alltag hier drin bietet nicht allzu viel Abwechslung.«

»Was sind das für Leute, die Ihnen schreiben?«

»Psychologen, Nutten, Bibelwütige.« Seine Miene spiegelte Langeweile. »Und natürlich ein paar Damen, die mich bekochen möchten, sobald ich hier rauskomme.«

Aus den Augenwinkeln sah Edna, wie Max verächtlich den Mund verzog. »Und korrespondieren Sie auch mit Psychopathen?«, erkundigte sie sich, wobei sie Nevers direkt in die Augen sah. »Mit Gesinnungsgenossen, wie man so schön sagt? Gibt es da draußen vielleicht ein paar Kerle, mit denen Sie sich regelmäßig über Ihre perversen Phantasien austauschen?«

»In diesem Fall hätte ich Ihnen die Bilder wohl kaum zukommen lassen, nachdem sie nun schon einmal so ungehindert in meinen Besitz gelangt waren, meinen Sie nicht?« Er wich ihrem Blick nicht aus. Er musste nicht einmal blinzeln. Seine Pupillen waren starr und unbeweglich. »Sie glauben gar nicht, was solche Aufnahmen in einer Institution wie dieser wert sind!«

»Soll das heißen, dass Sie keine Ahnung haben, wer Ihnen die Fotos geschickt hat?«

»Nicht die geringste.«

»Und das sollen wir Ihnen glauben?«

»Warum nicht?«

»Weil der Kerl Ihr Markenzeichen verwendet.«

Er antwortete nicht, und Edna überlegte, ob ihn die Tatsache, dass ihn jemand kopierte, störte oder ob sie ihm schmeichelte.

»Gab es vielleicht jemanden, mit dem Sie bereits zu Ihrer – nennen wir es mal: aktiven – Zeit über Ihre kleinen Eigenheiten gesprochen haben?«, schaltete Max sich ein.

Nevers' Blick wandte sich ihm zu, ohne dass er den Kopf auch nur einen Zentimeter bewegte. Nur die Augen. Wie ein Reptil, dachte Edna. »Hätten *Sie* darüber gesprochen, wenn Sie an meiner Stelle gewesen wären?«

Max zuckte nur mit den Achseln. »Vielleicht waren Sie ja stolz auf Ihre Taten.«

»Stolz ist vielleicht nicht das richtige Wort«, entgegnete Nevers mit einem hintergründigen Schmunzeln auf den Lippen.

Entnervt warf Edna ihren Kugelschreiber auf den Tisch. »Haben Sie jemandem von Ihrem Markenzeichen erzählt oder nicht?«

»Nein, habe ich nicht.« Er legte die Hände auf die Tischplatte und reckte den Kopf nach vorne. »Nicht zuletzt deshalb werden Sie verstehen, dass mich die Sache brennend interessiert. Immerhin könnte sie dazu beitragen, diesen unsäglichen Justizirrtum aufzuklären, dem ich zum Opfer gefallen bin.«

»Glauben Sie mir, Freundchen, Sie sind genau da, wo Sie hingehören«, versetzte Edna ungerührt. »Und ob Sie sich für die Taten dieses Irren interessieren oder nicht, geht mir geradewegs am Arsch vorbei.«

Sein Lächeln blieb auf halber Strecke stehen. »Schön«, sagte er. »Das ist Ihr gutes Recht. Aber angesichts Ihrer Ignoranz wundert es mich nicht, dass Sie keinen blassen Schimmer haben, was Ihr guterzogener kleiner Freund Ihnen sagen will.« Da war sie auf einmal, die Arroganz des Hochbegabten. Unvermittelt mischte sie sich in den Klang seiner Stimme, und Edna fragte sich insgeheim, ob Nevers sich ihrer überhaupt bewusst war.

»Sie wollen mir doch hoffentlich nicht erzählen, dass Sie diesen Kerl verstehen und uns helfen könnten, ihn zu schnappen?!« Sie schüttelte in gespielter Missbilligung den Kopf. »In diesem Fall müsste ich Ihnen sagen, dass Sie entschieden mehr Hollywoodfilme gesehen haben, als Ihnen guttut.«

Er verzog amüsiert die Lippen, die voll und durchaus schön geschwungen waren. »Wie nahezu alles auf dieser Welt ist auch die Lösung Ihres Problems eine Frage des richtigen Blickwinkels«, bemerkte er kryptisch. Edna betrachtete die hohe Stirn, von der sie wusste, dass sie ein Gehirn beherbergte, das bestimmte Aufgaben schneller zu lösen verstand als die Gehirne der restlichen achtundneunzig Prozent der Bevölkerung. »Was sehen Sie zum Beispiel, wenn Sie einen Versandhauskatalog durchblättern?« Er wartete nicht auf ihre Antwort, sondern sprach einfach weiter wie ein dozierender Professor. »Vielleicht sehen Sie Bettwäsche, die Ihnen nicht gefällt, oder Dessous, die Sie niemals tragen würden, und ein paar Seiten weiter kommen Sie zu dem Schluss, dass nichts auf der Welt Sie dazu brächte, zweitausend Euro für einen Flachbildfernseher auszugeben, selbst wenn Sie ihn sich leisten könnten, nicht wahr?«

Sein Blick gab ihr das Gefühl, in irgendeiner Weise, die sie nicht näher umschreiben konnte, gedemütigt worden zu sein. Jetzt lauerte er auf eine Reaktion von ihr, auf einen Blick, eine Geste, die sie verriet, aber sie gab sich alle Mühe, ihn nichts dergleichen sehen zu lassen. Stattdessen warf sie einen demonstrativen Blick auf ihre Armbanduhr. »Worauf wollen Sie hinaus?«

»Das ist doch offensichtlich.« Er lehnte sich zurück, als würde er sich ungeachtet ihrer Geste auf ein längeres Gespräch einstellen. »Wissen Sie, es gibt da diese armen Kreaturen, denen nichts anderes übrigbleibt, als sich mit dem zu behelfen, was man ihnen vorsetzt, weil Mama ihnen alles untersagt hat, was Spaß macht. Und plötzlich bekommen ein paar bunte Bildchen eine völlig neue Dimension.« Er leckte sich über die Lippen. »O ja«, sagte er. »Solche ungehörigen kleinen Gedanken sind weiter verbreitet, als man gemeinhin glaubt. Nebenbei bemerkt, nicht nur innerhalb dieser Mauern. Aber ich wette, *Sie* haben noch nie die Seiten mit der Kinderunterwäsche durchgesehen und gedacht, was hat dieser kleine Lümmel doch für zuckersüße Arschbäckchen.«

Edna sah ihn an. »Sie erzählen mir absolut nichts Neues«, sagte sie und machte Anstalten aufzustehen. »Und um noch länger Ihren schmutzigen Phantasien zu lauschen, fehlt mir leider die Zeit.«

»Oh, es sind nicht *meine* schmutzigen Phantasien, wie Sie wissen«, versetzte Nevers mit größter Gelassenheit. »Aber *schmutzig* ist in der Tat ein gutes Stichwort.«

Edna hatte ihren Notizblock bereits zugeklappt, doch irgendetwas hielt sie davon ab, einfach aufzustehen und den Raum zu verlassen. »Wenn Sie uns irgendwas zu erzählen haben, erzählen Sie's einfach«, sagte sie stattdessen.

Nevers' Blick wurde leer. »Die arme kleine Ursula war keins von meinen Mädchen«, sagte er. »Das habe ich Ihren Leuten von Anfang an gesagt, aber leider haben sie sich lieber auf das Gutachten einer sogenannten Expertin verlassen, die meinte, mir einen Mord unterschieben zu müssen, den ich nicht begangen habe.«

»Molly Erler hat Ihnen rein gar nichts untergeschoben«, konterte Edna, obwohl ihr bewusst war, dass sie sich von ihm nicht dazu verleiten lassen durfte, Spielchen zu spielen. »Sie hat Ihnen die Tat lediglich zugetraut.«

»Aber ihr Gutachten …«

»Molly Erlers Aufgabe war einzig und allein die Erkundung Ihres Potentials«, fiel Edna ihm ins Wort. »Und vom Potential her ist Ihnen alles zuzutrauen.«

»Aber ich habe Ursula Biermann nicht getötet.«

Sie schenkte ihm ein spöttisches Lächeln. »Das behaupten *Sie*.«

Er richtete sich in seinem Stuhl auf, wodurch er auf einmal viel größer wirkte, und zum ersten Mal im Verlauf dieses Gespräches fühlte Edna sich bedroht. *Obwohl er nie maskiert war, reichten die Täterbeschreibungen die Körpergröße betreffend von eins fünfundsiebzig bis eins fünfundneunzig*, hallte es hinter ihrer Stirn, *und was das Alter angeht von Anfang zwanzig bis Ende fünfzig*. Er ist gefährlich, dachte sie. Sogar überaus gefährlich. Wenn ich Molly Erler wäre, würde ich hoffen, dass er hier wirklich nie wieder rauskommt. Das, was sie ihm in ihrem Gutachten attestiert hat, muss ihn gedemütigt haben. Und Jörg Nevers war mit Sicherheit kein Mensch, der Demütigungen einfach hinnahm. Sie sah ihn an. Was den Mord an Ursula Biermann anging, glaubte sie ihm. Aus irgendeinem Grund hatte sie das Gefühl, dass er die Wahrheit sagte.

»Warum sollte ich das Mädchen getötet haben?«, fragte er, als wisse er genau, was sie fühlte.

»Die Sache ist eskaliert damals«, erwiderte sie achselzuckend. »*Sie* sind eskaliert.«

Er wandte den Blick ab, geringschätzig, wie es schien, und sah zum Fenster. In die Freiheit auf der anderen Seite des Tales. Und zum wiederholten Male fragte sich Edna, ob es ihm irgendwie gelungen sein konnte, die Klinik zu verlassen. »Sagen Sie, haben Sie schon herausgefunden, warum er den Körper der Bösen mit einem weißen Laken bedeckt hat?«

Sie hatte das Gefühl, dass es besser war, auf diese Frage nicht einzugehen.

»Nein, haben Sie nicht«, befand Nevers mit einem kurzen Seitenblick, und um seine Mundwinkel erschien wieder dieses selbstgefällige Lächeln, das Edna so störte. »Wie sollten Sie auch, wo Sie doch noch nicht einmal wissen, warum die andere ihren Daumen eingebüßt hat.«

Edna stand auf und stemmte die Fäuste auf den Tisch. Sie hatte endgültig genug von dem Kerl und seinen perfiden kleinen Fragespielchen. »Jetzt hören Sie mir mal gut zu, Sie Scheißkerl«, fuhr sie ihn an. »Nur weil Sie einen Haufen Fanpost bekommen und ein paar durchgeknallte Weiber Sie sogar heiraten wollen, müssen Sie hier nicht die Hannibal-Lecter-Nummer abziehen.«

»Siebzehn«, entgegnete Nevers, ohne eine Miene zu verziehen.

»Was?«

Sein Blick war immer noch aus dem Fenster gerichtet. »Siebzehn durchgeknallte Weiber haben mir einen Heiratsantrag gemacht oder zumindest ein unmissverständliches Angebot.«

»Wie schön für Sie.«

Er lächelte. »Die arme kleine Ursula wurde neben einem Müllcontainer gefunden, nicht wahr?«

Edna machte sich nicht die Mühe, seine Frage zu beantworten.

»Haben Sie den Bericht gelesen?«

»Ja.«

»Haben Sie ihn genau gelesen?«

»Ja, verdammt. Hören Sie auf, Spielchen mit mir zu spielen.«

Er lehnte sich vor. Eine plötzliche, ruckartige Bewegung. Edna hatte Mühe, nicht vor ihm zurückzuweichen. »Also schön, dann sagen Sie mir nur eines: Ist Ursula Biermann penetriert worden?«

»Ihre Leiche wies dieselben Verletzungen auf wie Ihre anderen Opfer.«

»Sie haben meine Frage nicht beantwortet.«

»Sie kennen die Antwort, Sie dreckiges kleines Arschloch.« Sie wusste, sie durfte nicht so mit ihm reden. Doch sie konnte nicht anders. Sie hatte das Gefühl, dringend eine Dusche zu benötigen.

Nevers schnalzte genüsslich mit der Zunge. »Und verraten Sie mir auch, warum ich die Kleine verdammt noch mal nicht gefickt haben sollte?!«

»Sie könnten gestört worden sein.«

»Haben Sie jemanden gefunden, der zum fraglichen Zeitpunkt dort gewesen ist? Der mich gestört haben könnte?« Er war jetzt ebenfalls aufgestanden und beugte sich ihr entgegen. Der Tisch, der sie trennte, schien in den letzten Minuten geschrumpft zu sein. Sein Gesicht schwebte ganz dicht vor ihrem, und Edna fragte sich, wann der Aufseher hinter ihnen endlich eingreifen würde. »Sagen Sie schon«, forderte Nevers sie mit unbewegter Miene auf. »Haben Sie irgendjemanden gefunden, der mich gestört hat?«

»Nein verdammt.«

»Dann ist Ihnen doch bestimmt auch schon der Gedanke gekommen, dass der wahre Täter bei unserer kleinen Ursula schlicht und ergreifend keinen hochgekriegt hat, nicht wahr?« Sein Blick schien sie förmlich aufzuspießen. »O ja«, befand er nach einer Weile, und es klang erschreckend zufrieden, wie er das sagte. »Sie haben daran gedacht. Und genau das ist Ihr Problem.«

Edna bemühte sich, nicht als Erste den Blick abzuwenden. »Angenommen, ich nehme Ihnen ab, dass Sie Ursula Biermann nicht getötet haben …«

»Falsch«, fiel Nevers ihr mit plötzlicher Schärfe ins Wort. »Sie *wissen*, dass ich es nicht war. Und von Molly Erler halten Sie genauso wenig wie ich.«

Edna verzog keine Miene.

»Sie wissen, dass sie sich geirrt hat damals. Und Sie sind keine Frau, die sich auf Menschen verlässt, die sich irren.« Er ließ sich wieder auf den Stuhl zurückfallen. »Denken Sie darüber nach. Und bis Sie das getan haben, ist dieses Gespräch beendet.«

Die plötzliche Aggressivität in seinen Worten erschreckte Edna. *Er will die Kontrolle. Es geht ihm um Dominanz. Die Angst seiner Opfer erregt ihn.*

»Dieses Gespräch ist beendet, wenn ich es sage«, entgegnete sie mit fester Stimme. »Und abgesehen davon sind Sie derjenige, der vorgibt, uns etwas verraten zu können, das wir noch nicht wissen.«

»Warum sollte ich das tun?«

»Was?«

»Ihnen etwas verraten, das Ihnen weiterhilft.«

»Weil Sie hier rauswollen.«

Er verzog keine Miene. »Glauben Sie mir, Ihr guterzogener Freund wird mich schneller hier rausholen, als Sie gucken können. Es ist nur eine Frage von Wochen, Tagen vielleicht. Und ich habe Zeit.« Er sah ihr direkt in die Augen. »Die Frage ist: Wie viel Zeit haben Sie?«

»Keine Sorge, mein Freund«, versetzte sie selbstbewusst. »Wir werden ihn kriegen. Auch ohne Ihre geschätzte Hilfe.«

Er kniff die Augen zusammen. »Sie sind längst nicht so abgebrüht, wie Sie glauben.«

»Lassen Sie's drauf ankommen.«

Seine Pupillen weiteten sich, als er nickte. »Ja«, sagte er. »Vielleicht werde ich das. Wie viele Tote, sagten Sie, haben Sie?«

Edna tauschte einen Blick mit Max und stand auf. »Machen Sie's gut, Nevers.«

»Irgendein ziemlich kranker Kerl tötet seit sieben Jahren ungestraft Frauen.« Es klang beinahe amüsiert. »Und abgesehen davon, dass Sie bis vor ein paar Tagen nicht die geringste Ahnung hatten, dass es ihn gibt, wissen Sie rein gar nichts mit ihm anzufangen, weil Ihre Eltern ganz offensichtlich nicht allzu viel Wert auf die klassische gute Erziehung gelegt haben.«

»Meine Eltern und ihre Erziehung gehen Sie einen Scheißdreck an!«, erwiderte Edna mit aller Selbstbeherrschung, die sie in dieser Situation noch zustande brachte. Dann drehte sie sich um und folgte ihrem Kollegen zur Tür.

»Finden Sie den Kerl.« Sein Grinsen brannte in ihrem Rücken. »Finden Sie ihn und holen Sie mich hier raus.«

Mit einer kurzen Handbewegung bedeutete Edna ihrem Kollegen, stehen zu bleiben. Dann drehte sie sich noch einmal zu dem Serienvergewaltiger um. »Sie werden hier nicht rauskommen, Nevers«, sagte sie ruhig. »Machen Sie sich diesbezüglich keine Hoffnungen.«

»O doch.« Sein Nicken war eifrig wie das eines Schulbuben. »Ich mache mir Hoffnungen. Berechtigte Hoffnungen. Das wissen Sie so gut wie ich.« Er zögerte. »Grüßen Sie Molly von mir.«

»Das werde ich ganz bestimmt nicht tun«, entgegnete Edna, indem sie ihm endgültig den Rücken kehrte.

»Ist sie nicht schwanger gewesen, damals?«

Sie war froh, dass er ihr Gesicht nicht sehen konnte. Molly Erler darf nie erfahren, was er da eben gesagt hat, dachte sie. Niemals.

*

Lydia!

»Wer ist da?«

Er saß wieder in der gegenüberliegenden Ecke, ganz wie immer, die Haut rot wie Flusskrebs.

Sie betastete ihre Stirn und stellte fest, dass sie verschwitzt war. »Warum lässt du mich nicht endlich in Ruhe?«

Geht es dir besser?

»Ja«, sagte sie, verwundert, dass sie noch schwitzen konnte. Aber das Fieber war eindeutig gesunken. »Das heißt, ich weiß nicht. Genaugenommen machst du mir Sorgen.«

Ich? Warum?

»Weil du da bist.«

Er lachte leise.

»Du dürftest gar nicht da sein«, sagte sie und kam sich irgendwie seltsam dabei vor. War das, was sie hier gerade erlebte, ein Traum? Sie hatte zwei von den Tabletten geschluckt. Immer wenn sie aufgewacht war. Sie hatte es getan, um IHN nicht zu verärgern, aber offensichtlich hatten die Tabletten tatsächlich geholfen. »Ich meine, du dürftest nicht hier sein. Du bist höchstwahrscheinlich in Bad Herrenalb in irgendeinem Bewegungsbecken und lässt dich von einer sündhaft teuren Therapeutin durchs warme Wasser schwimmen.«

Er verzog das Gesicht auf eine Art und Weise, die sie schon ein paarmal an ihm gesehen, aber nie verstanden hatte. *Das habe ich nie gemocht.*

»Was? Das Schwimmen?«

Nein, Bad Herrenalb.

»Ist nicht dein Ernst!« Sie streckte die Hand aus und versuchte, an das Holzgefäß zu kommen. Wie immer hatte er es so hingestellt, dass sie es gerade eben erreichen konnte. Wasser schwappte über den Rand, als sie mit den Fingerspitzen dagegenstieß. »Immerhin sind wir nur deinetwegen dorthin gefahren.«

Ich weiß.

»Und es hat dir tatsächlich nie gefallen?«, fragte sie ungläubig. Sie hatte sich nie Gedanken darüber gemacht, was einem Menschen wie ihrem Bruder gefallen könnte. Ob ihm überhaupt etwas gefiel. Abgesehen von Afri-Cola natürlich. Afri-Cola war seine Form von Nervenkitzel. Während andere Jungen in seinem Alter wahnwitzige Autorennen veranstalteten oder von Brücken oder S-Bahnen sprangen, sog er eine kackbraune Zuckerlösung, die ihm nicht guttat, durch einen Strohhalm. Eine ganz besondere Form der Pubertät für einen ganz besonderen Menschen. »Warum bist du überhaupt hingefahren, wenn es dir nicht gefallen hat?«, hörte sie sich fragen, als ihr auch schon die Unsinnigkeit ihrer Frage bewusst wurde.

Doch ihr Bruder beantwortete die Frage trotzdem.

Hatte ich denn eine Wahl?

*

Die Rückfahrt verlief schweigend. Edna saß am Steuer und hing ihren Gedanken nach, während Max durch das Seitenfenster in die vorbeifliegende Landschaft starrte. Das schlechte Wetter der letzten Tage hatte das Laub von den Bäumen geholt. Die Kastanien, die die Straße säumten, waren fast kahl.

»Dieser widerliche Mistkerl weiß etwas«, sagte Edna nach einer ganzen Weile. »Oder denkst du, er blufft?«

Max überlegte lange, bevor er schließlich den Kopf schüttelte. »Nein«, sagte er. »Ich glaube nicht, dass er blufft. Ist dir aufgefallen, wie merkwürdig er sich manchmal ausgedrückt hat?« Er nestelte seinen Notizblock aus der Jackentasche, auf den er auch bei Gesprächen, die auf Tonband aufgenommen wurden, nie verzichtete, und blätterte ein paar Seiten zurück. »*Unser unartiger kleiner Freund*«, zitierte er aus seinen Aufzeichnungen. »Oder hier: *Angesichts Ihrer Ignoranz wundert es mich nicht, dass Sie keinen blassen Schimmer haben, was Ihr guterzogener kleiner Freund Ihnen sagen will.*« Er ließ den Block sinken. »Und dann diese Sache mit deinen Eltern und ihrer Erziehung.«

Edna warf ihm einen raschen Seitenblick zu. »Du denkst tatsächlich, dass hinter diesen Formulierungen mehr steckt? Irgendein Hinweis?«

»Seine Wortwahl war viel zu auffällig, als dass ich sie als bloßen Zufall abtun würde«, entgegnete ihr Partner achselzuckend.

»Und ich gäbe viel darum, zu erfahren, was dieses elende Arschloch aus den Fotos der toten Frauen herausgelesen hat.«

Max räusperte sich. »Hältst du es für denkbar, dass er Kontakt zu unserem Täter hat? Dass er vielleicht sogar dessen Drehbuch kennt?«

Edna gab einen unbestimmten Laut von sich. Vielleicht ist Nevers selbst unser Täter, dachte sie, doch sie hütete sich, diesen Gedanken laut auszusprechen. Und doch … Vielleicht brachte dieser Widerling es irgendwie fertig, die Klinik zu verlassen. Vielleicht wusste er einen Weg, die Wärter auszutricksen. Und dann?, rief sie sich selbst zur Ordnung. Riederbach liegt isoliert in einem Talkessel. Er würde ein Fahrzeug brauchen, um von dort wegzukommen. Und das wiederum bedeutet, dass er einen Partner haben muss. Jemand, der ihm hilft. Ja, dachte sie, *partners in crime*.

»Lass uns bei Nevers' Bruder vorbeifahren«, schlug sie vor. »Ich würde gerne kurz mit ihm reden.«

»Klar«, sagte Max. »Vielleicht können wir auf diese Weise schon eine Möglichkeit ausschließen.«

*

»Weißt du, manchmal habe ich unsere Eltern gehasst.«

Er war nicht da, aber sie erzählte es ihm trotzdem. Sie hatte es satt, die beiden kümmerlichen Strophen des Zauberlehrlings zu rezitieren, die aus ihrer Schulzeit hängengeblieben waren.

»Ich habe sie gehasst, weil sie dich haben wollten.« Ein ungeheuerliches Eingeständnis, zugegeben, aber ihr Bruder war ja nicht da. Sie war alleine. »Danach war nichts mehr wie vorher.«

Ihre Hand tastete nach den beiden Zwiebäcken, die sie vor ein paar Minuten aus ihrer Vorratsecke geholt und neben sich auf die Decke gelegt hatte. Sie hatte keinen Hunger, aber sie wollte auch nicht wieder Fieber bekommen. Also bröselte sie das trockene Gebäck in kleine Teile und schob sie sich in den Mund. Eines nach dem anderen. Zwischendurch trank sie aus dem Holzgefäß, das sie in Reichweite abgestellt hatte und das schon wieder zur Hälfte leer war. Sie musste unbedingt sparsamer sein!

»Es ist komisch, wenn man nicht so kann, wie man will«, flüsterte sie ihrem abwesenden Bruder zu. »Irgendwie demütigend«, sie stutzte, als ihr klar wurde, dass er sie verstehen würde, wenn er sie hören könnte. Auch er war ein Gefangener. Ein Gefangener seines eigenen Körpers. »Dieser Typ ist ziemlich krank, was?« Sie holte tief Luft und bemühte sich, die Stimme der Alten, die sie gehört hatte, möglichst genau zu imitieren: »Du bleibst jetzt eine Weile hier, mein kleiner Wüterich. Dann kannst du in aller Ruhe über deine Schuld nachdenken.« Sie lachte. Es tat weh. Ihr ganzer Körper tat weh. Jede Faser, jedes Gelenk, jedes einzelne Haar. Wie bei Stifter, dachte sie. *Der Schmerz als Einzelschicksal.* »Glaubst du, dass das seine Mutter war? Ich meine, es ist doch meistens die Mutter, wenn solche Kerle derart austicken, oder?« Sie trank noch einen Schluck Wasser und dachte an ihre eigene Mutter, die immer sanft und geduldig gewesen war. Bis auf ein einziges Mal.

Sie schloss die Augen und sah sich selbst auf dem Steg liegen, die Kleider durchweicht und zitternd vor Kälte, trotz der strahlenden Junisonne, die noch immer vom wolkenlosen Himmel lachte. Das Gesicht ihrer Mutter über ihr, wut-, nein schmerzverzerrt. Drei Männer hatten sie bändigen müssen, nachdem es ihrem Mann nicht gelungen war, sie von ihrer halbohnmächtigen Tochter fortzureißen. Drei Männer waren vonnöten gewesen, um Christa Burgstaller davon abzuhalten, ihr eigenes Kind totzuschlagen, vor lauter Schreck darüber, dass es so leichtsinnig gewesen war, in einen grundlosen See zu fallen. Aus Entsetzen über die Erkenntnis, dass über allem Irdischen die Gefahr des Verlustes schwebte. Immer.

Sie wunderte sich, dass ihr die Sache jetzt auf einmal wieder einfiel. Sie hatte nie mehr daran gedacht, und niemals hatte irgendein Mitglied ihrer Familie auch nur eine Silbe darüber verloren.

*

Das Haus, in dem Jörg Nevers zum Zeitpunkt seiner Taten gewohnt hatte, lag am Stadtrand von Remagen. Ein zweistöckiger, düsterer Altbau aus Basaltstein, der von einem großen, reichlich verwahrlosten Garten umgeben war. Wuchtige Koniferen schirmten das Grundstück zur Straße hin ab und tauchten das hohe, geschmiedete Tor und die dahinterliegende Einfahrt in tiefe, muffige Schatten.

Edna drückte auf die Klingel neben dem Briefkasten, an der sich kein Namensschild, sondern nur ein handgeschriebener Zettel mit der Hausnummer befand, und überlegte, ob dies wohl als Indiz dafür anzusehen war, dass sich Christoph Nevers seines Namens schämte.

Doch das selbstbewusste Auftreten der Gestalt, die kurz darauf im rund zwanzig Meter entfernten Türrahmen der Haustür erschien, brachte sie dazu, diese Annahme eiligst zu revidieren. »Was wollen Sie?«

»Herr Nevers?«

»Und?«

»Kriminalpolizei.« Trotz der beträchtlichen Entfernung, die sie trennte, wedelte Edna mit ihrem Dienstausweis. »Können wir Sie kurz sprechen?«

Er zögerte einen Augenblick, dann verschwand er in der Tür. Gleich darauf summte ein elektrischer Türöffner.

Edna kickte einen modrigen Tannenzapfen beiseite, von

denen Dutzende in der Einfahrt lagen, während sie sich fragte, wie es wohl im Inneren des Hauses aussehen mochte. *Ich an Ihrer Stelle würde davon ausgehen, dass sie bereits vor ihrem Tod längere Zeit irgendwo festgehalten wurde.* Sie sah sich um. Es gab keine direkten Nachbarn. Die nächsten Häuser standen etwa hundert Meter entfernt. Und hinter dem Haus erhob sich ein Steilhang. Ihre Blicke suchten die Fassade nach einem Hinweis auf weitere Bewohner ab. Die hohen Fenster waren mit dichten Gardinen verhängt. Unter schweren, engmaschigen Eisengittern gähnten Kellerschächte, die irgendwo im Dunkel endeten.

»Was wollen Sie?« Christoph Nevers war etwas größer als sein Bruder und blond, aber die Familienähnlichkeit war nicht zu übersehen. Aufgrund der Erkundigungen, die sie über ihn eingeholt hatten, wusste Edna, dass der gelernte Lackierer einundfünfzig Jahre alt und bereits seit mehreren Jahren arbeitslos war. Bis auf eine Anzeige wegen Trunkenheit am Steuer war er jedoch – im Gegensatz zu seinem jüngeren Bruder – noch nie mit dem Gesetz in Konflikt geraten.

»Es geht um Ihren Bruder«, sagte sie, weil sie sehen wollte, wie er auf diese Eröffnung reagierte. »Vielleicht könnten wir einen Augenblick hineingehen.«

»Ich habe mit meinem Bruder nichts zu schaffen«, entgegnete Christoph Nevers abweisend, wobei er einen Arm in den Türrahmen stemmte.

»Sie wohnen in seinem Haus«, versetzte Edna.

»Das Haus hat meinen Eltern gehört.«

Meinen Eltern, notierte Edna im Stillen. Nicht *unseren Eltern.*

»Stimmt«, nickte Max mit einem unverbindlichen Lächeln. »Aber Ihr Bruder hat Sie ausgezahlt.«

Unter dem rechten Auge von Christoph Nevers zuckte ein Muskel. Ihm schien allmählich klarzuwerden, dass sich die Polizei auch mit seinen Lebensumständen befasst hatte. »Tjaaa«, sagte er gedehnt, indem er erst gar nicht zu verbergen versuchte, dass er sich belästigt fühlte. »Nur leider ist mein Bruder im Augenblick verhindert, wie Sie wissen, und da ich augenblicklich etwas klamm bin und das Haus sonst leer stehen würde ...« Er ließ den Satz offen und sah auf die ausgetretenen Steinstufen hinunter, auf denen die beiden Kommissare standen.

Edna hatte trotz seiner Unwilligkeit, sich auf dieses Gespräch einzulassen, den Eindruck, dass er sich irgendwie zu rechtfertigen versuchte. »Haben Sie noch Kontakt zu Ihrem Bruder?«

»Nicht regelmäßig.«

Eigentlich müsste er sich jetzt langsam mal erkundigen, worum es hier eigentlich geht, dachte sie. »Aber Sie besuchen ihn hin und wieder.«

»Nur wenn ich seine Unterschrift benötige.« Er strich sich mit der Hand über das schlechtrasierte Kinn. In seinen Augen spiegelte sich eine Emotion, die Edna zunächst nicht einordnen konnte. »Offiziell gehört das Haus nun mal Jörg, wie Sie ganz richtig bemerkt haben.«

Ekel, dachte Edna, und die Erkenntnis überraschte sie. Er sieht aus, als würde er sich vor etwas ekeln. Sie dachte an die finsteren Kellerschächte. An das, was hinter den dichten Gardinen liegen mochte, und versuchte, an ihm vorbei einen Blick ins Innere des Hauses zu erhaschen. Aber alles, was sie sehen konnte, war eine wuchtige Garderobe und eine geschlossene Tür. »Haben Sie etwas dagegen, wenn wir uns ein bisschen umsehen?«

Sein Blick bohrte sich in den Boden zu ihren Füßen. »Allerdings.«

»Es könnte helfen, Ihren Bruder zu entlasten.«

Christoph Nevers blickte nicht auf, aber in seinen Augen lag ein plötzlicher Argwohn. »Entlasten wovon?«

»Fragen Sie Ihren Bruder.«

»Ich habe Ihnen schon einmal gesagt, dass ich mit Jörg

nichts zu schaffen habe.« Er schniefte und wischte sich mit dem Hemdsärmel durchs Gesicht. »Wir reden nur, wenn es was zu regeln gibt.«

»Haben Sie kürzlich mal mit Ihrem Bruder gesprochen?« Aus den Besucherlisten der Klinik wusste sie, dass Christoph Nevers' letzter Besuch in Riederbach rund sechs Wochen zurücklag.

»Nein.«

»Er hat Sie nicht vielleicht angerufen?«

Er blickte auf. »Warum sollte er?«

»Haben Sie in den letzten Tagen irgendwelche Post erhalten?«, fragte Edna, ohne auf seine Frage einzugehen.

Christoph Nevers runzelte die Stirn und schien zum ersten Mal im Verlauf dieser Unterhaltung ernsthaft nachzudenken. »Werbung«, sagte er dann. »Und irgendwas von der Telekom.«

»Keine Fotos?«

»Was für Fotos?«

Sie lächelte. »Fotos von toten Frauen.«

Im Grunde sah er eher verwundert als entsetzt aus. »Haben Sie den Verstand verloren?«

Edna sagte nichts, sondern fixierte ihn mit durchdringendem Blick. Trotz seines ansonsten so forschen Auftretens hielt er nur ein paar Sekunden durch, dann sah er weg. Zu Boden. Jörg Nevers hatte Spaß daran, andere zu manipulieren. *Er konnte und wollte seinen Opfern in die Augen sehen.* Sie nickte leise vor sich hin. Sein Bruder ist ihm in keiner Weise gewachsen, dachte sie. Oder er ist ein ausgezeichneter Schauspieler. *Die meisten Serienmörder sind exzellente Schauspieler*, echote Molly Erler hinter ihrer Stirn. *Glauben Sie mir, Sie würden den Unterschied nicht bemerken.*

»Was hat Jörg wieder angestellt?«, fragte Christoph Nevers mitten in die entstandene Stille, den Blick noch immer zu Boden gerichtet.

»Das wissen wir noch nicht«, antwortete Edna wahrheitsgemäß. »Aber wir werden es schon herausfinden.«

»Und dazu wäre es hilfreich, wenn Sie uns erlauben würden, uns hier ein wenig umzusehen«, startete Max einen neuen Versuch.

Christoph Nevers machte einen Schritt rückwärts und hob den Kopf. In seinen Augen blitzte eine ferne Aggression auf. »Dann besorgen Sie sich einen Durchsuchungsbefehl.«

»Selbstverständlich können wir ...«, setzte Max an, doch Christoph Nevers hatte bereits die Haustür zugeschlagen.

*

Vor ihr fing die Finsternis zu wabern an. Es gab kein besseres Wort dafür. Das Dunkel geriet plötzlich in Bewegung, begann zu vibrieren wie pechschwarzes Wasser und gab ihr das Gefühl, zu sinken, obwohl sie nach wie vor den harten Boden unter sich spürte.

Sie war lange wach gewesen, so lange wie selten in der letzten Zeit, und sie hatte nachgedacht. Über IHN, über Natalija, über Lothar und ihre Mutter. Und zum ersten Mal in ihrem Leben war ihr der Gedanke gekommen, dass es vielleicht ihr Sturz in den See gewesen war, der in ihren Eltern den Wunsch nach einem zweiten Kind geweckt hatte. Fast drei Minuten unter Wasser. Da hatten sie ihr vielleicht einfach nicht mehr getraut.

Ihre Finger spielten mit dem Blisterstreifen, der nun fast leer war. Medizin vom Monster. Während ihre Fingerspitzen ein paar Aluminiumreste von den leeren Hülsen pflückten, fiel ihr ein, dass dieser Plastikstreifen das erste härtere Material war, das er ihr überlassen hatte, und auf einmal hatte sie das Gefühl, damit so etwas wie einen Schatz zu besitzen. *Zwei* Schätze, korrigierte sie sich. Sie besaß einen Zettel mit dem Namen einer Toten und einen Plastikstreifen mit Tabletten.

Sie hatte nicht die geringste Ahnung, was sie mit diesen Schätzen anfangen sollte, ob sie ihr je etwas nützen würden. Aber in ihrer Situation durfte man nicht wählerisch sein. Sie stemmte die Hände neben sich auf den Boden und versuchte, sich aufzurichten, um den Blisterstreifen unter ihre Decke zu schieben. Die Energie, bis zur Grube zu kriechen, brachte sie nicht auf. Nicht jetzt. Das Wabern verstärkte sich. In der Dunkelheit vor ihr lauerte bereits der Karpfen.

Sie rollte sich auf die Seite und kratzte sich den Rücken, der höllisch juckte. Seit einiger Zeit juckte es sie überall, und wenn ihr vor ein paar Wochen jemand gesagt hätte, sie hielte es aus, sich tagelang weder zu duschen noch zu waschen – sie hätte ihn für verrückt erklärt! Sie seufzte und grub das Gesicht tief in die wollene Decke, um sich abzulenken. Doch der Juckreiz wurde immer unerträglicher. Unwillkürlich fiel ihr der Käfer wieder ein. Der harte Panzer von neulich. Käferlarven. Läuse. Sie betastete ihr Haar mit wachsendem Ekel. Gleichzeitig dachte sie an ihre letzte Begegnung mit IHM. An die unheimliche, schrille Frauenstimme, die aus seinem Mund gequollen und dann wie ein Echo aus der Hölle von den alten Mauern zurückgeworfen worden war. Fast wie Norman Bates, dachte sie, und auf einmal schien ihr duschen keine allzu gute Idee mehr zu sein.

*

»Ich habe einen Mordshunger«, beklagte sich Max, als sie an einer roten Ampel hielten. Es war wenige Minuten nach vier, was bedeutete, dass die Pizzeria ihren Mittagstisch bereits vor mehr als zwei Stunden beendet hatte und erst in gut andertalb Stunden wieder öffnen würde. Er seufzte und blickte aus dem Seitenfenster, wo sich der Himmel über der Stadt in spätherbstlichem Grau präsentierte und die wenigen, kahlen Bäume auf dem Zentralplatz noch trostloser wirken ließ als gewöhnlich. Nach Kuchen oder Eis stand ihm ganz und gar nicht der Sinn, aber etwas anderes war um diese Uhrzeit wahrscheinlich schwer zu bekommen.

»Zwei Straßen weiter ist ein nettes kleines Café, das auch Wurstsuppe anbietet«, sagte Edna, als hätte sie seine Gedanken gelesen. »Rund um die Uhr.«

»Wurstsuppe?«

Sie zuckte mit den Schultern. »Ja und?«

»Sag nur, du isst so was.«

»Warum nicht?«

»Du Tier!«

»Wenn du lieber ein Stück Torte willst …«

»Um Himmels willen«, wehrte er ab. »Wurstsuppe ist genau das, was ich jetzt brauche.«

Sie hatten Glück und fanden fast auf Anhieb einen Parkplatz, ganz in der Nähe des Cafés. Durch die hellerleuchteten Fenster sah man heimelige Bistrotische, auf denen Teelichte in Glashaltern funkelten, und Edna traute ihren Augen kaum, als sie an einem dieser Tische ihre Mutter entdeckte. Margarethe Beck wirkte froh und entspannt und nippte lachend an einer riesigen Tasse Milchkaffee. Aber weit mehr als die unerwartete Konfrontation mit ihrer Mutter, die nach einem Stadtbummel normalerweise eines ihrer beiden sogenannten Stammcafés heimsuchte, die beide in der entgegengesetzten Richtung lagen, wunderte sie die Tatsache, dass ihre Mutter nicht allein war. Sie blieb vor einem der Fenster stehen und spähte durch die spiegelnde Scheibe. Von dem Mann, der ihrer Mutter gegenübersaß, sah sie zunächst nur den Rücken. Doch ein paar Augenblicke später wandte er den Kopf, und um ein Haar hätte sie laut aufgeschrien, als sie das Profil erkannte.

»Scheiße noch mal!«, fuhr es aus ihr heraus. »Mein Exmann!«

Dieser schien soeben bezahlt zu haben und war gerade dabei, die Brieftasche wieder zurück in sein Jackett zu stopfen.

Dann stand er auf und drückte seiner ehemaligen Schwiegermutter einen Kuss auf die Wange.

Edna packte Max am Arm und riss ihn hinter einen wuchtigen Ständer mit Ansichtskarten, der im Eingangsbereich eines angrenzenden Schreibwarengeschäftes stand. »Was macht er?«, fragte sie, indem sie hinter der Schulter ihres Kollegen in Deckung ging. »Ist er weg?«

»Gerade um die Ecke.«

»In welche Richtung?«

»Die entgegengesetzte.« Max grinste. »Und ich dachte, du wolltest mit ihm über Lina und das Haus sprechen.«

»Nicht in Gegenwart meiner Mutter.« Edna straffte die Schultern und strich sich wütend die Haare aus der Stirn. »Ich wette, sie hat sich von ihm einladen lassen.« Sie schnaubte verächtlich. »Meine Mutter hat erlaubt, dass dieses verdammte Arschloch ihren Kaffee bezahlt!«

»Vielleicht solltest du …«, setzte Max an, doch seine Kollegin hatte bereits die Tür des Cafés aufgerissen und stürmte geradewegs auf ihre Mutter zu, die soeben dabei war, verschiedene Einkaufstüten zusammenzuraffen. Als Margarethe Beck ihre Tochter bemerkte, breitete sich ein erfreutes Lächeln über ihre ebenmäßigen Züge.

»Okay«, sagte Edna und stemmte die Fäuste auf den Tisch, ohne die ausgestreckte Hand ihrer Mutter zur Kenntnis zu nehmen. »Wie lange geht das schon so?«

»Was meinst du?« Margarethe Becks Miene spiegelte eine diffuse Angst, was nicht untypisch für sie war, aber auch Unverständnis. Ganz offenbar hatte sie noch nicht einmal ein schlechtes Gewissen.

»Du weißt verdammt gut, was ich meine.« Edna fühlte sich verraten. Und sie war wütend. Unendlich wütend. »Wie lange erlaubst du meinem Exmann schon, sich bei dir auszuheulen?«

Ihre Mutter seufzte und blickte sich hilfesuchend nach Max

um, der seiner Kollegin gefolgt war. »Wir haben uns zufällig in der Stadt getroffen, und da hat er vorgeschlagen …«

»Wir sind geschieden, Mama«, unterbrach Edna sie. »Der Mann, mit dem du hier so traulich bei Kaffee und Kuchen zusammensteckst, hat mich sitzenlassen, um eine milde Maid zu ehelichen, deren Waldorf-Vergangenheit sie dazu befähigt, ihren Namen zu tanzen. Erklär mir das!«

Margarethe Beck sagte nichts.

»Ich habe dich gefragt, wie du dazu kommst, dich mit diesem verantwortungslosen Arschloch an einem Tisch zu setzen«, insistierte Edna.

»Du weißt, dass Peter sich immer gut mit uns verstanden hat.« Margarethe Beck machte ein bekümmertes Gesicht. »Und er wollte doch nur …«

»Es ist mir scheißegal, was er wollte«, echauffierte sich Edna. »Denn ganz gleich, was es war, du hättest es ablehnen müssen.«

»Aber …«, setzte ihre Mutter erneut an, doch Edna ließ sie nicht zu Wort kommen.

»Und weißt du was? Ich habe allmählich die Schnauze voll von der Illoyalität in dieser Familie.« Sie funkelte ihre Mutter an. »Hast du ihn schon gefragt, ob er zu eurer goldenen Hochzeit kommt?«

»Edna …«

»Nur zu, lad ihn ein. Vielleicht tröstet dich ein wohlgeratener Ex-Schwiegersohn über die Abwesenheit deiner Töchter hinweg.«

Margarethe Beck blickte auf. Erschreckt. Verwundet. »Heißt das …?«

»Du hast mich schon verstanden«, versetzte Edna. »Ich werde nicht zu dieser Feier kommen, und ich hatte auch nie vor, zu kommen. Und wenn Justine noch leben würde, wäre sie auch nicht gekommen, das weißt du so gut wie ich.« Sie wusste, es war unfair, ihre tote Schwester derart zu instrumentalisieren. Aber sie konnte nicht anders. Sie war viel zu wütend auf ihre Mutter, um eine so gute Gelegenheit, sie zu verletzen, auszulassen. »Und da Maja ja leider auch nicht dabei sein kann, werdet ihr wohl mit dem pflegeleichten Teil der Verwandtschaft vorliebnehmen müssen. Mit schmierigen Anwälten und freiwilligen Feuerwehren.« Sie nahm die Hände vom Tisch. »Ich wünsche euch eine schöne Feier.«

Dann verließ sie das Lokal, ohne sich noch einmal umzudrehen.

*

Seit dem Erscheinen des Artikels standen die Telefone nicht still. Die Beamten in der Zentrale des Präsidiums kamen kaum zum Luftholen.

Als Edna und Max in ihr Büro zurückkehrten, wurden sie bereits von Thomas Schweichert erwartet. »Wir haben da etwas, das ihr euch unbedingt anhören solltet«, begann er, noch bevor Edna ihre Jacke an die Garderobe hinter der Tür gehängt hatte. »Da hat sich ein Hausmeister gemeldet, der sich Sorgen um eine verschwundene Mieterin macht, seit er in der Zeitung von unseren Frauenmorden gelesen hat.«

Edna runzelte die Stirn. »Von der Sorte werden hier vermutlich noch einige auftauchen«, stellte sie seufzend fest.

»Aber dieser hat die Geldbörse der betreffenden Frau in einer vollen Einkaufstüte gefunden.« Schweichert machte ein bedeutungsvolles Gesicht. »Darin befinden sich nicht nur Bargeld und Kreditkarte, sondern auch sämtliche Papiere.« Er hielt seinen Kollegen einen Personalausweis hin. »Lydia Burgstaller. Fünfundzwanzig Jahre alt. Studentin.« Dann drehte er den Ausweis um, so dass Edna und Max das Foto sehen konnten. »Einen Meter fünfundsiebzig groß, brünett und gutaussehend.«

Ednas Blick fiel auf die Haare der jungen Frau. Sie waren

auffallend lang und leicht gewellt. Genau wie bei Natalija Zaslavska, dachte sie. Die beiden haben trotz ihrer grundverschiedenen Lebensumstände eine ausgeprägte Ähnlichkeit miteinander. Derselbe Typ. Dieselben langen Haare. *Es wäre durchaus möglich, dass bei der Russin irgendetwas schiefgelaufen ist*, hörte sie Molly Erlers Stimme sagen. *Etwas, mit dem er nicht zufrieden war und das ihn davon abgehalten hat, sein Werk zu signieren.*

»Wo ist dieser Hausmeister jetzt?«, fragte sie.

»Sitzt drüben bei Cox«, antwortete Schweichert. »In der Vermisstenabteilung wussten sie nichts mit ihm anzufangen, aber weil er so beunruhigt war und immerzu von dem Artikel über die Serienmorde sprach, haben sie ihn vorsichtshalber raufgeschickt. Möchtest du ihn sprechen?«

Sie warf einen letzten Blick auf Lydia Burgstallers Passfoto und nickte. »O ja«, sagte sie. »Das möchte ich allerdings.«

*

Sie schreckte aus einem tiefen, traumlosen Schlaf hoch, als sie Schritte hörte. SEINE Schritte. Nur waren sie dieses Mal nicht auf der Treppe, draußen vor der Tür, sondern über ihr. Sie wunderte sich darüber, denn eigentlich hatte sie die Mauern, die sie umgaben, immer für äußerst dick gehalten. Trotzdem hörte sie ihn.

Sie überlegte einmal mehr, ob es an der absoluten Stille liegen mochte, die sie hier umgab, dass sie auf einmal so gut hörte. Vielleicht schärfte die Reduktion aller äußeren Reize die Sinne. Oder aber sie war tatsächlich im Begriff, verrückt zu werden. Verrückte nahmen ja angeblich vieles anders wahr. Intensiver.

Sie lauschte. Er ging auf und ab. Zumindest klang es so. Von Zeit zu Zeit verlor sich das Geräusch irgendwo im Nichts. Dann kehrte es plötzlich zurück. Jetzt schien es direkt über ihrem Kopf zu sein, und sie nahm ein Knacken wahr, wie von Holzdielen, die unter einer plötzlichen Belastung nachgaben. Dann krachte etwas auf den Boden.

Es ist tatsächlich ein Haus, dachte sie. Über mir sind Räume!

Ihr Herz schlug schneller, und sie musste auf einmal an die Hühnerbrühe denken, die er ihr bei seinem ersten Besuch eingeflößt hatte. Was, wenn es tatsächlich eine alte Mutter gab. Irgendwo dort oben. Eine Mutter, die herumkeifte und kommandierte und Hühnersuppe kochte?

Du kannst ruhig schreien.

Das hatte sie. Vor Schmerz. Vor Angst. Vor lauter Verzweiflung. Wenn da außer ihm noch jemand wäre, müsste dieser Jemand mich gehört haben, dachte sie. Und was bedeutete das? Dass ihr Hiersein mit ausdrücklicher Billigung der betreffenden Person geschah oder … Sie schluckte und dachte wieder an Norman Bates. Oder es bedeutete, dass diese Person tot war. Ein Bild flammte vor ihrem inneren Auge auf. Ein alter Schaukelstuhl. Eine Perücke. Augenhöhlen.

Sie schauderte, als sie ihn plötzlich wieder hörte. Auf der Treppe jetzt. Langsamere Schritte als sonst. Sie kroch ganz in die Ecke und versuchte sich vorzubereiten. Ein neuer Gang. Eine neue Stimme. Eine neue Person?

Ihre Augen fixierten die Tür, die sie nicht sehen konnte. Noch nicht. Wer kam da heute zu ihr in den Keller herunter?

*

»Ich musste Werkzeug aus dem Schuppen holen, und dabei hab ich die Tüte entdeckt. Auf dem Boden neben den Fahrrädern. Obst war da drin und Käse, der war an den Rändern schon ganz glasig. Und eine durchgeweichte Tiefkühlpizza.« Der Mann, der auf einem der beiden Besucherstühle in Cox' Büro saß, war klein und drahtig. Er hatte sich Edna als Bert

Nussdorf vorgestellt und machte alles in allem einen ernsthaften und durchaus glaubwürdigen Eindruck. »Zuerst wollte ich das ganze Zeug einfach in den Müll werfen, aber dann hab ich die Brieftasche gesehn.«

»Und diese Brieftasche gehörte einer Mieterin aus der Wohnanlage, für die Sie zuständig sind?«

Er nickte. »Der Dunkelhaarigen aus der Studenten-WG von 16a. Ich wusste ihren Namen nicht, aber ich hab das Foto in ihrem Ausweis erkannt.«

»Wann war das genau, als Sie die Sachen gefunden haben?«

»Samstag früh.« Seine Augen glitten über die Wand in Ednas Rücken. »Ich hab geklingelt, aber sie hat nicht aufgemacht. Deshalb hab ich ihr die Sachen vor die Tür gestellt, mit einem Zettel, dass sie sich ihr Portemonnaie drüben bei mir abholen kann.«

»Aber Frau Burgstaller kam nicht, um es zu holen?«

Nussdorf schüttelte den Kopf. »Und als die Tüte mit den Lebensmitteln am Montag immer noch vor der Wohnungstür stand, kam mir die Sache schon ein bisschen komisch vor. Ich meine, wie weit kommt man heutzutage ohne Führerschein und Kreditkarte?!«

»Wann haben Sie Frau Burgstaller zum letzten Mal gesehen?«

Er überlegte eine ganze Weile. »Vorige Woche, glaub ich.«

»Wann genau?«

»Montag oder Dienstag vielleicht.«

»Haben Sie mit ihr gesprochen?«

»Nur guten Tag gesagt.«

»Haben Sie noch irgendeine andere Adresse von ihr?«, fragte Edna. »Von den Eltern vielleicht oder von ihrem Freund?«

»Keine Ahnung, wo diese Mädchen hinfahren, wenn sie wegfahren«, entgegnete der Hausmeister achselzuckend. »Ich weiß nur, dass die Burgstaller den Sommer über weg war und dass sie seit etwa drei Wochen wieder zurück ist.«

Edna nickte und kritzelte gedankenverloren einen ausladenden Baum auf Schweicherts Schreibtischunterlage.

»Vielleicht ist sie ja auch bloß ohnmächtig geworden und liegt irgendwo in der Wohnung«, mutmaßte Nussdorf, und Edna fragte sich im Stillen, wieso der Hausmeister, der auf sie einen durchaus patenten Eindruck machte, diese Möglichkeit noch nicht überprüft hatte. »Man weiß doch nie, was für Pillen diese jungen Dinger schlucken, wenn sie am Wochenende auf die Piste gehen.«

Edna verdrängte den Gedanken an ihre Nichte, die ihres Wissens zwar noch nie in ihrem Leben eine Disco besucht, aber trotzdem einen Haufen Tabletten geschluckt hatte, bevor sie zusammengebrochen war. Appetitzügler, Beruhigungsmittel, Entwässerungskapseln, die ganze Palette. Die freiverkäuflichen hatte sie sich selbst besorgt, der Rest entstammte der privaten »Hausapotheke« ihrer Mutter. Noch immer konnte Edna nicht fassen, wie viele Medikamente ihre Schwester ganz offenbar besessen hatte. Aber was wusste man denn schon über die Menschen, mit denen man sein Leben teilte?

Sie betrachtete den Personalausweis, der vor ihr auf dem Tisch lag. Ein hübsches Mädchen mit auffallend langen braunen Haaren.

»Wir werden uns darum kümmern«, sagte sie nach kurzer Überlegung.

*

Wie immer, wenn sie die Wohnung eines mutmaßlichen Opfers betrat, rechnete Edna mit dem Schlimmsten. Mit einer Leiche auf dem Küchenboden, blutigen Laken oder einem leblosen Körper im längst erkalteten Badewasser. Doch in Lydia Burgstallers Wohnung fand sich nichts dergleichen. Natürlich nicht, dachte sie. Die Einkaufstüte lag im Fahrradschuppen, was bedeutet, dass das Mädchen – wenn es tatsächlich entführt wurde – von dort verschwunden sein muss. Sie ließ die Wohnungstür einen Spaltbreit offen und zog sich Latexhandschuhe über.

Sie öffnete alle Türen und blickte in sämtliche Zimmer, auch in die der abwesenden Mitbewohnerinnen, wobei sie nicht hätte sagen können, wonach sie eigentlich suchte. Sie wollte die Räume einfach auf sich wirken lassen und dabei der Persönlichkeit eines Mädchens nachspüren, das sich möglicherweise in der Gewalt des Mannes befand, den sie so verzweifelt suchten. Wenn er sie nicht längst getötet hat, wandte ihr Verstand ein.

Sie blieb im Türrahmen von Lydia Burgstallers Zimmer stehen und betrachtete das ungemachte Bett, das mit dunkelrot gemusterter Bettwäsche bezogen war. Vor dem Fenster, das zur Straße hinausging, stand ein ausladender Schreibtisch, der über und über mit Kopien und Notizen bedeckt war. Zu dem augenscheinlich schon recht betagten Rechner, der neben dem Schreibtisch auf dem Boden stand, gehörte ein monströser Bildschirm, an dessen Rand die Studentin gelbe Haftzettel befestigt hatte. »Naturästhetik, Seite 366ff.«, stand in zierlichen, schön geschwungenen Buchstaben auf dem obersten Zettel. Auf den anderen waren Sprechstunden von Professoren und verschiedene Buchtitel vermerkt, dazu die eindringliche Mahnung »DATEN SICHERN!«, mit Rotstift umrandet. Als Edna die Maus bewegte, flammte eine sattgrüne Wiesenlandschaft auf dem Bildschirm vor ihr auf. Sie setzte sich auf den wackeligen Bürostuhl vor den Schreibtisch und öffnete das Textverarbeitungsprogramm. Die Studentin hatte offenbar an einer Datei mit dem Titel »Schmerz« gearbeitet, zuletzt geändert am 17. Oktober um 12:47 Uhr. Siebzehnter Oktober, dachte Edna, der Tag vor Annette Berners Tod. Sie öffnete die Datei, deren Titel ihr Interesse geweckt hatte, fand jedoch schnell heraus, dass sich dahinter kein dunkles Geheimnis, sondern eine Hausarbeit über den österreichischen Dichter Adalbert Stifter verbarg.

»Der Schmerz als Einzelschicksal«, las sie laut, obwohl Max nicht bei ihr, sondern irgendwo im Haus unterwegs war, um die Nachbarn zu befragen. »Adalbert Stifter und das sanfte Gesetz.«

Nach einem letzten Blick auf die Gliederung der Arbeit, deren Kapitel poetisch anmutende Überschriften wie *Walddunkel und Weltflucht* oder *Dingliebe und innere Welt* trugen, schloss sie die Datei und überprüfte anschließend sorgfältig alle E-Mails, die Lydia Burgstaller in den Tagen vor ihrem Verschwinden erhalten und verschickt hatte. Es waren nicht viele, und sie enthielten auf den ersten Blick nichts Interessantes, trotzdem beschloss Edna, den Computer der Studentin ins Labor zu schicken, falls sich herausstellte, dass Lydia Burgstaller tatsächlich verschwunden war. Schweichert hatte in Erfahrung gebracht, dass die Studentin ihren Hauptwohnsitz nach wie vor bei ihren Eltern in Daun hatte. Allerdings war es ihm bislang nicht gelungen, Wieland und Christa Burgstaller telefonisch zu erreichen. Vielleicht ist ja doch alles in Ordnung, dachte Edna. Vielleicht sind sie unterwegs. Alle zusammen. Vielleicht schläft sie bei einem Freund. Vielleicht …

Mechanisch griff sie nach einem Foto der Studentin, das an der Pinnwand neben dem Schreibtisch hing. Es war ein Porträt, eine hübsche Aufnahme, die Lydia Burgstallers Schönheit gerechter wurde als das Automatenfoto in ihrem Personalausweis. Während sie das Gesicht der jungen Frau betrachtete, dachte sie wieder an das düstere Haus mit den dichten Gardinen, in dem Jörg Nevers zum Zeitpunkt seiner Vergewaltigungen gewohnt hatte und das nun seinen Bruder beherbergte. Warum hatte Christoph Nevers nicht erlaubt, dass sie sich dort umsahen? Was hatte er zu verbergen? Oder verweigerte er sich aus Prinzip, weil er genug von der Vergangenheit seines Bruders hatte, weil ihm schon zu viele Fragen gestellt worden waren in all diesen Jahren? Sie dachte an die leeren Augen unter dem fahlen blonden Haar. Christoph Nevers hat schon damals im Haus seines Bruders gewohnt, resümierte sie. Er hat dort gewohnt und wusste von gar nichts. So jedenfalls steht es in der Akte. *Sicher ist, dass der Täter über Räumlichkeiten verfügen muss, die es ihm erlauben, eine Frau längere Zeit gefangen zu halten.* Sie sah wieder Lydia Burgstaller an und beschloss, das Foto der Studentin mitzunehmen. Wenn sich herausstellte, dass tatsächlich passiert war, wovor sie sich am meisten fürchteten, durften sie keine Zeit verlieren.

Als sie Max' Schritte in der Diele hörte, drehte sie sich um. »Und? Hast du was herausgefunden?«

»Nicht viel«, entgegnete er bedauernd. »Ein paar der Nachbarn haben sie gesehen, seit sie wieder zurück ist. Allerdings nicht mehr seit Anfang vergangener Woche.«

Genau wie der Hausmeister! Edna dachte an das Datum der letzten Änderung in Lydia Burgstallers Hausarbeit. Acht Tage, dachte sie. Wenn sie sich wirklich in seiner Gewalt befindet, hat er sie schon seit acht Tagen.

»Aber ich habe etwas Interessantes entdeckt.« Max streckte ihr eine Ansichtskarte entgegen. »Sieh dir das hier an.«

Liebe Lydia, las Edna, *auch wenn das Wetter dieses Jahr so gar nicht richtig mitspielen will, haben wir wieder eine schöne Zeit hier. Lothar hat in den ersten Nächten kaum geschlafen, aber mittlerweile hat auch er sich wieder eingewöhnt und er genießt die Spaziergänge im Park. Arbeite nicht zu viel! Liebe Grüße, Mama und Papa.*

Sie wollte ihrem Partner die Karte eben zurückgeben, als ihr Handy klingelte. Schweichert meldete, dass er Lydia Burgstallers Eltern noch immer nicht erreicht habe. Edna drehte die Ansichtskarte um und betrachtete die Vorderseite, eine Zusammenschau von fünf verschiedenen Motiven. »Versuch's mal in Bad Herrenalb«, sagte sie mit einem leisen Lächeln, während sie das Foto von der Pinnwand und ein kleines Adressbuch, das auf dem Schreibtisch der Studentin gelegen hatte, in ihre Handtasche stopfte.

Dann verließen sie die Wohnung und lieferten den Zweitschlüssel zu Lydia Burgstallers Domizil wieder bei Nussdorf ab, der ein paar Häuser weiter wohnte.

»Hast du die alte Frau dort oben am Fenster bemerkt?«, fragte Max, als sie eben ins Auto steigen wollten.

Edna folgte seinem Blick hinauf zum zweiten Stock des gegenüberliegenden Hauses. »Wo?«

»Das Fenster mit der Orchidee, da rechts«, entgegnete Max.

Edna kniff die Augen zusammen und entdeckte ein bleiches, runzliges Gesicht vor einer reichlich vergilbten Gardine.

»Ich wette, die schaut den lieben langen Tag auf die Straße hinunter.«

»Und wenn schon«, sagte Edna mit einer wegwerfenden Handbewegung. Sie wollte zurück ins Präsidium. Weiterkommen. Hören, was die Eltern von Lydia Burgstaller über das Verschwinden ihrer Tochter wussten. Wenn sie etwas wussten …

»Vielleicht hat sie ja was gesehen.« Max machte keine Anstalten, in den Wagen zu steigen. Er starrte noch immer zu den beiden Fenstern im zweiten Stock hinauf, wo sich die Alte inzwischen hinter ihre Gardine zurückgezogen hatte.

»Vorausgesetzt, dass es überhaupt etwas zu sehen gab«, konterte Edna. »Vergiss nicht, dass Lydia Burgstaller im Augenblick noch nicht einmal ein Vermisstenfall ist.« Sie schüttelte den Kopf. »Ich finde, bevor wir hier die Pferde scheu machen, sollten wir mit ihren Eltern sprechen.«

*

Sie ist wirklich kein besonders erfreulicher Anblick.

Ihr Atem geht rasch und flach, und ihre Lippen sind so trocken, dass sie aneinander festkleben, wenn sie den Mund schließt. Dazu kauert sie auf ihrer Decke wie ein verängstigtes Kaninchen und sieht ihn mit trüben, halbblinden Augen an.

Ihre Nase läuft, und ihre Lider sind rot und geschwollen. An der Seite ihres Halses pocht die Arterie unter der dünnen Haut. Aber es ist ein langsames Pochen, energielos und stumpf. Wenn er sich die Wunden vorstellt, die er ihr beibringen wird, fühlt er gar nichts. Sie ist nichts als ein dummes kleines Mädchen. Zu jung für seinen Geschmack. Aber die Haare sind vergleichbar mit denen, die er verloren hat.

Wenn er daran denkt, fühlt er die alte Wut in sich aufsteigen. Sie ist elementar, diese Wut, und verdrängt die diffuse Beklommenheit, die er noch immer empfindet, wenn er die Kellertreppe hinuntermuss, um sie zu füttern.

Sie ist schwach geworden in den letzten Tagen, aber sie scheint nicht mehr zu fiebern. Immerhin. Die Angst und das Eingesperrtsein lassen sie vielleicht noch ein wenig altern, bis es so weit ist.

Hoffentlich …

*

Edna musste eine Weile warten, bevor die Psychologin endlich abnahm. Im Hintergrund waren gedämpfte Stimmen zu hören. Ob sie aus einem Radio oder Fernseher kamen oder bedeuteten, dass Molly Erler nicht allein war, konnte sie nicht ergründen.

»Frau Erler?«

Die Profilerin erkannte sie offensichtlich sofort. »Was wollen Sie?«

»Ich habe noch eine Frage.«

»Warum? Ich dachte, wir hätten bereits bei unserem letzten Gespräch festgestellt, dass Sie dem, was ich tue, mit größter Skepsis begegnen.«

Edna lächelte. »Wir haben einen Vermisstenfall, der mit unserer Sache in Verbindung stehen könnte. Eine junge Studentin.«

»Und das beunruhigt Sie?« Sie lachte. »Studentinnen verschwinden ganz gerne mal, um nach ein paar Tagen gesund und gut erholt wieder aufzutauchen.«

»Diese entspricht unserem Opfertypus.«

»Augenblick mal«, sagte Molly und nahm den Hörer in die andere Hand. »Waren nicht *Sie* diejenige, die darauf hingewiesen hat, dass mittelgroß und brünett Attribute sind, die auf Tausende, nein warten Sie: Abertausende von Frauen in dieser Gegend zutreffen?«

»Ihr Portemonnaie mit allen Papieren und ihrer Scheckkarte wurde in einer Tüte voller verdorbener Lebensmittel gefunden, in demselben Schuppen, in dem sie ihr Fahrrad abstellt, wenn sie aus der Uni kommt.« Sie hörte, wie Molly Erler am anderen Ende der Leitung die Luft anhielt. »In der Spüle ihrer Wohnung steht benutztes Geschirr, der Kühlschrank ist voll, und auf dem Schreibtisch liegt eine halbfertige Hausarbeit über Adalbert Stifter, deretwegen sie laut Aussage ihrer Mutter schon ein paar Wochen vor Ende der Semesterferien an die Uni zurückgekehrt ist. Was sagen Sie dazu?«

»Klingt tatsächlich nicht so, als ob das Mädchen sich einfach ein paar lustige Tage macht«, gab die Psychologin zu. »Aber das heißt noch lange nicht, dass es etwas mit unserer Sache zu tun hat.«

Mit einigem Erstaunen registrierte Edna, dass Molly Erler sich zum ersten Mal zumindest verbal in die Reihe der Ermittler eingeordnet hatte. *Mit unserer Sache* … Sie hätte viel darum gegeben, herauszufinden, ob die Psychologin diese Formulierung mit Absicht gewählt hatte. War es ihnen am Ende doch gelungen, Molly Erlers fachliches Interesse zu wecken? Hatte die Psychologin längst damit begonnen, diesen Fall persönlich zu nehmen, so wie sie alle? Vielleicht gar, ohne sich dessen bewusst zu sein? *Wir stehen auf derselben Seite, Sie und ich.*

»Lydia Burgstallers Eltern haben ihren Urlaub abgebrochen und offiziell Vermisstenanzeige erstattet«, sagte sie laut. »Es gibt kein Bekennerschreiben, keine Forderungen, nichts, das auf eine Entführung hindeuten würde. Das Mädchen ist einfach verschwunden.«

»Wie ich schon sagte, muss das rein gar nichts mit Ihrem Fall zu tun haben«, wiederholte Molly Erler, jetzt wieder mit der gewohnten Distanz.

»Und wenn doch?« Edna wartete, doch die Psychologin sagte nichts. »Auch Natalija Zaslavska ist eines Tages wie vom Erdboden verschluckt gewesen, und ein halbes Jahr später haben wir ihre Leiche gefunden. Was, wenn unser Mann sich eine neue Gefangene geholt hat, um das, was bei Natalija Zaslavska schiefgelaufen ist, zu korrigieren?«

»Sie können nicht mit letzter Sicherheit davon ausgehen, dass die Prostituierte tatsächlich Ihrem Sadisten zum Opfer gefallen ist«, wandte Molly Erler ein. »Und die beiden anderen Frauen hat er sofort getötet.«

»Aber *wenn* es derselbe Täter ist …«

»Dann ist Ihre Studentin mit großer Wahrscheinlichkeit tot.«

»Sie haben mir nicht zugehört.«

»Doch«, entgegnete Molly Erler. »Ihnen gefällt bloß nicht, was ich Ihnen dazu sage.«

»Aber Natalija Zaslavska …«, setzte Edna an, doch Molly Erler unterbrach sie erneut.

»Ich habe Ihnen doch bereits erläutert, dass Prostituierte ein völlig anderer Opfertypus sind«, versetzte sie. »Dass er sich an diese Frau erst herangetraut haben könnte, nachdem er sie durch eine längere Zeit des Eingesperrtseins zermürbt hat.«

»Sie haben auch gesagt, dass die Gefangenschaft genauso gut ein Teil seines Drehbuchs sein könnte«, erwiderte Edna.

Die Psychologin schwieg, und inmitten ihres Schweigens konnte Edna plötzlich wieder Stimmen hören, die aus dem Hintergrund drangen. Zwei Personen, wie es schien. Sie konnte nicht verstehen, was sie sagten, dazu waren sie zu weit entfernt, aber offensichtlich handelte es sich um eine Frau und einen Mann. Und urplötzlich war da ein Kinderlachen. Es schien aus einer anderen Welt zu kommen, so ursprünglich und gesund war sein Klang. Kein Wunder, dass Molly Erler bestrebt ist, alles Böse von diesem Kind fernzuhalten, dachte Edna und hätte am liebsten sofort aufgelegt. Aber der Gedanke an Lydia Burgstaller hielt sie davon ab. Auch sie war jemandes Kind. Selbst wenn sie längst erwachsen war. Selbst wenn sie ihr unschuldiges, lautes Kinderlachen schon vor vielen Jahren verloren haben mochte.

»Das Mädchen könnte noch am Leben sein«, beharrte sie.

»Möglich.« Es klang mehr als zweifelnd, wie die Psychologin das sagte, und verursachte in Edna ein Gefühl der Resignation.

»Solange auch nur der Hauch einer Chance besteht, dürfen wir nichts unversucht lassen«, sagte sie trotzdem.

»Sie wollen sie retten.« Es war eine simple Feststellung, doch es lag fast etwas wie Mitleid in den vier Worten. Mitleid, das Edna noch mehr Angst machte.

»Ja, ich will sie retten«, entgegnete sie. »Das ist mein Job.«

»Und was erwarten Sie von mir?«

»Ich möchte, dass Sie sich ein Bild von dem Mädchen machen.«

»Wozu?«

»Um mir zu sagen, warum er sie ausgewählt hat.«

Sie klang nicht ironisch, sondern fast bedauernd, als sie sagte: »Ich fürchte, Sie erhoffen sich zu viel von mir.«

»Ja«, seufzte Edna. »Vielleicht.«

»Also schön«, sagte Molly Erler. »Kommen Sie in einer Stunde. Zu mir nach Hause, nicht in die Praxis. Und bringen Sie alles mit, was sie über das Mädchen haben.«

*

Wasch dich!

Er knallte einen schweren Messingeimer vor sie auf den Boden und ein Stück Seife, das noch verpackt war.

Du stinkst ja schlimmer als ein Rudel Paviane.

Danke sehr, du Arsch! Sie hielt die schmerzenden Augen halb geschlossen und kroch auf das glitzernde Wasser zu. Sie war sich nicht sicher, ob sie sich freuen sollte, dass er es selbst war. Dass er wieder normal zu sein schien. Dass seine Stimme wieder männlich klang. Stattdessen überlegte sie, wo dieses Haus stehen mochte, in das er sie verschleppt hatte. Dem Geruch und der Bausubstanz nach musste es alt sein. Alt und ziemlich groß. Sie griff nach der Seife und wickelte sie aus, ein schlichtes, rechteckiges Stück, das entfernt nach Rosen duftete. Während sie wickelte, schielte sie nach ihrem Holzgefäß, das er noch nicht wieder aufgefüllt hatte. Vor dem Hintergrund dieser Entdeckung fiel es ihr umso schwerer, die Seife in den Eimer zu tauchen und das funkelnde, klare Wasser auf diese Weise ungenießbar zu machen. Sie tat es nur, weil sie fürchtete, dass er sie wieder schlagen würde, wenn sie sich weigerte. Sie beugte sich vor …

Halt! Nicht die Haare!

»Was?« Irritiert blickte sie auf, direkt in den Strahl seiner Lampe.

Wasch dir die Fresse und den Körper und lass die Haare aus, verstanden?

Sie wagte nicht, nach dem Grund zu fragen, sondern schäumte die Seife auf und wusch sich das Gesicht. »Würden Sie sich bitte umdrehen?«

Zu ihrer Überraschung tat er es tatsächlich. Wortlos. Das Licht drehte er auch weg. Sie schlüpfte aus dem einen Ärmel ihrer Jacke und schob dann zögernd auch den Kaftan hoch. Darunter war sie nackt. Sie tauchte den freien Arm bis über den Ellenbogen ins Wasser. Es war eiskalt, aber sie genoss es trotzdem. Während sie sich wusch, betrachtete sie seinen Rücken. Er schien nicht übermäßig groß zu sein, vielleicht zehn Zentimeter größer als sie selbst, und wenn sie nicht angekettet gewesen wäre, hätte sie vielleicht gewagt, ihn anzugreifen. Aber so … Ohne ihn um Erlaubnis zu fragen, benutzte sie eine der Stulpen als Lappen und wusch sich überall, froh, etwas für ihren Körper tun zu können. Aber warum sollte sie sich die Haare nicht waschen?

Bist du noch nicht fertig?

»Gleich.« Eilig suchte sie ihre Haut im Widerschein seiner Lampe nach Spuren von Käfern oder anderen Parasiten ab, aber es schien alles intakt zu sein. Dann ließ sie den Kaftan wieder an sich hinuntergleiten. »Warum tun Sie mir das eigentlich an?«

Was?

»Warum halten Sie mich hier fest?«

Er hastete durch die Dunkelheit. Hektischer als gewöhnlich. Platzierte neue Lebensmittel. Füllte Wasser auf. Das Übliche.

»Sie haben es doch auch nicht gemocht, hier eingesperrt zu sein.« Ein Schuss ins Blaue, zugegeben, aber sie war sich trotzdem sicher, dass sie richtig lag.

Halt deine verdammte Fresse!

Sie ertappte sich dabei, wie sie auf die andere Stimme wartete. Die weibliche. Die hätte sie gerne noch einmal gehört. Es interessierte sie einfach. Und sie konnte sich schließlich nicht immer nur mit einem Bruder unterhalten, den es gar nicht gab. Zumindest nicht hier.

»Ihre Mutter hat Sie hier eingesperrt, wenn Sie …«, sie zögerte, »… unartig gewesen sind, nicht wahr?« Sie sagte es geradeheraus. Sie fürchtete die Konsequenzen nicht. Langsam fürchtete sie gar nichts mehr. Sollte er sie doch umbringen. Dann hatte sie es wenigstens überstanden.

Doch er schien zu lachen. *Hobbypsychologin?*

»Nein, Studentin.« Sie lachte auch. Gemeinsamkeiten fördern. Schranken abbauen. Witze machen. »Entgleisen Sie eigentlich öfter mal?« Sie kicherte. Ein sehr gezwungenes Kichern, zugegeben. »Ich meine, auch zu Hause? Und was sagt Ihre Frau dazu?«

Seine Hand erstarrte mitten in einer Bewegung. *Was?*

Jetzt hast du einen Nerv getroffen, frohlockte Lothar, der urplötzlich hinter ihm stand. Stand, wohlgemerkt. Er machte Fortschritte, ihr kleiner Bruder. Und zu ihrer eigenen Überraschung freute sie das sogar.

»Ihre Frau«, wiederholte sie mutig. »Ich habe mich gefragt, was sie empfindet, wenn sie urplötzlich mit einer dämonischen alten Hexe im Bett liegt.«

Er rührte sich nicht. Aber die Muskeln unter seinem Pullover waren bis aufs äußerste gespannt.

Was passiert jetzt?, dachte sie, und auf einmal fühlte sie doch wieder die alte Angst in sich aufsteigen. Sie hatte sich waschen dürfen. Er hatte ihr neues Trinkwasser gebracht. Und sie besaß einen Blisterstreifen mit Tablettenresten und einen Zettel mit den persönlichen Daten einer fremden Frau. Sie hatte etwas zu verlieren. Und irgendwann würde man sie vielleicht doch vermissen. Wenn sie nur lange genug durchhielt. »Ich wollte nur …«, begann sie, als seine Hand vorschnellte und ihr den Eimer wegriss. Seifenlauge schwappte über den Rand auf den Boden. Als Nächstes sah sie seinen Schuh direkt vor ihrem Gesicht.

Dich will ich lehren, du Ausbund!

Sie registrierte noch, dass es nicht die Alte war, die das sagte. Dann verlor sie das Bewusstsein.

*

»Was halten Sie davon?«

Molly Erler lehnte sich auf ihrer gemütlichen Ledercouch zurück, wirkte jedoch alles andere als entspannt. Seit Edna und Max ihr gegenübersaßen, hatte sie bereits mehrfach zur Tür geblickt, die sie hinter den beiden Kommissaren geschlossen hatte. Trotzdem schien sie Angst zu haben, dass ihr kleiner Sohn etwas von ihrer Unterhaltung mitbekam. Eine Angst, die Edna angesichts der grauenvollen Fotos auf dem Couchtisch durchaus nachvollziehen konnte. »Wenn es Ihr Mann ist, dann sieht es nicht gut aus für das Mädchen.«

»Und vielleicht erzählen Sie mir auch mal was Neues«, versetzte Edna. Sie hatte nett sein wollen. Eigentlich. »Denn sonst hätten wir uns den Weg hier raus sparen kö...«

»Sie sieht der Russin erstaunlich ähnlich«, fiel Molly Erler ihr ins Wort und sprach damit aus, was Edna selbst beim ersten Anblick von Lydia Burgstallers Foto empfunden hatte. »Natürlich entsprechen alle Opfer mehr oder weniger demselben Frauentyp, aber zwischen diesen beiden besteht eine besondere Ähnlichkeit, nicht nur aufgrund der auffallend langen Haare.« Sie schob die Fotografien von Lydia Burgstaller und Natalija Zaslavska auf der Tischplatte hin und her. »Natalija Zaslavskas Leiche wurde am neunzehnten Oktober gefunden«, resümierte sie. »Zu diesem Zeitpunkt war sie bereits fünf Tage tot, was bedeutet, dass er sie am vierzehnten Oktober getötet hat.«

Edna nickte.

»Und wenn Sie richtig liegen, ist Lydia Burgstaller am siebzehnten Oktober verschwunden, also drei Tage nach Natalija Zaslavskas Tod«, fuhr Molly Erler fort. »Somit wäre durchaus denkbar, dass er sich das Mädchen als eine Art Ersatz geholt hat.« Sie sah Edna direkt in die Augen. »Nehmen wir mal an, dass er beide Frauen aufgrund ihrer langen Haare ausgewählt hat, mit denen er irgendwas vorhat. Wir wissen nicht, was das sein könnte, weil wir sein Drehbuch nicht kennen, aber aus irgendeinem Grund braucht er eine Frau mit auffallend langen Haaren. Und aus einem ebenso unerfindlichen Grund sperrt er diese Frauen zunächst eine Weile ein.«

»Und versorgt sie mit Biotin, damit ihre Haare noch länger werden«, ergänzte Max.

Ganz wie bei Rapunzel, dachte Edna, und irgendetwas an

diesem Gedanken machte sie stutzig. Märchen sind Max' Domäne, schalt sie sich sofort, aber sie konnte nicht verhindern, dass sich die unerwartete Assoziation in ihr festsetzte. Haare. Rapunzel. Abgekaute Nägel. Abgeschnittene Daumen. Finger in Bierfässern. Schwarze Stiefel. Märchen und Geschichten. Sie rieb sich die trockenen Augenwinkel, als ihr plötzlich etwas einfiel, das Jörg Nevers gesagt hatte. *Sagen Sie, haben Sie schon herausgefunden, warum er den Körper der Bösen mit einem weißen Laken bedeckt hat?* Sie schüttelte nachdenklich den Kopf. Den Körper der Bösen. Die Böse …

»Die Tatsache, dass er Natalijas Leiche versteckt hat, spricht eindeutig dafür, dass er sie nicht herzeigen wollte«, setzte Molly Erler indessen ihre Spekulationen fort. »Und das wiederum heißt, dass etwas an ihr nicht seinen Vorstellungen entsprach. Nach allem, was wir bislang wissen, haben wir Grund zu der Annahme, dass es sich bei diesem – nennen wir es einmal Makel – um die Tatsache handelt, dass Natalija Zaslavska sich durch das Abbeißen ihrer Haare in gewisser Weise selbst verstümmelt hatte.«

»Aber würde das nicht zwangsläufig bedeuten, dass Natalija das Drehbuch kannte?«, wandte Max ein. Seine Stimme klang heiser vor Aufregung. »Wie hätte sie sonst wissen können, dass es ihm um ihre Haare geht?«

»Vielleicht hat sie etwas geahnt«, stimmte Molly Erler ihm zu. »Sie dürfen nicht vergessen, dass er sie fast ein halbes Jahr gefangen gehalten hat. Da bleibt es nicht aus, dass er etwas über sich verrät.« Sie räusperte sich. »Allerdings scheint es mir eher unwahrscheinlich, dass er es ihr bewusst verraten hat.«

»Glauben Sie, Natalija hat gedacht, er ließe sie gehen, wenn sie seinem Idealbild nicht mehr entspricht?«, fragte Edna.

»Ja, vielleicht.«

»Aber stattdessen hat er sie umgebracht.« Sie sah das einstmals so unbeschwerte Lächeln der Russin vor sich und spürte wieder die alte Resignation.

»Wie ich Ihnen bereits sagte, haben Sie es unzweifelhaft mit einem Mann zu tun, der die Kontrolle behalten will. Eine Panne wie diese würde ihn rasend machen.«

»Wird er auch unsere Studentin zunächst eine Weile gefangen halten?«, fragte Edna, wohl wissend, dass sie nach einem Strohhalm griff.

Molly Erler zögerte. »Ich würde sagen, es kommt ganz darauf an.«

»Worauf?«

»Ob die Gefangenschaft dieser speziellen Opfer tatsächlich Teil seines Drehbuchs oder sozusagen nur Mittel zum Zweck ist.«

»Wie meinen Sie das?«

»Was mich stutzig macht, ist die Tatsache, dass die Haare Ihrer Russin so verfilzt gewesen sind«, entgegnete die Psychologin mit nachdenklicher Miene, wobei ihre Augen wieder über die Fotos glitten. »Ich meine: Es geht ihm ja offenbar gar nicht um eine prachtvolle lange Mähne an sich. Denn sonst müsste er dafür gesorgt haben, dass Natalija Zaslavska ihren Haaren die übliche Pflege angedeihen lassen kann, nicht wahr? Und wenn Sie darüber hinaus voraussetzen, dass er die Frauen während ihrer Gefangenschaft nicht anrührt, dann ...« Sie biss sich auf die Lippen. »Dann sollten Sie sich fragen, zu welchem Zweck er sie überhaupt gefangen hält.«

Edna schüttelte verwirrt den Kopf. »Ich fürchte, ich verstehe nicht ganz, worauf Sie hinauswollen.«

»Ich weiß auch nicht ...« Molly Erler zuckte entschuldigend mit den Achseln. »Ich glaube, ich wollte Sie einfach darauf aufmerksam machen, dass es ihn nicht stört, dass die Haare der Frauen verfilzen.« Sie schüttelte sich, wie um ihre Gedanken neu zu ordnen, nachdem diese eine Richtung eingeschlagen hatten, die sie offenbar selbst nicht mehr nachvollziehen konnte. »Um aber zu Ihrer Frage zurückzukommen, ob er mit der Studentin genauso verfahren wird ... Ich denke, dass er – was immer er vorhat – unbedingt vermeiden wird, mit ihr dieselben Fehler zu machen wie mit Natalija Zaslavska, und das heißt wahrscheinlich auch, dass Sie weniger Zeit haben werden. Ihr Täter lernt dazu. Er perfektioniert sich.« Sie seufzte. »Und ich fürchte, es wird entscheidend darauf ankommen, dass Lydia Burgstaller keine Fehler macht.«

Edna wandte den Blick ab. Vor der Terrassentür war es bereits stockfinster. Ob das Mädchen überhaupt noch am Leben war? Wenn der Mann, den sie suchten, tatsächlich aus seinen Fehlern lernte, würden sie das womöglich nie erfahren.

*

Der Wind war wieder aufgefrischt, und aus dem pechschwarzen Himmel über der Stadt fiel ein leiser Nieselregen. Corinne Heinrich klappte den Kragen ihres Blazers hoch und blickte den Rücklichtern des davonfahrenden Busses hinterher. Außer ihr selbst war niemand ausgestiegen. Was das anbelangte, war sie sich absolut sicher. Sie hatte es bewusst vermieden, ihren üblichen Feierabendbus zu nehmen, und sie war eine Haltestelle früher ausgestiegen als gewöhnlich. Trotzdem verstärkte sich das Gefühl, beobachtet zu werden, mit jedem Schritt, den sie sich von der Haltestelle entfernte, auch wenn sie sich noch so sehr einzureden versuchte, dass sie sich selbst verrückt machte. Vielleicht lag es an diesem Artikel in der Zeitung. Sie fröstelte. Drei tote Frauen. Drei *dunkelhaarige* tote Frauen. Dunkelhaarig wie sie selbst. Womöglich waren sie alle drei einem Wahnsinnigen zum Opfer gefallen, einem Serienmörder. Dabei waren Serienmörder etwas, das man höchstens aus dem Fernsehen kannte. Aber hier? In dieser Stadt? Sie hatte den Artikel in der Frühstückspause entdeckt, die sie allmorgendlich nutzte, um eine große Tasse Kaffee mit Süßstoff zu trinken und die Zeitung zu lesen. Seither ließ er sie nicht mehr los. Sie konnte sich beim besten Willen nicht erklären, warum, aber sie hatte sofort das Gefühl gehabt, dass dieser Artikel sie anging, sie ganz persönlich.

Sie spürte ihren Herzschlag hinter den Rippenbögen. Nur mit äußerster Mühe widerstand sie dem Impuls, sich umzudrehen. Stattdessen blickte sie hinunter auf den Asphalt und ging noch ein wenig schneller.

Am Straßenrand waren Autos geparkt. Eines hinter dem anderen. Aus den Augenwinkeln sah sie leere Beifahrersitze. Rechts gähnten Toreinfahrten. Hinterhöfe. Dann Gebüsch. Die Grünanlage. Am Bordstein gehen, dachte sie. Möglichst weit entfernt von allem Unwägbaren. Sie stutzte. Waren das nicht Schritte hinter ihr? Hastige Schritte, die sie einzuholen suchten? Sie bemühte sich, noch leiser aufzutreten, und musste dabei unwillkürlich an die Verhaltensregeln denken, die ihre Mutter ihr eingebläut hatte, als sie ein junges Mädchen gewesen war: Immer dicht am Bordstein gehen, bei Gefahr unter ein parkendes Auto kriechen und im Ernstfall nur ja keine Gegenwehr leisten. *Das provoziert ihn nur unnötig.* Sie schüttelte leise den Kopf. Was für ein Unsinn! Aber genau das waren die damals üblichen Ratschläge an Frauen, die im Dunkeln allein unterwegs sein mussten: Nicht wehren, nicht bewaffnen und im Ernstfall möglichst stillhalten, damit es rascher vorbeigeht. Heute sieht man das wohl anders, dachte sie, zum Glück. Aber vielleicht sollte sie sich doch endlich eine von diesen Spraydosen mit Tränengas besorgen. Am besten gleich morgen!

Sie ließ die Grünanlage hinter sich und bog nach rechts in eine enge Seitenstraße ab. Noch etwa dreihundert Meter, dann war sie zu Hause. Endlich. Der Wind riss die Blätter der dürren Platanen mit sich, mit deren Anpflanzung die Planer der Siedlung vergeblich versucht hatten, der Tristesse entgegenzuwirken, die von den grauen Betonklötzen ausging. Sie wirbelten um ihre Füße und saugten sich dann auf dem regennassen Asphalt fest. An einigen Stellen war der Gehweg so rutschig, dass sie Mühe hatte, nicht hinzufallen. Während sie konzentriert und vorsichtig einen Fuß vor den anderen setzte, suchten ihre Augen die gegenüberliegende Straßenseite ab. Die Fenster der kleinen Lottoannahmestelle waren finster und tot. Daneben wieder Toreinfahrten. Spärlich beleuchtete Eingänge. Graffiti.

Warum wohnst du denn auch noch immer in dieser Gegend?, hörte sie ihre Mutter sagen. *Wenn du dich ein bisschen kleiner setzen würdest …* Ich fühle mich wohl hier, pflegte sie in solchen Fällen zu beteuern. Es ist einigermaßen ruhig, es ist einigermaßen zentral, und ich brauche nun einmal ein bisschen Platz. *Neunzig Quadratmeter für einen Single!*, quengelte ihre imaginäre Mutter weiter, wobei sie dem letzten Wort einen nicht zu überhörenden Vorwurf mit auf den Weg gab. Mit dreiunddreißig war man einfach nicht mehr Single. Selbst in einer Zeit wie dieser nicht. *Was willst du denn bloß mit so viel Wohnraum? Das musst du doch auch alles putzen.* Corinne Heinrich seufzte. Ihre Mutter und sie würden einander nie verstehen, so viel stand fest!

Sie überquerte die Straße und sah die Einfahrt vor sich, durch die man zu ihrem Hinterhaus gelangte. Sie ging an der langen Reihe der Briefkästen vorbei, vor denen seit Tagen ein ansehnlicher Stapel jener Zeitungen vor sich hin rottete, die allwöchentlich kostenlos verteilt wurden und die im Wesentlichen aus Werbebeilagen der örtlichen Supermärkte bestanden. Ein Bewegungsmelder entflammte die flackernde Lampe an der Hauswand, deren Leuchtkraft nicht ausreichte, um jeden Winkel des Hofes zu erhellen, und Corinne überlegte, ob der Schatten wohl tief genug war, um einen Menschen zu verbergen.

Irgendwo in ihrem Rücken, auf der Straße, fiel eine Autotür ins Schloss, und sie entschied sich, die letzten Meter zu rennen. Aus der Ecke, in der die Mülltonnen standen, wehte der dumpfe Geruch fauliger Lebensmittel zu ihr herüber. Sie hielt den Atem an und erreichte die Haustür im selben Moment, in dem der Nieselregen in einen heftigen Herbstguss überging.

*

Auf das kleine Vordach vor der Terrasse pladderte der Regen. Edna ließ den Hinterkopf gegen das Poster ihres Sessels sinken und schloss die Augen. Es wächst uns über den Kopf, dachte sie, auch wenn sie diese unbequeme Wahrheit niemals offen ausgesprochen hätte. Nicht einmal Max gegenüber. Dieser Fall ist eine Nummer zu groß für uns.

»In Reschs Artikel wird Natalija Zaslavska in einem Atemzug mit seinen anderen Opfern genannt«, sagte sie stattdessen. »Ich hielt es für eine gute Idee, ihn ein bisschen zu provozieren«, fügte sie hinzu, wobei sie es sorgsam vermied, der Psychologin zu zeigen, dass sie sich deswegen inzwischen die bittersten Vorwürfe machte. Gut, sie hatte nicht ahnen können, dass der Mörder bereits dabei war, den Fehler, der ihm bei Natalija Zaslavska unterlaufen war, wiedergutzumachen, dennoch war es unverantwortlich gewesen. Einen derart gefährlichen Täter provozierte man nicht.

»Das wird ihn natürlich geärgert haben«, nickte Molly Erler, indem sie Edna aufmerksam musterte. »Aber machen Sie sich keine Sorgen. Dieser Typus von Täter neigt nicht zu Kurzschlussreaktionen. Wenn er das Mädchen eine Weile am Leben lassen will, wird er es am Leben lassen. Und wenn er es töten will, wird er es töten.«

»Ich mache mir keine Sorgen«, versetzte Edna, ohne zu wissen, warum sie es einfach nicht fertigbrachte, zuzugeben, wie froh sie über diese Einschätzung der Psychologin war. Vielleicht weil sie Molly Erler nicht glaubte. Zumindest nicht, was die Schuld betraf, die sie durch die Veröffentlichung von Natalija Zaslavskas Foto möglicherweise auf sich geladen hatte. Und sonst?, dachte sie. Glaube ich ihr sonst? *Von Molly Erler halten Sie genauso wenig wie ich*, flüsterte Jörg Nevers in ihrem Ohr. *Sie wissen, dass sie sich geirrt hat, damals. Und Sie sind keine Frau, die sich auf Menschen verlässt, die sich irren. Denken Sie darüber nach.*

Als sie aufblickte, sah Molly Erler ihr direkt in die Augen, und sie fühlte sich ertappt. Durchschaut. »Wie viele Mordfälle hatten Sie in Ihrer Karriere, die Sie nicht aufklären konnten?«

»Zwei«, antwortete Edna wahrheitsgemäß, wobei sie wohlweislich verschwieg, dass es sich bei einem dieser beiden Fälle um eine Begebenheit aus ihrer Kindheit handelte. Um einen toten Jungen, der von seinem Mörder geschändet und dann in der prallen Augustsonne auf den glühend heißen Bahngleisen zurückgelassen worden war.

Die Psychologin zog die Augenbrauen hoch. »Dann sind Sie ganz offensichtlich eine gute Polizistin, die noch dazu eine Menge Glück hatte.«

»Ja.« Edna nickte. »Ja, so sehe ich das auch.«

»Wie werden Sie damit umgehen, wenn Sie ihn nicht finden?«

»Serientäter werden meistens gefunden«, entgegnete Edna. »Weil sie nicht aufhören.«

»Das wollte ich nicht wissen.«

»Aber es ist alles, was Sie von mir zu diesem Thema hören werden«, sagte Edna und stand auf. »Danke, dass Sie sich die Zeit genommen haben.«

*

Er stand an seinem üblichen Platz und sah in ihre Fenster, die um diese Zeit dunkel und leblos waren. Sie hatte kein Licht gemacht, als sie nach Hause gekommen war, aber das wunderte ihn nicht weiter. Er hatte oft genug beobachtet, wie sie sich selbst auswich. Wie sie jede Begegnung mit ihrem Spiegelbild vermied.

Und dunkle Fensterscheiben vor erleuchteten Räumen waren nun einmal wie Spiegel.

Er hatte es dennoch bedauert. Er hätte ihr gerne beim Essen zugesehen. Bild Nummer drei. Oder war sie schon bei vier? So ganz genau konnte er das nicht sagen. Sie ließ sich nun einmal nicht gern über die Schulter schauen, wenn sie aß. Nur dieses eine Mal im Selbstbedienungsrestaurant hatte er ihr dabei zusehen dürfen. Dabei war er sich zu diesem Zeitpunkt noch gar nicht sicher gewesen, ob sie tatsächlich die Richtige war. Aber das Dressing über ihrem Salat hatte ihn überzeugt: Sie war einfach ideal. Die richtige Größe, die richtige Haarfarbe und – was am wichtigsten war – die richtige Figur. Ja, dachte er, die Figur würde ihnen Rätsel aufgeben. Eine neuerliche Abweichung vom Beuteschema. Zu dünn. Zu jung. Unerklärlich. Rätselhaft.

Die Terrine hatte er bereits besorgt. Sie stand vor der Kellertür und brachte ihn zum Lachen, wann immer er die andere aufsuchen musste. Die andere würde sicher gerne essen, wenn sie aufwachte, aber da würde sie eine Überraschung erleben.

Er lächelte still vor sich hin und sah wieder zu Corinne Heinrichs unbeleuchteten Fenstern hinüber.

Er war kurz in ihrer Wohnung gewesen. Hauptsächlich, um die Tür zu testen. Es musste schnell gehen, wenn es so weit war. Schnell und leise. Und dieses Mal gab es keine vorausgegangene Bekanntschaft, auf die er zurückgreifen konnte. So wie bei Annette Berner. So wie bei Birgit Christensen. Aber das machte nichts. Corinne Heinrichs Tür war ein Kinderspiel gewesen. Sie schien keine Angst zu haben. Er lächelte noch ein bisschen mehr. Noch nicht.

Als Nächstes musste er sich um das Kreuz kümmern. Und diesen Rosenbusch besorgen. Zumindest hatte er als Kind immer geglaubt, dass es ein Rosenbusch war, auch wenn er es nicht genau hatte erkennen können, trotz der vielen Zeit, die er damit verbracht hatte, die Bilder zu betrachten. Er würde am besten einen Topf nehmen und …

Er bewegte die Zehen in seinen Schuhen und stellte fest, dass sie eiskalt waren. Ein Blick auf die Uhr ermahnte ihn, nach Hause zu gehen. Irgendwann musste er schließlich auch mal schlafen. Er musste wachsam bleiben, konzentriert. Die Jagd auf ihn hatte begonnen. Sie wussten jetzt von ihm.

Der Gedanke an den Artikel machte ihn aufs Neue wütend. Er hatte die Russin ausradiert, wie er als Kind die überflüssigen Striche in seinen Zeichnungen ausradiert hatte. Die Bäume und Zäune und Hasen, die plötzlich nicht mehr ins Bild gepasst hatten. Manchmal stellten sich solche Dinge erst im Nachhinein heraus. Überflüssiges. Ungeschicktes. Etwas, das das ganze Werk verschandelte. Jetzt, da man die Russin gefunden hatte, musste er sie auf andere Weise aus der Geschichte tilgen.

Er war der Autor.

Er war der Jäger.

Er bestimmte den Gang der Geschichte. Oder besser: der Geschichten.

Er schenkte Corinne Heinrichs Fenstern einen letzten Blick, dann drehte er sich um. Er wusste noch nicht, wann er sie ernten würde, aber es würde bald sein. Sehr bald.

*

Als Edna erwachte, war es mitten in der Nacht. Sie hatte von Lydia Burgstaller geträumt, das heißt, eigentlich war sie sich nicht sicher, ob es tatsächlich Lydia Burgstaller gewesen war, denn die Frau aus ihrem Traum hatte weinend im Wald gekauert und sich die langen dunkelbraunen Haare abgebissen. Ein Haar nach dem anderen. Sie hatte in einem Berg eigener Haare gesessen wie in einem Nest, aber noch immer war ihr Kopf nicht kahl gewesen. Dann war ein Pilzsammler mit langen, krallenartigen Fingernägeln gekommen und hatte die Haare mitgenommen, und die Frau hatte noch mehr geweint.

Edna richtete sich in ihrem Bett auf und sah zum Fenster.

Sie ließ niemals die Rollläden herunter, weil sie ohnehin nie vor Einbruch der Dunkelheit schlafen ging, und so hatte sie freie Sicht auf die knorrigen Äste des Nussbaumes, an denen der Wind rüttelte. Es wurde Winter, ganz allmählich, da machte sie sich nichts vor. Weihnachten schlich sich immer auf diese heimtückische Art und Weise an einen heran. Hier ein paar Blätter weniger, dort ein paar Lichterketten mehr, und auf einmal saß man in einem hellerleuchteten Wohnzimmer und hatte eine Menge Ärger mit Leuten, mit denen man bis auf ein paar lächerliche Chromosomensätze kaum etwas gemeinsam hatte. Die Vorstellung entlockte ihr einen melancholischen Seufzer. Beim Nachhausekommen hatte sie eine Nachricht auf ihrem Anrufbeantworter vorgefunden, die sie gelöscht hatte, ohne sie anzuhören. Es interessierte sie nicht, welche abstrusen Entschuldigungen sich ihre Mutter in der Zwischenzeit ausgedacht haben mochte. Und noch weniger interessierten sie die Vorwürfe, die ihre Mutter ihr zweifelsohne machen würde. Roh die Art und Weise. Brutal die Sache mit Justine. Unerbittlich ihr Tonfall. Und so weiter und so weiter. Aber war grob und unerbittlich denn wirklich so viel schlimmer als illoyal und verlogen? Und was hatte ihre Mutter mit Peter zu schaffen? Warum akzeptierte sie nicht endlich, dass er in ihrem Leben keine Rolle mehr spielte? Oder witterte sie am Ende gar Morgenluft, weil sie das mit Lina und der bevorstehenden Scheidung gehört hatte?

Ein Blick auf ihren Wecker verriet ihr, dass es bis zum Aufstehen noch etwa drei Stunden waren. Schicksalsergeben ließ Edna sich wieder in die Kissen zurücksinken, wohl wissend, dass es ihr wahrscheinlich nicht gelingen würde, noch einmal einzuschlafen. Unter der Zimmerdecke tanzten die Bilder aus ihrem Traum. Lydia Burgstaller in einem Berg von abgebissenen Haaren. Der Mörder hat Natalija Zaslavska kaum etwas zu essen gegeben, resümierte sie, aber er hat dafür gesorgt, dass ihre Haare mit Nährstoffen versorgt wurden. Mit Nährstoffen versorgt, aber nicht gewaschen. Das war zweifelsohne ein wichtiger Punkt. Versorgte Haare. Ungepflegte Haare. Verfilzte Haare. Was hatte das zu bedeuten? Was für ein Drehbuch lag den Morden zugrunde, mit denen sie es hier zu tun hatten? Sie schüttelte unwillig den Kopf. Solange sie die Antwort auf diese Fragen nicht wussten, wussten sie gar nichts.

Haben Sie schon herausgefunden, warum er den Körper der Bösen mit einem weißen Laken bedeckt hat?, spöttelte Jörg Nevers in ihrem Kopf. *Wie werden Sie damit umgehen, wenn Sie ihn nicht finden?*, erkundigte sich eine imaginäre Molly Erler mit besorgter Miene. Ednas Augen suchten das Buch, das auf ihrem Nachtschrank lag, seit sie die Polizeischule abgeschlossen hatte. Dürrenmatts *Versprechen*. Ein Kriminalbeamter, der an der vermeintlichen Unlösbarkeit eines Falls zerbrach, den das Ausbleiben einer Bestätigung für die Richtigkeit seiner Annahme zermürbte und für den der Mörder, den er jagte, schließlich zur fixen Idee wurde. Die Möglichkeit des Scheiterns besteht immer, dachte Edna, selbst dann, wenn man recht hat. Ein einziger dummer Zufall, und man hatte verloren. Das war dann wohl, was man gemeinhin Tragik nannte. Der Gedanke machte ihr Angst. Aber sie wollte ihn sich auch nicht ersparen. Deshalb lag der Dürrenmatt auf ihrem Nachtschrank.

Sie stand auf und öffnete das Fenster. Es regnete noch immer, wenn auch nicht mehr so stark, und der Wind blies ihr die Tropfen geradewegs ins Gesicht. Sie erwärmten sich an ihren Wangen und tropften von dort auf ihr Pyjamaoberteil hinunter. Wasser, dachte sie, indem sie in den tiefhängenden Himmel blickte. Wasser. Haarewaschen. Schmutz. Sie stutzte. *Oh, es sind nicht* meine *schmutzigen Phantasien, wie Sie wissen*, hörte sie die ruhige, sympathische Stimme des sechsfachen Vergewaltigers sagen. *Aber schmutzig ist in der Tat ein gutes Stichwort.* Sie schloss die Augen. In welchem Zusammenhang hatte sie schon einmal etwas von ungewaschenen, verfilzten

Haaren gehört? Von jemandem, der Nägel kaute? Von Daumen und Stiefeln oder … Sie machte die Augen wieder auf und rieb sich die Stirn. Irgendwo in ihrem Kopf gab es ein Bild zu diesen Dingen, manchmal hatte sie fast das Gefühl, danach greifen zu können. Doch wann immer sie es versuchte, zog sich die Idee zurück wie ein erschrecktes Reh, dorthin, wo sie sie nicht mehr erreichen konnte. Haare. Nägel. Daumen. Ärgerlich stützte sie sich auf die marmorne Fensterbank und sah ihren Nussbaum an. »Was ist denn jetzt mit meiner Nichte?«, flüsterte sie vorwurfsvoll. »Wann kommt sie wieder zurück?«

Ich arbeite daran, schien der Baum zu antworten, doch da hatte Edna das Fenster bereits wieder geschlossen.

Unter Umständen ist es
für manches Kind am besten,
wenn es gar nicht erzogen wird.
(PETER ROSEGGER)

7

Neunter Tag

»Au, verdammt!«

»Entschuldigung.« Corinne Heinrich ließ die Schere sinken und starrte voller Entsetzen auf das wuchtige und erstaunlich unförmige Ohr ihrer Kundin.

»Können Sie nicht aufpassen, verdammt noch mal?! Wo sind Sie denn mit Ihren Gedanken?«

»Verzeihen Sie … Ich …«, stammelte Corinne. »Ich muss irgendwie abgerutscht sein.«

»Es blutet!« Frau Nollermann hielt ihr einen ihrer dicken, goldberingten Finger unter die Nase, an dessen Spitze ein winziger Blutstropfen hing. Sie kam einmal die Woche und ließ ihren lackschwarz gefärbten Kurzhaarschnitt einzementieren, bis er auf ihrem Kopf saß wie ein Helm.

»Entschuldigen Sie vielmals«, wiederholte Corinne hilflos. »Ich wollte nicht … Es war ein Versehen. Ich hole etwas Eis!«

»Eis?«

»Desinfektionsspray.«

Frau Nollermanns Augen blitzten sie an. Verständnislos. Gnadenlos. »Bitte?«

»Sprühverband!« Sie sprang auf und rannte in den kleinen Raum hinter dem Vorratslager, wo sie Kaffee kochten und Tönungen anmischten. An der Wand hing ein kleiner Verbandskasten. Sie riss ihn auf und suchte mit zitternden Fingern nach ein paar Mullkompressen und einer Flasche mit Jodspray.

Dann griff sie sich noch ein Gästehandtuch aus dem Schrank über der Spüle und kehrte in den Salon zurück. Frau Nollermann hatte sich unterdessen den Finger in den Mund geschoben und leckte genüsslich das Blut ab. Der Anblick ekelte sie, und sie hätte sich am liebsten auf dem Absatz umgedreht und wäre aus dem Salon gestürmt. Aber das ging nicht. Sie brauchte diesen Job und sie kannte Pias Kompromisslosigkeit, wenn es um die Zufriedenheit der Kundschaft ging. Wenn sie jetzt davonrannte, war sie draußen.

Sie straffte die Schultern und kehrte an ihren Platz zurück. Aus sämtlichen Spiegeln starrten sie Kundinnen und Kolleginnen an. Keine von ihnen gab sich besondere Mühe, ihre Neugier zu verbergen. Ihre Augen suchten Pia, die hinter dem Tresen an der Anmeldung stand. *Nun mach schon*, sagte ihr Blick, *beruhige sie endlich, die alte Fregatte, sonst macht sie uns noch den ganzen Laden rebellisch!*

»Sehen Sie sich das an!«, klagte Frau Nollermann, indem sie ihre imposante Ohrmuschel nach vorne klappte. »Jetzt sind die ganzen Haare voller Blut! Dabei sollten sie bis Allerseelen halten.«

Corinne seufzte. Sie hatte sich schon oft gefragt, warum dieser alte Drachen ausgerechnet zu ihr kam. *Und denken Sie daran, ausgiebig zu föhnen*, sagte er immer, wenn er nach dem Waschen wieder an seinem Stammplatz vor dem Fenster Platz genommen hatte, *das muss schließlich halten.* »Ich glaube nicht, dass es …«

»Die müssen Sie noch mal waschen«, fiel Frau Nollermann ihr ins Wort, indem sie an einer dünnen Haarsträhne herumzupfte. »*So* kann ich ja wohl nicht auf den Friedhof gehen!«

Corinne sparte sich einen bissigen Kommentar zu diesem letzten Satz und drückte Frau Nollermann stattdessen einen ansehnlichen Stapel Mullkompressen gegen die winzige Wunde, die die Spitze ihrer Schere am oberen Rand des Blumenkohls hinterlassen hatte.

»Kann ich helfen?« Offenbar hatte Pia beschlossen, die Sache selbst in die Hand zu nehmen.

»Dieses ungeschickte Ding hat mich ins Ohr geschnitten!« Frau Nollermann fingerte sich einen schweren Brillantstecker aus dem Ohrläppchen und warf ihn achtlos auf den Tisch. »Und jetzt weigert sie sich, mich noch einmal zu waschen.«

»Ich habe mich nicht geweigert«, protestierte Corinne, doch Pia schob sie einfach zur Seite und beugte sich über das Ohr der Kundin. »Lassen Sie mal sehen.«

»Es blutet«, sagte Frau Nollermann wieder. »Und ich könnte jetzt auch gar nicht sagen, wie es um meinen Tetanusschutz bestellt ist.«

Pia griff nach der Flasche mit dem Jodspray und sprühte eine reichliche Menge davon auf Frau Nollermanns Ohrmuschel, die sich daraufhin leuchtend orange einfärbte. »Selbstverständlich werden Sie noch einmal gewaschen«, sagte sie, indem sie das schmerzvolle Zischen aus dem Mund ihrer Kundin mit äußerster Zufriedenheit zur Kenntnis nahm. »Und um eine Infektion brauchen Sie sich wirklich keine Sorgen zu machen. Das Desinfektionsspray brennt alles weg.«

»Aber was, wenn dieses ungeschickte Ding am Ende auch noch Aids hat?!«, rief Frau Nollermann ängstlich. »So dürr, wie die ist.«

»*Sie* sind diejenige, die blutet«, bemerkte Pia mit entwaffnender Logik.

»Ach?« Frau Nollermann schien nicht so recht zu wissen, wie sie auf diesen Einwand reagieren sollte. »Aber es sollte bis Allerseelen halten«, suchte sie ihr Heil schließlich in der Wiederholung eines bewährten Argumentes.

»Das wird es auch«, versicherte ihr Pia mit routiniertem Lächeln und unterdrückte mit Mühe den Zusatz: *Ihr verstorbener Gatte wird begeistert sein.* »Wir fangen einfach noch einmal ganz von vorne an.«

»Aber dann möchte ich eine andere Friseuse«, maulte Frau Nollermann.

»Wie Sie wünschen.«

»Am besten einen jungen Mann.«

Pia verdrehte die Augen und sah sich nach Mojib, ihrem einzigen männlichen Azubi, um. Er war ebenso schön wie unbegabt, aber von einer geradezu beängstigenden Sanftheit, womit er vermutlich tatsächlich die beste Wahl für eine Kundin wie Frau Nollermann darstellte. »Wenn Sie sich einen Augenblick gedulden, könnte ich Ihnen Mojib schicken«, sagte sie laut.

»O ja«, nickte Frau Nollermann mit einem Eifer, der in Pia den Verdacht nährte, sie habe bereits seit längerem auf eine Bedienung durch den mandeläugigen Jungen spekuliert und sich nur nicht getraut, so kurz vor Allerseelen einen entsprechenden Wunsch zu äußern. »Schicken Sie mir Mojib!«

Pia machte dem Lehrling, der gerade dabei war, einem älteren Herren die noch immer erstaunlich vollen Haare zu waschen, ein Zeichen, das dieser mit sichtbarer Begeisterung aufnahm.

»Und vielleicht wäre da ja auch noch was am Preis zu machen.« Frau Nollermanns Augen funkelten begierig. »Ich meine, schließlich dauert es ja jetzt bedeutend länger als vorgesehen, nicht wahr?«

»Natürlich«, entgegnete Pia mechanisch, während sie dem achtlos hingeworfenen Brillantohrring der Kundin einen verächtlichen Blick zuwarf. »Ich bin sicher, dass wir eine für alle Seiten befriedigende Lösung finden werden.«

Frau Nollermann nickte und vertiefte sich dann in freudiger Erwartung von Mojibs sanften Händen in einen Artikel über Botox-Injektionen, während Pia ihre langjährige Angestellte zur Seite nahm. »Also schön, was ist los mit dir?«, fragte sie, als sie außer Hörweite waren.

»Ich schätze, ich war einfach unkonzentriert.«

»Das meine ich nicht«, sagte Pia. »Du bist schon seit Tagen so komisch.«

Corinne blickte an ihr vorbei in den Spiegel neben der Garderobe. Die durchwachte Nacht war ihr deutlich anzusehen. Hinter ihren Schläfen pochte das Blut. »Ich habe schlecht geschlafen«, versuchte sie es mit einem Teilgeständnis.

»Warum?«

Die Frage erwischte sie kalt. Normalerweise war der Satz *Ich habe schlecht geschlafen* etwas, womit sich die Leute zufriedengaben. Sie sah ihre Chefin an und verspürte auf einmal das überwältigende Bedürfnis, sich jemandem anzuvertrauen. »Ich habe Angst.«

Sie rechnete mit allem. Mit Spott. Mit Unverständnis. Gelächter. Aber Pia reagierte anders als erwartet. »Wovor?«, fragte sie mit ernsthaft besorgter Miene.

»Ich weiß es nicht.« Corinne zuckte mit den Achseln. »Ich glaube, ich werde beobachtet.«

»Von wem?«

»Keine Ahnung.« Sie zögerte. Pia würde sie für verrückt erklären. »Ich habe ihn nur ein einziges Mal gesehen.«

»Ihn?«

»Es ist ein Mann, das ist alles, was ich weiß.« Corinnes Finger spielten mit dem Band ihres Kittels. »Er stand auf der anderen Hofseite und sah in mein Fenster. Alles andere ist nur so ein Gefühl.«

»Was genau meinst du mit *alles andere*?«, hakte Pia nach.

Corinne zuckte die Schultern und schüttelte dann den Kopf. Sie wusste nicht, wie sie fortfahren sollte. Es war ja nichts da gewesen. Keine Kratzspuren am Schloss, kein offenes Fenster, keine verrückten Gegenstände. Nicht einmal ein fremder Geruch. Es gab keinen einzigen Hinweis, der ihr Gefühl bestätigte. Sie schluckte, als sie merkte, dass Pias Blick nicht von ihr abließ. Vielleicht bildete sie sich das alles ja doch nur ein. Nein, bestimmt tat sie das. Sie machte sich einfach verrückt.

»Als ich gestern Abend nach Hause kam, hatte ich das Gefühl, dass jemand in meiner Wohnung war.«

Ihre Chefin musterte sie lange und nachdenklich. »Bist du sicher?«

Corinne Heinrich schüttelte den Kopf. »Nein«, sagte sie wahrheitsgemäß. »Sicher bin ich mir nicht.«

»Vielleicht solltest du mit der Polizei darüber reden.«

Einen Moment lang wusste sie nicht, ob sie froh oder beunruhigt sein sollte, dass Pia sie ernst nahm. »Ja«, sagte sie dann. »Vielleicht sollte ich das.«

*

Sie hatten sich getrennt. Max war erneut zu Lydia Burgstallers Wohnung gefahren, um die alte Frau von gegenüber zu befragen, während Edna Stephan Ehrenwirth aufgesucht hatte. Nevers' Mensaner-Kollege hatte sich als freundlicher, beinahe kahlköpfiger Mann entpuppt, der seine Besuche bei einem verurteilten Vergewaltiger mit Langeweile und dem Wunsch nach intellektuellem Austausch rechtfertigte. Nevers und er spielten Schach und ließen einander von Zeit zu Zeit selbstkreierte Zahlenrätsel zukommen, nichts weiter. Der Kontakt habe sich erst nach Nevers' Verurteilung intensiviert, hauptsächlich auf dessen Initiative hin, anscheinend langweile er sich unter all diesen Irren. So hatte Ehrenwirth es tatsächlich ausgedrückt. *All diese Irren.* Insgeheim hatte Edna den Verdacht, dass der promovierte Physiker die Eintönigkeit seines eigenen, stets in geordneten Bahnen verlaufenen Lebens durch die Bekanntschaft zu einem Outsider zu kompensieren suchte. Und schon allein deshalb durften sie ihn nicht außer Acht lassen, wenn es um die Frage nach einem möglichen Komplizen ging. Allerdings hatte Ehrenwirth an dem Abend, an dem Annette Berner ermordet worden war, an einer Veranstaltung seines Fachbereichs teilgenommen, die angeblich bis in die frühen

Morgenstunden gedauert hatte. Ob er tatsächlich so lange geblieben war und damit über ein einigermaßen stichfestes Alibi verfügte, würden sie erst noch klären müssen.

Sie atmete tief durch und drehte sich zu ihrem Vorgesetzten um, der seit geraumer Zeit vor der Wand mit den Fotos der Opfer stand und auf irgendetwas zu warten schien. »Im Grunde steht und fällt dieser ganze Fall mit der Frage, ob Ursula Biermann von Jörg Nevers getötet wurde oder nicht«, sagte sie wie zu sich selbst, indem sie das Porträtfoto der Kellnerin betrachtete, das in der Reihe ihrer Toten ganz links hing. Am Anfang. »Wenn Nevers es nämlich nicht war …«

»… dann beschränkt sich der Kreis der Verdächtigen auf die Personen, die schon während der damaligen Ermittlungen Kenntnis von Nevers' Eigenart hatten«, ergänzte ihr Vorgesetzter.

»Nevers selbst behauptet, mit niemandem darüber gesprochen zu haben.«

»Und Sie glauben ihm?«

Edna schüttelte den Kopf. »Ich weiß nicht, was ich glauben soll«, gab sie zu. »Ich habe nur das Gefühl, dass Nevers der Schlüssel zu diesem Fall ist. Und aus diesem Grund würde ich ihn gerne überwachen lassen.«

Rogler griff in die Tasche seines Jacketts und schob sich eine der kleinen weißen Tabletten in den Mund, die er in den letzten Monaten immer häufiger schluckte. Er tat es stets offen und kommentarlos, so dass Edna die Annahme, es könne sich um irgendein Stimulans handeln, insgeheim bereits verworfen hatte, aber sie hätte viel darum gegeben, zu wissen, was es war. »Er ist überwacht.«

Sie versuchte, seinen Blick festzuhalten. »Meiner Ansicht nach nicht ausreichend. Er hat in unserem Gespräch wiederholt angedeutet, dass er etwas über die Morde weiß, und ich halte es für durchaus denkbar, dass er Kontakt zu unserem Täter hat. Vielleicht bereits seit Jahren.«

»Und wie stellen Sie sich das vor?«, fuhr Rogler auf. »Abgesehen davon, dass wir nicht genügend Personal für so etwas haben, würde uns Bertholy die Hölle heiß machen, wenn wir ihm in seine Kompetenzen pfuschen.«

»Kompetenzen!«, schnaubte Edna verächtlich, als die Tür aufflog und Max ins Zimmer stürzte.

»Wir haben eine erste Spur«, verkündete er aufgeregt. »Ich sage euch, die Alte von gegenüber ist eine wahre Goldgrube.« Er grinste. »Einzig und allein mit den zeitlichen Abläufen scheint sie hin und wieder ein bisschen was durcheinanderzubringen. Aber sie ist sich sicher, dass sie Lydia Burgstaller Anfang letzter Woche mehrfach gesehen hat. Zuletzt, wie sie mit einer Einkaufstüte hinten auf dem Fahrrad in der Toreinfahrt verschwunden ist.«

»Ja und?«, rief Edna ungeduldig. »Das wissen wir doch bereits.«

»Schon«, lächelte Max, der sich wie gewöhnlich nicht aus der Ruhe bringen ließ. »Aber das ist noch nicht alles. Wie gesagt, hat meine neugierige Alte wenig Gespür für Daten und Wochentage. Stattdessen orientiert sich ihr Zeitverständnis offenbar an Fernsehserien und außergewöhnlichen Begebenheiten, was durchaus lästig sein mag, sich bei näherer Betrachtung aber als wahrer Segen für unsere Ermittlungen erweisen könnte. Kurz und gut: Der Tag, an dem Lydia Burgstaller verschwunden ist, war jener Tag, an dem eine gewisse Chantal zum ersten Mal nach dem Tod eines gewissen Derek mit einem gewissen Mike geschlafen hat, oder – falls du keine Expertin auf dem Gebiet von Daily Soaps sein solltest – der Tag, an dem der Klempner da war.«

Edna starrte ihn an, als habe er den Verstand verloren. »Was für ein Klempner?«

»Der Klempner, der im Haus gegenüber, also in Lydia Burgstallers Haus, etwas repariert haben muss«, grinste Max. »Nur leider war da gar kein Klempner.«

»Nicht?« Edna hatte das Gefühl, vollkommen im Dunkeln zu tappen, was die Intention ihres Partners anging. »Wieso nicht?«

»Nussdorf sagt, er sei selber entsprechend ausgebildet und würde alle Schäden zuerst selbst begutachten und nur im äußersten Notfall einen Profi rufen. Überdies sei in den letzten zwei Monaten sowieso kein Schaden gemeldet worden. Weder im sanitären noch in irgendeinem anderen Bereich.«

»Und warum behauptet deine gardinenlauernde Informantin, dass Lydia Burgstaller am Tag des Klempners verschwand?« Edna runzelte die Stirn. Was zur Hölle redete sie da eigentlich? *Der Tag des Klempners.* Das klang ja wie ein chinesisches Horoskop! Geboren im Jahr des Klempners.

»Weil sie das Fahrzeug eines Sanitärgeschäftes in den Hof von 16a hat fahren sehen.«

»Ja und?«, sagte Edna abermals und zunehmend genervt. »Vielleicht spinnt sie sich einfach was zusammen, wenn's ihr mit Derek und Chantal zu langweilig wird.«

»Habe ich auch gedacht, aber es gibt da diese interessante kleine Begebenheit am Rande.«

»Welche denn, verdammt noch mal?«, mischte sich nun auch Rogler ein, dessen Miene verriet, dass er allmählich genug von den weitschweifigen Ausführungen seines Beamten hatte.

»Laut Aussage der Zeugin gehört der Transporter, den sie gesehen haben will, einer Firma namens Mieslach«, beeilte sich Max, seine Informationen ein wenig gestraffter und professioneller zu formulieren. »Das betreffende Fahrzeug sei bereits nach etwa zehn Minuten wieder fortgefahren, und jetzt kommt es: Die Firma Mieslach gibt es tatsächlich, sie arbeiten ausschließlich im Sanitärbereich und haben vier Transporter für den Kundendienst, die exakt so aussehen wie das Fahrzeug, das meine Zeugin gesehen haben will. Und der Clou ist: In der Nacht, bevor Lydia Burgstaller verschwunden ist, wurde einer dieser Transporter gestohlen.«

Edna und Rogler starrten ihn an.

»Die Firma hat den Diebstahl angezeigt, aber der Wagen ist am Morgen des nächsten Tages vollkommen unversehrt wieder aufgetaucht.« Max nickte zufrieden. »Er war rund hundertfünfzig Meter vom Firmengelände entfernt am Bordstein geparkt.«

»Hat man das Fahrzeug untersucht?« In Roglers Augen glomm ein seltenes Funkeln.

»Angesichts der Umstände nicht allzu gründlich«, entgegnete Max. »Der Wagen war ganz offensichtlich nicht beschädigt, und es lagen auch keine Meldungen über Straftaten vor, die den Verdacht gerechtfertigt hätten, dass der Transporter vielleicht als Fluchtfahrzeug oder Ähnliches verwendet worden wäre.« Er lehnte sich gegen die Tischkante. »Die Kollegen sind von einem dummen Streich ausgegangen.«

»Dann sollen sich Villinger und seine Leute den Wagen noch einmal ganz genau ansehen«, rief Rogler. »Ich veranlasse das.« Er wandte sich zur Tür, wo er beinahe mit Tillmann Cox zusammenstieß.

»Die Auswertung der Fotos, die Resch und Nevers bekommen haben, ist abgeschlossen«, sprudelte dieser hervor, während er sich an seinem Vorgesetzten vorbeischlängelte. »Der Mann, der die Bilder aufgenommen hat, ist zwischen eins fünfundsiebzig und eins fünfundachtzig groß. Allerweltspapier, Allerweltskamera, äußerlich keine verwertbaren Spuren.«

»Na toll!« Edna schüttelte den Kopf. Er ist clever, dachte sie. Ein Pedant. »Dann können wir nur hoffen, dass diese Transporter-Geschichte ergiebiger ist.«

Cox blickte sie fragend an. »Was für ein Transporter?«

Max zog einen zerdrückten Schokoriegel aus der Tasche seines Jacketts und lehnte sich auf seinem Stuhl zurück. »Hast du eine ungefähre Vorstellung davon, wann Mike und Chantal zum ersten Mal miteinander geschlafen haben?«

»Welche Chantal?« Cox zog die Stirn in Falten. »Chantal Brosius?«

Edna grinste. »Nur so als Tipp: Das Ganze fand im Jahr des Klempners statt.«

»Hä?«

»Vergiss es.« Sie warf einen Blick auf die Uhr. »Viel wichtiger ist jetzt, dass wir ein paar Dinge endgültig ausschließen.« Sie sah Cox an. »Schweichert und du, ihr überprüft zunächst das Alibi von diesem Ehrenwirth.« Sie reichte dem jungen Kollegen eine kurze Zusammenfassung der Notizen, die sie während des Gespräches mit dem Physiker gemacht hatte. »Dann fahrt ihr nach Riederbach und checkt noch einmal jede einzelne Postliste, jede Besuchsliste, jeden Anruf und alle sonstigen Aufzeichnungen, die Jörg Nevers und seine Kontakte betreffen. Geht dabei so weit zurück wie irgend möglich.« Sie seufzte. »Wenn euch jemand Steine in den Weg zu legen versucht, ruft mich an. Habt ihr diesen Resch durchleuchtet?«

Cox nickte. »Scheint sauber zu sein.«

»Dann hat unser Mann ihn wahrscheinlich ausgewählt, weil er über den Nevers-Prozess Bescheid wusste«, murmelte Edna. »Ein weiteres Indiz dafür, dass wir im Umfeld der damaligen Serie suchen müssen. Und genau das werden wir auch tun!« Sie stand auf und wandte sich an ihren Partner. »Ich schlage vor, dass wir uns mal mit Nevers' letztem Opfer unterhalten, bis es neue Erkenntnisse zu unserem Klempner gibt.«

*

Molly Erler schloss die Tür hinter ihrer Patientin und ließ sich erschöpft in den Chefsessel hinter ihrem Schreibtisch sinken. Gott, diese Frau war eine echte Heimsuchung! Sie litt an einer passiv-aggressiven Persönlichkeitsstörung, im Zuge deren sie jede noch so banale Alltagssituation als Kampf empfand, den sie nur verlieren konnte. Sie hatte Probleme auf der Arbeit, weil sie sich jeder Form der Leistungsanforderung widersetzte, ständig zu spät kam und fortwährend geschäftliche Abläufe sabotierte, wobei sie es sorgsam vermied, jemals als Schuldige dazustehen, und jedweden Vorwurf mit einer schier endlosen Liste an Entschuldigungen zu ersticken suchte. Jetzt wollte sie offenbar heiraten und verlangte von ihrer Therapeutin einen Strauß praktischer Tipps, die ihr helfen sollten, sich gegen ihren künftigen Ehemann zur Wehr zu setzen, ohne mit ihm in eine offene Konfrontation treten zu müssen. Molly hatte zugehört und eingesehen, dass die vier Jahre, in denen sie gemeinsam versucht hatten, den Ursachen der Störung auf den Grund zu gehen und Lösungsansätze zu finden, offenbar ohne jede Wirkung geblieben waren. Anneliese Portz war so gestört wie eh und je, und Molly gönnte sich die vierte und letzte Tasse Kaffee des Tages, während sie einen Blick in ihren Terminkalender warf und erleichtert feststellte, dass der nächste Patient mit seiner Angewohnheit, nachts einen Fuß aus dem Bett zu strecken, in der irrationalen Hoffnung, dass eine fremde Frau käme und eine Nadel hineinstieße, ein vergleichsweise angenehmer Fall war.

Sie warf einen Blick auf die Uhr und rührte Milch und Zucker in ihren Kaffee, als ihr Telefon zu klingeln begann. Normalerweise kündigte Astrid, ihre Helferin, jeden Anrufer zunächst über die Gegensprechanlage an, um zu klären, ob ihre Chefin das Gespräch auch wirklich entgegennehmen wollte, aber Mollys Mutter und ein paar enge Freunde kannten ihre Durchwahl und riefen sie direkt an, so dass sie sich nichts dabei dachte, an den Apparat zu gehen.

»Ich wollte mich schon lange dafür bedanken, dass Sie mir durch Ihre Fehleinschätzung einen hübschen kleinen Vorsprung verschafft haben.«

Sie erstarrte. »Wer ist da?«

»Nur leider irren Sie sich schon wieder.«

»Nevers?«

Er lachte. »Was denken Sie, Doktor?«

Sie wusste, sie durfte ihn ihre Angst nicht spüren lassen. Trotzdem hatte sie das Gefühl, dass er ihre Schwäche witterte. Automatisch blickte sie zur Tür. Fluchtweg. »Worin irre ich mich?« Ihre Hand tastete nach ihrer Tasche, die irgendwo hinter ihrem Stuhl stehen musste. In der Tasche war ihr Handy.

»Helfen Sie ihnen deshalb? Weil Sie ein schlechtes Gewissen haben?« Er benutzte etwas, das seine Stimme verzerrte.

»Wem?«

»Der Polizei.«

Endlich fanden ihre zitternden Finger nun auch die Handtasche. »Ich arbeite seit Jahren nicht mehr mit der Polizei zusammen.«

»O ja, natürlich. Dann waren Sie letzten Montag also nur zum Spaß im Präsidium, ja?«

Er beobachtet mich! Die Erkenntnis raubte ihr fast den Atem. Wenn er von ihrem Besuch bei der Polizei wusste und ihr gefolgt war, bedeutete das zugleich, dass er wusste, wo sie wohnte. Und er wusste auch, dass sie ein Kind hatte. Aber dann ist es auf keinen Fall Nevers, schlussfolgerte ihr Verstand. Nevers konnte viel tun, aber er konnte sie nicht beobachten. Da, wo er war, kam er nicht raus. Nie wieder. Oder war sie in dem Punkt naiv? Sie hatte das Gefühl, dass sich ein Schatten auf sie legte. »Was wollen Sie von mir?«

»Wissen Sie, dass Sie dazu neigen, die Zuordnung zu versauen?«

Sie fingerte am Schnappverschluss der Tasche herum, wütend, dass ihre Finger ihr noch immer nicht gehorchen wollten.

»Die Russin ist nicht meine.«

»Sie können mir viel erzählen.« Sie wollte hören, wie er darauf reagierte. Außerdem brauchte sie Zeit. Sie musste das Handy einschalten. Den Notruf wählen. Hoffen, dass dort jemand saß, der schnell schaltete. Der verstand, worum es hier ging. »Sie sind einfach ein durchgeknallter Spinner«, sagte sie, obwohl sie es besser wusste. Aber sie musste ihn hinhalten. Zeit gewinnen. »Ein Spinner, dem es Spaß macht, sich für etwas auszugeben, das er nicht ist.«

»Nein.« War das Wut, was sie da hörte? »So etwas habe ich nicht nötig.«

»Sie verschwenden meine Zeit.«

»Ihr Sohn hat eine hübsche blaue Laterne gebastelt.«

Sie hatte Mühe, vor Schreck über diesen abrupten Themenwechsel nicht das Handy fallen zu lassen. Zugleich war ihr eiskalt.

»Er redet seit Tagen über nichts anderes als über den Martinsumzug nächste Woche, nicht wahr?«

Das stimmte! Es sollte Timmys erster Martinsumzug werden. Zum ersten Mal die vielen bunten Laternen und das Feuer und die duftenden Wecken. Er hatte doch schon so viel darüber gehört. Und Bilder gemalt. Lieder gelernt. Die Angst verengte ihre Kehle, bis sie kaum noch Luft bekam. Wer zum Teufel hatte es gewagt, sich ihrem Kind zu nähern?!

»Sie machen mir keine Angst«, log sie mit einer Stimme, die ihr blechern und fremd vorkam. Vor ihr leuchtete das Display des Handys auf. Sie schwitzte, während ihre Finger die 110 tippten. Dann presste sie das Gerät ans andere Ohr. Das freie. Mach schon! Geh ran! Hilf mir!

»Oh, ich will Ihnen auch gar keine Angst machen.« Er lachte wieder. Durch die Verzerrung klang es fast wie ein Husten. »Ich möchte Ihnen nur etwas zeigen. Ich möchte sichergehen, dass Sie nicht wieder lauter Fehler machen. Also seien Sie dort.«

»Wo?«

»Beim Martinsumzug.« Kichern. »Und lassen Sie sich nicht einfallen, die Polizei mitzubringen. Wenn ich auch nur einen einzigen Beamten dort entdecke, bekommen Sie gar nichts zu sehen.«

Geh endlich ran, verdammt! »Und was sollte ich dort zu sehen bekommen, Sie elender Wichser?«

Noch mehr Gelächter. »Das richtige Mädchen.«

»Polizeinotruf.«

»Ich melde mich wieder …«

»Hallo? Sprechen Sie!«

*

Es war deutlich milder als in den vergangenen Tagen, aber es sah schon wieder nach Regen aus. Die Frau, die Edna und Max die Tür öffnete, wirkte deutlich älter als Ende zwanzig. Sie hatte ihr dunkelbraunes Haar blond gefärbt, und es hing ihr in glanzlosen Strähnen auf die Schultern herab. Ihr Blick taxierte Edna und Max nur wenige Sekunden. Dann fragte sie: »Polizei?«

»Beck vom Kommissariat 11«, nickte Edna. »Mein Kollege, Herr Boettcher.«

Rasselnd schlug die Sicherheitskette gegen den Türrahmen. »Kommen Sie rein.«

Juliane Dernesch führte die beiden Kommissare in ein penibel aufgeräumtes Wohnzimmer, in dem ein angesichts der gepflegten Umgebung fast befremdlicher Geruch nach Essen und Zigarettenrauch hing. »Kommen Sie wegen dieser ermordeten Frauen?« Es klang eher wie eine Feststellung als nach einer Frage.

Edna zögerte einen Moment, ob sie »Ja« sagen sollte, weil sie Rückfragen fürchtete, doch schließlich nickte sie.

Juliane Dernesch nickte auch und schüttelte eine Zigarette aus der Packung, die auf dem fleckigen Couchtisch lag. »Ich hatte keine Angst, damals«, murmelte sie, ohne die beiden Kommissare anzusehen. »Obwohl die Zeitungen natürlich voll waren von seinen Taten. Aber ich habe das nicht auf mich bezogen.« Um ihren Mund erschien eine harte Linie. »Meine

Freundin hatte sich einen Elektroschocker besorgt, damals. Und für mich gleich einen mit. Er lag zu Hause in der Küchenschublade, als ich …« Sie räusperte sich. Es klang angestrengt. »Ich hatte ihn nicht bei mir.«

Edna nickte. Irgendwie konnte sie sich die lebenslustige junge Frau vorstellen, die Juliane Dernesch einmal gewesen war, eine unerschrockene Frau, die über die Ängstlichkeit ihrer Freundin gelacht hatte. *Was willst du bloß mit diesem Ding? Geht so was denn überhaupt in eine Handtasche?* Wie oft mochte sie sich seither gefragt haben, wie die Nacht, die ihr zum Verhängnis geworden war, verlaufen wäre, wenn sie ihren Elektroschocker bei sich getragen hätte?

»Seit damals habe ich ihn immer dabei«, sagte sie jetzt, als ahne sie, was die fremde Kommissarin dachte. Sie lachte dabei. Ein sehr bitteres Lachen. »Ich mache ein und denselben Fehler nie zweimal. Aber solche Dinge passieren einem immer nur einmal im Leben.«

Edna überlegte, ob sie *Gott sei Dank* sagen sollte, entschied sich aber dagegen, weil es ihr irgendwie zynisch vorgekommen wäre.

»Also, wie kann ich Ihnen helfen?« Juliane Dernesch sah nur kurz auf. Dann starrte sie wieder auf ihre Knie hinunter.

»Wir möchten etwas über Jörg Nevers wissen.« Edna suchte in ihrem Gesicht nach Anzeichen dafür, dass sie sich verweigern würde, aber sie fand keine. »Es ist eigentlich eher eine hypothetische Frage, und dieser aktuelle Fall hat im Grunde nichts …«

»Sie müssen mir nichts erklären«, fiel Juliane Dernesch ihr eilig ins Wort, wobei sie Edna einen ihrer kurzen, pfeilartigen Blicke zuwarf. »Ich habe Ihnen doch gesagt, dass ich ein und denselben Fehler nie zweimal mache.« Wieder dieses bittere Lachen. »Damals habe ich das, worüber ich in der Zeitung gelesen habe, nicht auf mich bezogen. Ich dachte, wenn irgendwelche blöden Kühe nicht auf sich selbst aufpassen können, geht das doch mich nichts an, verstehen Sie? Das war der Fehler. Mein Teil der Schuld. Aber das passiert mir nicht noch einmal. Wenn ich heute etwas von ermordeten Frauen lese, weiß ich, dass es mich angeht. Auf die eine oder andere Weise.« Sie zog an ihrer Zigarette und starrte wieder ihre Knie an. »Fragen Sie einfach.«

»Hatten Sie damals das Gefühl, dass Nevers Sie töten könnte?« Edna betrachtete ihren Haaransatz, an dem bei genauem Hinsehen der ursprüngliche Braunton zu erkennen war. Dieselbe Haarfarbe wie die anderen, dachte sie. Wie die Toten. Rapunzel. »Gab es vielleicht einen Zeitpunkt während der Tat, an dem Sie nicht daran geglaubt haben, dass Sie seinen Angriff überleben würden?«

Sie zögerte lange, bevor sie antwortete. »Nein«, sagte sie dann. »Ich hatte zu keinem Zeitpunkt das Gefühl, dass er mich töten würde.«

»Auch nicht, als er damit begann, Sie massiv zu verletzen?« *Seinem vorletzten Opfer hat er einen Teil der Brustwarze herausgebissen*, hallte es in ihrem Kopf. Unwillkürlich suchte ihr Blick Juliane Derneschs Dekolleté. Als sie sich dessen bewusst wurde, fühlte sie etwas wie Schuld, doch die junge Frau schien nichts bemerkt zu haben.

Sie schüttelte den Kopf. »Nein, auch dann nicht.«

»Können Sie sagen, warum nicht?«

»Weil er ...« Sie drückte ihre Zigarette aus und steckte sich sofort eine neue an. Edna hatte den Eindruck, dass sie Zeit gewinnen wollte, und fragte sich, was Juliane Dernesch anstellen würde, wenn sie wieder gegangen waren. Sie wirkte gefasst, im Großen und Ganzen. Aber war hieß das schon? »Während er ... Er hat gesagt, ich soll an ihn denken. Für den Rest meines Lebens.«

Edna nickte. *Welchen Sinn hätte es wohl, Ihren Opfern ein Andenken zu hinterlassen, wenn die Frauen Opfer zu tot sind, um sich an Sie zu erinnern.*

»Ursula Biermann ist gestorben«, bemerkte Max. Seiner Miene war deutlich anzusehen, dass ihm diese Befragung widerstrebte.

Juliane Dernesch sah ihn an. Länger als bisher. »Das kann nur irgendein Versehen gewesen sein.«

»Aber es ist eine unbestreitbare Tatsache, dass Nevers im Laufe der Zeit immer brutaler geworden ist.«

Sie lachte wieder ihr verlorenes Lachen. »Wem sagen Sie das.«

Max biss sich auf die Lippen. Es kam nicht oft vor, dass er sich ungeschickt ausdrückte. Dass er Porzellan zerschlug. Dass er Hilfe brauchte. Nicht in einem Gespräch wie diesem, in dem Einfühlungsvermögen und Behutsamkeit vonnöten war. Edna fragte sich, ob dieser Fall sie am Ende alle überfordern würde. *Wie viele Mordfälle hatten Sie in Ihrer Karriere, die Sie nicht aufklären konnten?*

»Ich verstehe nichts von diesen Dingen«, sagte Juliane Dernesch mitten in die entstandene Stille. »Psychologie und so, Sie wissen schon. Ich kann Ihnen nur sagen, was ich gedacht und gefühlt habe. Und ich habe nicht gedacht, dass ich sterben werde.«

Edna erwiderte Juliane Derneschs Blick. Hatte ihr Gefühl sie getrogen? War Jörg Nevers ein Mörder? Damals? Heute? *Die arme kleine Ursula war keins von meinen Mädchen.* Sagte er die Wahrheit? Warum schickte der Killer ihm Fotos seiner Opfer? Um ihn zu beeindrucken? Um ihm zu helfen? *Ihr guterzogener kleiner Freund wird mich schneller hier rausholen, als Sie gucken können.* Sie dachte an Ralf Decker. An den zweifelnden Blick, mit dem der Kollege von der Sitte auf Roglers Feststellung reagiert hatte, Nevers sitze in Riederbach so sicher wie in einem Gefängnis. Stimmte das? Und warum hatte Nevers kein Foto von Ursula Biermanns Leiche erhalten?

»Mit dieser Sache da jetzt ...« Juliane Dernesch hob hilflos die Hände. »Damit hat er doch nichts zu tun, oder? Ich meine, abgesehen davon, dass er nur … Dass er im Grunde …« Sie schüttelte den Kopf. »Außerdem sind sie ja auch viel zu alt«, sagte sie dann wie zu sich selbst, indem sie wieder nach unten blickte. Auf die Tischplatte.

»Was meinen Sie?«, hakte Edna nach.

»Die jetzigen Frauen«, entgegnete sie müde. »Seine waren jünger.« Ohne den Blick zu heben entzündete sie eine neue Zigarette. »Ich habe ein paar von den anderen beim Prozess kennengelernt. Alle Anfang zwanzig oder so.«

Edna sah wieder ihren Haaransatz an. Das stimmte. Nevers' Opfer waren jünger gewesen als die Frauen, die der aktuellen Mordserie bislang zum Opfer gefallen waren. Aber bedeutete das nicht, dass Ursula Biermann auf Nevers' Konto gehen musste?

Sie machte ihrem Kollegen ein Zeichen und stand auf. Sie bereute es auf einmal, Juliane Dernesch belästigt zu haben, nur um ihr eigenes Gefühl bestätigt zu sehen. Sie hatte etwas aufgewühlt, etwas an die Oberfläche gebracht, das besser verborgen geblieben wäre. Oder war es ohnehin nie verborgen? Sie dachte an die Sicherheitskette vor der Tür. Vielleicht nicht.

Juliane Dernesch war ebenfalls aufgestanden und streckte ihr die Hand entgegen. »Selbst wenn Nevers mit diesen Morden nichts zu tun hat, bin ich trotzdem froh, dass er nie wieder rauskommt«, sagte sie.

Edna sagte nichts.

*

»Er hat mich angerufen.«

»Was?«

»Dieser elende Scheißkerl hat mich angerufen.«

Edna brauchte nicht zu fragen. Sie wusste auch so, dass Molly Erler von dem Mann sprach, den sie suchten. »Woher hat er Ihre Nummer?«

»Was weiß ich.« Sie schien ziemlich außer sich zu sein. Verständlich, dachte Edna. »Er hat in der Praxis angerufen. Allerdings auf meiner Durchwahl.«

»Was hat er gesagt?«

»Dass mein Sohn eine hübsche blaue Laterne gebastelt habe.«

Ihre Stimme klang zynisch, aber Edna hörte auch die Angst, die sich hinter dem Zynismus verbarg. »Stimmt das?«

»Ja, die Laterne ist wirklich blau.«

Edna nickte. Sie spürte die übliche Entschlossenheit, wenn eine Sache wirklich ernst wurde. »Dann wissen wir also, dass er Sie beobachtet hat.«

»Mich und ...« Sie zögerte. Offenbar scheute sie sich, den Namen ihres Sohnes auszusprechen. »Ich dachte zuerst, es wäre Nevers.«

Unwillkürlich musste Edna an ihren Besuch in Riederbach denken. An den Blick, mit dem Jörg Nevers sie angesehen hatte. Und an die Grüße, die er Molly Erler bestellt hatte. *Ist sie nicht schwanger gewesen, damals?*

»Nevers kann Sie und Ihre Familie nicht beobachten«, entgegnete sie. Sie durfte nicht auch noch die Nerven verlieren. Sie musste sachlich bleiben. Logik walten lassen. Ausschlussverfahren.

Die Psychologin gab einen Laut von sich, der wie ein Schluchzen klang, auch wenn Edna sich sicher war, dass Molly Erler niemals weinen würde, solange ihr jemand zuhörte. »Das weiß ich«, räumte sie ein. »Aber er hat mich schon mal bedroht.«

»Nevers?«

»Ja.«

»Warum haben Sie uns nichts davon erzählt?«

»Scheiße, ich hätte Sie gleich bei Ihrem ersten Anruf zum Teufel jagen sollen.« Trotz aller Wut beruhigte sie sich allmählich. Das konnte Edna deutlich spüren. »Der Anrufer wusste übrigens auch, dass ich bei Ihnen im Präsidium war.«

Edna zog sorgenvoll die Stirn in Falten. »Wo sind Sie jetzt?«

»Was denken Sie, Herrgott noch mal?! Auf dem Weg nach Hause.«

»Wenn Sie dort sind, bleiben Sie dort. Öffnen Sie unter keinen Umständen die Tür. Wir sind sofort bei Ihnen.«

*

Er hatte ihr einen Zahn ausgeschlagen. Nein, korrigierte sie sich, ausge*treten*. Sie fand ihn neben sich auf der Decke. Ihr Mund schmeckte noch immer nach Blut. Sie hatte geschlafen. War ohnmächtig gewesen. Oder beides zusammen. Oder nacheinander. Erst ohnmächtig, dann schlafend. Wie auch immer …

Es war ein Schneidezahn. Der rechte. Ihre Zunge fuhr durch die Lücke, die riesig zu sein schien, und sie fragte sich, wie es wohl aussähe, wenn sie jetzt in einen Spiegel schauen könnte. Ihr Bruder hatte sich auch mal einen Zahn ausgeschlagen. Da war er sieben gewesen und hatte vergessen, dass er nicht laufen konnte. Ihre Mutter war mit ihm im Park gewesen, und er hatte laufende Kinder gesehen. Spielende, laufende, lachende Kinder. Er hatte bis nach dem Abendessen gewartet und einen Moment abgepasst, in dem seine Mutter nicht im Zimmer war. Dann hatte er es irgendwie fertiggebracht, sich aus den Gurten zu befreien, die seinen Körper in seinem Rollstuhl hielten, und hatte seine kleinen, verdrehten Glieder in die Luft gestemmt. Die Erinnerung entlockte ihr ein Lächeln, von dem sie das Gefühl hatte, dass es sehr schief aussehen musste. Es war ein winziger Augenblick der Freiheit gewesen, der ihren Bruder einen Schneidezahn und ihre Mutter einen Nervenzusammenbruch gekostet hatte.

»Wir werden uns immer ähnlicher, was?«, flüsterte sie, wobei sie es grotesk fand, wie die Luft beim Sprechen durch ihre Zahnlücke pfiff. Doch ihr Bruder antwortete ihr nicht. Er schien heute nicht da zu sein, was sie beinahe bedauerte. »Es ist wohl wirklich so, dass man auch mal was riskieren muss für seine Ziele.« Sie kroch zu der Stelle, wo ihr Wasser stand. Wo war das Holzgefäß? »Einen Zahn zum Beispiel. Ich meine, wie viele hat man davon eigentlich? Dreißig? Vierzig?« Ihre Zunge wollte mit Zählen beginnen, aber sie blieb in der Lücke kleben. Der Blutgeschmack in ihrem Mund wurde zäher und zäher. Kein Zweifel, sie brauchte Wasser. Ihre Hand tastete von der üblichen Stelle seitwärts. Nichts. Die andere Richtung. Auch nichts. Mit wachsender Panik suchte sie ihr gesamtes Umfeld ab, doch da war nichts. Kein Wasser. Keine Cracker. Kein Trockenobst.

Er musste alles mitgenommen haben.

*

»Was Neues zu unserem Transporter?«

»Villinger ist dran.«

Edna nickte. Sie wusste, dass die Kollegen von der Spurensicherung ihr Möglichstes taten, trotzdem kamen sie zu langsam voran. Die Zeit drängte, der Mörder spielte Katz und Maus mit ihnen, und sie verstrickten sich in einem heillosen Durcheinander an Fakten und Mutmaßungen, Spuren und Irrwegen.

Molly Erler war erstaunlich gefasst gewesen, als sie ihnen die Tür geöffnet hatte. Sie hatte sie ins Wohnzimmer gebeten, und sie hatten wie bereits gestern Abend auf dem Sofa neben dem Kamin gesessen. Timmy, Molly Erlers Sohn, hatte sich als unbeschwertes, aufgewecktes Kind erwiesen und ihre behutsamen Fragen erstaunlich konzentriert und präzise beantwortet. *Da war aber kein fremder Mann im Hort. Nein, auch nicht im Garten.* Timmys Großmutter hatte bei ihnen gesessen und hin und wieder bestätigend genickt. *Nein, auch ihr sei niemand aufgefallen. Dabei achte sie wieder auf solche Dinge, seit …* Sie hatte einen Blick mit ihrer Tochter gewechselt, und Edna hatte erkannt, dass die beiden Frauen viel miteinander durchgemacht haben mussten. *Da war bestimmt niemand. Höchstens von weitem vielleicht.* Die Laternen hätten bis zu ihrer endgültigen Fertigstellung im Werkraum des Kindergartens gehangen. Dieser Kleister brauche nun einmal eine Weile, bis er richtig trocken sei. Damit nichts durcheinanderkomme, hätten die Erzieherinnen kleine Namensschildchen an die Drahtbügel geknotet. Vielleicht habe er die Laterne dort gesehen. Oder vorgestern. Als Timmy seine fertige Laterne voller Stolz nach Hause getragen hatte. Und dass der Junge über den Martinsumzug redete … *Das könnte er natürlich auch geraten haben, nicht wahr? Ich meine, welches Kind redet denn um diese Jahreszeit nicht von Martinsumzügen?!* Ein banger Blick. Eine unausgesprochene Frage. Vielleicht war es ja doch nicht ganz so schlimm.

Aber Edna hatte Molly Erler angesehen, dass es sogar noch schlimmer war. Und akzeptiert, dass die Psychologin ihre Mutter schonen wollte. Erst nachdem Gertrud Erler mit ihrem Enkel aus dem Zimmer gegangen war, hatte die Psychologin Klartext geredet. Ja, sie sei sich ganz sicher, dass es der Täter gewesen sei. Und ja, dieser Typus von Serienkiller neige durchaus dazu, Kontakt mit der Polizei oder den Medien aufzunehmen. Er wolle nun einmal die absolute Kontrolle. Auch über die Berichterstattung. Auch über das Bild, das die Öffentlichkeit von ihm zu Gesicht bekam. Und die Gelegenheit, jemanden zu ängstigen, sei vermutlich ein zusätzlicher Anreiz gewesen. *Glauben Sie, dass er Lydia Burgstaller meint, wenn er von dem »richtigen Mädchen« spricht?* Molly Erler hatte genickt. *Glauben Sie, dass er sich tatsächlich noch einmal bei Ihnen meldet?* Wieder dieses wohl bekannte Lächeln. Die in vielen Berufsjahren erprobte Fassade, die Stärke und Unerschütterlichkeit ausstrahlte. Das Gesicht, mit dem man den

Monstern begegnen konnte. *Er ist vorsichtig. Er ist sich darüber im Klaren, dass meine Telefone ab sofort überwacht werden.* Sie hatte entschlossen ausgesehen. Entschlossen, der Angst keinen Raum zu geben. *Wenn er noch was zu sagen hat, wird er sich einen anderen Dummen suchen. Denken Sie daran, dass er inzwischen schon zu drei verschiedenen Personen Kontakt aufgenommen hat. Und bei keinem hat er sich öfter als einmal gemeldet.* Edna hatte es bei dieser Antwort bewenden lassen, auch wenn sie die Einschätzung der Psychologin nicht unbedingt teilte. Gleichwohl verstand sie, warum Molly Erler glauben wollte, dass sich das, was sie erlebt hatte, nicht wiederholen würde. Nichtsdestotrotz hatte der Anrufer angekündigt, sich wieder melden zu wollen. Und er hatte ausdrücklich Molly Erler ausgewählt, um ihr etwas zu zeigen. Etwas, das sie davor bewahren sollte, weitere Fehler hinsichtlich der Zuordnung zu begehen.

Ein Martinsumzug, resümierte Edna, indem sie einen energischen Kringel um das Kennzeichen des gestohlenen Transporters zog, das sie auf ihrer Schreibtischunterlage notiert hatte. *Selbstverständlich werde ich nicht hingehen! Scheiß drauf, was der Kerl vorhat. Sie hätten doch auch das Bedürfnis, die Menschen, die Sie lieben, zu beschützen, oder nicht? Sehen Sie, dann haben wir uns ja verstanden.* Edna seufzte. Wenn Molly Erler sich nächste Woche noch immer kategorisch weigern würde, mit ihrem Sohn und seiner blauen Laterne zu diesem Martinsumzug zu gehen, würden sie vermutlich nie erfahren, was der Mann, den sie suchten, der Psychologin dort zeigen wollte. Die Russin ist nicht meine, hatte er behauptet. Oder bluffte er? Hatte Molly Erler doch nur mit irgendeinem Spinner telefoniert? Einem Verrückten, der die Zeitung las und die Psychologin und ihre Familie verfolgte? Irgendein außer Kontrolle geratener Patient? Sie schüttelte nachdenklich den Kopf. Ein Martinsumzug und das richtige Mädchen …

»Wir haben nie irgendwelche Spuren gefunden«, stellte Max fest, und Edna brauchte einen Augenblick, bis sie verstand, dass er noch immer von dem Transporter sprach, den Villingers Leute gerade auseinandernahmen. »Warum sollte der Täter in diesem Fall weniger vorsichtig gewesen sein?«

»Weil er nicht damit gerechnet hat, dass dem – noch dazu so kurzfristigen – Ausleihen eines Firmenwagens besondere Bedeutung beigemessen wird«, entgegnete Edna. »Vielleicht dachte er sogar, der Diebstahl würde überhaupt nicht bemerkt.«

Ihr Kollege nickte. »Bei Mieslach haben sie es für einen Scherz gehalten.«

»Siehst du.« Edna starrte das Kennzeichen auf ihrer Unterlage an. Dieser verdammte Fall entwickelte sich einfach zu rasant. Nie kamen sie dazu, einen Gedanken zu Ende zu denken. Immer riss der Faden, bevor eine Idee Gestalt annehmen konnte. Immer geschah etwas Neues, bevor sie das Alte verstanden hatten. Sie massierte sich die Schläfen und dachte wieder an ihren Traum. An braune Haare. An lange, krallenartige Fingernägel. Zerschnittene Brustwarzen. Zerbissene Brustwarzen. Rapunzel ...

»Woran denkst du?« Der Blick ihres Kollegen ruhte auf ihrer Stirn.

»An Märchen.«

»Was?«

»Lass uns das Band aus der Klinik noch mal anhören«, sagte Edna anstelle einer Antwort.

*

Sie würde verdursten.

Wenn er nicht bald zurückkam und ihr Wasser brachte, würde sie sterben.

Aber was war denn nur so schwer daran? Wenn es schon geschehen musste, warum geschah es auf diese fürchterliche Art und Weise? So langsam und quälend?

Zum hundertsten Mal wanderten die Fingerspitzen ihrer linken Hand über den Betonboden auf der unsinnigen Suche nach etwas, das nicht da war. Sie hatte nichts übersehen. Da war kein Wasser. Er ließ sie hier verrecken! Der Gedanke überspülte sie mit einer Welle von Wut. Was bildete sich dieses elende Arschloch eigentlich ein? Was für einer Perversion frönte er? Was hatte er mit ihr vor? Wollte er ihr am Ende einfach nur beim Sterben zusehen?

Du hast ihn gereizt. Einen Nerv getroffen. Dafür lässt er dich jetzt bluten.

»Lothar?«

Aber denk doch mal nach! Wenn du ihn dazu bringen kannst, dich zu bestrafen, bedeutet das, dass er verwundbar ist.

»Das bin ich auch, falls du es noch nicht bemerkt haben solltest«, fauchte sie zurück.

Schon, aber du hast auch etwas erfahren, das dir nützen könnte.

»Was denn, du Klugscheißer?« Diese verdammte Zahnlücke behinderte sie beim Sprechen. Da war einfach zu viel Platz in ihrem Mund!

Wasch dir die Fresse und den Körper und lass die Haare aus, verstanden?

Sie zuckte zusammen. Es klang, als spräche ER selbst, und doch war es ihr Bruder, der das sagte. Sie hatte nicht gewusst, dass Lothar Leute imitieren konnte. Genaugenommen hatte sie bis vor kurzem nicht einmal gewusst, dass er überhaupt sprechen konnte. »Was denkst du, könnte das bedeuten?«

Er schien es nicht zu wissen, denn er schwieg.

»Du bist ungeheuer konstruktiv«, beschwerte sie sich.

Es ist immerhin ein Ansatzpunkt.

»Allerweltsphrasen!«

Also schön, warum will er, dass du dir die Haare nicht wäschst?

»Was weiß denn ich? Vielleicht steht er drauf.«

Du stinkst ja schlimmer als ein Rudel Paviane, widersprach ihr Bruder dieser These mit der Stimme ihres Peinigers. Und wieder normal fügte er hinzu: *Was, denkst du, passiert, wenn du dir die Haare doch wäschst? Oder noch besser, wenn du sie abschneidest?*

Ihre Hand tastete nach ihrem Hinterkopf. Sie war immer stolz gewesen auf ihre Haare, aber jetzt wurde ihr auf einmal klar, dass sie sie als Last empfand, seit sie hier war. Sie waren ihr beim Kotzen im Weg gewesen. Sie juckten. Sie boten Raum für Ungeziefer. Und was das Wichtigste war: Sie schienen IHM etwas zu bedeuten. Da hatte ihr Bruder ganz recht. Ihre Finger spielten mit einer Locke. Was würde wohl passieren, wenn sie sich die Haare ausreißen würde?

*

»Warum nennt er Birgit Christensen *die Böse*?«

»Sie scheint keine gute Mutter gewesen zu sein«, murmelte Max. »Denk an die Anzeigen beim Jugendamt.«

»Ja schon«, rief Edna ungeduldig. »Aber woher weiß er das?«

Max' Augen weiteten sich. »Stimmt! Er weiß etwas über ein Mordopfer, obwohl er den Mord selbst nicht begangen haben kann.« Er sah seine Partnerin an. »Ist denn das nicht der endgültige Beweis dafür, dass er Kontakt zu unserem Täter haben muss?«

»Nicht unbedingt«, wandte Edna ein. Sie fühlte sich unsicher, weil der Gedanke, der ihr im Kopf herumging, noch viel zu unausgegoren war, um ihn so ohne weiteres in Worte zu fassen. Dennoch wollte sie ihn mit ihrem Kollegen teilen. »Ich weiß nicht, warum, aber ich denke, Nevers könnte rein theoretisch auch nur das Drehbuch kennen.«

»Wie das?«

»Ich weiß es nicht«, gab Edna zu. »Aber irgendetwas an den

Szenarien dieser Morde kommt auch mir bekannt vor, obwohl ich partout nicht sagen kann, was.«

Die Miene ihres Kollegen drückte Skepsis aus. Aber auch Neugier. »Du denkst, es könnte etwas allgemein Bekanntes sein?«, spekulierte er weiter. »Etwas, das man eigentlich erkennen müsste?«

»*Du* warst es doch, der mich darauf hingewiesen hat, dass Nevers sich so seltsam ausdrückt«, entgegnete Edna und spulte das Band zurück. »Hier ...«

Wissen Sie, es gibt da diese armen Kreaturen, denen nichts anderes übrigbleibt, als sich mit dem zu behelfen, was man ihnen vorsetzt, schepperte gleich darauf die Stimme des verurteilten Vergewaltigers durch ihr gemeinsames Büro, *weil Mama ihnen alles untersagt hat, was Spaß macht. Und plötzlich bekommen ein paar bunte Bildchen eine völlig andere Dimension.*

»Oder hier ...« Edna spulte das Band noch weiter zurück.

Wie nahezu alles auf dieser Welt ist auch die Lösung Ihres Problems eine Frage des richtigen Blickwinkels.

»Er spricht vom richtigen Blickwinkel und ein paar bunten Bildchen, die einem vorgesetzt werden!«, rief Edna. »Damit sagt er doch ganz klar, dass wir das Offensichtliche nicht sehen.«

»Hat er mit den bunten Bildchen nicht auf die Kinderunterwäsche in Versandhauskatalogen angespielt? Die irgendwelche pädophilen Arschlöcher als Wichsvorlage missbrauchen?«

»Ich weiß nicht ... Möglich.« Edna schüttelte resigniert den Kopf. Allmählich beschlich sie der Verdacht, dass alles, was ihr zunächst logisch erschien, die Sache im Endeffekt nur noch komplizierter machte. »Am besten, wir hören uns das alles noch einmal ganz von vorne an.«

»Was hören Sie sich an?«

Die beiden Kommissare wandten die Köpfe und sahen Ralf Decker im Türrahmen stehen. Hinter ihm hob Marc Uhrmann grüßend die Hand.

Edna lächelte ihm zu. »Wir analysieren das Gespräch, das wir mit Nevers in Riederbach geführt haben«, erklärte sie.

»War mir doch gleich, als kenne ich die Stimme.« Decker kam ungeniert näher und setzte sich zu Edna an den Schreibtisch, diesmal jedoch auf einen der Besucherstühle. »Und? Was hatte der Dreckskerl zu sagen?«

»Er hat angedeutet, dass er etwas über die Morde weiß«, entgegnete Edna zögerlich. Sie wollte eigentlich nicht darüber sprechen. Nicht mit Kollegen, die sie so wenig kannte. Nicht über Dinge, die so unausgegoren waren.

»Der will sich einfach wichtig machen«, erklärte Decker mit einer wegwerfenden Handbewegung. »Hatte immer schon Spaß daran, den Informanten zu spielen und die Kollegen und Staatsanwälte mit dubiosen Bemerkungen in den Wahnsinn zu treiben. Ist ein Teil des Spiels, das er so liebt.« Er sah Max an, der die Arme vor der Brust verschränkt hatte und über jeden Zentimeter seines Körpers auszudrücken versuchte, dass er es hasste, von Menschen, die er nicht mochte, in seinem Büro heimgesucht zu werden. »Jede Wette, dass er dafür was von Ihnen wollte!«

»Direkt gesagt hat er das nicht«, gab Edna zu.

»Dafür ist er viel zu gerissen«, winkte Decker ab. »Aber wenn ich Ihnen einen guten Rat geben darf: Lassen Sie sich mit dem Kerl auf keinen Deal ein. Da ziehen Sie den Kürzeren.«

»Ich habe nicht vor, mich auf einen Deal mit ihm einzulassen«, entgegnete Edna mit kaum verborgenem Ärger, was Max ein zufriedenes Lächeln entlockte. »Aber ich nehme es grundsätzlich erst einmal ernst, wenn jemand behauptet, über Informationen zu verfügen, die uns vielleicht weiterhelfen könnten.«

»Natürlich«, beeilte sich Uhrmann, einer möglicherweise problematischen Entgegnung seines Partners zuvorzukommen. »Schon im Hinblick auf Ihre Studentin dürfen Sie keine Möglichkeit außer Acht lassen.«

Decker hob zweifelnd die Augenbrauen. »Glauben Sie denn im Ernst, dass das Mädchen noch am Leben ist?«

Edna vermied es, auf diese Frage zu antworten, auch wenn sie durchaus der Meinung war, dass Lydia Burgstaller noch lebte. Zumindest bis zum Martinsumzug. Zumindest bis nächste Woche. *Das richtige Mädchen …*

»'n Abend zusammen«, rief Wilhelm Villinger und quetschte sich zusammen mit seiner Assistentin an Marc Uhrmann vorbei, der im Gegensatz zu seinem indiskreten Kollegen noch immer im Türrahmen lehnte. »Wir haben Blut. Wir haben eine Menge Fingerabdrücke. Wir haben ein paar Haare. Und wir haben ein paar sonstige Merkwürdigkeiten.« Er überholte Maren Tidorf mit der Behändigkeit einer Katze und ließ sich vor ihr auf den letzten verbliebenen Besucherstuhl fallen, als spiele er die Reise nach Jerusalem. »Womit soll ich anfangen?«

Aus purer Neugier verzichtete Edna darauf, den Leiter der Spurensicherung wegen seines ungalanten Benehmens zu tadeln. »Egal, leg los!«

»Okay«, sagte Villinger und ließ sich noch mehr Zeit als gewöhnlich. »Es waren ein paar Blutspuren im Laderaum. Menschlich. Der Abgleich mit der DNA des mutmaßlichen Opfers läuft.«

»Die sichergestellten Fingerabdrücke stammen von mehreren Personen«, bemerkte Maren Tidorf eilig, nicht zuletzt, weil sie wusste, dass ihr Chef es ganz und gar nicht leiden konnte, wenn ihm jemand zuvorkam. »Wir haben sie mit denen der Fahrer verglichen, aber in zwei Fällen war keine Zuordnung möglich.«

Edna sah sie an. »Und das heißt?«

»Dass außer den bekannten Fahrern noch mindestens zwei weitere Personen unseren Transporter gesteuert haben«, entgegnete Maren Tidorf lapidar. »Wir haben die Abdrücke schon durch den Computer laufen lassen, aber keine der beiden Personen ist in unserer Kartei.«

»Wieso denn zwei, verdammt noch mal?«, echauffierte sich Edna.

»Vielleicht hat einer der Fahrer oder einer der anderen Angestellten der Firma den Wagen nach Dienstschluss mal verliehen«, mutmaßte Villinger. »Oder privat genutzt und jemand anderen ans Steuer gelassen.« Er zuckte mit den Achseln. »Aber das herauszufinden, ist eure Sache.«

Edna stöhnte. So viele Fakten zu checken. So viele Alibis zu überprüfen. Akten, Listen, Lebensläufe. Wie um alles in der Welt sollten sie das schaffen? »Und sonst?«

»Alles im Labor«, winkte Villinger ab. »Wir machen uns gleich heute Abend noch dran, aber ihr wisst ja, wie viel Zeit das kostet. Da wollten wir wenigstens schon mal einen kleinen Zwischenbericht liefern.«

»Danke euch.«

Villinger nickte, machte jedoch keine Anstalten, aufzustehen. »Warum er sich dieses Mal so eine Junge gesucht hat, was?«, murmelte er vor sich hin.

»Warum?«

»Na ja …« Villinger rieb sich die Nase. »Die Nutte war dreiunddreißig. Die Lehrerin sogar schon Anfang vierzig. Und diese Frau aus Köln?« Er sah sich fragend nach Max um, der das mit Abstand beste Gedächtnis für solche Dinge hatte.

»Achtunddreißig«, antwortete dieser, ohne auch nur überlegen zu müssen.

»Ist doch komisch, oder?«, nickte Villinger. »Ich meine, bei einem Täter, der sich so eindeutig innerhalb eines bestimmten Beuteschemas bewegt.«

Wenn Nevers die Wahrheit sagt, ist unser Täter schon einmal von diesem Schema abgewichen, dachte Edna. Mit Ursula Biermann. Die Kellnerin war erst achtundzwanzig, wenngleich sie älter aussah.

»Und wo lernt er seine Opfer überhaupt kennen?«, fuhr Villinger fort. »Ich meine, eine Studentin bewegt sich doch bestimmt in ganz anderen Kreisen als eine Lehrerin oder eine vierfache Mutter, die vom Sozialamt lebt.«

»Trotzdem sind sie ihm alle vier begegnet.« Edna griff nach ihrem Kugelschreiber. Wie immer, wenn sie nachdenken musste, hatte sie das Bedürfnis, zu zeichnen oder auf und ab zu gehen. Und auf und ab gehen war angesichts der vielen Menschen in ihrem Büro derzeit nicht möglich. »Er hat sie gekannt«, murmelte sie. »Er muss sie gekannt haben.«

»Oder zumindest müssen sie ihm aufgefallen sein«, schränkte Max ein.

Edna starrte auf ihre Schreibtischunterlage. Villinger hatte recht. Es gab ein paar wichtige Fragen, denen sie bislang viel zu wenig Bedeutung beigemessen hatten. Wo bewegte sich der Mann, den sie suchten? Wo hatte sich Annette Berner bewegt? Sie war vorsichtig gewesen und hatte Fingernägel gekaut. Edna kritzelte eine Art Burgturm auf das Blatt vor sich. Und Birgit Christensen? Warum hatte er sie gewählt? Etwa weil sie böse gewesen war, wie Nevers' Bemerkung suggerierte? Es gab in dieser Stadt Abertausende Frauen, die braune Haare hatten.

»Theoretisch könnte er sie zufällig gesehen haben«, sagte Uhrmann. »Auf der Straße. Oder in der Stadt.«

»Wir wissen nicht, wie viel es bei ihm braucht«, stimmte Max ihm zu. »Vielleicht genügt ein Schlüsselreiz. Sie entsprachen seinem Beuteschema und …«

»Aber zumindest zwei von ihnen haben ihn in ihre Häuser gelassen«, unterbrach Edna ihn, indem sie an etwas dachte, das Molly Erler gesagt hatte: *Sie sollten sich fragen, warum diese Frauen ihm die Tür öffnen, anstatt ihren Instinkten zu vertrauen.* »Das dürfen wir nicht außer Acht lassen. Überhaupt fürchte ich, dass wir noch einmal ganz von vorne anfangen müssen«, seufzte sie. »Die Opfer überprüfen. Ihre Kontakte. Ihre Gewohnheiten.« Sie starrte auf ihren Burgturm, unter dessen Zinnen sie, ohne es zu merken, ein Fenster gezeichnet hatte, aus dem sich eine langhaarige Frauengestalt beugte. »Sie sind ihm begegnet. Irgendwann hat jede einzelne dieser Frauen ihn irgendwo getroffen.« Sie blickte auf und entdeckte Thomas Schweichert hinter Uhrmann im Türrahmen. »Und?«, rief sie ihm zu. »Seid ihr weitergekommen?«

»Wie man's nimmt«, entgegnete Schweichert, dem der unerwartete Menschenauflauf im Büro seiner Kollegen nicht ganz geheuer zu sein schien. »Ehrenwirth ist jedenfalls raus aus der Sache. Er war tatsächlich bei diesem Festakt und anschließend bis drei Uhr morgens beim Empfang des Dekans.« Er hielt inne, als wisse er nicht, ob er einfach weitersprechen durfte. »Übrigens ist Ehrenwirth bekannt dafür, beim Feiern grundsätzlich ziemliches Sitzfleisch zu haben, was wahrscheinlich daran liegt, dass er sonst nicht viel aus dem Haus kommt.« Er zuckte mit den Schultern. »Jedenfalls können wir laut Aussage mehrerer Zeugen ausschließen, dass er die besagte Veranstaltung unbemerkt verlassen hat. Zumindest nicht so lange, wie er gebraucht hätte, um Annette Berner auf diese Art und Weise zu quälen und anschließend zu töten.«

Edna nickte. Wenn sie ehrlich war, musste sie zugeben, dass sie Stephan Ehrenwirth nie wirklich auf der Rechnung gehabt hatte, zumal er in einer Vierzimmerwohnung in einem Sechzehn-Parteien-Altbau in der südlichen Vorstadt wohnte, was die Möglichkeiten, unbemerkt eine Frau gefangen zu halten, erheblich einschränkte. Trotzdem war sie enttäuscht, nicht zuletzt deshalb, weil Ehrenwirths Entlastung die Frage nach der Bedeutung der mysteriösen Botschaft auf Natalija Zaslavskas Pflaster wieder aufwarf. ST … P … A ……RE …KA. Was bedeutete diese Buchstabenfolge? Hatte Max vielleicht doch recht gehabt mit der Annahme, dass es sich dabei nicht um einen Namen, sondern um ein russisches Wort handelte? Sie beschloss, die Rekonstruktion der Botschaft so bald wie möglich einem Dolmetscher zu zeigen, und sah wieder Schweichert an. »Und Riederbach?«

»Morgen früh«, winkte der junge Kollege ab. »Allein zu Ehrenwirths Alibi mussten wir zwölf Zeugen vernehmen.«

»Klingt, als wären Sie ziemlich verzweifelt«, bemerkte Decker an Edna gewandt.

»Für den Augenblick arbeiten wir notgedrungen nach dem Ausschlussverfahren«, entgegnete sie so neutral wie möglich. »Oder haben Sie einen besseren Vorschlag?«

Er hob abwehrend die Hände.

»Dachte ich mir.« Sie sah zum Fenster hinüber, hinter dem schon wieder die Abenddämmerung klebte, und fragte sich, ob sie die beiden Kollegen von der Sitte mit dem Hinweis auf die viele Arbeit, die sie jetzt alle vor sich hatten, aus ihrem Büro werfen sollte. Allmählich fiel ihr Decker genauso auf die Nerven wie Max.

Schweichert, der bereits halb zur Tür heraus war, blieb stehen und drehte sich noch einmal um. »Ach ja, fast hätte ich's vergessen, da ist Besuch für dich.«

Edna runzelte die Stirn. »Wo?«

»Unten bei Voigt.«

Voigt war einer der beiden Pförtner. »Sag ihr, ich habe jetzt keine Zeit«, entgegnete Edna, die keinerlei Zweifel an der Identität der Besucherin hegte. Der einzige Mensch, der es wagte, sie auch noch im Präsidium heimzusuchen, war ihre Mutter.

Doch Schweicherts Antwort überraschte sie. »Es ist keine Frau«, sagte er. »Es ist ein Kind.«

Edna starrte ihn an. »Wie bitte?«

Der junge Kollege zuckte mit den Achseln. »Er sagt, er will zu dir. Und er lässt sich auch nicht abwimmeln.«

»Wie alt?«

»Sieben oder acht, schätze ich«, antwortete Schweichert nach kurzer Überlegung. »Er sagt, er heißt Pascal.«

»Das darf doch wohl nicht wahr sein!«, schrie Edna und sprang von ihrem Stuhl hoch, während sich Max das Lachen nicht länger verbeißen konnte. »Sag seiner Mutter, dass sie ihn wieder mitnehmen soll. Ich habe jetzt keine Zeit.«

»Er ist alleine da, soweit ich das beurteilen kann.«

»Ausgeschlossen.« Edna schüttelte energisch den Kopf. »Der Junge wohnt in Dreisig, in der tiefsten Eifel. Um hierherzukommen, müsste er ein paarmal umsteigen und ...«

»Edna, er ist *hier*«, fiel Schweichert ihr mit entwaffnender Logik ins Wort. »Offenbar beherrscht er die Sache mit dem Umsteigen schon ganz gut.«

»Dann muss ich wohl oder übel die Eltern anrufen«, stöhnte Edna. »Wahrscheinlich machen sie sich schon die größten Sorgen.«

Schweichert nickte, sichtlich bemüht, sich nicht von dem allgemeinen Kichern anstecken zu lassen. »Kann ich den Jungen unterdessen raufbringen?«

»Auf keinen Fall.«

»Aber er hat gesagt, du würdest ihm alles zeigen und ...«

»So, das reicht jetzt!«, rief Edna und stürzte zur Tür hinaus.

»Wir haben den Jungen letztes Frühjahr bei den Ermittlungen zu diesen Mädchenmorden in der Eifel kennengelernt«, erklärte Max, als sie außer Hörweite war. »Seither ist er eine Art Fan von ihr.«

Uhrmann grinste breiter, als man es von ihm gewohnt war. »Und wie äußert sich das? Ich meine, außer, dass er sie besucht ...«

»Na ja, er malt sie«, erklärte Max in einem unverzeihlichen Anflug von Indiskretion. Er war dabei gewesen, als Pascal Monreals Klassenlehrerin wenige Wochen nach Abschluss der Ermittlungen eine besonders gelungene Zeichnung mit einem kurzen Begleitbrief ins Präsidium geschickt und Edna so getan hatte, als würde sie sich nicht an den Jungen erinnern. Dass er eben diese Zeichnung eines Tages gerahmt in Ednas Wohnung entdeckt hatte, verschwieg er jedoch geflissentlich.

»Donnerwetter, der Junge hat Mut«, befand Villinger mit einem anerkennenden Kopfnicken.

Vier Etagen unter ihm verließ Edna den Aufzug und rannte zur Pforte, wo Voigt sich fasziniert über einen kleinen Fernseher beugte, in dem offenbar eine Meisterschaft im Damengewichtheben lief und eine kapitale, fröhlich bezopfte Dame sich soeben anschickte, die riesige Hantelstange unter ihrem Kinn über ihren Kopf zu wuchten. Eine Einblendung verriet, dass ihr Name Agatha Wrobel war. »Wo ist er?«

Voigt dachte überhaupt nicht daran, den Blick von Fräulein Wrobels bedenklich aufgeblähten Backen zu wenden. »Wer?«, fragte er geistesabwesend.

»Der Junge.« Edna griff an ihm vorbei und zog den Netzstecker des Fernsehers. »Frag nicht so blöd.«

»Beim Chef«, erklärte Voigt, indem er Edna mit einem geschickten Griff den Stecker entwand.

»Was?«

»Rogler hat ihn mit hinaufgenommen.«

Dieses Mal nahm sie nicht den Aufzug, sondern rannte die Treppen hinauf zum Büro ihres Vorgesetzten, wo sie Pascal Monreal mit einem Teller geschälter Apfelviertel in der Hand auf dem Schreibtisch sitzend vorfand, während Rogler dabei war, die halbe Waffenkammer vor ihm auszubreiten. »Und das hier ist eine Glock 17«, erklärte er gerade, als Edna die Tür aufriss. »Sie unterscheidet sich von den normalen …«

»Was geht denn hier vor?«, fiel sie ihm ins Wort. »Was macht der Junge hier oben?«

»Er wollte zu Ihnen und da dachte ich …« Rogler unterbrach sich und murmelte ein paar unverständliche Worte, die Ednas Empfinden nach verdächtig nach Ausrede klangen. »Er will Polizist werden.«

»Das weiß ich«, versetzte sie. Was hatte der sonst so knorrige Rogler mit Kindern zu schaffen? Und wie zur Hölle kam er an geschälte Apfelviertel? Soweit Edna gehört hatte, brachte Inge Wust ihren Chef trotz intensivster Bemühungen noch nicht einmal dazu, hin und wieder ein Glas Orangensaft zu trinken.

»Hi«, grüßte ein sichtlich um Coolness bemühter Pascal Monreal mit würdevollem Desinteresse, das ganz und gar nicht zu seinen knallroten Ohren passen wollte. »Wie geht's?«

»Prima, danke«, entgegnete Edna mechanisch. »Und dir?«

»Mhm, auch. Haben Sie in der Zwischenzeit ein paar Mörder gefangen?«

Edna schenkte ihm ein melancholisches Schmunzeln. »Wir arbeiten dran.«

»Sie ist echt gut, was?«, wandte sich der Junge an Rogler, der zu Ednas Überraschung ein zustimmendes Brummen von sich gab. Dann strahlte er wieder die verehrte Kommissarin an. »Aber Ihr Chef hat auch echt tolle Sachen erlebt.«

Edna zog die Augenbrauen hoch. »Jaaa?«, fragte sie aufreizend gedehnt.

»Na ja«, beeilte sich ihr Vorgesetzter, einer Antwort des Jungen zuvorzukommen. »Ist natürlich eine Weile her.«

»Kann ich Ihr Büro ansehen?«, sprudelte Pascal Monreal mit nicht länger verborgener Begeisterung hervor.

»Ein andermal«, sagte Edna. »Jetzt erklärst du mir erst mal, wie du überhaupt hergekommen bist.«

Der Junge verdrehte die Augen. »Mit dem Bus. Wie denn sonst?«

Sie sah zum Fenster. »Aber es ist schon eine ganze Weile dunkel, und du …«

»Ich bin doch kein Baby mehr«, bemerkte der Junge vorwurfsvoll.

»Klar bist du das nicht«, entgegnete Edna eilig. »Aber …«

»Und nächstes Jahr im Sommer gehe ich aufs Gymnasium und mache Chemie und so«, fiel der Kleine ihr ins Wort. »Das gibt vielleicht 'ne Sauerei!«

Edna zwinkerte ihrem Vorgesetzten zu. »Vielleicht sollten wir ihn mal mit Villinger bekannt machen.«

»Wer is'n das?«, wollte Pascal wissen.

»Das ist bei uns der Mann, der die Spuren sichert«, erklärte Rogler in ungewohnt freundlichem Tonfall. »Er hat eine Menge tolle Geräte und Flüssigkeiten, die im Dunkeln leuchten, und ...«

»Das nennt man Luminol«, belehrte ihn das Kind auf seinem Schreibtisch mit ernsthafter Miene. »Damit macht man Blutspuren sichtbar.«

Edna konnte sich eines Anflugs von Stolz nicht erwehren. Vielleicht sollte sie Pascals Eltern vorschlagen, ihn zu einem von diesen Tests zu schicken, mit denen man Hochbegabung erkannte. Apropos Eltern. »Weiß deine Mama, dass du hier bist?«

Die Ohren des Jungen wurden noch ein wenig röter. »Nicht so direkt.«

Edna fixierte ihn mit zusammengekniffenen Augen.

»Aber ich hab ihr gesagt, dass ich Sie mal besuchen darf.«

»Wann?«

Er dachte einen Augenblick nach. »Vor den Sommerferien.«

»Okay«, sagte Edna. »Dann rufen wir sie jetzt an.«

»Aber ich hab doch noch gar nichts gesehen!«, protestierte der Junge.

»Du hast mehr Waffen gesehen, als gut für dich ist«, widersprach Edna mit einem tadelnden Seitenblick auf ihren Vorgesetzten. »Und dabei wollen wir es für den Augenblick bewenden belassen.« Sie griff zum Telefonhörer. »Rückst du die Nummer freiwillig raus, oder muss ich einen Spezialisten für verschärfte Vernehmungen hinzuziehen?«

Pascal Monreal quiekte vergnügt und diktierte ihr die Telefonnummer seiner Eltern, bevor er sich wieder seinen Apfelvierteln widmete.

»Sie fahren gleich los«, erklärte Edna, nachdem sie aufgelegt hatte. »Und ich fürchte, du wirst einen Haufen Ärger bekommen, mein Freund.«

Pascal Monreal machte eine wegwerfende Handbewegung. »Kann ich eine von den Knarren mitnehmen, um meine Freunde zu erschrecken?«

»Ich denke, es ist das Beste, wenn wir unten warten«, erklärte Edna eilig und zog den Jungen hinter sich her aus dem Büro.

»Aber, nicht wahr, ich kann bald wiederkommen, wenn Sie mehr Zeit haben, und dann zeigen Sie mir alles«, sprudelte Pascal Monreal hervor, als sie im Aufzug standen.

»Nein«, sagte Edna eilig. »Ich habe im Augenblick überhaupt keine Zeit. Wirklich.«

»Was ist mit morgen?«

»Nein.«

»Übermorgen?«

»Auch nicht.«

Seine Augen wurden weit. »Nächste Woche?«

Sie schenkte ihm ein – wie sie hoffte, einigermaßen strenges – Lächeln. »Untersteh dich!«

Zehnter Tag

Am nächsten Morgen kam Edna entgegen allen Vorsätzen erst gegen halb neun ins Präsidium, nachdem sie, was überaus selten vorkam, verschlafen hatte. Unwillkürlich hatte sie in der Nacht auf die Fortsetzung ihres Traumes gewartet, auf andere, detailliertere Bilder oder eine Entwicklung, aus der sich neue Erkenntnisse ableiten ließen – angeblich war das Unterbewusstsein ja zu solchen erhellenden Eingebungen in der Lage –, aber stattdessen hatte sie zuerst stundenlang wachgelegen, bevor sie dann vor lauter Erschöpfung in einen komatösen Schlaf gefallen war, der ihr außer einem schmerzenden Nacken und einem zerwühlten Bett rein gar nichts eingebracht hatte.

Gegen zehn kam ein Fax mit dem Laborbericht zu den im Laderaum des Transporters sichergestellten Blutspuren. Der DNA-Abgleich hatte zweifelsfrei ergeben, dass das Blut von Lydia Burgstaller stammte.

»Jetzt haben wir wenigstens Gewissheit«, murmelte Edna düster. »Er hat sie. Und er hat etwas mit ihr vor. Etwas, das bei Natalija Zaslavska nicht geklappt hat.«

»Dann sollten wir zweigleisig weitermachen«, schlug Max vor. »Die Fingerabdrücke der beiden noch nicht identifizierten Fahrer des Transporters scheinen mir eine der beiden bislang vielversprechendsten Spuren zu sein. Die andere ist nach wie vor der X-Schnitt.«

»Du meinst, weil er zum Zeitpunkt von Ursula Biermanns Tod nur einem beschränkten Personenkreis bekannt war.«

Max nickte. »Ich habe hier mal eine Liste erstellt, die zwar keinen Anspruch auf Vollständigkeit erhebt, aber alle Personen umfasst, die den Akten zufolge Kenntnis von Nevers' Vorgehensweise hatten.« Er reichte ihr zwei zusammengeheftete Bögen Papier über den Tisch. »Da sind zunächst die Opfer selbst, die wir wohl ausschließen können. Ebenso wie die Familienangehörigen. Dann die behandelnden Ärzte, in zwei Fällen zusätzlich ein Gutachter, die Beamten, die die einzelnen Fälle bearbeitet haben, Staatsanwälte und so weiter. Auf der zweiten Seite stehen die Personen, die im betreffenden Zeitraum Kontakt zu Jörg Nevers hatten, wobei sein Bruder wahrscheinlich der Einzige ist, der auch ohne Nevers' Zutun Kenntnisse von den näheren Umständen der Taten hätte haben können.«

»Meinst du, jetzt wo die Entführung unserer Studentin eindeutig bewiesen ist, bekommen wir einen Durchsuchungsbefehl für das Haus?«, fragte Edna, indem sie wieder an die schattige Einfahrt und die düsteren Kellerfenster dachte.

Max machte ein zweifelndes Gesicht. »Wir können weder Jörg Nevers noch seinen Bruder mit Lydia Burgstaller oder dem Transporter, in dem sie entführt wurde, in Verbindung bringen«, antwortete er.

»Aber Nevers hat Fotos der vorherigen Opfer erhalten«, argumentierte Edna.

»Ich glaube nicht, dass das ausreicht«, sagte Max bedauernd.

»Es sei denn, Cox und Schweichert stoßen in Riederbach auf etwas, das uns neue Erkenntnisse liefert«, entgegnete Edna trotzig.

*

Sie lag im Dunkeln, die Sinne geschärft wie bei einem Tier in der Wildnis, und inzwischen hörte sie ihn immer schon eine ganze Weile, bevor er die Treppen herunterkam.

Heute lief er noch schneller als sonst. Der Schlüssel im Schloss. Schritte. Und Licht, das über ihren Körper strich.

Sie stellte sich schlafend. Hielt das für das Klügste. Sie hatte nachgedacht und einen Plan geschmiedet. Einen Plan, der Kraft erforderte. Einen Plan, mit dessen Umsetzung sie warten musste, bis er sie wieder versorgt hatte. Deshalb war es das Beste, wenn sie sich schwach und schlafend stellte. Sie durfte ihn nicht wieder reizen. Nicht heute.

Während das Licht seiner Lampe auf ihrem Gesicht verharrte, fragte sie sich, ob er das leise Zucken ihrer Lider bemerkte, das sie nicht verhindern konnte. Zu ungewohnt die Helligkeit, als dass ihre Nerven nicht darauf reagiert hätten.

Er wartete einen Augenblick, dann ließ seine Lampe von ihr ab, und sie hörte den Reißverschluss. Wasser. Endlich. Rascheln von Plastiktüten. Trockenobst.

Die Gier nach frischem, kühlem Wasser raubte ihr fast den Verstand. Aber sie durfte ihm nicht zeigen, wie sehr sie begehrte, was er ihr hinstellte. Sie musste passiv bleiben. Abwarten. Deeskalationstaktik.

Plötzlich war da sein Fuß in ihrer Taille. Sanft dieses Mal. *Hey, du Dreckstück, bist du tot?*

So langsam sie konnte, schlug sie die Augen auf und gab ein mattes Stöhnen von sich. Es schien ihn zufriedenzustellen, denn er nahm seine Lampe und ging ohne ein weiteres Wort davon.

Sie wartete lange, bis sie endlich wagte, sich zu rühren.

Sie trank frisches Wasser, trotz ihres brennenden Durstes nur so viel, dass der Schwindel verging, und aß ein paar Cracker und Nüsse. Dann zog sie den leeren Blisterstreifen unter der Decke hervor und kroch auf das Loch zu, das ihr als Toilette diente.

*

»Verzeihen Sie bitte …«

Edna drehte sich unwillig um. Sie hasste es, von hinten angesprochen zu werden. In Zeiten wie diesen hasste sie es sogar, *überhaupt* angesprochen zu werden. Und Frauen wie die, die jetzt vor ihr stand, hasste sie auch. Verwundete Rehe. »Ja?«

»Sind Sie Polizistin?«

»Nein, Klempnerin.« Edna setzte ihr freundlichstes Lächeln auf. Wenn das kein guter Witz war, im Jahr des Klempners! »Ich überprüfe die Heizungsanlage des Präsidiums, damit sich hier im Winter niemand einen Schnupfen holt.«

»Oh.« Das Reh zuckte zusammen. »Da habe ich mich wohl … Der Herr an der Pforte meinte …«

»Beck, Kriminalpolizei«, unterbrach Edna das verhuschte Wesen, wobei sie als ironisches Dankeschön in Voigts Richtung salutierte. »Was kann ich für Sie tun?«

»Heinrich.« Sie streckte Edna die eiskalte Hand entgegen

und blickte sich um. Offenbar war es ihr nicht recht, die Angelegenheit, wegen der sie gekommen war, hier in der Eingangshalle zu besprechen. »Ich …« Ein verlegenes Lächeln. »Nun ja, ich habe seit einiger Zeit das Gefühl, dass mich jemand beobachtet.«

Edna nickte. Ganz wie sie gedacht hatte! Ein Serienmörder ging um, und schon gab es Hunderte von Frauen, die sich vor einem imaginären Beobachter fürchteten. Manche nutzten die Gelegenheit, einen missliebigen Expartner zu denunzieren. Andere wollten einfach ein wenig Aufmerksamkeit. Zu welchem Typus von Angstgestörten die Frau, die ihr gegenüberstand, gehörte, vermochte Edna auf den ersten Blick nicht zu sagen. Nur dass sie gestört war, stand für sie außer Zweifel. Die Frau war erschreckend blass und sah aus, als wäre sie chronisch unterkühlt. Magersüchtig, befand Edna nach einem kurzen Blick auf die schmalen Schultern unter dem großzügigen schwarzen Strickpullover. Seit dem Zusammenbruch ihrer Nichte klassifizierte sie die Menschen, denen sie begegnete, auch nach Esstypen. Bulimikerinnen. Magersüchtige. Fettleibige. Kombinationsfälle. Dazwischen ein paar Normalesser. Sich selbst ordnete Edna in die Kategorie der Gern-und-reichlich-Schlemmer ein, die sie – sah man von ein paar ernüchternden Situationen in Arztpraxen oder Umkleidekabinen einmal ab – für die mit Abstand gesündeste hielt.

»Ich weiß wirklich nicht, ob es etwas zu bedeuten hat«, gab die Frau zu. »Aber so ein Gefühl hatte ich noch nie, und meine Chefin meinte, es wäre vielleicht besser, wenn ich das melde.«

Edna spähte an ihr vorbei zum Fahrstuhl. Wie viele solcher Frauen mochten in den vergangenen Tagen hier ein und aus gegangen sein? Ein paar Dutzend? »Hat Sie jemand bedroht?«

Sie schüttelte den Kopf. »Alles, was ich weiß, ist, dass es ein Mann ist, der …«

»Der was?«, fiel Edna ihr ungeduldig ins Wort. Wahrscheinlich hat sie die Bilder der Opfer in der Zeitung gesehen und festgestellt, dass sie selbst im passenden Alter ist und schulterlange dunkle Haare hat, dachte sie grimmig. So wie Abertausende anderer Frauen in dieser Stadt.

»Er stand in der Nähe meines Balkons und hat in mein Fenster gesehen. Und vorgestern Abend hatte ich beim Nachhausekommen das Gefühl, dass jemand in meiner Wohnung war.«

Edna runzelte die Stirn. »Was ist mit Ihrem Exfreund? Oder irgendein abgewiesener Verehrer, der noch einen Schlüssel hat?«

»Nein«, entgegnete die Frau so hastig, dass Edna hellhörig wurde. »Nichts dergleichen.« Sie schluckte. »Ganz bestimmt nicht.« Dann sah sie Edna direkt in die Augen. »Sie glauben mir nicht, oder?«

Edna zuckte die Achseln. »Ich meine nur, dass so etwas nicht grundsätzlich gefährlich sein muss«, entgegnete sie unter Aufbietung aller diplomatischen Fähigkeiten, die ihr momentan zur Verfügung standen. »Vielleicht gibt es einen Kollegen, der sich heimlich in Sie verliebt hat. So etwas kommt vor, und man ist selbst oft der Letzte, der etwas davon bemerkt.«

»Nein.« In ihrem Blick lag eine plötzliche Entschiedenheit. »Bei uns im Salon arbeiten nur Frauen.«

»Na schön«, sagte Edna. »Haben Sie neulich Abend die Polizei gerufen?«

Sie schüttelte den Kopf, und ihr Blick verriet, dass sie bereits bitter bereute, überhaupt hergekommen zu sein.

»Warum nicht?«

»Es hat nichts gefehlt.«

Edna nickte. »Wollen Sie vielleicht jetzt noch Anzeige erstatten?«

Die Frau schien nicht zu wissen, ob der Vorschlag ernst gemeint war oder ob die fremde Kommissarin sie für dumm verkaufte. »Aber ich weiß doch gar nicht …«

Doch Edna war nicht gewillt, sich noch länger aufhalten zu lassen. »Ich gebe Ihnen einen guten Rat«, fiel sie der fremden

Frau kurzerhand ins Wort. »Erstatten Sie Anzeige, schließen Sie die Tür hinter sich ab und besorgen Sie sich einen Elektroschocker.« Sie schenkte Corinne Heinrich ein sarkastisches Lächeln. »Und wenn sich die Sache wiederholt, melden Sie sich noch einmal bei uns.« Dann drehte sie sich auf dem Absatz um und ging davon, aber wie immer, wenn sie möglichst schnell wegwollte, ließ der Aufzug eine ganze Weile auf sich warten. Aus den Augenwinkeln konnte sie die Halle sehen. Die Frau stand noch immer dort, wo sie sie zurückgelassen hatte, und starrte ihr nach.

*

Sie benutzte den Blisterstreifen als Werkzeug. Kopfüber hing sie in der Grube, deren Gestank ihn abhielt und ihr nichts mehr ausmachte, und schabte den Lehm zwischen den Steinen weg. Manchmal nahm sie auch die Fingernägel.

Alles in allem war es ein entmutigendes Unterfangen. Das Plastik, in dem die Tabletten gesteckt hatten, war viel zu weich, als dass sie damit wirklich effektiv hätte arbeiten können, und ihre Nägel waren bald bis zum Anschlag abgebrochen, ohne dass sich der Stein, auf den sie spekulierte, nennenswert gelockert hätte.

Trotzdem hörte sie nicht auf, den Lehm, der ihn hielt, zu bearbeiten. Immer wenn sich das Plastik allzu sehr verbogen hatte, machte sie eine Pause, tauchte aus ihrem Loch auf und knabberte den verformten Teil ab, bis ihr Werkzeug ihr wieder geeignet erschien.

Zwischendurch schlief sie. Aß ein paar Nüsse. Zwieback. Cracker. Diesmal hatte er ihr sogar welche mit Käse hingestellt. Vielleicht war ja schon Weihnachten. Oder er wollte sie aufmuntern. Zusammenschlagen. Aufmuntern. Zusammenschlagen. Treten. Wieder aufmuntern. Ein Spiel, das sie nicht länger mitzuspielen bereit war.

Hin und wieder bekam sie Besuch von ihrem Bruder, der ihr beim Graben zusah oder ihr von kleinen Begebenheiten aus Bad Herrenalb erzählte. Aber je weiter sie mit dem Ausgraben des Steins vorankam, desto seltener ließ er sich blicken. Vielleicht fürchtete er sich vor dem, was sie vorhatte. Vielleicht hatte er auch einfach keine Zeit.

Trotzdem sprach sie mit ihm. Ganz leise nur, falls ER doch irgendwo ein Aufnahmegerät versteckt hatte, eine Art Babyphon, wie es ihre Eltern auch für Lothar benutzten. Sie unterhielt sich mit ihrem Bruder, erklärte ihm die einzelnen Schritte. Ihren Plan. Lothar sollte eingeweiht sein, wenn es losging.

Wenn sie zu müde wurde, versteckte sie den Blisterstreifen unter ihrer Decke und schlief eine Weile. Dann machte sie weiter.

Fünfzehnter Tag

Sie hatten mit Hochdruck gearbeitet, doch die Überprüfung von Nevers' Kontakten hatte ihnen nicht die erhofften neuen Erkenntnisse beschert. Kein Pfleger, der regelmäßig Dienst gehabt hatte, als draußen in der Welt Frauen getötet wurden. Keine mysteriösen Besucher. Keine Auffälligkeiten. Sie ließen erneut Nevers' Zelle filzen, die Aufenthaltsräume der Klinik, die Toiletten. Gefunden wurde nichts. Keine versteckten Handys, kein Foto der toten Ursula Biermann, keine Briefe, E-Mail-Adressen, Namen. Nichts als ein paar selbstverfasste Gedichte und die Zahlenrätsel, von denen Stephan Ehrenwirth gesprochen hatte.

Sie hatten das private Umfeld von Annette Berner, Birgit Christensen und Lydia Burgstaller durchleuchtet, Tagesabläufe rekonstruiert, Wegstrecken überprüft und Termine verglichen, ohne auch nur die geringste Gemeinsamkeit zu entdecken. Sie hatten noch einmal sämtliche Angestellte der Firma Mieslach vernommen und einen Fahrer ausfindig gemacht, der zugegeben hatte, den fraglichen Transporter ein paar Wochen vor dem Diebstahl für einen privaten Umzug verwendet zu haben. Bei dieser Gelegenheit hatte auch ein Bekannter des Fahrers am Steuer gesessen, dessen Fingerabdrücke mit einem der bislang nicht identifizierten Abdrücke übereinstimmten. Wem der zweite Abdruck gehörte, fanden sie hingegen nicht heraus. Edna hatte Molly Erler angerufen und sie nach der Wahrscheinlichkeit befragt, mit der ein Serienmörder wie der, den sie suchten, einschlägig vorbestraft oder zumindest erkennungsdienstlich erfasst sein müsse. Die Psychologin hatte geantwortet, bei diesem Tätertyp ginge den Morden nicht zwangsläufig eine kriminelle Karriere als Gewalttäter, Voyeur oder Brandstifter voraus. Das vorhandene Aggressionspotential könne sich durchaus eruptiv – zum Beispiel durch ein traumatisches Erlebnis – Bahn gebrochen haben. Ted Bundy sei bis zu seinem zweiundzwanzigsten Lebensjahr ein schüchterner, freundlicher Junge gewesen, und auch in einigen anderen bekannten Fällen treffe die These von der frühen Auffälligkeit extremer Aggressionen nicht zu.

Wir kommen einfach nicht vom Fleck, dachte Edna frustriert, als sie auf den Parkplatz des Präsidiums einbog. Sie hatte auf dem Rückweg von einem Zeugen an ihrer Stammpizzeria gehalten, um die Bestellungen abzuholen, die ihre Kollegen ihr per Handy durchgegeben hatten. Vom Beifahrersitz wehte Essensduft zu ihr herüber. Zugleich hatte sie schon seit Tagen ein schlechtes Gewissen, wenn sie auch nur ans Essen *dachte*. Morgen Abend fand der Martinsumzug statt, bei dem der Täter möglicherweise erneut in Erscheinung treten würde, um ihnen das richtige Mädchen zu präsentieren, und das bedeutete, dass ihnen die Zeit davonlief. Lydia Burgstaller würde sterben, wenn sie nicht endlich weiterkamen. Vorausgesetzt, dass sie überhaupt noch am Leben war.

*

Ich hasse ihn. Ich hasse ihn. Ich HASSE ihn!!!

Ihre Finger umklammerten den Stein unter ihrer Decke. Sie hatte es tatsächlich geschafft. Nach zahllosen Schichten mit dem Kopf in der Grube hatte sie es tatsächlich bewerkstelligt, einen Stein von der Größe eines halben Ziegels auszugraben. Sie hatte geweint, als sie ihn zum ersten Mal in den Händen gehalten hatte, und ihn an sich gepresst wie ein Neugeborenes, das sie um jeden Preis schützen musste. Dann hatte sie sich ein paar Stunden Schlaf gegönnt und mit dem Training begonnen. Sie trainierte abwechselnd Arme und Beine. Stemmte den Stein in die Luft, simulierte Schläge, übte das Aufstehen, das Stehen auf zwei Beinen, den aufrechten Gang. Sie hatte lange überlegt, in welcher Haltung sie am schlagkräftigsten und unauffälligsten zugleich sein würde, und sich für eine stabile Seitenlage entschieden, das Gesicht zur Tür gewandt. Sie trug die Stulpen jetzt ständig und hatte die Beine angezogen, so dass sie im Ernstfall schnell auf die Knie kommen konnte. Seither wartete sie darauf, dass er zurückkam.

Seit sie den Stein ausgegraben hatte, war er nur ein einziges Mal bei ihr gewesen. Doch bei dieser Gelegenheit war er ihr nicht nahe gekommen, zumindest nicht nahe genug, als dass sich ihr eine Möglichkeit zum Angriff geboten hätte. Die ganze Zeit über hatte er sich hinter dem Licht versteckt. Nicht einmal einer seiner Arme hatte sich aus dem Schatten herausgewagt.

Ob er etwas ahnte?

Er hatte neues Wasser gebracht, die leeren Cracker- und Zwiebackschachteln ausgetauscht und war wieder verschwunden. Er war unberechenbar. Mal kühl, sarkastisch, überlegen.

Dann wieder schrill und gewalttätig. Sie wusste, sie würde nur dann eine Chance haben, wenn sie den optimalen Zeitpunkt abpasste.

Sie fühlte den Stein in ihrer Hand. Kühl und angenehm schwer. Er wird mich nie wieder schlagen, dachte sie. Er wird mich nie wieder treten. Und er wird mir nie wieder wehtun. Wenn er zurückkommt, bringe ich ihn um.

*

Edna stieß die Tür zu ihrem Büro mit dem Fuß auf und wuchtete einen riesigen Stapel Pizzakartons und Plastikschüsseln mit Salat durch den Türrahmen. »Okay, wer kriegt das Grünzeug mit den Extra-Zwiebeln?«

Maren Tidorf stieß einen genüsslichen Seufzer aus und hob die Hand.

Edna reichte ihr eine Salatschüssel samt Plastikbesteck über den Schreibtisch und spähte durch die offene Verbindungstür in das angrenzende Büro. »Wo sind Cox und Schweichert?« Sie arbeiteten seit Tagen getrennt, um mehr Spuren verfolgen zu können, und sahen sich nur frühmorgens und bei der abendlichen Besprechung der Ergebnisse.

Villinger nahm ihr den obersten Pizzakarton ab und riss ihn auf, obwohl er eigentlich Spaghetti al Tenore bestellt hatte, was er immer tat, wenn jemand anbot, etwas vom Italiener mitzubringen. »Sie untersuchen einen versuchten Mord.«

Edna hielt mitten in einer Bewegung inne und starrte ihn an. »Was denn, noch einen?«, rief sie entsetzt. »Und warum erfahre ich das so nebenbei?«

»Zumindest wurde ein versuchter Mord gemeldet«, bemerkte Max vielsagend und unterdrückte dabei mit Mühe ein Grinsen.

Edna sah sich in den Gesichtern der Kollegen um und schüttelte verständnislos den Kopf. »Was soll das heißen?«

»Jemand hat auf den Nikolaus geschossen«, erklärte Villinger mit vollem Mund.

»Was?«

Max kicherte und riss den Beutel mit Joghurtdressing auf, der zu seinem Salat gehörte. »Oben auf der Karthause hat ein Unbekannter einen von diesen überdimensionalen Plastikweihnachtsmännern erlegt, die sich die Leute auf ihre Balkone oder in ihre Vorgärten stellen. Du weißt schon, so ein Riesending zum Aufblasen.«

Edna verzog die Lippen zu einem erleichterten Lächeln. Gab es da draußen tatsächlich noch Dinge, über die man lachen konnte? »Ist nicht dein Ernst.«

»Doch«, nickte ihr Kollege. »Das Monstrum stand direkt neben dem Schlafzimmerfenster, und der Hausherr lässt sich nicht ausreden, dass da jemand einen Anschlag auf sein Leben, nicht nur auf seinen schlechten Geschmack verübt hat. Er besteht darauf, dass ein unbekannter Heckenschütze vorhatte, ihn zu töten.«

Villinger schob sich ein sorgfältig gerolltes Viertel Pizza in den Mund, aus dessen Enden zerlaufener Käse und Champignons quollen. »Also, wenn du mich fragst, ich kann den Kerl verstehen«, stieß er zwischen den Zähnen hervor. »Diese Viecher verderben einem noch das letzte bisschen Weihnachtsfreude. Sie sind aufdringlich, sie sind hässlich und sie vermehren sich wie die Karnickel.« Er schluckte und wischte sich dann mit einer für seine Verhältnisse beinahe hastigen Bewegung einen Käsefaden aus dem Mundwinkel, während Edna sich im Stillen fragte, wie jemand, der schon aus beruflichen Gründen jeden Tag aufs Neue darauf achten musste, keine Spuren zu verwischen, keine Haare zu verlieren und nirgendwo mehr Dreck als nötig zu machen, derart schlampig essen konnte.

Maren Tidorf bedachte ihren Chef mit einem nachsichtigen Blick. »Jedenfalls hat der Typ das Ding mit einem schönen sauberen Schuss direkt in seine aufgeblasene Stirn erlegt.«

Edna schnappte sich ein Stück Pizza, bevor Villinger erneut in den Karton greifen konnte. »Eine Art Kinderstreich?«

»Kaum«, entgegnete der Leiter der Spurensicherung, indem er die Aluschale mit seinen Spaghetti al Tenore hinter sich auf dem Schrank platzierte, damit auch ja keiner auf die Idee kam, sie ihm streitig zu machen. »Nach allem, was ich gehört habe, handelt es sich bei der Tatwaffe um eine Mauser-66S-Repetierbüchse.«

»Donnerwetter!« Edna zog anerkennend die Augenbrauen hoch. »Ein Jäger?«

»Möglich.«

»Die Waffe ist leider auch der Grund, warum Cox und Schweichert der Sache so gründlich nachgehen müssen«, sagte Max. »Ich meine, mitten in der Stadt ein solches Ding abzufeuern …«

»Kann denn das nicht jemand anderes übernehmen?«, stöhnte Edna. »Unsere Sache hat doch wohl absolute Priorität und …«

»Rogler versucht sein Möglichstes«, entgegnete Max. »Aber du weißt ja selbst, wie knapp wir zurzeit mit Leuten sind.«

Edna nickte. Zwei Teams behielten rund um die Uhr Molly Erlers Haus im Auge. Hiller und Lüdtke erledigten Teile ihrer Recherchen. Und jetzt hatten Cox und Schweichert auch noch einen schießwütigen Christfesthasser am Hals.

»Vielleicht könntet ihr Decker und Uhrmann bitten?«, nuschelte Villinger zwischen zwei imposanten Bissen Pizza, deren Anblick allein ausreichte, um in Edna ein ausgeprägtes Sättigungsgefühl hervorzurufen.

»Das halte ich für keine gute Idee«, sagte Max. »Denn genaugenommen stehen die beiden auch auf unserer Liste.«

»Was denn für ’ne Liste?«, wollte Maren Tidorf wissen.

»Die Liste der X-Schnitt-Kenner«, spöttelte Edna freudlos.

Marens Miene spiegelte Unverständnis.

»Durch die Fotos der Leichen, die unser Mann an Resch

geschickt hat, wissen wir, dass er die Ermordung von Ursula Biermann für sich reklamiert«, erklärte Max. »Aber wenn er sich damals als Trittbrettfahrer an Nevers' Serie gehängt hat, musste er über Insider-Kenntnisse verfügen, die zu diesem Zeitpunkt nur einem ganz beschränkten Personenkreis bekannt waren.«

»Ach du Scheiße …« Maren fuhr sich durch ihren raspelkurzen Igelschnitt, den sie seit einigen Wochen nicht mehr knallrot, sondern auberginenfarben färbte, was Edna insgeheim als Indiz dafür wertete, dass Villingers Assistentin allmählich ihr Alter zu spüren begann und eine seriösere Ausstrahlung anstrebte, was ihr jedoch trotz der neuen Haarfarbe nur bedingt gelang. »Dann überprüft ihr also auch Kollegen?«

Max nickte nur. Er wusste, dass das, was sie hier besprachen, dieses Büro nicht verlassen würde, ohne dass er Maren und Villinger ausdrücklich um Diskretion bitten musste. »Leider war eine ziemlich große Anzahl an Personen auf die eine oder andere Weise an den Nevers-Ermittlungen beteiligt«, sagte er. »Von den sonstigen Mitwissern ganz zu schweigen.«

»Wonach sucht ihr eigentlich?«, fragte Villinger, der für einen Augenblick sogar zu essen aufgehört hatte.

»Laut Molly Erler nach einem Mann zwischen Ende zwanzig und Anfang fünfzig, der aller Wahrscheinlichkeit nach in seiner Kindheit psychisch, eventuell auch physisch misshandelt wurde«, antwortete Edna. »Das Verhältnis zu seiner Mutter ist von Kühle, Distanz und Lieblosigkeit geprägt. Der Vater war entweder ganz abwesend oder verhielt sich neutral.« Sie verdrehte die Augen. »Das Übliche.«

»Molly Erler denkt auch, dass es sich bei den Taten um eine Art chiffrierten Muttermord handeln könnte«, ergänzte Max deutlich ernsthafter als seine Kollegin. »Wir haben es hier nicht mit typischen Lustmorden zu tun, jedenfalls nicht im herkömmlichen Sinn des Wortes.« Er starrte in seinen Salat, den er noch kaum angerührt hatte. »Vielmehr sprechen verschiedene Faktoren dafür, dass die Opfer für unseren Täter nur eine Art Stellvertreterfunktion bekleiden.«

»Müsstet ihr in diesem Fall nicht nach jemandem suchen, dessen Mutter vom Typ her den Opfern ähnelt?«, fragte Maren, indem sie sich gedankenverloren einen Zwiebelring in den Mund schob.

Edna zuckte die Achseln. War es tatsächlich so einfach? Konnte es so einfach sein? Eine Formel, dachte sie, nichts weiter. Und doch war diese Formel das Einzige, was sie im Augenblick hatten.

*

Molly Erler starrte auf das dunkle Holz der Tür, die ihrem Schreibtisch gegenüberlag. Der letzte Patient war lange fort, aber sie schaffte es einfach nicht, aufzustehen und nach Hause zu fahren. Seit dem Anruf letzte Woche fühlte sie sich beschmutzt, und diesen Schmutz wollte sie um keinen Preis in ihre eigenen vier Wände tragen. Dorthin, wo alles war, was sie liebte. Alles, was an ihrem Leben gesund und richtig war.

Sie lehnte sich zurück und rieb sich die Augenwinkel. Sie konnte nicht mehr schlafen. Nacht für Nacht lag sie wach und lauschte auf jedes Geräusch, das aus der Tiefe des Hauses an ihr Ohr drang. Registrierte jedes Knacken. Jeden Tropfen, der vom Dach auf das Vordach der Veranda fiel. Mittlerweile zuckte sie sogar zusammen, wenn die Tür aufging und ein neuer Patient hereinkam. Sie zuckte zusammen, wenn die Gegensprechanlage summte. Wenn das so weiterging …

Das Klingeln eines Handys riss sie aus ihren Gedanken. Es war ein fremder Ton, schrill und eindringlich. Ihr eigenes Handy war seit Tagen abgeschaltet. Seit seinem Anruf. Also was zur Hölle klingelte da gerade ganz in ihrer Nähe?

Mit wild klopfendem Herzen blickte sie sich um. War sie allein, wie sie geglaubt hatte? Oder … Das Geräusch kam aus der Ecke, in der die Couch stand. Ob einer ihrer Patienten sein Handy dort vergessen hatte? Vielleicht war es jemandem unbemerkt aus der Tasche gerutscht. Vielleicht … Sie stand auf und ging langsam auf die Couch zu. Das Klingeln dauerte an. Keine Mailbox, die sich einschaltete, kein Anrufer, der entnervt aufgab, weil er den gewünschten Gesprächspartner nicht erreichte. Nur dieser entsetzliche, schrille Ton.

Das ist eine Falle, hämmerte es in ihrem Kopf. Geh da nicht hin. Lass es klingeln und geh nach Hause. Schließ dich dort ein und warte, bis sie ihn haben. Sie ging in die Knie und beugte sich tief unter die Couch, die niedrige, kompakte Beine hatte. Der Ton schwoll an. Sie streckte die Hand aus und suchte den staubigen Hohlraum zwischen Couch und Fußboden ab. Und tatsächlich! Nach etwa dreißig Zentimetern stießen ihre Finger gegen einen kleinen, harten Gegenstand. Sie zog ihn hervor und hielt ein kompaktes Mobiltelefon in der Hand. Geh ran! Finde heraus, dass das verdammte Ding Herrn Unterreuther oder Frau Herald oder der passiv-aggressiven Anneliese Portz gehört! Sag, dass du es bei Astrid hinterlegst und dass sie es jederzeit abholen können. Sie starrte auf das Display. ANRUF. Keine Nummer. Einfach ANRUF. Aber dieses Klingeln war nicht länger zu ertragen!

»Ja?«

»Sind Sie es selbst, Doktor?«

Dieselbe Stimme. Dieselbe Verzerrung. Bleib ruhig, verdammt! »Was wollen Sie?«

»Ich sagte doch, dass ich mich wieder melde.«

»O ja, natürlich«, stieß sie hervor, indem sie sich bemühte, so souverän und spöttisch wie möglich zu klingen. Sie durfte ihm nicht die Kontrolle überlassen. »Verzeihen Sie, aber ich hatte nicht erwartet, dass Sie den Mumm dazu aufbringen.«

Wieder dieses heisere Lachen, das sie so gut kannte. Wie mochte es klingen, wenn seine Stimme nicht verzerrt war? War es sympathisch? Konnte es sympathisch sein? Der Kerl war ein Monster. »Sie sind eben doch nicht so gut, wie alle sagen.«

Seit wann genau liegt dieses Ding dort?, fuhr es ihr durch den Kopf. Wann hat er es platziert? Ist er womöglich noch da? In meiner Nähe? »Warum geben Sie sich dann überhaupt mit mir ab?«

»Sehen wir uns morgen?«

»Was glauben Sie denn?«, fuhr es aus ihr heraus.

»Oh, ich glaube, dass Sie kommen werden.«

»Warum sollte ich?«

»Weil Sie sie retten wollen.«

»Wen?«

Lachen. »Bleiben Sie einen Augenblick dran!«

*

Sie hörte ihn doch immer schon, lange bevor er die Treppe herunterkam! Warum nicht dieses Mal? Wo war ihr Stein? Warum war sie nicht rechtzeitig erwacht? Warum hatte sie die Gelegenheit, auf die sie so sehnsüchtig wartete, verpasst?

Sie war im See gewesen und beinahe glücklich. Erst das Geräusch seiner Schritte und das Schlagen der Tür hatte sie zurückgeholt.

Jetzt steht er neben ihr, ein Handy in der einen, ein kleines schwarzes Gerät, mit dem sie nichts anzufangen weiß, in der anderen Hand. Sie sieht seine Gummifinger. Wie dicke, weiße Würmer schlängeln sie sich um das Mobiltelefon.

Hallo? Sind Sie noch dran?

Und jetzt versteht sie auch, wozu er das andere Gerät braucht. Es verzerrt seine Stimme. Dabei könnte er das selbst, denkt sie. Er bräuchte nur die alte Frau in sich sprechen zu lassen, die Mutter. Sie überlegt, ob sie ihm das vorschlagen soll. Lebensmüde, wie sie ist.

Hier ist jemand, der Ihnen etwas sagen möchte.

Er hält ihr das Handy hin.

Sag, wer du bist!

»Lydia«, stammelt sie brav, vor allem, weil ihr auf die Schnelle nichts anderes einfällt. »Mein Name ist Lydia Burgstaller. Ich bin …« Dann trifft der Hieb seiner Faust sie gegen den Kopf. Sie hört eine wohlklingende Frauenstimme und gleichzeitig ihren eigenen Schrei, fern und undeutlich, wie durch ein Kissen gedämpft.

Dann ist da nichts mehr.

Nur Dunkelheit.

*

»Und er hat sie tatsächlich mit ihr sprechen lassen?«

Edna legte den Hörer auf und nickte. »Ja«, sagte sie. »Lydia Burgstaller ist noch am Leben.«

Max betrachtete ihr Gesicht, das durchaus nicht unzufrieden wirkte. »Hat Molly Erler unter diesen Umständen eingewilligt, morgen zum Martinsumzug zu gehen?«, fragte er, den Gesichtsausdruck seiner Kollegin richtig deutend.

»Ja.«

»Warum?«

»Sie sagt, er hat ihr in Aussicht gestellt, das Mädchen zu retten.«

Max runzelte zweifelnd die Stirn. »Und das glaubt sie?«

»Nein«, versetzte Edna ungerührt. »Sie glaubt, dass er uns eine Falle stellen wird. Aber sie ist auch nicht gewillt, noch länger tatenlos zuzusehen, wie er ihr Leben in Angst erstickt. Und dieser Martinsumzug ist eine Chance.«

»Eine Chance worauf?«

»Ihn aus der Reserve zu locken.«

Max schüttelte den Kopf. »Ich weiß nicht.«

»Aber ich«, rief Edna eifrig. »Wir müssen die ganze Sache extrem gut vorbereiten, weil wir dort nur mit Minimalbesetzung auflaufen können. Molly ist sich sicher, dass unser Mann nur dann in Erscheinung treten wird, wenn er sich ganz sicher fühlt.« Sie ignorierte den besorgten Blick ihres Partners und fuhr fort: »Wir beide, Cox und Schweichert. Dazu ein oder zwei Teams in gebührender Entfernung zum Geschehen und …«

»Warte mal!«, unterbrach Max sie mit Entschiedenheit. »Der Anrufer wusste, dass Molly bei uns auf dem Präsidium war. Sollten wir da nicht davon ausgehen, dass er uns kennt?«

»Und wenn schon«, winkte Edna ab. »Im Schein der Laternen und bei den vielen Menschen wird er sich schwertun, uns wiederzuerkennen. Vor allem, wenn wir uns wie ganz normale Eltern benehmen.«

»Das dürfte aber schwierig werden«, wandte Max ein. »Ich meine, wir haben ja noch nicht mal ein Kind dabei.«

Edna sah ihn an. »Du denkst, wir würden weniger auffallen, wenn wir ein Kind mitnähmen?«

Er zuckte mit den Schultern. »Besser wär's. Aber wo willst du so schnell eins hernehmen?«

»Überlass das mir.«

»Du hast doch dabei nicht etwa unseren munteren Nachwuchspolizisten aus Dreisig im Auge?«, erkundigte sich Max bestürzt. »Der Junge ist viel zu aufgeweckt und …«

»Keine Sorge«, unterbrach Edna ihn mit einem zufriedenen Lächeln. »Ich habe da an jemand ganz anderen gedacht.«

*

»Ich weiß nicht, was du vorhast, aber ich werde niemandem eins meiner Kinder *ausleihen*, wie du es so schön ausdrückst.« Lina stöhnte und bückte sich mühevoll nach einem heruntergefallenen Salatblatt. »Erst will ich wissen, worum es dabei geht.«

»Es ist wirklich ganz harmlos«, versicherte Edna mit betont teilnahmsloser Miene, während sie eine schon reichlich schlaftrunkene Maike in ein liebreizendes rundes Füßchen kniff. »Ich möchte deine Tochter lediglich zu einem Laternenumzug entführen, wo sie doch so ein hübsches Martinslied kann und …«

»Ist es dienstlich?«

Edna zwinkerte Maike zu. »Es wäre auch nur …«

»Ist es dienstlich?«, insistierte Lina.

»Nein.« Wie immer, wenn sie erfolgreich gelogen hatte, atmete Edna tief durch. »Es geht lediglich um Recherchen zu Veranstaltungen dieser Art.«

»Und was hat das mit meinen Kindern zu tun?«

Edna verdrehte die Augen. »Gar nichts. Wir kämen uns nur irgendwie albern vor, wenn wir dort so ganz ohne Kind erscheinen und …«

»Warum nehmt ihr nicht eure eigenen Kinder?«, fiel Lina ihr abermals ins Wort.

Ertappt! Edna senkte schamhaft den Blick. »Die beteiligten Kollegen sind leider alle kinderlos.«

»Aha.«

»Komm schon, es wird ihr Spaß machen.« Sie schenkte der schläfrigen Maike ihr strahlendstes Lächeln. »Nicht wahr, Spätzchen, du würdest doch bestimmt gerne Sankt Martin auf seinem Pferd sehen, oder?«

Maike nickte brav vor sich hin.

»Siehst du!«, wandte sie sich wieder an die Mutter der Kleinen. »Sie ist hin und weg von der Idee.«

Lina warf ihrer Tochter einen langen, prüfenden Blick zu. »Ich weiß nicht recht.«

»Und ich sorge schon dafür, dass ihr nichts geschieht«, versicherte Edna ihr eilig. »Sie wäre nur so etwas wie ein authentisches Beiwerk, verstehst du? Und bevor du dich versiehst, ist sie auch schon wieder zu Hause.«

Lina griff nach einer Flasche Öko-Essig und straffte in einer plötzlichen, entschlossenen Bewegung die Schultern. »Dann komme ich mit.«

Edna starrte sie an, als habe sie den Verstand verloren. »Du bist schwanger!«

»Ja und? Glaubst du, ich überlasse eines meiner Kinder so mir nichts dir nichts einer karrierebesessenen Polizistin?« Sie sah Edna direkt in die Augen. »Wenn du ein Kind willst, wirst du uns alle nehmen müssen.«

»Heißt das …?« Edna blickte sich unbehaglich nach Röntgen-Björns Buggy um, der verlassen an der Wand neben der Tür stand.

»Alle oder keinen«, nickte Lina. »Du hast die Wahl.«

Ist das Brustbein der Martinsgans weiß,
wird der Winter schneereich.
Ist es dagegen rot, wird es kalt.
(Volksglaube)

8
Sechzehnter Tag

Auf dem weitläufigen Kirmesplatz waren bereits zahlreiche Menschen versammelt, als Edna und Max dort eintrafen. Kinder mit bunten Laternen rannten aufgeregt vor dem Schulgebäude hin und her und begrüßten immer neue Klassenkameraden und Freunde. Rund zwei Dutzend Musiker des Spielmannszuges lehnten mehr oder weniger gelangweilt an der Mauer vor der Kindertagesstätte. Ihre Trompeten funkelten im Schein des Blaulichts, das auf dem Dach eines der beiden Einsatzfahrzeuge kreiste, die den Zug sichern sollten. Der Fahrer, ein abgekämpfter Beamter mit Vollbart, den Edna noch nie gesehen hatte, hatte die Ellenbogen auf das Lenkrad gestützt und schien sich weit fortzuwünschen.

In einiger Entfernung entdeckten sie Cox und Schweichert, die bereits ihre Positionen eingenommen hatten. Sie trugen reflektierende Warnwesten und standen etwas abseits bei den anderen Ordnern, die den Zug flankieren würden. Zwei Streifenwagen warteten auf Abruf außerhalb der Ortsgrenze. Die Hauptstraße, die den Ort in zwei Hälften teilte, war für die Dauer des Umzuges gesperrt. Cox und Schweichert waren verkabelt, während Edna und Max beschlossen hatten, sich im Sinne größtmöglicher Unauffälligkeit gegebenenfalls per Handy mit ihren Kollegen zu verständigen.

»Wie lange ist es her, dass du bei einem Martinsumzug warst?«, fragte Edna ihren Kollegen, während sie fröstelnd vor

Kälte und Anspannung von einem Fuß auf den anderen trat. Die schwere Abendluft roch nach Glühwein und Pechfackeln.

»Siebenundzwanzig Jahre«, antwortete Max nach kurzer Überlegung.

»Wieso weißt du das so genau?«

»Weil man zu meiner Zeit mit zwölf ins Pechfackelalter kam und mir offenes Feuer schon immer zuwider gewesen ist«, entgegnete er, ohne eine Miene zu verziehen. »Also hatte ich ab meinem zwölften Lebensjahr die Wahl, entweder eine Kinderlaterne spazieren zu führen und mich vor meinen Freunden komplett zum Idioten zu machen oder aber dem Zug von vorneherein fernzubleiben, wobei ich mich für Letzteres entschieden habe.«

»Pechfackelalter?« Edna schüttelte den Kopf. »Du tickst doch nicht richtig!«

Inzwischen strömten immer mehr Menschen aus den umliegenden Straßen herbei. Der Platz füllte sich zusehends. Eltern und Großeltern standen in kleinen Grüppchen beisammen, tranken Tee und Glühwein und versuchten trotz des kontinuierlich anschwellenden Geräuschpegels unverdrossen, so etwas wie ein Gespräch zu führen. Um sie herum flirrten Kinderstimmen. Direkt hinter Max' Rücken balgten sich zwei Jungen in dicken Daunenjacken um eine zum Glück noch nicht entzündete Pechfackel, während sich ein anderes Kind, von dem Edna nicht hätte sagen können, ob es sich um einen Jungen oder ein Mädchen handelte, lautstark darüber beschwerte, dass die Laterne in seiner Hand nicht ihm gehöre.

»Wo bleibt unsere Tarnung?«, fragte Max, während seine Augen die Kirchturmuhr suchten.

»Das möchte ich auch gerne wissen«, brummte Edna. »Ich wollte sie abholen, aber sie hat darauf bestanden, mit ihrem eigenen Auto zu fahren, damit sie jederzeit verschwinden kann, falls eines der Kinder vor Begeisterung kotzen muss.«

Max zog amüsiert die Augenbrauen hoch. »Und du bist sicher, dass du ihr die richtige Zeit genannt hast?«

»Halb sieben, Sammelpunkt Kirmesplatz«, nickte Edna. »Ich habe es ihr sogar aufgeschrieben, aber du kennst sie ja.« Sie seufzte. »Wahrscheinlich diskutiert sie noch mit dem Wagen, ob es Sinn macht, anzuspringen.«

Max' Grinsen wurde noch eine Spur breiter. Dann reckte er den Kopf. »Da drüben ist Molly Erler mit Timmy.«

Edna sah sich um. Die Psychologin war in Begleitung ihrer Mutter gekommen und hielt die Hand ihres Sohnes mit eisernem Griff. Auch sie hatte Edna und Max bemerkt, ließ sich jedoch nicht anmerken, dass sie einander kannten. Ihre Miene war angespannt, drückte jedoch auch Entschlossenheit aus. Es würde erst aufhören, wenn sie ihn hatten. In diesem Punkt waren sie sich offenbar einig.

»Die Sache wird verdammt unübersichtlich«, befand Max mit einem sorgenvollen Blick in die Gesichter der Menschen, die um sie herumstanden. »Wenn er will, kommt er hier sehr nahe an Molly und ihren Sohn heran, ohne dass wir ihn überhaupt bemerken.«

»Ich weiß.« Edna biss sich auf die Unterlippe. »Aber ich glaube nicht, dass er schon so bald in Erscheinung treten wird. Schließlich hat der Spaß noch gar nicht richtig angefangen. Und er wird ihre Angst zunächst eine Weile auskosten wollen.«

Max setzte eben zu einer Antwort an, als er Lina entdeckte. Sie schob sich samt Buggy und Kindern durch das dichte Gewimmel vor der Schule und blickte sich hilfesuchend um.

Edna winkte ihr zu. »Hast du nicht hergefunden?«, erkundigte sie sich mit nur unvollkommen verhohlenem Vorwurf in der Stimme.

»Doch, doch«, entgegnete Lina ein wenig atemlos. Ihr Gesicht sah im flackernden Licht der Fackeln fahl und irgendwie angestrengt aus. »Es ist nur … Ich wusste nicht, wo ich hier parken kann, und da habe ich …«

»Was?«

»Ich habe mich da drüben an die Bushaltestelle gestellt«, gestand Peters zukünftige Exfrau mit bekümmerter Miene. »Ich hoffe, das geht in Ordnung.«

Max schenkte ihr ein unverbindliches Lächeln.

»Bumm!«, machte ein erschreckend rotwangiger Björn in seinem Buggy, und seine Mutter nutzte den Moment der Unaufmerksamkeit, um ihm die vor Kälte laufende Nase zu putzen.

»Glaubt sie etwa, nur weil sie mit Polizisten da ist, kann sie sich alles erlauben?«, raunte Edna ihrem Kollegen ins Ohr.

»Vergiss nicht, dass sie die einzige Tarnung ist, die wir haben«, flüsterte Max zurück.

Edna nickte schicksalsergeben und betrachtete ihre Tarnfamilie mit neuem Wohlwollen. An Maikes Holzstab hing ein seltsames grünes Gebilde, das Lina stolz als »Feenwäldchen« bezeichnete, während ihr ältester Sohn einen fetten Marienkäfer vor sich hertrug, den er ganz offensichtlich als persönliche Beleidigung empfand. Am Buggy seines jüngeren Bruders baumelte eine Laterne in Fischform. Maike, die ausnahmsweise einmal nicht in mädchenhaftes Rosa, sondern in tarnungskonformes Dunkelblau gekleidet war, zupfte Edna am Ärmel und präsentierte ihr »Feenwäldchen« mit lobheischendem Blick.

»Schön«, sagte Edna, woraufhin sich das Kind tiefbeleidigt an die Hand seiner Mutter zurückzog, die mit ihrem hochschwangeren Bauch aussah, als trage sie ihrerseits eine überdimensionale Laterne unter dem Mantel spazieren.

»Bumm«, machte Björn.

»Fert«, sagte seine Schwester und zeigte die Straße hinunter.

Edna drehte sich um und entdeckte ein riesiges schneeweißes Pferd auf der anderen Seite des Platzes, etwa auf Höhe der Bushaltestelle, an der Lina ihr Auto abgestellt hatte. Das

Klappern der Hufe hallte von den Mauern der umliegenden Häuser wider, und ein andächtiges Raunen lief über den Platz, als mehr und mehr Kinder das Tier erblickten. Im Sattel saß eine zarte Gestalt mit Silberhelm und prachtvollem rotem Samtumhang, und Edna brauchte sich das Gesicht unter dem Helm nicht genauer anzusehen, um zu erkennen, dass es sich bei diesem St. Martin um eine Frau handelte.

»Wie blöd sind denn die heutigen Kinder?«, flüsterte sie ihrem Kollegen ins Ohr, der jedoch andeutete, sie nicht zu verstehen, weil die Kapelle, die sich abseits der allgemeinen Aufmerksamkeit inzwischen formiert hatte, in diesem Augenblick die ersten Takte des Martinsliedes intonierte. Björn strampelte verzückt, als die riesigen Pauken an seinem Buggy vorbeizogen, während Edna sich am liebsten die Ohren zugehalten hätte. Sie griff sich Maikes winzige behandschuhte Hand und reihte sich ein paar Meter hinter Molly Erler und ihrem Sohn in den Zug ein.

*

Er hatte alles bestens vorbereitet.

Sie würden staunen.

Durch seinen Feldstecher sah er, wie sich Molly Erlers Hand um die ihres Kindes krampfte. Er konnte ihre Angst riechen und sog sie in sich ein wie einen kostbaren Duft. Sie hatte etwas zu verlieren. Das waren ihm die liebsten. Die, die etwas zu verlieren hatten. Obwohl sie eigentlich alle an ihrem bisschen Leben hingen wie die Kletten.

Ja, dachte er, es ist erstaunlich, wie viele Menschen leben möchten. Selbst unter widrigsten Bedingungen. Selbst wenn sie an einen Eisenring gekettet sind und sich ihre Welt auf zwei oder drei lächerliche Quadratmeter beschränkt.

Diese Haltung hatte er noch nie verstanden. Er hatte sich den Tod gewünscht. Schon als Kind, aber auch noch als Erwachsener.

Er hatte sterben wollen, um Buße zu tun für das, was er seiner Mutter angetan hatte.

Doch er fühlte, dass er diese Gedanken auf später verschieben musste. Sie machten ihn unkonzentriert, und Unkonzentriertheit war das Letzte, was er sich jetzt leisten durfte.

Er hatte alles bestens vorbereitet.

Ein letzter Blick auf Molly Erlers Hinterkopf, dann ließ er das Fernglas sinken und griff nach der Flasche mit dem Brandbeschleuniger, die er vor sich auf den gefrorenen Boden gestellt hatte.

*

Der Schein der Fackeln und Laternen malte groteske Schatten an die Häuserwände.

Während sie in nervtötender Langsamkeit auf den Ortsausgang zumarschierten, ließ Edna ihre Blicke unauffällig über die Gesichter am Straßenrand wandern. Sie war sich sicher, dass der Mann, den sie suchten, eine Position bezogen hatte, die es ihm erlaubte, das Geschehen aus sicherer Distanz zu beobachten. Aber was hatte er vor? Wollte er Molly Erler angreifen? Sie oder ihren Sohn? Oder würde er versuchen, sie irgendwohin zu locken? *Das richtige Mädchen*, dachte Edna. Er hat gesagt, dass er ihr das richtige Mädchen zeigen will. Aber wie?

Vor ihnen tauchten die letzten Häuser auf, und in der Ferne konnte Edna bereits den Widerschein des Feuers erkennen, das auf dem freien Feld neben der Landstraße entfacht worden war. Es musste ein gewaltiges Feuer sein. Neben ihr wurden die Kinder unruhig. Ein paar von ihnen kreischten vor Begeisterung, die ängstlichen drängten sich dichter gegen die Mäntel ihrer Mütter. Die Kapelle begann ihr dreiteiliges Martinsrepertoire immer wieder von vorne. Nach dem siebten oder achten *Sankt Martin war ein guter Mann* folgte nun wieder *Ich gehe mit meiner Laterne*, während das Riesenfeuer näher und näher kam.

Ednas Unruhe wuchs mit jedem Meter. Sie zog ihr Handy aus der Jackentasche und wählte Cox an. »Schon irgendwas gesehen?«, fragte sie.

Der junge Kollege verneinte. »Keinerlei Auffälligkeiten.«

»Fahrzeuge?«

»Negativ.«

Sie gingen fast am Ende des Zuges, und vor ihnen hatte sich bereits eine ansehnliche Menschentraube beim Feuer versammelt. Edna hörte das Krachen von Holzscheiten, die in der lodernden Glut zerbarsten. Funken sprühten auf, und sie konnte die Hitze der Flammen auf ihrem Gesicht spüren.

»Das Licht deht aus«, krähte Maike an ihrer Hand. »Wir dehn nach Haus ...«

»Noch nicht«, flüsterte Edna. »Noch ist nicht geschehen, weshalb wir gekommen sind.« Sie wich einer vereisten Pfütze aus und stellte sich dicht hinter Molly Erler, deren Haar im Widerschein des Feuers wie Kupfer leuchtete. Sie musste sie schützen. Sie und ihren Sohn. Sie durfte keinen Fehler machen. Ihm keine Chance lassen.

Inzwischen hatten auch die letzten Nachzügler das Feld erreicht. Hinter ihnen schickten sich die Ordner an, die Hauptstraße wieder für den Durchgangsverkehr zu öffnen.

Edna blickte sich um. Er ist hier, dachte sie. Ich kann ihn spüren. Seine Nähe. Das Wort erschreckte sie, kaum dass ihre Gedanken es formuliert hatten. *Nähe.* Wie entsetzlich schutzlos das klang! Ihr Blick suchte Timmy, den seine Mutter noch immer fest an der Hand hielt. Irgendetwas lief schief, das spürte sie, aber sie wusste nicht, wie sie auf dieses Gefühl reagieren sollte. Sie stolperten geradewegs in seine Falle. Sie waren ihm ausgeliefert. Keiner von ihnen trug eine kugelsichere Weste. Er könnte uns einfach abknallen, dachte Edna. Er hat uns auf dem Präsentierteller, genau dort, wo er uns haben wollte.

Als sie den Blick hob, sah sie direkt in Molly Erlers Augen. Die Psychologin schien ihre Gedanken zu teilen. Ihre Miene spiegelte tiefste Besorgnis. Zu keinem Zeitpunkt hatten sie die Kontrolle über die Situation gehabt. Er kontrollierte sie, nicht umgekehrt. Er wollte sich mit ihnen messen, mit ihnen spielen, und er wollte gewinnen. Er würde nichts riskieren. Er versteckte sich irgendwo in der Menge und lachte sie aus. Vielleicht war er einer der Männer, die den Zug flankierten. Vielleicht war er einer der Zuschauer, die ehrfürchtig in die Glut starrten. Vielleicht war er einer der Väter. Ja, dachte sie, wer sagt eigentlich, dass Leute wie er keine Kinder haben. Vielleicht hat er welche. Vielleicht ... Sie stutzte. Etwas hatte ihre Aufmerksamkeit erregt. Etwas, das sie zunächst nur unbewusst wahrnahm. Es war eine Kinderstimme, die dem vagen Eindruck schließlich eine Kontur verlieh.

»Schau mal, Mama«, hörte sie eine glockenhelle Mädchenstimme hinter sich. »Da drüben ist noch ein Martinsfeuer!«

Der erstaunte Ruf ging in dem allgemeinen Stimmengewirr und dem Bersten der Holzscheite unter. Einzig und allein Edna schenkte ihm Gehör. Wie elektrisiert drehte sie sich um. Und tatsächlich, etwa dreihundert Meter entfernt, vor einer Schrebergartensiedlung auf der anderen Seite der Hauptstraße, loderten die Flammen eines zweiten Feuers in den düsteren Abendhimmel. Edna kniff angestrengt die Augen zusammen. Was war das? Ein Kinderstreich? Ein Ablenkungsmanöver? Oder ... Sie zuckte zusammen. Für den Bruchteil einer Sekunde hatte sie geglaubt, einen Schatten vor den Flammen auszumachen. Sie blickte sich nach Max um und entdeckte ihn rund zwanzig Meter entfernt mit Lars und seinem Marienkäfer an der einen und Björns Buggy an der anderen Hand. Ohne Zögern riss sie Maike mitsamt ihrem Feenwäldchen in ihre Arme und stürzte auf ihren Kollegen zu. »Unser Mann ist dort drüben!«, rief sie, indem sie ihn an der Schulter packte.

»Wo?«

»Da hinten, bei dem anderen Feuer. Mach schon, wir müssen die Kinder loswerden.« Sie sah sich um. »Wo ist Lina?«

»Im Auto.«

»Was soll das heißen?«

»Ihr war übel. Sie hat gesagt, sie will sich eine Weile ins Auto setzen.«

»Verdammt noch mal, doch nicht ausgerechnet jetzt«, fluchte Edna mit einem wutentbrannten Blick auf Björns Buggy. Dann drückte sie ihrem Kollegen kurzerhand eine inzwischen gänzlich in Tränen aufgelöste Maike in den Arm. »Halt das! Cox und ich folgen unserem Mann!«

Die jungen Kollegen hatten mitbekommen, dass etwas geschehen war, und kamen ihr von der Straße her entgegengerannt. Sie gab Cox ein Zeichen, ihr zu folgen. Dann sprintete sie auf das entfernte Feuer zu. Vor den Flammen zeichnete sich noch immer der Schatten ab, der die Kontur eines Menschen hatte. Er schien zu ihr herüberzublicken. Um ihn herum tanzte flackerndes Licht. Edna fühlte eine Welle von Adrenalin durch ihre Adern fluten. Das war er! Sie wusste es. Er war tatsächlich gekommen.

Sie stolperte die kleine Böschung zur Straße hinauf und hörte Cox' Schritte neben sich.

»Unser Mann ist da drüben«, rief sie im Laufen, den Blick fest auf die Flammen vor sich gerichtet. Doch der Schatten, den sie gesehen hatte, war verschwunden. »Zumindest war er bis eben dort.«

»Team zwei«, schrie Cox in das Mikrophon an seinem Kragen. »Verfolgen Verdächtigen. Bewegt sich wahrscheinlich in nordwestlicher Richtung auf den Ort zu.«

»Wo kann er hin?«, rief Edna, die Mühe hatte, mit dem sportlichen Kollegen Schritt zu halten. »Richtung Stadt?«

»Zu gefährlich.«

Sie stieß einen unterdrückten Schrei aus, als ihr Knöchel in einer Erdfurche umknickte. Der Boden war steinhart gefroren. »Schweichert soll sofort die verdammte Straße wieder abriegeln lassen.«

Cox nickte und gab die Weisung an seinen Kollegen weiter.

»Wir trennen uns«, entschied Edna, als sie bis auf etwa einhundert Meter an die Flammen herangekommen waren. »Du siehst dich beim Feuer um und ich ...« Sie hielt inne. Da war jemand! Sie sah die Gestalt nur für einen Sekundenbruchteil, dort, wo die erste Straßenlaterne des Ortes einen schwachen Lichtschein auf das holprige Pflaster warf. Sie tauchte urplötzlich aus dem schützenden Schatten der Obstbäume und lief gebückt an der Gartenmauer eines heruntergekommenen Bauernanwesens entlang. Wenige Augenblicke später war sie in einer der dunklen Gassen verschwunden. Edna vergewisserte sich mit einem raschen Seitenblick, dass Cox das Feuer inzwischen fast erreicht hatte, dann rannte sie querfeldein auf die Gasse zu, in die der Verdächtige geflüchtet war. Gleich darauf sah sie vor sich in der Dunkelheit ein Paar Scheinwerfer aufleuchten. Verdammt, dachte sie, er hat ein Auto dort stehen! Sie zerrte ihr Handy aus der Tasche. Schweichert meldete sich im selben Moment, als sie die ersten Häuser erreichte.

»Die verdächtige Person hat ein Fahrzeug«, keuchte Edna, der die ungewohnte körperliche Belastung beinahe den Atem raubte. Rund einhundert Meter vor ihr zuckte das Licht der Scheinwerfer über die grauen Häuserwände. Dann waren sie nur noch als Widerschein zu erkennen. Der Wagen, zu dem sie gehörten, hatte gewendet. Edna versuchte, sich auf die Schnelle den Straßenplan des Ortes ins Gedächtnis zu rufen, den sie vor ihrem Aufbruch so gründlich studiert hatte. »Wohin kommt man, wenn man die erste Querstraße nimmt?«, stieß sie mit vor Anstrengung heiserer Stimme hervor. »Nicht zur Hauptstraße. Ich meine die andere Richtung.«

»Da ist nicht viel«, tönte Schweicherts Stimme aus dem Handy. »Nur ein Feldweg.«

»Wo führt der hin?«

»Keine Ahnung. In den Wald.«

»Und dahinter?«

»Landstraßen.«

Edna fluchte, während sie fieberhaft überlegte, wo sie so schnell einen Wagen hernehmen sollte. Lina!, schoss es ihr durch den Kopf. Linas Auto steht an der verdammten Bushaltestelle, nur wenige hundert Meter entfernt.

Sie stopfte ihr Handy wieder in die Jackentasche und rannte durch die nächste Querstraße zur Hauptstraße zurück. Zwischen den Häusern war es so finster, dass sie kaum erkennen konnte, wo sie hintrat. Einmal blieb ihr Fuß an einer Kante hängen und sie geriet ins Stolpern. Aber sie fing sich sofort und sah nun auch endlich die Bushaltestelle und Linas Wagen, jetzt nur noch etwa zwanzig Meter entfernt.

»Steig aus«, japste sie, nachdem sie die Fahrertür aufgerissen hatte.

Auf dem Beifahrersitz zuckte Lina erschrocken zusammen. »Was ist?«

»Ein Notfall«, schrie Edna ihr entgegen, indem sie erleichtert feststellte, dass die Autoschlüssel im Zündschloss steckten. Offenbar hatte Lina zwischendurch die Heizung eingeschaltet. »Ich brauche deinen Wagen.«

Linas Augen blickten verständnislos, während ihr ganzer Körper wie paralysiert wirkte.

»Verdammte Scheiße noch mal, schwing endlich deinen Hintern hier raus!«, brüllte Edna die Noch-Ehefrau ihres Exmannes an, ohne auch nur die geringste Rücksicht auf deren Zustand zu nehmen. Doch die einzige Reaktion der Waldorfkindergärtnerin bestand aus einem verwirrten Kopfschütteln.

Edna war klar, dass sie nicht länger warten konnte. Sein Vorsprung war auch so schon beträchtlich. Also ließ sie sich kurzerhand auf den Fahrersitz fallen und startete den Wagen. Mit der freien Hand tastete sie in ihrer Jackentasche nach ihrem Handy, doch alles, was sie fand, war ein zerknülltes Papiertaschentuch. Auch das noch!, schimpfte sie im Stillen, indem sie mit quietschenden Reifen in den Feldweg einbog, den der Verdächtige genommen haben musste. Das Handy musste ihr aus der Tasche gerutscht sein, als sie gestolpert war.

Der Wagen rumpelte durch abenteuerliche Schlaglöcher, dann führte der Weg in ein Waldstück. Zwischen den Bäumen leuchteten Nebelschwaden auf, die im Licht der Scheinwerfer wie Tüll wirkten. Nach etwa dreihundert Metern erreichten sie eine wenig befahrene Landstraße, die, wie Edna wusste, Richtung Mayen führte. Und irgendwo weit vor ihnen glaubte sie auch endlich die Rücklichter eines anderen Fahrzeuges zu erkennen. Sie krallte die Finger um das Lenkrad und trat das Gaspedal bis zum Anschlag durch. Auf der Straße glitzerten Frostkristalle. »Sei so gut und gib mir dein Handy«, wandte sie sich an ihre Nachfolgerin.

»Was?« Linas Stimme klang irgendwie matt.

»Dein Handy«, wiederholte Edna gereizt. Noch ein Waldstück. Neue Unebenheiten. In Bodennähe wurde der Nebel immer dichter. »Wir müssen den Kollegen durchgeben, wo er hinfährt, damit sie Verstärkung anfordern können. Und über ein Funkgerät wird deine alte Karre ja wohl kaum verfügen.« Sie lachte freudlos und nahm die nächste Kurve so eng, dass der Wagen um ein Haar ins Schleudern geraten wäre. »Du solltest dich übrigens lieber anschnallen.«

Lina reagierte nicht.

»Du hast doch ein Handy dabei, oder?«, fragte Edna einer unbequemen Vorahnung folgend.

»Von diesen Dingern bekommt man einen Hirntumor«, verkündete Lina mit gepresster Stimme.

»Das darf ja wohl nicht wahr sein!«, fluchte Edna und hieb mit der linken Hand auf das Lenkrad ein, während sie den Motor in einen zumindest akustisch bereits mehr als bedenklich anmutenden Drehzahlbereich hochjagte, um auf der nächsten Geraden im immer dichter werdenden Nebel nicht den Anschluss an die fernen Rücklichter zu verlieren. »Kein Handy, keinen anständigen Kaffee und Windeln aus Naturjute. Himmel noch mal, so viel Umweltbewusstsein kann man doch auf Dauer gar nicht überleben!« Die Straße stieg mehr und mehr an, während der Wald links und rechts des Weges allmählich lichter wurde. »Fehlt bloß noch, dass die Karre mit Rapsöl fährt.«

»Diesel«, zischte Lina vom Beifahrersitz.

»Na immerhin.« Edna schüttelte den Kopf. Das Gelände wurde offener. Abgeerntete Felder säumten die Straße, die völlig unvermittelt wieder steil abfiel. »Aber wenn wir ihn jetzt verlieren, ist er weg, und das alles nur, weil du dich ja so unbedingt der modernen Zeit verschließen musst.« Sie spähte angestrengt durch die Windschutzscheibe, aber der Wagen, dem sie folgten, war bereits wieder hinter der nächsten Kuppe verschwunden. Wenn er sich hier auskennt, haben wir keine Chance, dachte sie, während sie versuchte, sich die Gegend bei Tageslicht vorzustellen. Hier in der Nähe musste irgendwo ein Bimssteinbruch sein. Sie beugte sich weit übers Steuer und blickte in das karge Licht, das von ihren Scheinwerfern geradewegs auf die Straße zu tropfen schien, ohne die Umgebung nennenswert zu erhellen. »Wo zur Hölle kann dieser verdammte Mistkerl so schnell hin sein?«

Neben ihr auf dem Beifahrersitz begann Lina, leise vor sich hin zu stöhnen.

»Was ist?«, versetzte Edna entnervt. »Bekommt dir das Wetter nicht oder liegt es an meinem Fahrstil?«

Anstelle einer Antwort ließ Lina tiefe, mühevolle Atemzüge hören.

»Was ist denn, verdammt noch mal?«, fragte Edna erneut, diesmal mit einem flüchtigen Seitenblick auf ihre waldörfliche Nachfolgerin, die bleich und zusammengekrümmt in ihrem Sitz kauerte. »Was japst du so?«

»Ich fürchte, das sind Wehen«, schnaufte Lina mit einem

sorgenvollen Blick auf ihre Armbanduhr. »Und sie kommen in nicht einmal dreiminütigen Abständen.«

So eine elende Heulsuse, dachte Edna. Hätte ich sie vor der Abfahrt doch bloß noch vor die Tür gesetzt! Sie schaltete die Scheibenwischer ein, doch die Sicht wurde nicht besser. »Ich fahre dich ins Krankenhaus, sobald das hier erledigt ist.«

»Es wäre besser …«

»Was?«

In das Geräusch der Wischerblätter, die über die Windschutzscheibe quietschten, mischte sich neues, besorgniserregendes Keuchen.

»Was wäre besser, verdammt noch mal?«

»Es tut mir leid, aber ich glaube, es wäre besser, wenn du mich sofort ins Krankenhaus fährst.«

»Jetzt?!«

»Wenn es keine Umstände macht.«

»Es macht aber Umstände«, entgegnete Edna gnadenlos, indem sie notgedrungen einen Gang zurückschaltete. Die Sichtweite betrug inzwischen nicht einmal mehr dreißig Meter. Wenn sie schneller fuhr, riskierte sie, dass sie im Graben landeten. »Es macht sogar erhebliche Umstände. Ich weiß ja nicht, ob du das mitbekommen hast, aber der Kerl, den wir suchen, hat vier Frauen auf dem Gewissen. Wahrscheinlich sogar noch ein paar mehr.«

»Und mir erzählst du was von einem tollen Spaß, du elende …«, unterbrach Lina sie mit anklagender Stimme, doch eine neuerliche Welle von Schmerz erstickte weitere Vorwürfe im Keim. »Halt an!«

»Was? Wozu?«

»Das Baby …«

»Dem Baby passiert nichts«, entgegnete Edna ungeduldig. »Zumindest nicht, wenn du dich endlich anschnallst«, fügte sie einschränkend hinzu.

»Du verstehst mich nicht«, stöhnte Lina. »Das Baby *kommt.*«

»Was?«

»Das Baby«, wiederholte Lina mit erstickter Stimme. »Ich glaube, es kommt.«

»Was denn, jetzt?!«

Anstelle einer Antwort gab Peters zukünftige Exfrau ein leises Wimmern von sich.

»Warte, warte, warte«, rief Edna und blickte in den finsteren Rückspiegel, in der irrwitzigen Hoffnung, dass die ahnungslosen Kollegen ihr vielleicht doch noch zu Hilfe kamen. Sie hatte ihn verloren, daran bestand überhaupt kein Zweifel! »Das hier ist wohl kaum der richtige Zeitpunkt.«

»Ich weiß«, räumte Lina kleinlaut ein.

»Und dein Termin ist doch auch erst in zwei Wochen.« Sie trat scharf auf die Bremse, als wie aus dem Nichts die nächste Kurve im Licht ihrer Scheinwerfer auftauchte. »Ich meine, vielleicht sind das ja nur irgendwelche Scheinwehen.« Falls es so etwas überhaupt gab. Aber warum eigentlich nicht? Schließlich gab es auch Scheinehen! »Es geht bestimmt gleich vorüber und …«

»Edna, das Baby kommt«, fiel Lina ihr mit ungewohnt fester Stimme ins Wort. »Ich mache das schließlich nicht zum ersten Mal.«

Neun verdammte Monate, schoss es Edna durch den Kopf. Und ausgerechnet in einer solchen Scheißsituation muss sie niederkommen! »Komm schon.« Sie bemühte sich redlich, ihrer Stimme einen einigermaßen ermutigenden Klang mit auf den Weg zu geben. »Kannst du dich nicht einfach noch ein kleines Weilchen zusammenreißen?«

Lina warf ihr einen vernichtenden Blick zu, bevor sich ihre Züge erneut vor Schmerz verzerrten.

»Das war ja wohl ein klares Nein«, stellte Edna fatalistisch fest. »Und was jetzt?«

»Du solltest viellei…« Eine neuerliche Wehe raubte den Rest von Linas Entgegnung.

»Ich habe keinerlei Erfahrungen mit so was«, erklärte Edna eilig. »Meine Schwester hat ihre Kinder in einem Krankenhaus zur Welt gebracht, ganz wie es sich gehört. Und falls du es noch nicht bemerkt haben solltest: Ich bin auch keine von diesen Ich-halte-dir-die-Hand-im-Kreißsaal-Freundinnen, die Zuversicht und Wohlgefühl ausströmen und Tee kochen und Kerzen anzünden und ... Hey, alles klar bei dir?« Lina war jetzt vollkommen in sich zusammengesunken und krümmte sich unter immer neuen Schmerzattacken. »Kurz und gut, die Quintessenz dessen, was ich sagen will, ist, dass ich solche Dinge nicht kann. Punkt. Aus.« Edna warf den Kopf zurück und versuchte erfolglos, ihre Konzentration auf die verschwimmende Fahrbahn vor ihnen zu richten. »Ich habe eine vage Vorstellung davon, wo es rauskommt, aber ...«

»Tu mir den Gefallen und halt endlich deine verdammte Klappe!«, kreischte Lina zwischen zwei Wehen.

Holla! Edna zog amüsiert die Augenbrauen hoch. Hatte sie tatsächlich *verdammte Klappe* gesagt? Dabei war sie doch sonst so sanftmütig. »Also schön«, sagte sie. »Und was erwartest du jetzt von mir? Soll ich rechts ranfahren und die Jupitersinfonie singen?«

»Rechts ranfahren wäre vollkommen ausreichend«, entgegnete Lina würdevoll.

»Sehr wohl, Miss Mellie«, seufzte Edna und brachte den Wagen neben einem kahlen Chausseebaum zum Stehen. Mitten im Niemandsland. Mitten im Nebel. Da brachte es ihr Exmann doch tatsächlich fertig, sie auch sieben Jahre nach der Scheidung noch in allergrößte Schwierigkeiten zu bringen! »Und jetzt? Gibst du mir Anweisungen, oder soll ich doch lieber Miss Scarlett holen?«

*

Es hatte alles in allem keine zehn Minuten gedauert, und sie hatte wirklich nicht allzu viel tun müssen, trotzdem hatte sie etwas wie Stolz empfunden, als sie mit Lina und dem Baby vor der Notaufnahme des Krankenhauses gehalten hatte. Vaterstolz. Mutterstolz. Geburtshelferstolz. Was auch immer.

Sie hatte das Neugeborene gleich nach dem Durchtrennen der Nabelschnur, das ihr zu ihrer eigenen Verwunderung ganz ohne Einsatz ihrer Dienstwaffe gelungen war, in ihre Jacke gewickelt. Sie hatte es auf dem Arm in die Gynäkologie getragen. Sie hatte Lina gestützt und war von einem der Ärzte wegen Beihilfe zu vorbildlichem Entbinden gelobt worden. Erst danach hatte sie sich in eine der Telefonzellen in der Eingangshalle der Klinik zurückgezogen und Schweichert angerufen, der sich bereits auf dem Rückweg ins Präsidium befand. Angesichts des Wunders, bei dem sie eine halbe Stunde zuvor zugegen gewesen war, hatte sie gehofft, dass auch er so etwas wie gute Nachrichten für sie habe, doch in diesem Punkt war sie enttäuscht worden: Der Verdächtige war entkommen. Und was noch schlimmer war: Unter dem Feuer, das er gelegt hatte, hatten ihre Kollegen die Leiche einer Frau gefunden.

Entmutigt stieg Edna wieder in Linas Wagen und fuhr zurück.

Als sie hinter einer schier endlosen Reihe von Streifenwagen an der Straße oberhalb des Feldes hielt, kam ihr Max entgegen. Er wirkte abgekämpft, aber auch verärgert. »Wo warst du so lange, verdammt noch mal? Wir haben uns Sorgen gemacht.«

»Hat Schweichert euch nicht Bescheid gegeben?«

Er schüttelte den Kopf.

»Tut mir leid«, entgegnete Edna. »Ich hab mein Handy verloren.«

Ihr Kollege griff in seine Jackentasche und hielt es ihr entgegen. »Das haben wir mitbekommen. Es lag in einer Seitenstraße und schrie.« Dann stutzte er plötzlich, und ein sorgenvoller Ausdruck legte sich auf sein Gesicht. »Was hast du da am Ärmel? Ist das Blut?«

»Diese Frau hat wirklich ein untrügliches Gespür für das richtige Timing«, echauffierte sich Edna anstelle einer Antwort.

»Welche Frau?«

»Dieselbe Frau, der du erlaubt hast, sich einfach nur in ihr Auto zu setzen, statt in ein Krankenhaus zu fahren«, fügte sie mit mildem Tadel hinzu.

»Lina?«

»Sie hat unterwegs geworfen.«

Ihre rüde Ausdrucksweise ließ Max einen Augenblick zweifeln, ob er richtig verstanden hatte. Als er sich sicher war, dass seine Kollegin tatsächlich gemeint hatte, was sie gesagt hatte, grinste er. »Sag nur, du hast …?«

Edna nickte.

»Und?«

»Was und?«

Er verdrehte die Augen.

»Das Kind ist trotz meines geburtshelferischen Einsatzes gesund und komplett, falls du das meinst«, entgegnete Edna und spürte wieder diesen Anflug von Stolz in sich.

»Was ist es denn?«, wollte ihr Kollege wissen. »Wieder ein Junge?«

»Eine Bente.«

»Ist das ein Mädchen?«

»Nein, was fürs Bad.«

»Bitte?«

»Vergiss es.« Sie schenkte ihm ein erschöpftes Augenzwinkern. »Ich erzähle dir später davon. Jetzt will ich die Leiche sehen.«

Gemeinsam gingen sie auf die Stelle zu, an der vorhin das Feuer gelodert hatte. Inzwischen gab es allerdings nur noch schwelende Aschereste. Der Tatort war weiträumig abgesperrt, was die zahlreichen Schaulustigen jedoch nicht daran hinderte, von allen Seiten gegen das rot-weiße Plastikband zu drängen, so dass die uniformierten Kollegen alle Hände voll zu tun hatten. Viele der Umstehenden hatten zuvor bereits am Martinsumzug teilgenommen, und die meisten von ihnen waren nach wie vor in Begleitung ihrer Kinder. Hier und da brannte noch eine Laterne. Die ganze Szenerie erinnerte Edna an eine groteske Totenwache.

»Wo sind eigentlich Linas Kinder?«, erkundigte sie sich.

Max zeigte auf einen der Streifenwagen, die oben an der Straße standen. »Die Kollegen kümmern sich um sie.«

»Hat irgendjemand versucht, Peter zu erreichen?«

»Nein«, entgegnete er bedauernd. »Wir dachten doch, dass Lina mit dir zurückkommen würde und …«

»Schon gut«, winkte Edna ab. »Dann sollen die Kollegen von der Streife es jetzt versuchen.«

Max nickte und schickte sich bereits zum Gehen an, als sein Blick erneut an den Ärmeln von Ednas Pullover hängenblieb. Mit einer flüchtigen Bewegung schlüpfte er aus seiner Jacke und legte sie ihr um die Schultern. Sie wollte protestieren, aber ihr Kollege hatte sich schon abgewandt und stapfte über den gefrorenen Acker auf die Böschung zu.

Villinger stand vor dem imposanten Aschehaufen und gestikulierte in Richtung der Schaulustigen, als gelte es, einen Schwarm Bienen zu vertreiben. »Schafft mir endlich mal jemand diese verdammten Spinner vom Hals«, schimpfte er vor sich hin. »Sie kontaminieren meinen Tatort.«

Ein paar Meter seitwärts kniete Leisekeit vor einer schwarzen Plastikplane und beugte sich über das, was die Flammen von der Toten übrig gelassen hatten. Die Hitzeentwicklung war stark gewesen, aber das Feuer hatte nicht lange genug gelodert, um alles Fleisch von den Knochen zu brennen. Ednas Augen krallten sich an den verkohlten Hautresten fest. Sie war wie betäubt von Kälte und Stress. Zugleich fühlte sie sich hellwach. Leisekeit warf ihr einen flüchtigen Blick zu. Das Licht der starken Scheinwerfer malte tiefe Schatten auf sein erschreckend fahles Gesicht.

Erst jetzt registrierte Edna den beißenden Geruch verbrannten Fleisches, von dem ihr übel wurde. Sie trat einen Schritt zurück. Der lehmige Boden ringsum war hart und uneben. Löschwasser stand als schwarze Brühe in den Löchern. Edna hüllte sich tiefer in Max' Jacke. »Wir haben sie verloren«, stellte sie resigniert fest.

»Ihr hattet nie eine reelle Chance, sie rechtzeitig zu finden«, sagte Maren Tidorf hinter ihr.

»Ich weiß nicht«, entgegnete Edna. Der Geruch von Feuer und verbranntem Fleisch brannte in ihrer Nase und trieb ihr die Tränen in die Augen. »Was habt ihr bisher?«

»Er hat eine Art Scheiterhaufen errichtet.« Maren wischte sich mit dem Ärmel ihres Schutzanzuges über die rußgeschwärzte Nase. »Stroh hauptsächlich. Da drüben bei den Bäumen liegen jede Menge Ballen herum, die noch nicht eingefahren wurden.« Ihre Hand wies auf eine Stelle im Feld vor den Schrebergärten, doch aufgrund der grellen Scheinwerfer sah Edna nichts als Dunkelheit. »Er hat Brandbeschleuniger benutzt. Und zwar reichlich.« Sie sah die Kommissarin an. »Hast du dir die Schuhe schon angesehen?«

»Was für Schuhe?«

Anstelle einer Antwort packte Maren Edna beim Ärmel und führte sie zum Feuer zurück. »Diese Schuhe da. Max hat darauf bestanden, dass wir sie genau so stehen lassen, bis du sie gesehen hast.«

Edna starrte auf die beiden Damenschuhe, die ordentlich und befremdlich unversehrt vor den Ascheresten standen.

»Was hältst du davon?«, fragte Max, der inzwischen zurückgekehrt war.

»Schon wieder so ein merkwürdiges Arrangement«, flüsterte Maren.

Edna runzelte die Stirn. Vor ihrem inneren Auge erschien ein Bild. Ein Haufen Asche und Schuhe und … Sie hob den Kopf. »Wo sind die weinenden Katzen?«

Maren sah sie an, als habe sie den Verstand verloren. »Was denn für Katzen?«

Doch über Max' Züge legte sich ein zufriedenes Lächeln. »Tja«, sagte er. »Da hätten wir also endlich das Drehbuch, nach dem wir gesucht haben.«

»Verdammt, ich hatte doch gleich das Gefühl, dass ich das alles kenne«, rief Edna. »Die verfilzten Haare. Die langen Fingernägel. Und dann die Sache mit dem abgeschnittenen Daumen.«

Max nickte. »Merkwürdig, wie lange es manchmal dauert, bis man einordnen kann, woran man sich zu erinnern glaubt, nicht wahr?« Er schüttelte sich. »Dabei fand ich diesen Schneider, der da auf einmal aus der Tür gestürzt kommt, als Kind immer besonders gruslig.«

»Würde mich vielleicht auch mal jemand aufklären?«, beschwerte sich Maren. »Was denn für Katzen?«

»Miau! Mio! Miau! Mio!«, deklamierte Edna, statt zu antworten. »Lass steh'n, sonst brennst du lichterloh!«

»Was ist los?«

»Deine Eltern haben wohl nicht viel Wert auf die klassische gute Erziehung gelegt, was?«, bemerkte Max mit einem hintergründigen Lächeln.

»Das ist eine Geschichte aus dem Struwwelpeter«, erklärte Villinger, der sich unbemerkt zu ihnen gesellt hatte. »Paulinchen mit den Streichhölzern.«

»Wahrscheinlich sind es alles Struwwelpetergeschichten«, sagte Edna. »Da gibt es doch zum Beispiel diesen Jungen, der Daumen lutscht und …« Sie stutzte. Daumenlutschen. Nägelkauen … Natürlich! Deshalb ist Annette Berner ihrem Mörder aufgefallen, dachte sie. Er hat sie ausgewählt, weil sie Fingernägel gekaut hat. Wenn man so etwas von weitem beobachtet, muss es fast wie Daumenlutschen aussehen. Sie fuhr sich mit beiden Händen durch die zerzausten Haare. Und die anderen? Birgit Christensen? Sie überlegte fieberhaft, aber ihre Erinnerung bot ihr nur vage, verschwommene Bildfetzen an. »Okay«, wandte sie sich an ihren Partner. »Du besorgst uns so ein Buch.« Sie blickte zur Straße. »Haben die Kollegen meinen Exmann erreicht?«

Max hatte sich in der Zwischenzeit ein Funkgerät besorgt und gab Ednas Frage an die Streifenbeamten weiter. Er lauschte einen Augenblick, dann sah er seine Kollegin an und schüttelte bedauernd den Kopf. »Leider nein.«

»Und wo sind die Kinder jetzt?«

»Noch immer auf dem Rücksitz, fürchte ich.«

Edna überlegte einen Augenblick. »Soweit ich weiß, wohnt Linas Mutter auch hier in der Stadt«, sagte sie und warf den Kopf zurück. »Wir treffen uns in einer halben Stunde im Büro.«

*

Während sie auf ihn wartete, rätselte sie, wer die fremde Frau gewesen sein mochte, mit der er sie hatte sprechen lassen. Sie war sich sicher, dass sie die Stimme nicht kannte, aber sie bedeutete, dass es da draußen jemanden gab, mit dem er in Kontakt stand. Jemanden, der mit ihrem Namen etwas anzufangen wusste. Sie wurde tatsächlich vermisst! Endlich.

Er war euphorisch.

Sie hörte es bereits am Klang seiner Schritte, die die Treppe heruntergetänzelt kamen. Ja, dachte sie, das Schwein ist heute verdammt gut drauf.

Sie rollte sich auf die Seite, in jene Position, aus der heraus sie ihren Angriff geprobt hatte. Dann machte sie die Augen zu und wartete.

Er schloss die Tür auf und kam zu ihr herüber. Dann wartete er. Beobachtete sie. Ganz wie immer.

Sie tat, als würde sie eben erst erwachen. Murmelte leise vor sich hin. »Hallo? Wer ist da?«

Er schien ihr die Desorientiertheit abzunehmen, denn er begann ohne Zögern mit dem üblichen Ritual. Tasche auf. Rascheln. Plastikflasche … Zeit für Teil zwei des Planes!

»Ich glaube …«

Was?

»Ich glaube, ich habe mich verletzt.«

Wobei? Stopp. Innehalten. Argwohn.

»Weiß nicht. Es tut weh.«

Na und?

Es interessiert ihn nicht!, fuhr es ihr durch den Kopf. Was jetzt? Wie brachte sie ihn dazu, sich ihr zu nähern? Wie lockte sie ihn aus dem Schatten hinter dem Licht? Wie, verdammt noch mal? Ihre Finger krallten sich um den Stein.

Was hast du da in der Hand?

»Nichts.«

Was verbirgst du da vor mir?

Das hier, du Wichser! Sie schlug mit voller Kraft, ohne zu sehen, wohin. Der Angriff erwischte ihn kalt. Sie hörte ein eigenartig sattes Geräusch, als der Stein gegen seinen Kopf traf. Dann schrie er. Sie schlug noch einmal zu. Dem Schrei hinterher. Und noch einmal. Fühlte, wie er nach vorn sackte. Ihr entgegen. Entsetzt über die Aussicht, unter ihm begraben zu werden, rollte sie sich zur Seite. Sein Ellenbogen streifte ihre Schulter, als er neben ihr zu Boden krachte. Dann war es still.

Sie hörte ihren eigenen, pfeifenden Atem. Von ihm kam kein Laut. Kein Stöhnen. Kein Wimmern. Kein Atemzug. Sie fühlte, wie sie zu zittern begann. Ein gewaltiges, elementares Zittern, das einige Augenblicke lang jede ihrer Bewegungen lähmte. Dabei hatte sie keine Zeit zu verlieren. Sie musste hier raus. Fort aus diesem Vorhof zur Hölle.

Auf Händen und Knien kroch sie auf das Licht zu, das hinter ihm zu Boden gefallen war. Die Lampe strahlte die gegenüberliegende Wand an, die sie noch nie gesehen hatte. Auch dort war kein Fenster. Kein Ausgang. Es gab nur die Tür, durch die er immer kam. Sie bekam den Griff der Taschenlampe zu fassen und zog sie zu sich heran. Ihre Augen tränten, als sie den Lichtstrahl über seinen schlaffen Körper gleiten ließ. Sie hatte ihn am Hinterkopf getroffen. An einer Stelle waren die Haare verklebt, und auch aus seiner Nase quoll Blut. Troff in langsamen, zähen Tropfen auf ihre Decke und versickerte dort.

Er lag auf dem Bauch, das Gesicht zur Seite gewandt. Unter Aufbietung aller Kräfte gelang es ihr, ihn so weit zu drehen, dass sie seine Jackentaschen erreichen konnte. Erst jetzt kam ihr der Gedanke, dass er den Schlüssel zu ihrer Handschelle vielleicht gar nicht dabeihatte. Dass er irgendwo bei ihm zu Hause lag. Dass er … Sie schob ihre Finger in eine der Innentaschen. Nichts. In wachsender Panik wühlte sie weiter, doch auch die Seitentaschen waren leer. Was, wenn ich den Schlüssel tatsächlich nicht finde?, fuhr es ihr durch den Sinn. Was, wenn ich mich nicht befreien kann? Und wenn er irgendwann wieder aufwacht? Dann muss ich ihn tatsächlich umbringen, dachte sie und fühlte eine eisige Kälte. Ich muss ihn totschlagen, bevor er wieder zu Kräften kommt, und neben seiner vergammelnden Leiche sitzen, bis ich verhungert bin. Warum, verdammt, hatte sie nicht an eine solche Möglichkeit gedacht? Wie konnte sie so dumm sein, sich blind darauf zu verlassen, dass er den Schlüssel zu ihrer Fessel bei sich tragen würde? Weil sie sich nicht vorstellen konnte, dass er ihn irgendwo zurückließ, wo seine Frau oder seine Mutter oder irgendjemand anderes ihn finden konnte?

Sie richtete den Strahl der Lampe direkt auf sein Gesicht. Der Blutfluss aus der Nase wurde allmählich dünner. Vielleicht starb er schon. Vielleicht hatte sie längst genug getan.

Ihre wunden Finger stießen gegen einen Widerstand. Das war seine Hosentasche. Sie zerrte und förderte ein Portemonnaie ans Licht. Eine elegante schwarze Herrengeldbörse aus handschuhweichem Leder. Mit der linken Hand warf sie ihr Fundstück hinter sich auf die Decke, während die rechte wieder in seine Hosentasche fuhr. In die andere diesmal. Und tatsächlich! Da waren Schlüssel. Autoschlüssel. Aber … Ja, da war auch noch etwas anderes, das sich wie Metall anfühlte. Ein Schlüsselbund mit vier verschiedenen Sicherheitsschlüsseln. Und dazwischen … Sie hätte fast geschrien vor Freude. Dazwischen baumelte ein kleiner Schlüssel, der aussah, als könne er zum Schloss ihrer Handschelle passen. Mit zitternden Fingern probierte sie ihn aus und biss sich vor Erleichterung auf die geschundenen Lippen, als der Bügel über ihrem Handgelenk aufsprang. Sie war frei!

Sie ließ die Schlüssel fallen, raffte in aller Eile Autoschlüssel, Taschenlampe und auch seine Geldbörse an sich und stand auf. Sie hatte für den Ernstfall trainiert. Trotzdem fühlte sie urplötzlich eine große Schwäche in sich. Sie dachte an den schwarzen Panther, den sie vor Jahren einmal im Frankfurter Zoo gesehen hatte. An den leeren Blick, mir dem er durch sie hindurchgesehen hatte. Dieses Tier würde nicht fortlaufen, wenn man die Tür zu seinem Käfig offen ließe, hatte sie damals gedacht. Es würde liegen bleiben und auf den Tod warten, weil diese paar Quadratmeter alles sind, was es kennt.

DIE TÜR STEHT OFFEN, hämmerte es hinter ihrer Stirn. ICH GEHE.

»Hilf mir, Natalija!«, flüsterte sie beschwörend vor sich hin. »Lass es gutgehen, dieses Mal. Lass mich mehr Glück haben. Bitte!«

Ihre Augen hatten nach der langen Zeit der Dunkelheit Mühe, sich an das Neonlicht zu gewöhnen, wenngleich es eigentlich nicht besonders grell war. Es sickerte aus einer kleinen, von rostigen Stahlklammern gehaltenen Lampe an der Wand neben der Treppe. Die Stufen, über die ihre nackten Füße stolperten, waren alt und ausgetreten, die Wände ringsum genauso roh wie in dem Raum, in dem er sie gefangen gehalten hatte. Unter der niedrigen Decke hingen dicke, staubbedeckte Spinnweben, die aussahen, als seien sie von ihren Erbauern bereits vor vielen Jahren verlassen worden. Nicht einmal die Spinnen halten es hier aus, dachte sie, während sie sich Stufe um Stufe nach oben tastete. Es war schon erstaunlich, wie schnell man seine Kraft einbüßte. Wie lange mochte sie angekettet gewesen sein? Zwei Wochen? Vier? Oder noch länger? Sie hatte das Gefühl, dass ihre Beine aus Gelee bestanden. Ihre Kniegelenke schmerzten bei jedem Schritt. Sie waren wund und ausgelaugt von der Kälte ihres Verlieses.

Mit einer Hand stützte sie sich an der Wand ab, die andere hielt sie vor sich wie eine Blinde. Sie war sich nicht sicher, ob sie Hindernisse rechtzeitig erkennen würde, ihren Augen traute sie nur bedingt.

Ein paar Stufen über ihr wurde eine Tür sichtbar. Sie bestand aus unlackiertem Holz und schien nicht allzu stabil zu sein, ganz im Gegensatz zu der dicken Stahltür, die ihr Verlies verschlossen hatte. Einen Augenblick lang zögerte sie. Sie fürchtete sich vor dem, was dahinterlag. Womöglich etwas, das auf sie lauerte. Ein Karpfen vielleicht. Oder eine mumifizierte Mutter. Unwillkürlich dachte sie wieder an Natalija. Irgendwie wurde sie das Gefühl nicht los, dass auch sie diese Treppe hinaufgestolpert war. Vor ihrem Tod. Und fast glaubte sie, den Nachhall ihrer Angst spüren zu können.

Zitternd legte sie die Hand auf die Klinke.

Die Tür öffnete sich nach außen und quietschte, als sie sanft dagegenstieß. Wenn sie Tageslicht erwartet hatte, wurde sie enttäuscht. Der Raum hinter der Tür war genauso spärlich beleuchtet wie die Kellertreppe. Lediglich eine nackte Glühbirne über ihrem Kopf warf einen matten Schein in eine finstere Diele, die rechts neben der Kellertür endete und von der in der anderen Richtung zahlreiche Türen abgingen. Sie blieb stehen und wartete, bis ihre Augen ihr widerwillig ein klareres Bild anboten. Ein staubiger dunkelroter Läufer führte über die gesamte Länge des Flurs auf eine beschlagene Eingangstür zu.

Wie in Trance stolperte sie darauf zu.

*

»Die Reihenfolge stimmt nicht«, bemerkte Edna stirnrunzelnd. Sie standen über eine Ausgabe des *Struwwelpeters* gebeugt, für die Max einen befreundeten Buchhändler aus dem Bett geklingelt hatte. Rogler stand bei ihnen. »Die erste Geschichte ist der Struwwelpeter selbst, also Natalija Zaslavska. Oder vielmehr: Es hätte Natalija Zaslavska sein sollen, aber die hat sich mit dem Abbeißen ihrer Haare selbst aus dem Rennen genommen.« Sie dachte einen Augenblick nach. »Irgendwie muss sie geahnt haben, was er vorhat, und ich kann mir gut vorstellen, wie wütend ihn das gemacht hat.«

Max nickte. »Aber wenn Lydia Burgstaller sein Struwwelpeter-Ersatz gewesen ist ...« Er zögerte und sah seine Kollegen an. »Warum präsentiert er sie uns dann als Paulinchen mit dem Feuerzeug?«

»Gute Frage«, sagte Edna und schüttelte den Kopf. »Das ergibt keinen Sinn.«

»Vielleicht irren wir uns ja auch, was die kleine Burgstaller angeht«, gab Max zu bedenken.

Edna stutzte. »Oder aber die Tote im Feuer ist gar nicht Lydia.«

»Wer sollte es denn sonst sein?«

»Keine Ahnung«, gab Edna zu. »Aber wir wissen, dass er die Möglichkeit hat, Frauen über einen längeren Zeitraum gefangen zu halten«, spann sie den Faden weiter. »Vielleicht gibt es noch ein Opfer. Eine Frau, von der wir bislang keine Ahnung hatten.«

»Gehen Sie die Vermisstenmeldungen der letzten Monate noch mal durch«, wies Rogler Thomas Schweichert an, unter dessen rehbraunen Augen sich durch die Aufregung der letzten Tage tiefe Schatten gebildet hatten. »Gleich morgen früh.«

Schweichert blickte zu Max' Uhr, die wenige Minuten nach Mitternacht zeigte, und stand auf. »Ich könnte ...«

»Morgen«, unterbrach ihn Rogler entschieden. »Ist von unserem Opfer genug übrig für einen Genabgleich?«

Edna dachte an das verkohlte Fleisch über den Knochen und nickte. »Ich denke schon.«

»Gut.« Er lehnte sich gegen die Schreibtischkante. Sein Gesicht war schweißnass und sah aus wie von einem Grauschleier überzogen. »Was ist mit den anderen uns bekannten Opfern?«

»Birgit Christensen hat er ausgewählt, weil sie eine schlechte Mutter war«, entgegnete Max. »Sie hat ihre Kinder misshandelt und vernachlässigt. Für zwei von ihnen wurde ihr das Sorgerecht entzogen.«

»Was sie für die Rolle des bitterbösen Friedrichs prädestinierte«, ergänzte Cox, indem er andächtig auf das Bilderbuch auf Ednas Schreibtisch starrte.

»Unser Mann ist total detailversessen«, nickte Max. »Er wählt seine Opfer nicht nur nach einem bestimmten Beuteschema aus, sondern achtet auch darauf, dass sie zu den einzelnen Geschichten passen. Die fingernagelkauende Annette Berner wird zum Daumenlutscher. Birgit Christensen, die Rabenmutter, präsentiert er uns als bitterbösen Friedrich. Und Natalija Zaslavska mit ihren üppigen und noch dazu von der langen Gefangenschaft verfilzten Haaren muss als Struwwelpeter herhalten.« Er beugte sich vor. »Unser Mann sucht die jeweils passende Frau aus. Dann arrangiert er die Fundorte so, dass sie möglichst genau den Bildern der Geschichte entsprechen.« Sein Finger wies auf eine der bunten Zeichnungen. »Der böse Friedrich zum Beispiel liegt in der letzten Szene krank im Bett, nachdem er von einem Hund, den er zuvor misshandelt hatte, ins Bein gebissen wurde. Und voilá: Birgit Christensens Leiche war mit einem weißen Laken zugedeckt, als läge sie zu Hause im Bett, und wies darüber hinaus eine Art Bisswunde an der linken Wade auf.« Er schüttelte sprachlos den Kopf. »Sogar die Seite stimmt.«

»Nevers hat das sofort erkannt«, echauffierte sich Edna. »Nur wir waren so blöd, das Offensichtliche nicht zu sehen. Dabei habe ich diesen Mist als Kind auch vorgesetzt bekommen und …«

»Aber der Mörder hat was ausgelassen«, fiel ihr Cox ins Wort, der unterdessen weitergeblättert hatte. »Auf Struwwelpeter und den bösen Friedrich folgt Paulinchen mit den Streichhölzern, so weit, so gut. Aber zu den beiden Geschichten, die dann kommen, haben wir bislang keine passenden Morde. Er hielt das Buch in die Höhe. »Die Jungen, die im Tintenfass landen, und der wilde Jäger. Erst danach kommt der Daumenlutscher, sprich Annette Berner. Das bedeutet wohl, dass er die Tintenjungen und den Jäger ausgelassen hat, oder?«

»Aber warum?«, fragte Edna.

»Am Geschlecht kann es nicht liegen«, brummte Rogler. »Immerhin sind der böse Friedrich und der Daumenlutscher ja auch keine Frauen.«

»Vielleicht waren ihm diese Geschichten nicht brutal genug«, schlug Max vor. »Was ich meine, ist, dass man genaugenommen das ganze Buch noch einmal unterteilen könnte: in eher harmlose und lustige Geschichten auf der einen und ziemlich martialische Episoden auf der anderen Seite.« Er blickte seine Kollegen an. »Und wie's aussieht, scheint sich unser Mann auf die heftigen Geschichten zu beschränken.«

»Wen wundert's«, bemerkte Cox mit finsterer Miene.

»Das Buch besteht aus zehn Geschichten«, setzte Max seine Analyse fort. »Den fliegenden Robert, den Zappel-Philipp und Hanns Guck-in-die-Luft würde ich persönlich als eher harmlos einstufen. Ebenso wie die beiden bereits genannten Episoden mit dem Jäger und den drei Jungen, die geschwärzt werden, weil sie einen Mohren geärgert haben.«

»Oder wir finden demnächst eine tote Frau in einem Teerfass«, murmelte Cox vor sich hin.

Rogler warf ihm einen vernichtenden Blick zu. »Gott bewahre!«

»Warum nicht?«, verteidigte sich Cox achselzuckend. »Immerhin ist der Struwwelpeter auch keine sonderlich brutale Geschichte, und der Mörder hat sie trotzdem verwendet.«

»Da hat er recht«, nickte Edna. »Nehmen wir mal an, es gäbe – passend zu den beiden fehlenden Episoden – tatsächlich noch zwei weitere Leichen, die wir bislang nicht gefunden haben.« Sie sah Max an. »Welche Geschichte wäre denn dann als Nächstes an der Reihe?«

»Der Suppen-Kaspar«, antwortete dieser wie aus der Pistole geschossen. »Und das wäre zugleich auch die letzte der martialischen Geschichten.«

Die Geschichte vom Suppen-Kaspar ... Edna schloss die Augen. *Ich esse meine Suppe nicht. Nein, meine Suppe ess ich nicht* ... Ein diffuser Erinnerungsfetzen zuckte durch ihren Kopf. Eine Frau. Eine magersüchtige Frau. Eine magersüchtige Frau, die behauptete, dass sie sich beobachtet fühle. Dass es ihr vorkomme, als sei jemand in ihrer Wohnung gewesen. *Wie ein Fädchen so dünn*, echote es hinter ihrer Stirn.

»Scheiße«, sagte sie voller Inbrunst.

»Was denn?«

»Ich kenne vielleicht das nächste Opfer.«

»Was?!«, stießen Max und Rogler unisono hervor.

»Da war neulich eine Frau hier«, erklärte Edna geknickt. »Sie hat mich angesprochen und gesagt, dass sie sich verfolgt fühlt. Aber ich fürchte, ich habe sie nicht weiter ernst genommen.«

»Natürlich nicht«, entgegnete Rogler mit unerwartetem Verständnis. »Wie sollten Sie auch? Bei der ganzen Hysterie, die dieser Fall mit sich gebracht hat.«

»Kannst du dich an ihren Namen erinnern?«, fragte Max.

Edna schüttelte den Kopf. »Ich habe ihr gesagt, dass sie Anzeige erstatten soll.«

»Dann sollten wir so schnell wie möglich klären, ob die Frau auf Sie gehört hat«, sagte Rogler. »Vielleicht haben wir ja Glück.«

»Ich übernehme das«, erbot sich Schweichert und verließ das Büro. Als er nach einer Weile zurückkehrte, fand er seine Kollegen in nahezu derselben Pose über das Buch gebeugt wie zu dem Zeitpunkt, an dem er sie verlassen hatte.

Ednas Blick heftete sich hoffnungsvoll auf sein Gesicht. »Und?«

Er schüttelte den Kopf. »Sie hat keine Anzeige erstattet.«

»Verdammt«, stöhnte Edna und vergrub den Kopf in den Händen. »Warum bin ich auch immer so ein Idiot?!« Sie ließ die Stirn auf die kühle Tischplatte sinken und versuchte, sich das ausgemergelte Gesicht der Frau ins Gedächtnis zu rufen, die sie vor ein paar Tagen angesprochen hatte. Hatte sie ihren Namen genannt? Eine Adresse? Sie dachte angestrengt nach. Wie war das Gespräch verlaufen? Sie hatte der Frau ein paar Erklärungen vorgeschlagen. Ein Exfreund, der sie beobachtet. Ein verliebter Kollege ... Sie runzelte die Stirn. Sie sah die Lippen der Fremden vor sich, dünn wie zwei Striche. Das leise Zittern ihres Unterlids. Und ein entschiedenes Kopfschütteln. *Bei uns im Salon arbeiten nur Frauen.* »Sie arbeitet in einem Salon«, rief sie aufgeregt. »Daran erinnere ich mich auf einmal. Und auch, dass sie von einer Chefin gesprochen hat.«

»Na, das ist doch schon was«, brummte Rogler zufrieden. »Vielleicht ein Nagelstudio. Oder Friseuse.«

»Kosmetikerin käme auch noch in Frage«, ergänzte Max. Dann zögerte er einen Augenblick, bevor er hinzufügte: »Und rein theoretisch könnte es sich natürlich auch um einen Massagesalon handeln. Immerhin hat unser Täter sich schon einmal eine Dame vom Gewerbe geholt.«

»O nein, danach sah die Frau, mit der ich gesprochen habe, nun wirklich nicht aus«, lächelte Edna. »Sie wirkte eher wie eine Tänzerin.«

»Wir kümmern uns gleich morgen früh darum«, versprach Cox, indem er ihr flüchtig die Hand auf den Unterarm legte. »Wäre doch gelacht, wenn wir sie nicht finden!«

*

Die Haustür war verschlossen. Sie rüttelte daran, doch das dunkle Holz war viel zu massiv, als dass sie es auch nur einen Zentimeter hätte bewegen können.

Und jetzt? Was jetzt?

Sie fuhr herum und überlegte, wie sie nun weitermachen sollte. Der Schlüsselbund, den sie bei ihm gefunden hatte, lag eine Etage unter ihr. Im Verlies. In der Hölle, in die sie auf keinen Fall zurückkehren wollte. Hastig sah sie sich nach den anderen Türen um. Vielleicht konnte sie aus einem Fenster steigen. Das hier musste ein Erdgeschoss sein, so viel stand fest. Sie stürzte zu einer der Türen und riss sie auf. Dahinter gähnte gespenstische Düsternis. War denn nicht Tag, irgendwo? Gab es denn keine Welt mehr da draußen, aus der heraus etwas Licht auf sie fallen konnte? Selbst bei Nacht dürfte es nicht so finster sein, dachte sie. Es gab doch schließlich Straßenlaternen, Autoscheinwerfer, Sterne. Wo zur Hölle war sie gelandet? Wo lag dieses unheimliche Haus, in das er sie verschleppt hatte?

Ihre Finger tasteten sich über eine wellige Raufasertapete an der Wand entlang und fanden einen altmodischen Kippschalter. Gleich darauf flammte eine Lampe über ihrem Kopf auf und erhellte den Raum vor ihr. Es schien ein Wohnzimmer zu sein. Schwere, schwarze Einbauschränke vereinnahmten die beiden Wände rechts und gegenüber der Tür. Sie waren leer, die Türen weit geöffnet. Hier und da entdeckte sie ein Buch oder einen Ziergegenstand in den geplünderten Fächern. Eine Porzellanfigur ohne Kopf. Einen gläsernen Blumenkorb mit Deckel, vielleicht eine Art Bonbonniere. Zinnbecher mit Relief. In einer Ecke des Zimmers lagen Kleidungsstücke auf dem Boden. Damenkleider, wie sie bei näherem Hinsehen feststellte. Altmodische Mieder, Röcke, Kostüme. Sogar zwei Hüte aus braunem Filz waren dabei. Und Schuhe. Jede Menge Schuhe.

Ihr Blick suchte die beiden verbliebenen Wände nach einem Fenster ab. Das hier war ein Wohnzimmer, und Wohnzimmer hatten Fenster. Unbedingt. Und tatsächlich, da war der Vorhang. Gott sei Dank! Sie stürzte quer durch den Raum darauf zu und riss den schweren dunklen Samtstoff so heftig zur Seite, dass die Halter aus der Schiene sprangen und ein Teil des Vorhangs neben ihr zu Boden rasselte. Die Fensterscheibe, die er verborgen hatte, war gesprungen. Ein daumendicker Riss lief quer über das staubige Glas, dahinter entdeckte sie Ziegelsteine. Eingemauert!, fuhr es ihr durch den Kopf. Er hat mich bei lebendigem Leib hier einbetoniert! In einem verlassenen Haus.

Sie unterdrückte mit Mühe ein Schluchzen. Die Scheibe ist kaputt, versuchte sie sich selbst zu beruhigen. Wahrscheinlich wollte er nur verhindern, dass irgendwelches Gesindel hier einsteigt. Los doch, versuch es in einem der anderen Zimmer!

Sie drehte sich um und lauschte unbehaglich nach einem Geräusch in der Diele. Auf der Treppe. Hinter ihr. Neben ihr. Aber alles, was sie hörte, war der wilde Schlag ihres Herzens. Sie spähte um die Ecke und huschte dann so leise wie möglich weiter zur nächsten Tür. Ein Schlafzimmer mit einem breiten, schwerfälligen Doppelbett als makabrem Zentrum. Unwillkürlich suchte ihr Blick die zerschlissene Tagesdecke nach einer Kuhle ab, einer Vertiefung, die ein schwerer alter Körper hinterlassen hatte, aber der Stoff unter den aufgerüschten Paradekissen war glatt. Natürlich, schalt sie sich. Das hier ist

Deutschland. Eine beschauliche Gegend. Kein amerikanischer Gruselschocker. Und doch … Diese Zimmer wirkten wie eine Kulisse. Schaudernd betrachtete sie den gestickten Spitzweg über dem Bett. Biedermeierromantik. Sie kannte das Motiv. Es hieß *Der Schreiber* und zeigte einen distinguierten Herren, der am Fenster eines stickigen Zimmers stand und mit übertriebener Akribie seine Feder spitzte. Ein stickiges Zimmer, dachte sie. Muffig. Alt. So wie dieses Haus. Ein stickiges Zimmer und ein Pedant. Ihre Augen wanderten zum Bett zurück. Wo war die Mutter des Pedanten? Tot? Ihr Herz schlug immer schneller. Was ging hier vor?

Es gab ein Fenster, das in Größe und Beschaffenheit das Gegenstück zu dem Fenster nebenan zu sein schien. Es war heil, doch auch hier versperrte eine Mauer den Fluchtweg. Sie hatte die Sache vollkommen falsch angefangen! Sie hätte ihn anketten sollen. Die Schlüssel mitnehmen. Das Handy, mit dem er sie hatte telefonieren lassen. Warum war sie so verdammt blöd gewesen?! Sie rannte in die Diele zurück und erwog die Alternativen. Neben der Tür zum Keller führte eine Treppe in den ersten Stock hinauf. Wenn sie Glück hatte, waren die Fenster dort offen. Dann konnte sie springen. Einen Sprung aus dem ersten Stock sollte man doch einigermaßen unbeschadet überstehen können. Aber sie musste daran denken, dass sie hinterher noch laufen musste. Was, wenn dieses Haus in einem Wald lag? Wenn es kilometerweit nichts als Wiesen und Felder gab?

Aber was sonst?

Sollte sie sich die Zeit nehmen, die anderen Räume zu durchsuchen? Vielleicht gab es irgendwo ein Telefon … Der Keller, hämmerte es in ihrem Kopf. Dort liegt der Schlüssel. Du kannst durch die Haustür gehen. Du musst nichts riskieren. Du kannst ihn anketten, bevor du gehst, wenn er nicht längst tot ist. Dann kann er dir nicht folgen. Nie mehr. Du kannst ihn da unten verrotten lassen. Sie wischte sich mit dem

Ärmel ihres Kaftans den Schweiß aus der Stirn und ging langsam auf die Kellertür zu. Unter ihren Füßen knirschten die alten Dielen, dasselbe Geräusch, das sie so oft gehört hatte. Was hatte er hier oben getrieben, bevor er sie versorgt hatte? Warum rannte er in einem verlassenen Haus herum? In halbleeren, düsteren Zimmern? Was ging in diesem kranken Hirn vor? Sie merkte, wie sich eine Gänsehaut über ihre nackten Unterarme breitete, als sie an die Stimme dachte, mit der er sie angeschrien hatte. Die Alte ist tot, dachte sie. Und bestimmt hat er sie umgebracht.

Beeil dich!

»Lothar?«

Mach endlich, dass du hier rauskommst!

An der geöffneten Kellertür hielt sie einen Augenblick inne und lauschte. Aber unten war es nach wie vor vollkommen still. Zitternd schaltete sie die Taschenlampe wieder ein, stieg die Stufen hinab und stieß die Tür zu ihrem Verlies auf. Er lag noch dort, wo sie ihn zurückgelassen hatte. Der Strahl der Taschenlampe erfasste die Silhouette seines Körpers. Dort, neben ihm, mussten die rettenden Schlüssel sein. Sie schluckte und trat zitternd auf die Decke zu, auf der sie so lange gelegen hatte. Kein Schlüsselbund. Wie war das möglich? Er hatte sich nicht bewegt, oder doch? Konnte er sich in seiner Ohnmacht herumgerollt haben? Lag er nicht anders, als sie ihn verlassen hatte? Sie trat noch näher und richtete den Lichtstrahl direkt auf sein Gesicht. Aber sein Gesicht war hinter ihr. Sie merkte es im selben Moment, in dem sie den Blutfleck auf ihrer Decke registrierte. Dann zersprang das Licht um sie herum in tausend Stücke, die auseinanderspritzten wie Funken von einem Holzscheit. Ersticken, denkt sie noch. Ertrinken, untergehen, platzen.

Sie wird herumgerissen. Sie sieht ein Auge, dessen erstarrte Linse ein Stück weit aus der Pupille herausragt. Und schwarzgraue Bartfäden am klaffenden Maul. Am Abgrund.

Er hat sie.
Sie weiß, sie verliert.
Dann ist da nur noch Dunkelheit.

*

Als Edna nach Hause kam, war es halb drei in der Frühe. Im Treppenhaus war es kühl und totenstill. Mechanisch öffnete sie ihren Briefkasten und entnahm ihm ein paar Rechnungen und Werbesendungen. Eine davon war an »Frau Ätna Beck« adressiert. Schöne Grüße nach Italien, dachte sie und riss das Schreiben in Stücke, während sie die beiden Treppen zu ihrer Wohnung hinaufstieg. Auf halber Strecke ging das Licht aus. Edna seufzte und nahm die letzten Stufen notgedrungen im Dunkeln, denn der nächste Lichtschalter befand sich genau neben ihrer Wohnungstür. Als sie um die Ecke bog, erstarrte sie. Da war jemand! Direkt vor ihrer Wohnung hatte sich etwas bewegt. Sie zog ihre Dienstwaffe unter Max' Jacke hervor und entsicherte sie, während sie vorsichtig weiterschlich. Das Oberlicht hoch über ihr verlieh der Dunkelheit des Treppenhauses ein paar spärliche Konturen und ließ sie einen Schatten erkennen. Die Silhouette eines Menschen. Alle Müdigkeit war auf einen Schlag verflogen. Das Herz schlug ihr bis zum Hals. Sie nahm eine neuerliche Bewegung wahr, dann flammte unvermittelt das Licht wieder auf.

»Scheiße noch mal, Edna, nimm die verdammte Knarre runter!« Auf den Steinfliesen neben ihrer Fußmatte kauerte ihr Exmann und hielt sich schützend die Hände vors Gesicht. »Ich bin's nur.«

Edna atmete tief durch und steckte ihre Pistole wieder ein. »Was willst du?«, fragte sie, bevor Peter Gelegenheit hatte, auf die Beine zu kommen. Er sah reichlich derangiert aus. Sein Gesicht war bleich und unrasiert, und im Näherkommen registrierte sie, dass er stark nach Alkohol roch.

»Ich wollte mich bei dir bedanken.«

Sie schenkte ihm ein sarkastisches Lächeln. »Wofür? Dafür, dass ich deinen Job gemacht habe?«

Er erwiderte ihren Blick mit einer Mischung aus Verletztheit und Aggression, sagte aber nichts. Edna betrachtete sein zerknittertes Hemd unter dem Jackett. Ich sehe auch nicht viel besser aus, dachte sie mit einem Anflug von Ärger. Ihre Kleider klebten an ihrem Körper und verströmten einen intensiven Brandgeruch. Den Duft des Todes. »Warum bist du nicht im Krankenhaus?«

»Das war ich.« Jetzt kam er endlich hoch. Mühsam wie ein alter Mann. »Aber sie will mich nicht sehen.«

Alle Achtung!, dachte Edna. Laut sagte sie: »Natürlich nicht. Sie hat das neun Monate lang allein gemanagt. Da kannst du nicht kurz nach dem Zieleinlauf auftauchen und erwarten, dass sie …«

»Können wir reden?«, fiel Peter ihr ins Wort.

»Und was, glaubst du, tun wir hier gerade?«

»Ich meine drinnen.« Er strich sich mit einer Hand flüchtig über das unrasierte Kinn. Mit der anderen klammerte er sich am Türrahmen fest.

Sie schob ihn beiseite und steckte den Schlüssel ins Schloss. »Nein«, sagte sie endgültig. »Das halte ich für keine besonders gute Idee.«

Er nickte. »Dachte ich mir.«

Irgendetwas an dieser Antwort machte sie wütend. »Warum bist du betrunken?«

Ihr Exmann blickte sie verdutzt an. »Solche Fragen stellst nur du.«

»Was ist auszusetzen an dieser Frage?«, versetzte Edna. »Ich meine, da bringt deine Frau euer viertes Baby zur Welt, deine anderen drei Kinder sitzen die halbe Nacht im Fond eines Einsatzwagens und frieren, und du hast nichts Besseres zu tun, als …«

»Ich habe Mist gebaut«, räumte er ein. »Aber …«

»Stimmt«, unterbrach sie ihn gleich wieder. »Aber das ist ja absolut nichts Neues. Und jetzt geh bitte. Ich habe zu arbeiten.«

Er schob reichlich umständlich seine Manschette zurück und sah auf seine Armbanduhr. »Du hast *immer* zu arbeiten«, bemerkte er kopfschüttelnd.

Genau dasselbe hast du mir schon vor sieben Jahren vorgeworfen, dachte Edna grimmig, vielleicht bemühst du deine Phantasie gelegentlich mal um einen neuen Vorwurf! »Es gibt auch noch Menschen mit Pflichtbewusstsein«, sagte sie laut. »Menschen, denen es nicht egal ist, dass …«

»Das hat nichts mit Pflichten zu tun«, unterbrach er sie nun seinerseits. »Du flüchtest.«

Sie starrte ihn an, und für den Bruchteil einer Sekunde hatte sie das Bedürfnis, sich auf ihn zu stürzen und auf ihn einzuprügeln. Was bildete dieser Idiot sich ein, hier aufzukreuzen und den Analytiker zu spielen?! »Ich habe kein Interesse an diesem Gespräch«, sagte sie kalt. »Der Umstand, dass ich deiner zukünftigen Exfrau heute Nacht behilflich war, bedeutet nicht, dass ich irgendein Interesse an euch und euren Problemen habe. Also hau endlich ab und bring dein Leben in Ordnung.«

»Ich …«, setzte er an, doch sie ließ ihn nicht mehr zu Wort kommen.

»Gute Nacht, Peter«, sagte sie und schlug die Wohnungstür hinter sich zu, wobei ihr Blick auf den blinkenden Anrufbeantworter fiel. »Und lass gefälligst endlich meine Mutter in Ruhe!«, rief sie von drinnen. »Die will nämlich auch nichts mehr mit dir zu schaffen haben. Und wenn du auch nur auf den Gedanken kommst, zur Goldenen Hochzeit meiner Eltern zu gehen, erschieße ich dich.«

Sie löschte die beiden Nachrichten, die während ihrer Abwesenheit eingegangen waren, ohne sie anzuhören, ging in die

Küche und nahm die Premium-Schwarzwälderkirschtorte, die sie in einer fernen, besseren Zeit für unerwartete Kaffeebesucher angeschafft hatte, aus dem Gefrierfach. Halb drei Uhr nachts war unter den gegebenen Umständen genau die richtige Zeit für Kuchen!

Die Zeit entlarvt den Bösen.
(EURIPIDES)

9
Siebzehnter Tag

»Sie hatten recht«, begrüßte sie Rogler, als sie am nächsten Morgen ins Präsidium kam. Er sah aus, als habe er keine Sekunde geschlafen, und insgeheim hegte Edna den Verdacht, dass er noch nicht einmal nach Hause gefahren war. »Die Tote im Feuer war nicht Lydia Burgstaller.«

»Sondern?«

Rogler nippte an seiner hellblauen Porzellantasse. »Eine junge Türkin namens Hülyan Gülen, die vor knapp einem Jahr verschwunden ist«, entgegnete er. »Ein paar Monate vor ihrem Abitur.« Er drehte den Bildschirm seines Computers, und Edna blickte in das fröhliche, offene Gesicht einer jungen Frau mit dunkelbraunem Haaransatz unter dem nachlässig gebundenen Kopftuch. »Sie wurde von ihrer Schwester als vermisst gemeldet, aber die Kollegen sind von einer familieninternen Geschichte ausgegangen.« Er rieb sich die stark geröteten Augenwinkel, bis sie fast blutig aussahen. »Ihren Eltern gefiel Hülyans westlicher Lebensstil nicht. Sie bestanden darauf, dass ihre Tochter nach Abschluss ihrer Schulausbildung einen Mann aus Anatolien heiratet, den Hülyan noch nie gesehen hatte.« Sein Blick wanderte zum Fenster. »Tja, und als sie verschwand, dachten natürlich alle, dass sie ausgerissen ist.«

Edna nahm sich einen der Kaffeebecher, die auf einem Tablett neben dem Aktenschrank standen, und griff nach der

Thermoskanne auf Roglers Schreibtisch. »Alle, bis auf ihre Schwester?«

Er nickte. »Aber selbst die ist nicht von einem Verbrechen ausgegangen, sondern hat angedeutet, dass Hülyan möglicherweise von Mitgliedern ihrer Familie in die Türkei verschleppt worden sei.«

Edna schenkte sich ein und stellte fest, dass der Kaffee irgendwie merkwürdig roch. »Aber stattdessen war sie die ganze Zeit über hier.« Sie schüttelte den Kopf und nahm einen Schluck Kaffee, den sie um ein Haar gleich wieder ausgespuckt hätte. War das in ihrem Becher etwa Kamillentee? Sie sah ihren Vorgesetzten an, doch Rogler schien nicht einmal bemerkt zu haben, dass sie sich aus seiner Kanne bedient hatte. »Glauben Sie, der Täter hat auch Hülyan gefangen gehalten?«, fragte sie.

»Leisekeit meint, dass die Leiche vielleicht eine Zeitlang eingefroren war.«

War das ein Trost? Dass er sie sofort getötet hatte? Dass Hülyan Gülen nicht lange auf ihren Tod hatte warten müssen? Edna seufzte. »Eine große Gefriertruhe hat er also auch«, bemerkte sie sarkastisch.

Ihr Vorgesetzter schenkte ihr ein müdes Lächeln, und Edna kehrte mit dem vollen Becher in ihr Büro am Ende des Ganges zurück, wo sie den Kamillentee in den Ausguss schüttete und beschloss, den Becher irgendwann unauffällig an Inge Wust zurückzugeben. Dann sah sie die Telefonnotizen durch, die in ihrem Posteingangskorb lagen. Margarethe Beck. Margarethe Beck. Margarethe Beck. Dreimal war das Kästchen »Bittet um Rückruf« angekreuzt. Edna warf die Zettel in den Papierkorb, griff zum Hörer und wählte die Nummer eines Blumenladens, um zu veranlassen, dass ein bunter Herbststrauß zu Lina in die Klinik geschickt wurde. Während sie telefonierte, sah sie aus dem Fenster. Draußen war es trübe und noch immer eisig kalt. Viel zu kalt für Anfang November.

Nachdem sie aufgelegt hatte, wollte sie eben zu Jörg Nevers'

Akte greifen, als Molly Erler den Kopf zur Tür hereinstreckte. Edna hatte ihr noch in der Nacht eine kurze Nachricht in die Praxis gefaxt, in der sie ihren Verdacht, der *Struwwelpeter* diene als Vorlage für die Auswahl der Opfer, dargelegt und um Rückruf gebeten hatte. »Ich dachte, dass ich vielleicht helfen kann.«

Edna lächelte. »Kommen Sie rein.«

Die Psychologin schloss die Tür hinter sich und setzte sich ihr gegenüber. »Tut mir leid, dass ich gestern Abend einfach so verschwunden bin.«

»Sie hatten Ihr Kind dabei«, sagte Edna achselzuckend. »Da hätte ich auch gemacht, dass ich nach Hause komme.«

»Und die Tote?« Molly Erlers Augen glitten über die Aktenberge auf Ednas Schreibtisch. »Ist es die Studentin?«

»Nein. Eine junge Türkin, die vor einem Jahr verschwunden ist.«

Molly Erler runzelte die Stirn. »Nachdem ich Ihr Fax gelesen hatte, dachte ich eigentlich, dass er nur die Frau, die er für den Struwwelpeter vorgesehen hat, gefangen hält, damit ihre Haare verfilzen und vielleicht sogar noch ein Stück wachsen.«

»Er hat das Mädchen nicht gefangen gehalten«, erklärte Edna. »Unser Pathologe glaubt, dass er Hülyan sofort getötet und dann eingefroren oder sonst wie konserviert hat. Die Tests laufen noch.« Sie reichte der Psychologin eine Kopie der Vermisstenanzeige über den Tisch, an deren Rand sie Roglers Bemerkungen zur familiären Situation von Hülyan Gülen notiert hatte. Einmal mehr hatte der Täter damit eine große Detailtreue bei der Auswahl seiner Opfer bewiesen. Eine junge Türkin, die sich weigerte, sich der Tradition gemäß von ihrer Familie verheiraten zu lassen. Ein Mädchen, das im übertragenen Sinne mit dem Feuer spielte. Paulinchen mit den Zündhölzern. Laut sagte sie: »Ich frage mich nur, warum er so lange gewartet hat, sie uns zu präsentieren.«

»Fest steht, dass dieser Täter nichts ohne Grund tut«, entgegnete Molly Erler. »Nach allem, was wir wissen, war er zunächst extrem vorsichtig. Dass er mit seiner Macht spielt, ist relativ neu.« Sie lehnte sich zurück. »Nehmen Sie Ursula Biermann. Wenn sie tatsächlich Ihrem Täter und nicht Jörg Nevers zum Opfer gefallen ist, können Sie es als gegeben hinnehmen, dass Ihr Mann sein erstes Opfer in der Serie eines anderen versteckt hat.« Sie hatte vollkommen neutral gesprochen. Keine Regung verriet, was ihre persönliche Ansicht war. »Das zweite uns bekannte Opfer ist Birgit Christensen, eine Frau, die er zwar mit großer Wahrscheinlichkeit hier in der Stadt kennengelernt hat, die aber zum Zeitpunkt ihrer Ermordung schon ein paar Monate in Köln wohnte.«

Edna warf ihr einen fragenden Blick zu. »Sie meinen, er hielt es für sicherer, zunächst in einer anderen Stadt zu morden?«

Molly Erler nickte. »Er zieht die Kreise immer enger, wenn Sie so wollen. Zugleich verkürzt er die Abstände. Aber weiter im Text: Das chronologisch nächste Opfer ist die junge Türkin. Ein Opfer, das zwar gewissermaßen vor seiner Haustür lebt, aber trotzdem eine relativ sichere Bank ist, weil er annehmen kann, dass nach dem Mädchen aufgrund von dessen besonderer familiärer Situation nicht allzu gründlich gesucht werden wird.« Edna wollte widersprechen, entschied sich jedoch anders. »Vermutlich war die große Sicherheit, die ihm Hülyan Gülen als Opfer bot, einer der Gründe dafür, dass er sich in diesem Fall mit einer so jungen Frau zufriedengegeben hat.«

»Sie sah älter aus als neunzehn«, bemerkte Edna.

»Stimmt. Aber nicht alt genug.« Molly Erler schürzte die Lippen. »Ich denke, sein Ideal ist älter. Ende dreißig, Anfang vierzig.«

»Sehen die Opfer seiner Mutter ähnlich?«

Sie zögerte. »Möglich. Ich habe Ihnen ja schon gesagt, dass ich es für denkbar halte, dass er mit den Morden Rache nimmt und die Opfer eine Art Stellvertreterfunktion haben.«

»Was ist mit Natalija Zaslavska?«

»Auch ein Opfer, mit dem er nur ein relativ geringes Risiko eingegangen ist«, antwortete die Psychologin. »Der Straßenstrich ist ein gefährliches Pflaster. Da geht schnell mal eine Frau verloren.«

»Aber mit ihrer Gefangenhaltung hat er was riskiert, oder nicht?«

Molly Erler legte nachdenklich die Fingerspitzen gegeneinander. »Nicht, wenn er ein Haus hat und allein lebt.«

»Lebt er denn allein?«, insistierte Edna.

Molly Erler antwortete mit einer Gegenfrage. »Muss er das nicht zwangsläufig?«

»Was ist mit der Mutter? Ist sie tot?«

»Wenn sie sehr dominant gewesen ist, ja.«

»Soll das heißen, dass Sie sich schon wieder nicht sicher sind?« Sie sagte das absichtlich. *Schon wieder.*

»Ich bin mir nie sicher«, entgegnete Molly Erler. »Ganz im Gegensatz zu Ihnen, nicht wahr?«

Geht das schon wieder los?, dachte Edna entnervt. Für solche Plänkeleien fehlte ihnen wirklich die Zeit! »Aber immerhin ist der *Struwwelpeter* doch fast so etwas wie ein Synonym für kinderfeindliche Pädagogik, nicht wahr?« Sie imitierte ganz bewusst Molly Erlers Tonfall. »Muss man da nicht zwangsläufig von einer strengen und dominanten Mutter ausgehen?«

Molly Erler sagte nichts.

»Verdammt noch mal, geben Sie mir endlich etwas, womit ich arbeiten kann«, fuhr Edna auf. »Ich habe hier eine ellenlange Liste von Leuten, die ich überprüfen muss, und da wäre es schon verflucht hilfreich, wenn ich wüsste, wonach ich suchen soll!«

Die Psychologin kam nicht dazu, etwas zu entgegnen, denn Tillmann Cox hatte die Tür aufgerissen und strahlte Edna an. »Wir haben sie.«

Edna sprang auf. »Bist du sicher?«

Er nickte. »Ihr Name ist Corinne Heinrich. Sie ist Friseuse

und arbeitet in einem Frisier- und Kosmetiksalon in der Altstadt.«

»Fantastisch!« Edna schlug triumphierend auf die Schreibtischkante. »Wir fahren sofort hin. Wo ist Max?«

»Redet mit dem Dolmetscher.«

»Wegen der Buchstaben von unserem Pflaster?«

Er nickte.

»Dann sag ihm, dass wir uns vor dem Salon treffen.«

*

»O ja, das ist sie«, nickte Edna, während sie unauffällig durch die Scheibe eines der beiden großen Fenster des Salons spähte, das auf eine winkelige Altstadtgasse hinausging. »Die Brünette am zweiten Frisiertisch.«

»Sie ist wirklich erschreckend dünn.« Max, der fast zeitgleich mit ihr eingetroffen war, reckte den Hals. »Aber warum gehen wir eigentlich nicht rein?«

»Sieh sie dir an«, sagte Edna. »Sie ist das klassische Reh.«

Bestens vertraut mit den Kategorisierungen seiner Kollegin, verzog Max die Lippen zu einem sehr anziehenden Schmunzeln. »Du denkst, sie würde sich verraten?«

»Sieh sie dir an«, wiederholte Edna anstelle einer Antwort. »Wenn wir ihr sagen, dass wir sie ab sofort überwachen, weil wir glauben, dass sich unser Mann früher oder später an sie ranmachen wird, um sie zu töten, weil sie so schön mager ist, fällt sie in Ohnmacht, um anschließend bei jedem Geräusch zusammenzuzucken und sich andauernd umzublicken.«

Max beobachtete Corinne Heinrichs fahrige Bewegungen. »Wahrscheinlich hast du recht«, sagte er dann. »Also findet die Überwachung ohne ihr Wissen statt?«

Edna nickte. »Außerdem habe ich mit Rogler besprochen, dass wir die Sache auch intern nicht an die große Glocke hängen, solange wir nicht sicher sein können, dass der Täter nicht doch aus den eigenen Reihen stammt. Nur wir beide, Hiller, Lüdtke, Cox und Schweichert. Ich möchte keine bösen Überraschungen erleben.«

Max machte ein ernstes Gesicht. Sie wussten beide, dass es schwierig werden würde, Corinne Heinrich rund um die Uhr zu überwachen. Schwierig und extrem anstrengend für alle Beteiligten. Wenn sie Pech hatten, auch fruchtlos.

»Was sagt der Dolmetscher?«, erkundigte sich Edna.

Ihr Kollege zog einen zerknitterten Zettel aus der Tasche. »Steppka-Rastrepka. Razskazy dlja detej.« Er sah sie an. »Der russische Titel des Struwwelpeter.«

»Sie hat ihn tatsächlich durchschaut«, stellte Edna mit einer Mischung aus Anerkennung und Mitleid fest. »Sie hat versucht, ihm einen Strich durch die Rechnung zu machen, und für den Fall, dass er sie trotzdem tötet, hat sie notiert, was sie wusste.« Sie starrte auf den ausgetretenen Asphalt hinunter. »Natalija Zaslavska war ganz offensichtlich eine überaus kluge Frau.«

*

Ein paar Stunden später stand Edna am Fenster ihres Büros und blickte in den beginnenden Nachmittag hinaus. Sie mochte keine Nachmittage. Nachmittage waren wie ein kleiner Herbst, und Herbste konnte sie nun einmal nicht leiden. Der Tag neigte sich, die Schatten wurden länger. Es war ein bisschen wie Sterben, alle vierundzwanzig Stunden aufs Neue. Der Anfang vom Ende.

Sie war nervös. Die Zeiger ihrer Armbanduhr zeigten wenige Minuten nach zwei. In knapp drei Stunden würde Corinne Heinrich Feierabend machen. Sie würde den Salon verlassen und tun, was sie immer tat, wenn sie freihatte. Sie würden bald erfahren, was genau das war, ob die Friseuse Hobbys hatte oder direkt von der Arbeit nach Hause ging. Sie würden erfahren, welche Menschen sie traf, wie lange sie sich wo aufhielt, wann sie zu Bett ging und mit wem. Sie würden in ein fremdes Leben eindringen, um es zu schützen. Aber auch, um es zu benutzen. Ein Köder. Sie schloss die Augen und dachte an Dürrenmatt. Den Roman auf ihrem Nachtschrank, in dem ein angelnder Junge dem resignierten Kommissar den entscheidenden Tipp gab. *Zum Fischen muss man vor allem zweierlei kennen: den richtigen Ort und den Köder. Einen Raubfisch müssen Sie mit etwas Lebendigem fangen.*

Mit etwas Lebendigem, hallte es hinter ihrer Stirn, während sie wieder in den fahlen Nachmittag hinausblickte. Die Wolken hingen so tief, dass man fast den Eindruck hatte, danach greifen zu können. Tat sie das Richtige? Riskierte sie zu viel? Riskierte sie ein Leben? So wie gestern? *Es geht ihm um die Macht über Leben und Tod.* Was, wenn er Wind von unserer Überwachung bekommt?, dachte sie. Wenn er auch nur den leisesten Verdacht schöpft? Ihre Finger wischten ziellos über die staubige Fensterbank. Zugleich fühlte sie sich wie ein Rennpferd kurz vor dem Start. Dabei hatten sie keine Ahnung, wann der Startschuss fallen würde. Wann es losging. Ob es losging. Sie wussten nicht, wie lange es dauern würde, bis der Täter wieder zuschlug. Was die Gewissheit, gejagt zu werden, mit ihm machte. Vielleicht würde er seinen Aktionsradius wieder erweitern, um kein Risiko einzugehen. Vielleicht würde er warten. Wenn sie Pech hatten, würde er seine ursprünglichen Pläne fallen lassen, weil er den Atem der Meute in seinem Nacken spürte. Denn im Grunde war er doch ein Feigling. Einer, der auf Nummer sicher ging. Oder?

Wie lange konnten sie Corinne Heinrich überwachen? Wie lange würden sie durchhalten? Oder waren sie gar im Begriff, eine Falle aufzustellen, die niemals zuschnappen würde? *Zum Fischen muss man vor allem zweierlei kennen: den richtigen Ort und den Köder.* Den Ort, pochte es hinter ihrer Stirn. Den richtigen Ort …

Sie trat vom Fenster weg. Denk an die Opfer, mahnte ihre innere Stimme. Denk an ihn. Denk daran, dass er sie gesehen haben muss. Denk daran, dass sie ihm aufgefallen sein müssen, irgendwo. Er ist jeder Einzelnen von ihnen begegnet. Und sicherlich nicht allen allein durch Zufall.

Sie setzte sich an ihren Schreibtisch, stand jedoch sofort wieder auf und lief zurück zum Fenster. Annette Berner hatte Fingernägel gekaut. Wo? Birgit Christensen war eine Rabenmutter gewesen. Wer hatte das gewusst? Natalija Zaslavska war auf den Strich gegangen. Hatte er sie dort gesehen, weil er herumfuhr, nachts? *Sie sollten sich fragen, warum diese Frauen ihm die Tür öffnen, anstatt ihren Instinkten zu vertrauen.* Annette Berner war ihnen als extrem vorsichtig beschrieben worden. Trotzdem war ausgerechnet sie diejenige gewesen, die ihrem Mörder die Tür geöffnet hatte. Edna lehnte sich gegen die Fensterbank. Vielleicht gibt er vor, Polizist zu sein, überlegte sie. Oder Feuerwehrmann. Vielleicht *ist* er Polizist. Vielleicht … Sie stutzte. Ein diffuser Erinnerungsfetzen zuckte durch ihr Gedächtnis. Annette Berner hatte ihren Wagen grundsätzlich am Schloss geparkt, wenn sie ins Theater gegangen war. Und hinterher hatte sie sich beeilt, damit auf dem Parkplatz noch Betrieb herrschte. Weil sie Angst gehabt hatte. Weil sie unangenehme Erfahrungen gemacht hatte. *Anscheinend hatte sie letzten Winter eine ziemlich unangenehme Begegnung mit einem Exhibitionisten.* Edna nickte leise vor sich hin. Sie erinnerte sich dunkel an den Fall, über den auch die lokale Presse recht ausführlich berichtet hatte. Der Mann hatte eine ganze Reihe von Frauen belästigt, bevor er gefasst worden war, bevorzugt in der Gegend rund um das Schloss. Eine von ihnen war Annette Berner gewesen. Und was tat eine vorsichtige und verantwortungsbewusste Lehrerin, wenn sie belästigt wurde? Sie ging zur Polizei! Edna strich sich die Haare zurück. Und zuständig für derlei Fälle waren die Kollegen von der Sitte. *Ich denke, Sie sollten die Möglichkeit in Betracht ziehen, dass*

Ihr Täter unter den Personen zu suchen ist, die bereits während der damaligen Vergewaltigungsserie über die entsprechenden Informationen verfügten, nickte eine imaginäre Molly Erler in ihrem Kopf. Ursula Biermann wurde von jemandem getötet, der Nevers kannte, dachte Edna. Jemandem, der Bescheid wusste. Ein Beamter von der Sitte, resümierte sie. Ein Beamter von der Sitte und eine Prostituierte. Ein Polizist und eine Rabenmutter, gegen die mehrere Anzeigen wegen Misshandlung und Vernachlässigung vorlagen. Ein Polizist …

Sie stürmte aus dem Zimmer ins Büro ihrer jüngeren Kollegen. »Wie weit seid ihr mit unserer X-Schnitt-Kenner-Liste?«, fragte sie, und nachdem sie die Tür hinter sich geschlossen hatte, fügte sie mit gedämpfter Stimme hinzu: »Habt ihr Decker und Uhrmann schon überprüft?«

Schweichert machte eine vage Handbewegung. »Noch nicht genauer.« Unter der Akte, an der er gerade arbeitete, kramte er mehrere mit Heftklammern zusammengehaltene Blätter hervor. »Wir haben eine Vorabliste zu den wichtigsten Punkten erstellt. Familiärer Hintergrund, Wohnsituation, solche Dinge. Angesichts der Zeitknappheit dachten wir, es wäre gut, auf diese Weise eine Art Vorauswahl zu treffen, um uns dann bestimmte Personen ganz gezielt näher ansehen zu können.«

»Und was habt ihr bisher?«

Er blätterte. »Uhrmann ist verheiratet. Ein Sohn, sechs Jahre alt. Die Familie lebt in einer Fünf-Zimmer-Wohnung in der Vorstadt. Erste Etage. Er macht gelegentlich Kampfsport, spielt Saxophon in einer Jazzband und …«

»Was ist mit den Eltern?«, fragte Edna ungeduldig. »Lebt seine Mutter noch?«

Schweichert blickte in seine Aufzeichnungen. »Der Vater ist 1987 gestorben. Aber die Mutter …« Seine Augen wanderten suchend über das Blatt. »Ja, hier: Sie lebt noch und ist in einem Pflegeheim in Bad Ems untergebracht. Uhrmann besucht sie regelmäßig.«

Edna versuchte, über seine Schulter hinweg einen Blick auf seine Liste zu werfen. »Was ist mit Decker?«

»Lebt alleine. Gerüchteweise hat er von Zeit zu Zeit mal eine Freundin. Gesehen wird er allerdings meistens allein, bevorzugt beim Poolbillard im *Guns'n Roses.* Arbeitet viel und gerne.« Er schlug die Seite um. »Ist nie verheiratet gewesen. Allerdings war er mal verlobt. Das war …« Sein Finger fuhr über die Zeilen. »… vor elf Jahren. Die Frau machte einen Rückzieher. Gründe unbekannt. Keine Kinder. Keine Geschwister.«

»Und die Mutter?«

»Starb, als er vierzehn war. Sein Vater kam ein paar Jahre später bei einem Autounfall ums Leben.«

Edna sah ihn an. »Hatten sie ein Haus?«

Er sah in seine Aufzeichnungen und nickte.

»Gehört ihm das noch?«

»Keine Ahnung«, gab er zu. »So weit sind wir noch nicht gekommen. Wohnen tut er jedenfalls nicht dort«, fügte er mit einem erneuten Blick auf die Liste hinzu. Dann lächelte er auf einmal sein leises Lächeln. »Aber du brauchst nicht so zu flüstern. Decker hat sich heute krankgemeldet, und Uhrmann hat regulär frei.«

»Umso besser«, stellte Edna zufrieden fest. »Dann nimmst du dir jetzt die Dienstpläne der beiden vor und überprüfst sie im Hinblick auf die Tatzeiten. Anschließend siehst du dir die Akte über diese Exhibitionisten-Geschichte von letztem Winter an. Finde raus, ob Decker oder Uhrmann oder beide an den Ermittlungen beteiligt waren.« Er nickte. »Und Schweichert … Diese Sache hat absoluten Vorrang.«

Sie verließ das Zimmer und zog sich einen Schokoriegel aus dem Automaten, der auf dem Gang stand. Sie würde nicht zum Essen kommen, so viel stand fest. Nicht heute. Im Büro traf sie auf Max, der eben aus seiner Jacke schlüpfte. In seinem Haar glitzerten Regentropfen.

Edna sah wieder zum Fenster. »Was macht unser Reh? Läuft alles?«

»Hiller und Lüdtke sind dran. Ich habe ihnen gesagt, dass wir sie gegen Mitternacht ablösen.«

Edna sah auf die Uhr. »Das ist in neuneinhalb Stunden.« Sie riss die Verpackung ihres Schokoriegels auf und schlang die Hälfte in einem einzigen Bissen herunter. Dann berichtete sie Max von ihren Gedankenspielen, den Exhibitionistenfall und die Kollegen von der Sitte betreffend, und wiederholte die Informationen, die sie soeben von Schweichert erhalten hatte.

Als sie fertig war, beschränkte sich die Reaktion ihres Partners zunächst auf ein nachdenkliches Kopfnicken. »Wann fangen wir an?«

Edna sah, dass er nur der Form halber fragte, denn er machte bereits Anstalten, aufzustehen. »Sofort.«

»Getrennt?«

»Sonst verlieren wir zu viel Zeit«, nickte sie. »Du nimmst Uhrmann. Was Decker angeht, fehlt dir, fürchte ich, die nötige Objektivität.«

Er wollte protestieren, ließ es jedoch, als er Ednas Augenzwinkern sah.

»Wir müssen gründlich sein«, sagte sie, indem sie wieder an Dürrenmatt dachte. An den desillusionierten und trotzdem so beharrlichen Kommissar Matthäi, der scheiterte, obwohl er alles richtig machte. Der auf etwas wartete, das nicht kam. Der eine Falle aufstellte, die nicht zuschnappte. »Unser Mann versteht es mit Sicherheit ausgezeichnet, seine Spuren zu verwischen.«

Als sie an der Pforte vorbeikamen, winkte Voigt Edna zu sich heran. Sie machte Max ein Zeichen, sich nicht aufhalten zu lassen, und trat an die geöffnete Tür, wie sie es immer tat, wenn diese einen Spaltbreit offen stand.

»Hier ist sie«, informierte Voigt seinen Gesprächspartner, dann sagte er: »Schweichert für Sie, Sie möchten noch mal raufkommen.«

»Wozu?«, fauchte Edna. »Ich bin fürchterlich in Eile und …«

Voigt stand auf und streckte Edna kurzerhand den Hörer entgegen, den diese nur äußerst widerwillig entgegennahm. Es war doch schlechterdings unmöglich, dass Schweichert schon mit Ergebnissen aufwarten konnte. Nicht in dieser kurzen Zeit. »Was gibt es denn noch?«

»Deine Mutter hat angerufen und …«

»Ich habe ihre Nachrichten bekommen«, unterbrach ihn Edna gleich wieder, wütend, dass er sie wegen einer solchen Bagatelle aufhielt, obwohl er zu dem kleinen Kreis vertrauter Kollegen gehörte, die um ihre komplizierten Familienverhältnisse wussten. »Und wenn ich mit meiner Mutter hätte sprechen wollen, dann hätte ich …«

»Dein Vater ist im Krankenhaus«, unterbrach Schweichert ihren Redeschwall.

Eigenartigerweise wusste Edna sofort, dass es schlimm war. Sehr schlimm. Zugleich musste sie auf einmal an die Kaminuhr denken, die sie als Kind auseinandergenommen hatte. Und daran, wie geduldig ihr Vater ihr deren Funktionsweise erklärt hatte. Sie betrachtete einen eingetrockneten Kaffeefleck auf dem grauen Linoleum und spürte eine lähmende Angst in sich aufsteigen. *Papa geht es nicht besonders*, hallten die Worte ihrer Mutter in ihrem Kopf wider. *Er leidet mehr, als du glaubst.*

»Was ist es?«, fragte sie tonlos, noch immer vollkommen überrascht von der Wucht, mit der diese Nachricht sie traf.

»Nach allem, was die Ärzte bislang sagen können, ein Schlaganfall.«

»Schwer?«

»Ich …«

Edna nickte. »Schon gut. Welches Krankenhaus?«

*

Ihr Vater war nicht bei Bewusstsein gewesen. Bleich und unrasiert hatte er in einem hellgelb bezogenen Bett gelegen, angeschlossen an einen unübersichtlichen Haufen medizinischer Geräte. Ihre Mutter hatte auf einem unbequemen schwarzen Plastikstuhl neben seinem Bett gesessen, klein und zerbrechlich, mit einem seltsam leblosen Ausdruck in den braunen Augen. Edna hatte ihre versteinerte Hand gehalten, bis ein Arzt sie beide für eine Weile aus dem Zimmer geschickt hatte. Sie waren in die Cafeteria gegangen, hatten Kaffee getrunken und gewartet, und schließlich waren sie auf die Intensivstation zurückgekehrt. Erst als Edna zum zweiten Mal am Bett ihres Vaters gestanden hatte, war ihr klargeworden, dass das Fest, das ihre Mutter so akribisch vorbereitet hatte, nicht stattfinden würde. Dass die toten Vögel am Wegesrand ihre Mutter endlich eingeholt hatten. Und dass nur zwei Etagen über ihnen eine zur Scheidung entschlossene Lina ihre kleine Tochter stillte.

Bevor sie gegangen war, hatte sie mit einem Arzt gesprochen, dessen Prognosen zu diesem frühen Zeitpunkt ausgesprochen zurückhaltend geklungen hatten, aber aus dem, was er gesagt hatte, hatte Edna herauslesen können, dass der Vater, den sie gekannt hatte, nicht mehr existierte. Sie hatte sich nicht die Zeit genommen, darüber nachzudenken, was dies bedeutete, und sie hatte sich auch nicht die Zeit genommen, sich von ihrer Mutter, deren erschreckend magerer Rücken sie durch die halb von einem Rollo verdeckte Glasscheibe hatte sehen können, zu verabschieden. Sie war einfach in ihr Auto gestiegen und zum *Guns'n Roses* gefahren, wo ein Schild an der Tür sie darüber informiert hatte, dass das Lokal heute Ruhetag hatte. Sie hatte überlegt, sofort ins Präsidium zurückzukehren, dann jedoch entschieden, zuerst nach Hause zu fahren, um sich für die nächtliche Überwachungsaktion umzuziehen. Selbst wenn sie vermutlich nur im Auto sitzen würden, schienen ihr ein Rock und eine helle Windjacke nicht besonders geeignet. Stattdessen zog sie einen extradicken Baumwollpullover und

Jeans an, dazu Schuhe, in denen sie notfalls auch rennen konnte, und darüber einen dunklen Anorak, der die Wölbung der Waffe verbarg, die sie ausnahmsweise im Halfter trug. Als sie gerade fertig war, klingelte ihr Handy. Sie beeilte sich, den Anruf entgegenzunehmen, bevor sich die Mailbox einschalten konnte. Die Zeiger ihrer Armbanduhr zeigten wenige Minuten nach sieben.

»Beck.«

»Ich habe gehört, dass Sie nach mir suchen ...« Seine Stimme war verzerrt.

Wozu die Mühe, du Armleuchter?, dachte Edna. Ich würde mich sehr wundern, wenn wir uns nicht längst begegnet sind!

»... und ich denke, es ist an der Zeit, dass wir uns einmal persönlich kennenlernen.«

»Warum kommen Sie nicht bei mir im Büro vorbei, und wir plaudern ein wenig?«, schlug sie vor, während sie so leise wie möglich in die Diele hinüberging, wo ihr Telefon stand. Wusste er, dass sie zu Hause war? Beobachtete er sie? Wahrscheinlich. Sie blickte über ihre Schulter. Zum Wohnzimmerfenster. Er war ein Pedant. Einer, der an alles dachte.

»Machen Sie sich nicht die Mühe, einen Kollegen anzurufen«, schepperte es aus dem Hörer. »Ich bleibe ohnehin nicht lange genug dran.«

Abwarten!, dachte sie grimmig und griff nach dem Hörer. »Und verraten Sie mir auch, welche Faktoren Ihre Entscheidung, sich mit mir treffen zu wollen, beeinflusst haben?«, fragte sie übertrieben freundlich. »Neulich Abend hatte ich eher den Eindruck, dass Sie vor mir davonlaufen.«

»Passen Sie gut auf, denn ich sage es Ihnen nur ein einziges Mal.« Seine Stimme klang gereizt. In die Enge getrieben. »Sie setzen sich jetzt in Ihr Auto und kommen zu mir. Lassen Sie Ihr Handy eingeschaltet. Ich verrate Ihnen, wo es hingeht, wenn Sie unterwegs sind.«

»Ich ...«, setzte sie an, doch er unterbrach sie sofort.

»Sie werden sofort losfahren. Sie werden niemanden anrufen, Sie werden mit niemandem sprechen und Sie werden allein kommen. Allein und unbewaffnet. Wenn ich auch nur den leisesten Verdacht habe, dass Sie versuchen, mich zu linken, wenn ich einen Schatten sehe, ein Auto, das mir nicht gefällt, oder sonst irgendeine Auffälligkeit, ist der Junge tot.«

Edna fühlte, wie ihr Herzschlag aussetzte. »Welcher Junge?«

Er lachte. »Ich würde Ihnen dringend raten, meinen Anweisungen Folge zu leisten.«

Er bluffte! Er musste bluffen! Verdammt noch mal, lass ihn bluffen! Aber instinktiv wusste sie, dass er die Wahrheit sagte. Molly Erler und ihre Angehörigen wurden nicht mehr überwacht. Sie waren vollkommen ungeschützt. »Lassen Sie mich mit ihm sprechen, damit ich höre, dass es ihm gutgeht.«

»Nein.«

»Sie wissen, dass ich unter diesen Umständen nicht …«

»O doch«, sagte er mit einer Siegesgewissheit, die sie schwindlig machte. »Sie werden kommen. Da bin ich ganz sicher.«

Dann knackte es in der Leitung.

Edna legte das Handy beiseite. Ihre Gedanken sprangen hin und her wie fliehendes Wild. Sollte sie versuchen, die Kollegen zu informieren? Entgegen seinen Anweisungen? Oder sollte sie tun, was er verlangte? Ohne sicherzustellen, dass er die Wahrheit sagte? Dass er tatsächlich über einen Köder verfügte? Sie schüttelte den Kopf. Auf keinen Fall durfte sie in eine Falle gehen, um jemanden zu retten, der überhaupt nicht in Gefahr war. Aber was, wenn er sie tatsächlich beobachtete? Jetzt, in diesem Augenblick? Er kannte sie. Er kannte ihre Wohnung, ihre Familie. Er wusste von ihrem Vater und vom Krankenhaus. Dass sie dort gewesen war, anstatt ihn zu jagen. Er hatte sich ganz bestimmt vergewissert, dass sie allein war. Und wenn sie nicht sofort losfuhr … Sie nahm einen Zettel aus dem Zettelkasten neben ihrem Telefon und schrieb eine kurze Notiz darauf. Dann griff sie zum Hörer und wählte Molly Erlers Privatnummer. War er dort? Hatte er sie am Ende alle in seiner Gewalt? Auch die Mutter? Waren sie …

»Ja?«

»Molly?«

»Wer ist da?«

Warum fragte sie das? Warum klang sie so ruhig? »Hier ist Edna Beck.« Sie schluckte. »Ich weiß Bescheid. Er hat mich angerufen. Wir müssen …«

»Bescheid worüber?«

War ihre Verblüffung tatsächlich echt? Aber wie konnte er es geschafft haben, ihren Sohn zu entführen, ohne dass sie etwas davon bemerkte?

»Worüber wissen Sie Bescheid, verdammt?!«

O Gott! Sie hatte keine Ahnung! »Er hat Timmy.«

»Was?!« Jetzt schrie sie. Hysterisch. »Sind Sie vollkommen verrückt geworden?!« Edna hörte ihre Schritte. Sie rannte. Stufen. »Timmy?« Und jetzt? Was jetzt? Sag was, verdammt! Bestätige mich! »Timmy?« Sie schien total geschockt zu sein. Keine Vorwürfe. Keine Fragen. Wiederholte einfach den Namen ihres Sohnes. Rief nach ihrer Mutter. Rannte. Dann eine Kinderstimme. *Was ist denn?* »Sind Sie jetzt vollkommen verrückt geworden?!« Edna hatte das Gefühl, dass der Boden unter ihr nachgab. Treibsand. Sinken. Versinken. Sie hatte es geahnt. Irgendwie hatte sie es schon vorher gewusst. Sie hatte nur sichergehen wollen. Am anderen Ende der Leitung rasselte Molly Erlers Atem. »Er ist hier, verdammt. Haben Sie gehört?! Mein Sohn ist hier, bei mir, Sie elende …«

Edna merkte, wie ihr kalt wurde. »Ist er gesund?«

»Natürlich ist er gesund.« Sie beruhigte sich ein wenig. Dachte nach. Edna konnte fast hören, wie sich ihre Gedanken überschlugen. »Es ist Ihnen ernst, oder? Hat er Sie tatsächlich angerufen? Hat er tatsächlich gesagt, dass er Timmy hat? Antworten Sie, verdammt noch mal!«

Doch Edna antwortete nicht. Sie ließ den Hörer fallen und rannte los.

*

»Sie ist nicht mehr im Krankenhaus. Schon seit zwei Stunden nicht.«

Max sah Tillmann Cox an. »Hast du versucht, sie auf dem Handy zu erreichen?«

»Vor zehn Minuten«, antwortete Cox. »Da war besetzt.«

»Dann versuch es noch einmal.«

Er nickte. Nachdem er gewählt hatte, schüttelte er den Kopf. »Sie telefoniert immer noch.«

Max warf einen Blick auf das Schriftstück in seinen Händen. »Das sieht ihr überhaupt nicht ähnlich«, stellte er mit sorgenvoller Miene fest. »Sie hasst lange Telefonate.«

Cox nickte. »Ich weiß.«

Sie tauschten einen Blick.

»Sollen wir …«

Max überlegte eine Weile. »Ich denke …« Er hielt überrascht inne, weil Thomas Schweichert ihm eine Tabelle über den Schreibtisch reichte. Er hatte den jungen Kollegen nicht eintreten hören. »Hier sind die Zahlen, die du wolltest.«

Max' Augen flogen über die Daten. Im selben Moment klingelte das Telefon. Schweichert gab den Hörer an Max weiter. »Molly Erler für dich.«

Max lauschte einen Augenblick schweigend, dann drückte er auf die Lautsprechertaste, damit seine Kollegen mithören konnten. Mit versteinerten Mienen hörten sie sich an, was die Psychologin zu sagen hatte. Als Max gerade im Begriff war, aufzulegen, kam auf der anderen Leitung ein weiterer Anruf herein. Schweichert nahm ihn entgegen. »Hier hat eben ein älterer Herr angerufen«, verkündete Ferdinand Ansgar in seiner üblichen gelangweilten Art. »Er behauptet, Ednas Nachbar zu sein.«

»Wie heißt er?«, rief Max dazwischen.

»Diessler«, entgegnete Ansgar nach kurzem Zögern. Offenbar hatte er sich den Namen irgendwo notiert und musste erst nachsehen. »Karlheinz Diessler. Er war sehr aufgeregt und behauptet, dass es geklingelt hat und dann ein mysteriöser Zettel auf seinem Fußabtreter gelegen habe.« Ansgar senkte die Stimme, als sei ihm peinlich, was er zu berichten hatte. »Er sagt, es sieht aus wie ein Hilferuf.«

*

Der Abend war finster und roch nach Schnee. Jetzt, Anfang November! Edna sah sich um. Der Mond versteckte sich hinter Wolkenschleiern. Nur hin und wieder fiel etwas Licht vom Himmel.

Das Haus, zu dem er sie dirigiert hatte, lag einsam am äußersten Rand eines Örtchens namens Horrensbach. Unmittelbar dahinter begann der Wald. Edna schätzte die Entfernung bis zu den nächsten Nachbarn auf rund vierhundert Meter. Das schwindende Tageslicht machte eine genauere Schätzung unmöglich. Die Fenster des Erdgeschosses waren zugemauert, und das Grundstück lag vollkommen im Dunkeln.

Edna blickte an der Fassade hinauf. Hochparterre, erste Etage, Dachgeschoss. Dunkler Stein. Dunkles Ziegeldach. Ein altes Haus mit hohen Fenstern und soliden, dicken Wänden. Sie vergewisserte sich, dass ihre Waffe griffbereit im Halfter saß, und ging langsam auf die Haustür zu, wohlwissend, dass sie für einen geübten Schützen ein leichtes Ziel abgab. Vor wenigen Minuten hatte er ihr befohlen, das Handy auszuschalten. Sie hatte seiner Anweisung Folge geleistet, weil sie sich sicher war, dass er sie überprüfen würde. Unterwegs war sie mehr und mehr zu der Überzeugung gelangt, dass sie tatsächlich in eine Falle tappte. Dabei hatte sie noch vor wenigen Stunden geglaubt, dass sie es war, die den Köder auslegte. Dass sie nur zu warten brauchte. Dass die einzige Unwägbarkeit, vor der sie sich zu fürchten hatte, Corinne Heinrich war, deren Leben sie vielleicht nicht gründlich genug schützen konnte. Sie hatte geglaubt, an alles gedacht zu haben. Aber er hatte den Spieß umgedreht. Er hatte sie zur Gejagten gemacht. Sie von ihren Kollegen isoliert. Und jetzt bestellte er sie zu einem … Ja, wozu eigentlich? Was hatte er vor? Welchen Vorteil erhoffte er sich davon, sie in seine Gewalt zu bringen? Oder wollte er das gar nicht? Wollte er am Ende auch ihr nur etwas zeigen?

Das richtige Mädchen …

Sie dachte an Lydia Burgstaller und merkte, wie sie trotz ihres dicken Anoraks zu frieren begann. Der eisige Wind schnitt ihr ins Gesicht und wirbelte hier und da ein wenig vertrocknetes Laub auf. Aus dem Inneren des Hauses drang kein Laut.

Während sie die beiden Stufen zur Haustür hinaufschlich, überlegte sie fieberhaft, was sie als Nächstes tun sollte. Ob der Mann, den sie jagte, überhaupt hier war oder sie aus sicherer Entfernung beobachtete, wie beim letzten Mal.

Die Tür war unverschlossen. Edna stieß sie auf und trat in eine finstere Diele. Einzig aus einer entfernten Kellertür drang ein schwacher Lichtschein. Zögernd ging sie weiter. Es roch nach Staub und alten Möbeln. Wie lange war es her, dass diese Räume zum letzten Mal gelüftet worden waren? Jahre? Jahrzehnte? Die Kellertür quietschte, als Edna sie ein Stück weiter aufzog. Spärlich beleuchtete Stufen, die irgendwo ins Nichts führten. Zu steil, als dass ein Ende abzusehen gewesen wäre. Sie zögerte. Er wird mich erschießen, sobald er mich sieht, dachte sie. Es geht ihm nicht mehr darum, zu spielen. Er kämpft ums Überleben. Er wird nicht lange fackeln.

Sie zog ihre Waffe aus dem Halfter und entsicherte sie.

Scheiß auf sein »Kommen Sie unbewaffnet«! Vielleicht gelang es ihr, etwas zu tun, mit dem er nicht rechnete.

Wo zur Hölle steckte er?

Endlich sah sie einen Gang. Lang und düster. Links eine Tür. Angelehnt. Dahinter ein Licht. Da ist er! Hinter der Tür. Sie dachte nicht nach, sondern trat einfach dagegen, die Waffe im Anschlag. *Wie werden Sie damit umgehen, wenn Sie ihn nicht finden?* Ich habe ihn gefunden, dachte sie im selben Moment, in dem die schwere Stahltür gegen die dahinterliegende Wand krachte. Ich warte nicht umsonst auf ihn. Auf einen Mörder, der nicht kommt. Ein Phantom. Diese Art von Scheitern bleibt mir auch dieses Mal erspart. Immerhin.

Sie hielt den Atem an und starrte wie gebannt auf die Tür, die jetzt langsam wieder ein Stück zurückschwang. Kein Widerstand. Kein Schütze. Kein Hinterhalt. Dafür ein Schrei. Fern. Gedämpft. Sie hielt die Waffe mit ausgestreckten Armen vor sich und trat aus dem Schatten der Tür.

An der Wand gegenüber stand Decker und blickte ihr entgegen.

Als sie sah, dass er allein war, zögerte sie keine Sekunde.

Sie sprach keine Warnung aus.

Sie gab sich nicht zu erkennen.

Sie drückte einfach ab.

*

»Was ist mit ihrem Handy?«, rief Max Thomas Schweichert zu, der auf dem Rücksitz saß. »Immer noch besetzt?«

Schweichert schüttelte den Kopf. »Jetzt ist es ausgeschaltet.«

»Verdammte Scheiße noch mal!« Er bog um die nächste Kurve und sah eine T-Kreuzung vor sich. »Wohin jetzt?«

»Rechts ab!«, schrie Cox, der eine Karte auf den Knien hatte.

»Bist du sicher?«
»Ja, verdammt.«
Max nickte und trat das Gaspedal durch.

*

Der Schuss traf ihn direkt in die Schulter. Edna sah, wie die Kugel seine Jacke durchschlug. Eigenartig verlangsamt, wie in Zeitlupe.

Er schrie nicht. Zuckte nicht. Fasste sich nicht an die Schulter.

Ralf Decker war tot.

Wie in Trance ging sie auf ihn zu. Streckte die Hand aus. Suchte den Hals. Die Karotisarterie. Den Puls. Erst dann bemerkte sie die Metallstifte, die ihn hielten. An die Kellerwand genagelt mit daumendicken Stahlnägeln. Eine Falle. Ein Köder. Sie fühlte die schlaffe Haut, die schon recht kalt war, als sie hinter sich ein leises Kichern hörte.

Sie drehte sich um und stand Uhrmann gegenüber. Er hatte Pascal Monreal auf dem Arm. Edna sah den Schrecken in den Augen des Jungen. Der Rest des Gesichts war verklebt. Paketband. Nur ein winziges Loch unterhalb der Nase. Er konnte kaum Luft kriegen.

»Sag hallo zu Tante Edna«, flüsterte Uhrmann, das Gesicht in das weiche rotblonde Haar des Jungen gegraben.

»Lassen Sie ihn gehen!« Ihre Stimme war heiser. Tonlos. Sie schluckte, aber es wurde nicht besser. »Sofort!«

Er lächelte. »Willkommen im Haus meiner Mutter.«

Sie suchte nach einer Waffe in seiner Hand, aber er hielt den freien Arm so, dass sie ihn nicht sehen konnte. »Ihnen ist doch wohl klar, dass Sie nicht davonkommen werden.«

»Würden Sie einstweilen die Güte haben, Ihre Waffe fallen zu lassen?«

Sie zögerte. Sie konnte nicht riskieren, auf ihn zu schießen.

Pascal Monreal diente ihm als Schutzschild. Sie zwinkerte dem Jungen zu und versuchte etwas wie ein Lächeln. Dann fixierte sie Uhrmanns Blick. »Lassen Sie zuerst das Kind los.«

Er lachte und hielt Pascal Monreal eine Pistole an die Schläfe. »Ich sage es Ihnen nicht noch einmal. Wenn es Ihnen also nichts ausmacht, jetzt die Pistole …«

Edna bückte sich und legte ihre Dienstwaffe vor sich auf den Boden. Das war nicht der Moment für eine Machtprobe.

»Schieben Sie sie mit dem Fuß zu mir rüber.« Seine Augen wurden schmal. »Sie wissen ja, wie das läuft.«

Edna tat wie geheißen. »Haben Sie sie hier drin gefangen gehalten?«, fragte sie, um Zeit zu gewinnen. Da war ein Schrei gewesen. Vorhin. Ein gedämpfter Schrei. Woher war der gekommen? War Lydia Burgstaller auch hier? *Wir wissen, dass er über Räumlichkeiten verfügen muss, die es ihm erlauben, eine Frau längere Zeit gefangen zu halten.* »Ich meine Natalija«, fügte sie vorsichtshalber hinzu.

»Sie hätten sie hören sollen. Ihr Winseln.« Seine Stimme wurde hart. »Sie hat gebeichtet. Beinahe jeden Tag.« Er sah sich um. Nur kurz. Einen Sekundenbruchteil. »Das hier ist ein guter Ort, um über seine Verfehlungen nachzudenken.«

»Haben Sie das auch tun müssen? Als Kind?« Sie hörte, wie er die Waffe am Kopf des Jungen entsicherte. Sie hatte tatsächlich eine Chance gehabt. Oder? Wäre sie am Ende doch nicht schnell, nicht präzise genug gewesen? Ihr Blick suchte Pascal Monreals blaue Augen. »Sie haben selbst ein Kind.« Sie dachte an die kurze Notiz auf Schweicherts Liste. *Ein Sohn, sechs Jahre.* Sein Name war Bob, auch das hatte Schweichert vermerkt. Bob, fuhr es ihr durch den Sinn. Das kam von Robert. Der fliegende Robert. Das Kind, das an einem Regenschirm davonsegelte. Weit fort von zu Hause. Von dem Haus mit dem düsteren Keller. In eine bessere Welt … »Lassen Sie den Jungen gehen.«

»Sie fangen an, mich zu langweilen.«

»Was haben Sie jetzt vor?«

»Ich denke, es ist an der Zeit, mal wieder meine Mutter zu besuchen. Das habe ich mir schon lange vorgenommen.« Der Lauf der Waffe grub eine tiefe Delle in Pascal Monreals Schläfe. »Aber vorher werde ich zusehen, wie Sie sterben.«

Wenn er ihn erschießt, dachte Edna. Wenn er ihn tötet …

»Ich bin nicht Ihr Typ.«

»Das war Decker auch nicht«, entgegnete er lapidar. »Und jetzt legen Sie sich auf den Boden. Das Gesicht nach unten, Hände an den Hinterkopf.«

»Nicht vor dem Jungen.«

»Oh«, spöttelte er. »Wissen Sie, bis vor ein paar Tagen hätte ich es nicht geglaubt, wenn mir jemand erzählt hätte, dass die coole Edna Beck eine so ausgemachte Kinderfreundin ist. Noch dazu, wo doch das Gerücht geht, dass sie nicht allzu viel mit Männern anzufangen weiß.« Sein Gesicht nahm einen bösartigen Ausdruck an. »Ich verspreche, dass ich ihm die Augen zuhalten werde.« Dann trat er drohend einen Schritt näher. »Allerdings nicht, wenn Sie bei drei nicht auf dem Boden sind.«

Ednas Gedanken jagten. Er würde sie töten, kein Zweifel. Er würde nicht davonkommen, aber erst einmal würde er sich einen beträchtlichen Vorsprung verschaffen. Es würde eine Weile dauern, bis man sie fand. Sie und …

»Eins …«

Sie sah wieder nach den himmelblauen Kinderaugen, in denen sich blankes Entsetzen spiegelte. Fast hatte sie das Gefühl, dass Pascal Monreal versuchte, den Kopf zu schütteln. *Nicht hinlegen. Lassen Sie sich nicht so einfach abknallen. Bitte.* Sie lächelte ihm zu und suchte aus den Augenwinkeln nach der Pistole, die viel zu weit entfernt lag, als dass sie sie hätte erreichen können. Merkwürdigerweise musste sie auch jetzt wieder an die Kaminuhr aus dem Wohnzimmer denken. An die vielen Rädchen, aus denen sie bestand.

»Zwei …«

Er hatte den Lauf der Waffe auf sie gerichtet, und sie empfand fast etwas wie Freude über diesen Umstand. Weg von dem Kind. Weg von Pascal. Sie kniete sich auf den kalten Boden und nahm die Hände hinter den Kopf. Sie hatte alles falsch gemacht. Verloren auf eine ganz andere Weise, als die, vor der sie sich stets gefürchtet hatte. So schnell. So …

»Dr…«

Der Knall riss seinen makabren Countdown in Fetzen, und Edna hatte das Gefühl, dass ihr Trommelfell platzte. Dann noch ein Schuss. Und noch einer. Sie hob den Kopf und sah einen Schwall Blut auf das rotblonde Haar des Jungen spritzen. Sie sah die himmelblauen Augen, die trotz alledem noch zu leben schienen, und hörte ihren Namen.

Edna!

War das der Tod?

Sie fühlte keinen Schmerz. Keine Angst. Nicht einmal Unbehagen.

Sie verlor einfach das Bewusstsein.

*

Das Erste, was sie sah, als sie die Augen wieder aufschlug, war hellgelbe Bettwäsche. Zuerst meinte sie bei ihrem Vater zu sitzen, und das monotone Geräusch der medizinischen Geräte, das von allen Seiten an ihr Ohr drang, schien sie in dieser Annahme zu bestätigen. Aber dann sah sie Max über sich und wusste, dass sie sich wehgetan hatte. So naiv drückte ihr Verstand das aus: Sie hatte sich wehgetan.

»Pascal?« Wie schwierig es plötzlich war, zu sprechen.

An Max' leisem Lächeln erkannte sie, dass der Junge in Ordnung war, bevor er es aussprach. »Er wollte dich heute schon besuchen, aber wir konnten ihn auf morgen vertrösten.«

»Wie lange …« Sie versuchte, den Kopf zu heben. »Was zum Teufel habe ich denn eigentlich?«

Sein Lächeln wurde breiter. »Bauchschuss. Sie haben sofort operiert. Du hast ziemlich viel Blut verloren.«

Und urplötzlich fühlte sie einen leisen Schmerz. Im Bauch, ganz wie er gesagt hatte. »Wieso warst du da?«

Er zog seinen Stuhl noch näher an ihr Bett heran. »Glück, schätze ich.«

»Könntest du etwas weniger metaphysisch sein und mir ein paar Fakten nennen?«, stöhnte sie, indem ihr Blick an mehreren riesigen Blumensträußen hängenblieb, die auf einem schmucklosen Tisch hinter den Geräten standen. Wie lange war sie schon hier? Vor dem Fenster schien Tag zu sein.

»Ich habe mir Molly Erlers Rat zu Herzen genommen und mich als Allerersters noch einmal gründlich mit Uhrmanns Mutter beschäftigt«, kam Max ihrer Bitte bereitwillig nach. »Sie ist in einem Pflegeheim untergebracht, wie du weißt, aber es war nicht sonderlich schwer herauszufinden, dass Marc nur ihr Adoptivsohn ist.« Er zuckte mit den Achseln. »Offenbar bringt Waltraud Uhrmann das immer, wenn sie sich über ihren Sohn ärgert, wieder auf den Tisch, ganz egal, ob ihr jemand zuhört oder nicht.« Sein Blick wanderte zu dem Monitor, über den die EKG-Kurve seiner Kollegin pulste. »Ich habe von dem Haus in Horrensbach erfahren, mir Uhrmanns Dienstpläne vorgenommen, und als dann dein Nachbar anrief …«, er schenkte ihr sein strahlendstes Lächeln, »… habe ich zwei und zwei zusammengezählt.«

»Und Uhrmann?«, fragte Edna. »Ist er tot?«

Max schüttelte den Kopf. »Eine Wunde an der Schläfe und ein Steckschuss in der Schulter«, sagte er. »Nicht allzu ernst. Aber sein Anwalt bestand natürlich trotzdem darauf, dass er nicht vernehmungsfähig sei. Zum Glück wollte Uhrmann von sich aus reden.« Ein leises Summen erfüllte das Zimmer, als eines der zahlreichen Geräte turnusmäßig Ednas Blutdruck bestimmte. Max wartete geduldig, bis das Geräusch wieder verstummt war. »Ich habe die übersteigerte Geltungssucht dieser

Monster noch nie verstanden«, sagte er dann. »Aber Uhrmann brannte geradezu darauf, sein ganzes beschissenes Leben vor uns auszubreiten.«

»Aus seiner Perspektive hat nun der letzte Akt der Inszenierung begonnen«, entgegnete Edna heiser, indem sie an die umfassenden Lebensbeichten von Serienmördern wie Ed Kemper oder Peter Kürten dachte. »Und den wird er vermutlich auskosten bis zum Gehtnichtmehr.«

»Ja«, stimmte Max ihr mit angewiderter Miene zu. »Vermutlich.«

»Was ist mit Uhrmanns leiblicher Mutter?«, erkundigte sich Edna, begierig, mehr zu erfahren.

»Sie ist Französin und war gerade mal sechzehn, als sie mit Uhrmann schwanger wurde«, antwortete Max. »Ihre Eltern haben sie rausgeworfen, und sie kroch bei einem entfernten Verwandten in Horrensbach unter, wo sie auch die Uhrmanns kennenlernte. Nach der Geburt ihres Sohnes willigte sie ein, dass Frau Uhrmann, die damals immerhin schon sechsundvierzig Jahre alt war, das Baby adoptierte. Nach allem, was man so hört, gegen eine großzügige Unterstützung von Seiten der bis dato kinderlosen Uhrmanns.« Er warf seiner Kollegin einen besorgten Blick zu. »Bist du müde? Ich meine, ich könnte auch später …«

»Untersteh dich!« Edna hustete trocken. »Mach weiter.«

»Bernice Coulon ist jedenfalls gleich nach der Entbindung nach Frankreich zurück, wo sie als Prostituierte arbeitete, bis sie einen Mann kennenlernte, der sich in sie verliebte und ihr den Ausstieg finanzierte.« Er reichte ihr ein Glas Wasser, von dem Edna ein paar vorsichtige Schlucke trank. »Allerdings erzählte Waltraud Uhrmann ihrem Adoptivsohn von klein auf, dass seine Mutter bei der Geburt gestorben sei, was bei dem Jungen zur Ausbildung eines massiven Schuldkomplexes führte, den seine Adoptivmutter eiskalt für ihre Zwecke instrumentalisierte. Sie war sehr streng mit ihm und sperrte ihn wegen den kleinsten Verfehlungen stunden-, manchmal auch nächtelang im Keller ein.«

Edna hob ihren linken Arm, der nicht verkabelt war, und wischte sich ein paar verirrte Haare aus der Stirn. »Ist sie mittelgroß und brünett?«

Max schüttelte den Kopf. »Sie nicht. Aber Bernice Coulon.«

»Wie hat Uhrmann von ihr erfahren?«

»Durch Zufall. Seine Adoptivmutter hatte ein paar Papiere aufgehoben. Heimlich natürlich, aber er hat sie gefunden, als sie von jetzt auf gleich ins Heim musste. Sie hatte einen schweren Schlaganfall und ist seither …« Er unterbrach sich und warf seiner Kollegin einen betroffenen Blick zu. »Entschuldige«, murmelte er. »Ich wollte nicht …«

Sie schüttelte mühevoll den Kopf. »Ist schon gut. Wie geht es meinem Vater?«

»Unverändert. Aber du weiß ja, dass man in solchen Fällen erst nach ein paar Wochen eine endgültige …«

»Ja«, unterbrach sie ihn und versuchte ein Lächeln. »Ich weiß.«

»Kurz und gut, das mit Waltraud Uhrmanns Schlaganfall war vor etwas mehr als sieben Jahren, etwa zu der Zeit, als Nevers sein viertes Opfer vergewaltigte.« Er griff wieder nach dem Wasserglas, aber Edna schüttelte den Kopf. »Uhrmann freut sich zunächst über seine Entdeckung, noch eine andere Mutter als diesen Drachen zu haben, aber als er seine leibliche Mutter schließlich aufspürt und nach Frankreich fährt, um sie zu treffen, ist er ziemlich geschockt. Nicht nur, dass sie nichts von ihm wissen will, er muss auch noch erfahren, dass er eine Halbschwester hat, um die sich Bernice Coulon, ganz im Gegensatz zu ihm, immer vorbildlich gekümmert hat.«

»Wie aus dem Lehrbuch«, murmelte Edna.

»Völlig desillusioniert fährt Uhrmann nach Deutschland zurück und lernt in einer Kneipe eine junge Frau namens Anna kennen, die sich in ihn verliebt. Er schwängert und heiratet sie und begeht ein paar Monate später seinen ersten Mord.«

»Ursula Biermann?«

»So ist es.«

Edna schluckte. Dann fiel ihr auf einmal Lydia Burgstaller ein, und sie fragte nach ihr.

»Er hat sie halb totgeschlagen«, antwortete Max. »Sie war in einem ziemlich ernsten Zustand, aber sie wird sich erholen.«

»War sie die ganze Zeit in diesem fürchterlichen Haus?«

Ihr Kollege nickte. »Es gehört offiziell noch immer Waltraud Uhrmann, die trotz ihrer körperlichen Hilflosigkeit anscheinend bei klarem Verstand und voll geschäftsfähig ist. Sie weigert sich kategorisch, ihre Einwilligung zum Verkauf zu geben oder das Haus ihrem Adoptivsohn zu überschreiben, weshalb es nun schon seit sieben Jahren leer steht. Uhrmann hat die Fenster des Erdgeschosses zumauern lassen, angeblich, damit es für potentielle Einbrecher schwerer wird.« Er seufzte. »Die Adresse war alles, was wir hatten. Aber nach dem, was wir über Uhrmann herausgefunden hatten, war sie mit Abstand die vielversprechendste Spur.« Seine Augen wanderten über das hellgelbe Laken. »Er gehörte zu den Insidern im Nevers-Fall, er verfügte über ein Haus, frei stehend und abgelegen genug, um dort jemanden gefangen zu halten, und sein Sohn …« Er lächelte leise. »Sein Sohn ist auf den Namen Robert getauft.«

»Das ist mir auch aufgefallen«, sagte Edna. »Leider ein bisschen zu spät.« Sie sah ihn an. »Hat seine Frau es geahnt?«

Er schüttelte den Kopf. »Ich denke nicht, auch wenn er sie praktisch schon seit der Geburt des Kindes nicht mehr angerührt hat. Sie ist ein armes, verängstigtes Wesen«, fügte er nach einem Augenblick des Nachdenkens hinzu. »Aber sie hat ihn geliebt.«

»Hatte er noch mehr Fotos der Opfer?«, fragte Edna.

Ihr Kollege bejahte auch dies, und sie las an seinem fein geschnittenen Gesicht ab, wie froh sie sein konnte, diese Fotos nicht gesehen zu haben.

»Und sonst?«

»Nach allem, was ich höre, wird Nevers jetzt wohl bald rauskommen.«

Edna nickte.

»Er sagt, er freue sich schon darauf, uns wiederzusehen.«

Sie tauschten einen Blick und lachten beide. Ein bisschen zu laut zwar, aber was machte das schon?! Man musste lernen, mit der Bedrohung zu leben. Molly Erler genauso wie Juliane Dernesch. Warum sollten Edna Beck und Max Boettcher da eine Ausnahme sein?

Max griff in die Tasche seines Jacketts und hielt ihr ein Foto hin. »Das hier soll ich dir von Lina geben.«

Edna sah einen schrumpeligen Säugling mit geschlossenen Augen und flachsdünnem Blondhaar.

»Sie wird noch persönlich mit dir reden, aber ich soll dir sagen, dass sie es gerne hätte, wenn du Patentante wirst.«

Edna runzelte die Stirn und drehte das Foto um. *Liv-Edna*, stand dort in großen, runden Buchstaben, die so akkurat anmuteten, als entstammten sie dem Schwungheft eines Erstklässlers.

»Liv-Edna?«, entsetzte sie sich. »Ich denke, das Blag heißt Bente.«

Ihr Kollege grinste. »Sie wollte dir wohl eine Freude machen.«

»Ich weiß ja nicht«, brummte Edna eine Spur versöhnlicher. »Für mich klingt das eher wie eine englischsprachige Aufforderung, mich sitzenzulassen.«

Als echter Gentleman enthielt sich Max jeden Kommentars zu dieser Lesart, was in Edna den Verdacht nährte, er habe den Namen des Kindes bereits auf ähnlich unschmeichelhafte Weise interpretiert wie sie selbst. Sie schüttelte den Kopf, angesichts des Schmerzes, den jede Bewegung noch immer hervorrief, jedoch nicht allzu heftig. Liv-Edna! Das war kein Name, das war eine Frechheit! Aber wenn sie daran dachte, wie erfreut Peter über diese Namenswahl seiner zukünftigen Geschiedenen sein würde, fühlte sie sich schon gleich viel besser. »Von wem ist das ganze Grünzeug?«, fragte sie mit Blick auf den Tisch hinter den Apparaten.

»Rogler lässt sich bei so was nicht lumpen«, entgegnete Max lapidar. »Und du weißt ja, wie sehr Markus an dir hängt. Die weißen Rosen sind von Molly, und der Traum in Lachs stammt von deinem Nachbarn und seinem Hund ...«

»Julchen«, nickte Edna mit jetzt nur noch unverhohlen verborgener Rührung. »Das verdammte Vieh heißt Julchen.«

Max nickte ebenfalls. »Auf Station, wohin du – wenn du Glück hast – morgen oder übermorgen verlegt wirst, warten noch Pralinen von deiner Mutter und eine Flasche bester schottischer Whiskey von Villinger, die ich hier beim besten Willen nicht reinschmuggeln konnte.«

Edna schmunzelte vergnügt. »Ich lade ihn trotzdem nicht zu mir nach Hause ein«, verkündete sie, indem sie sich Villingers Essgewohnheiten ins Gedächtnis rief. »Aber seit wann sind auf einer Intensivstation eigentlich Blumen erlaubt?«

Er zuckte mit den Achseln. »Sind sie nicht.«

»Hast du ...?«

»Wenn sie dir nicht gefallen, kann ich sie ...«

»Schon gut.« Sie hustete. »Lass sie ruhig stehen.«

Max blickte sich nach der Tür um. Dann schob er seinen Stuhl zurück und stand auf.

»Willst du schon gehen?«

Er nickte. »Aber hier ist noch jemand anderer für dich.«

Sie wusste es, bevor das Gesicht ihrer Nichte im Türrahmen erschien. Trotzdem konnte sie es nicht glauben. »Was machst du hier? Haben sie dir etwa Bescheid gegeben?«

Maja schüttelte den Kopf und trat einen Schritt näher. Zögernd, aber nicht ängstlich. Ihr Gesicht war gebräunt von einem langen Sommer an der See. Es wirkte gelöster als früher. Selbst noch im Neonlicht einer Intensivstation.

»Warum bist du dann hier?«

»Weil du mich nicht zurückgerufen hast.«

»Was?«

»Ich habe mir Sorgen um dich gemacht.«

Edna kam es vor, als hätte sie etwas vollkommen Absurdes gesagt, aber sie gab sich Mühe, sich nichts davon anmerken zu lassen. »Wie lange kannst du bleiben?«

Ihre Nichte lächelte. Ein vertrautes Kinderlächeln mit einem eigentümlich fremden, reifen Glanz darüber. Ein Lächeln, das Edna wehtat und sie gleichzeitig mit einem unbeschreiblichen Glücksgefühl erfüllte. »Bis zum Sommersemester, schätze ich.«

»Heißt das?«

Maja lächelte noch ein bisschen mehr.

Edna ließ den Kopf zurück in das dicke Kissen sinken und schloss die Augen. »Wusste ich's doch, dass so ein Nussbaum …«

»Was?«

Sie sah ihre Nichte an. »Vergiss es.«

Epilog

Nun ist es ruhig. Modernde Erde sinkt
Durch diese Brust. Verwehet ist jedes Lied
Und längst vergessen ist mein Name.
Über die grünende Kirchhofdecke
Gehen fremde Menschen. – Freundlicher Sonnenschein
Wird sein wie heute …
(Adalbert Stifter, Im Felde)

Als Lydia Burgstaller die Eifelhöhenklinik verließ, roch die Luft schon ein bisschen nach Frühling. Die Sonne schien von einem traumschönen blauen Himmel herab und erwärmte die Luft so sehr, dass sie ihre Jacke gleich wieder ausziehen konnte.

Ihr Vater trug seinen besten Anzug und verstaute ihr Gepäck auf dem Rücksitz, während sie ganz ohne Hilfe auf dem Beifahrersitz Platz nahm.

Sie war weit gekommen. Sie hatte gelernt, mit und ohne Stahlplatten und Nägeln in ihren Knochen zu laufen. Sie hatte gelernt, zu trinken, ohne dabei vor lauter Zittern die Hälfte des Getränks zu verschütten. Sie hatte gelernt, ohne Alpträume zu schlafen. Außerdem war sie beim Zahnarzt gewesen. Ein Implantat, oben links. Man sah keinen Unterschied. Sie hatte ein Semester verloren, aber den Stifter durfte sie nachreichen.

»Könntest du kurz anhalten?«, bat sie, als sie durch die Stadt fuhren. »Da an der Ecke.«

Ihr Vater warf ihr einen besorgten Seitenblick zu. »Wozu?«

Sie lächelte. »Ich möchte etwas kaufen.«

»Das muss doch nun wirklich nicht sein«, protestierte ihr Vater, der sie längst durchschaut hatte. »Nicht heute.«

»Doch«, sagte sie. »Heute.«

Er fügte sich und ließ sie aussteigen.

»Das ist das letzte Mal«, erklärte sie, als sie zu Hause am Küchentisch saß und ihrem Bruder die randvolle Schnabeltasse reichte. »Cola ist nicht gut für dich.«

Das intensive Blau seiner Augen heftete sich an ihr Gesicht, und fast war ihr, als läge ein leises Lächeln darin. Aber vielleicht war es auch nur Trotz. Wer konnte das so genau sagen?

Nachwort

Die vorliegende Geschichte sowie alle in ihr vorkommenden Personen und Ereignisse sind frei erfunden. Jede Ähnlichkeit mit tatsächlich existierenden Personen oder Vorgängen ist rein zufällig. Die schriftstellerische Freiheit erlaubt es darüber hinaus, psychiatrische Kliniken ins Leben zu rufen, tatsächlich existierende Orte zu verändern oder sie den Erfordernissen der Geschichte, die erzählt werden soll, anzupassen. Genau das habe ich getan.

Silke Barden im Dezember 2006

Gisa Klönne

Der Wald ist Schweigen

Kriminalroman

ISBN 978-3-548-26334-2
www.ullstein-buchverlage.de

Ein Mädchen verschwindet. Eine entstellte Leiche wird gefunden. Eine Försterin fühlt sich bedroht. Eine große Liebe geht zu Ende. Und eine Kommissarin bekommt ihre letzte Chance.

Gisa Klönne hat einen außergewöhnlichen Kriminalroman geschrieben und drei starke, eindringliche Frauenfiguren geschaffen, die in ihrer Komplexität den Leser tief berühren.

»Großartig geschrieben, ein Debüt mit Paukenschlag.«
Celebrity

»Ein Thriller, der Sie noch lange berühren wird.«
Welt am Sonntag

»Bitte mehr von dieser Autorin.« *Für Sie*

UB359

ullstein